novum pro

Marianne Ludes

# DAS KALTE AUGE

Für Karin

in großer Dankbarkeit

FÜR ALLES!

Marianne

novum pro

Bibliografische Information
der Deutschen Nationalbibliothek:

Die Deutsche Nationalbibliothek verzeichnet diese Publikation in der Deutschen Nationalbibliografie. Detaillierte bibliografische Daten sind im Internet über http://www.d-nb.de abrufbar.



ISBN 978-3-95840-790-9
Lektorat: Klaudia Keplinger
Coverentwurf: afdan99
Umschlaggestaltung, Layout & Satz: novum Verlag

Gedruckt in der Europäischen Union auf umweltfreundlichem, chlor- und säurefrei gebleichtem Papier.

**www.novumverlag.com**

# Kapitel 1

Der Wald lag ruhig und verregnet da, von sanft gefärbten Buchenblättern tropfte Wasser auf den aufgeweichten Boden. Kleine Rinnsale und Pfützen bedeckten die Erde, in denen das erste welke Laub schwamm. Alles war still. Regen fiel unaufhörlich in einem feinen Schleier aus den grauen Wolken, wie ein Nebel. Für die Jahreszeit war es zu kalt. Irgendwo schlug eine Autotür zu und störte kurz das Pfützeln und Rascheln, bevor alles wieder in Stille zurückfiel. Emilia Markberg hielt noch den Autoschlüssel in der Hand, mit dem sie gerade ihren Wagen abgeschlossen hatte und schaute skeptisch in den Himmel. Sofort legte sich der Regen auf ihr Gesicht wie ein nasses Tuch. Die Kühle der Luft tat ihr gut. Sie hatte Kopfschmerzen.

Mechanisch rollte sie die Schultern nach hinten, dehnte den Nacken und hörte ihrem inneren Schweinehund zu, der ihr zuflüsterte, doch besser wieder in den Wagen zu steigen. Es war noch dämmerig. Am Waldrand standen zwei Autos, ansonsten war alles wie ausgestorben. Vor den hohen Buchen waberten weißliche Schleier, hinter denen die schwarz glänzenden Stämme der Bäume nur manchmal hervortraten.

Mit einem kurzen Schnaufen schob sie die Sportkappe tiefer in die Stirn und begann in gemächlichem Tempo zu laufen. Normalerweise genoss Mila dieses Wetter, die Kühle des frühherbstlichen Morgens, die gewaschene

Luft. Sie mochte es, so früh durch den Wald zu laufen. Man war ganz allein, musste niemandem ausweichen, traf niemanden, den man kannte. Aber heute hatte es sie einige Überwindung gekostet. Sie war gestern Abend mit ihrer Freundin Andrea in der Bar versumpft. Zu viele Gin Tonics. Sie hatte sogar geraucht. Angewidert schloss sie die Augen, als sie daran dachte. Gegen den Kater und den unangenehm sauren Geschmack in ihrem Mund war ein kleiner Entgiftungslauf am Morgen genau das Richtige. Sie hatte vergessen, ihren Wecker auszustellen und so hatte dieser Morgen wie alle Wochenenden begonnen, sehr frühes Aufstehen, nicht nachdenken, Laufschuhe anziehen, in den Wald fahren.

Mit dem Unterschied, dass ihre Laufhosen nicht trocken gewesen waren. Sie hatte sie erst mitten in der Nacht aufgehängt, nachdem sie aus der Bar zurückgekommen war. Für die kurzen Hosen, die sie jetzt noch im Schrank hatte, war es schon zu kalt. Nach einigem Suchen hatte sie eine uralte schwere Baumwolljogginghose gefunden, sie hatte nicht einmal mehr gewusst, dass es die Hose überhaupt noch gab. Schon beim Hineinschlüpfen hatte sie gemerkt, dass die Hose ungewohnt im Schritt scheuerte.

Mila atmete tief ein und schaute kurz in den bleischweren Himmel. Die Zweige der Bäume hingen schlapp herunter. Ab und zu platschte ein kleiner Wasserschwall von den Blättern auf den Boden. Außer ihren Tritten auf dem schwammigen Boden und dem steten Tröpfeln war nichts zu hören. Gleichmütig lief sie auf den Kronprinzessinnenweg und die Autobahnunterführung zu. Unter der Autobahnbrücke erhöhte sie kurz ihr Tempo. Sie lief nicht gerne durch den Tunnel, es roch unangenehm und irgendwie dachte sie immer, dass ihr dort jemand auflauern könnte. Sie schnaubte und schüttelte den Kopf. Zu viele amerikanische Filme.

Vor ihr lag jetzt der Grunewald, der sich bis an den Wannsee erstreckte und in nördlicher Richtung über mehrere Stadtbezirke bis nach Westend reichte. Eigentlich war das Gelände übersichtlich, weil die Waldwege fast wie in einem Parallelogramm verliefen. Allerdings verliefen sie nur fast parallel. Mila hatte sich häufiger verlaufen, weil alles für sie gleich aussah. Die Buchen waren nahezu einheitlich 60 Jahre alt. Der Wald war nach dem Zweiten Weltkrieg wieder neu aufgeforstet worden, nachdem man ihn wegen der Brennstoffknappheit damals gänzlich abgeholzt hatte. Die Topographie war weitgehend eben, nur gelegentlich von kleineren Hügeln unterbrochen, es gab kaum Besonderheiten, an denen man sich orientieren konnte. Ab und zu vielleicht ein Ameisenhügel. Frisch gefällte Baumstämme, die am Wegrand aufgeschichtet waren. Daher lief sie auch immer die gleiche Runde. Veränderungen mochte sie sowieso nicht besonders. Sie war wohl ein echtes Gewohnheitstier.

Die erste Kehre kam in den Blick, an dieser Stelle war sie etwa drei Kilometer gelaufen. In ihren Schläfen pulste es noch immer unangenehm, beim Aufstehen war ihr sogar schwindelig gewesen. Kein Wunder. Andrea hatte sie gestern eingeladen, ihr in den Ohren gelegen, dass sie endlich mal unter Leute gehen sollte. Als ob einen Trinken in der Bar einen irgendwie weiterbringen könnte. Mila verzog das Gesicht. Sie wusste nicht mehr genau, wie viele Gin Tonics es eigentlich gewesen waren. In jedem Fall viel zu viele. Andrea meinte es gut mit ihr. Mila wusste, dass sie zu zurückgezogen lebte, aber genau das gefiel ihr. Sie wollte es exakt so haben. Deshalb war sie schließlich vor knapp einem Jahr nach Berlin umgezogen. Hier kannte sie niemanden. Es war ein Neuanfang.

Allmählich wurde der Regen stärker. Ihre Füße schwammen in den Schuhen. Von der Jacke war das Wasser auf die Jogginghose gelaufen, die jetzt wie ein nasser Sack an ihr klebte. Ihr wurde langsam kalt. Sie fluchte. Was für eine idiotische Idee, bei dem Mistwetter die Baumwollhose anzuziehen. Die kurze Hose wäre doch besser gewesen, die wäre am Ende weniger unangenehm gewesen. Skeptisch blickte sie in den bleigrauen Himmel. Es sah nach noch mehr ergiebigem Regen aus. Kurzerhand bog sie an der nächsten Ecke ab, um die Strecke abzukürzen.

Soweit sie sich erinnerte, lief man hier auf einen Unterstand zu, aber diesen Weg kannte sie kaum. Vom Unterstand aus würde sie wieder links abbiegen und müsste dann irgendwann wieder auf ihre Hauptstrecke kommen. Sie spürte, wie sich ihr die Nackenhärchen aufstellten, sie war nicht sicher, ob es der richtige Weg war. Das Handy hatte sie im Auto vergessen. Vor sich sah sie den matschigen Weg, der von schwarz glänzenden Buchenstämme gesäumt wurde, die aussahen wie versteinerte Riesen. Als befänden sich stählerne Muskeln unter der Rinde. Sie würde noch genau fünf Minuten weiterlaufen, wenn der Unterstand dann nicht in Sicht war, würde sie umkehren.

Es war dunkel, die Baumkronen lagen in milchigen Nebel gehüllt. Sie keuchte. Unwillkürlich hatte sie ihr Tempo deutlich erhöht. Der Pfad wurde hügeliger, der Boden war jetzt mit Baumwurzeln durchzogen. Dichtes Unterholz säumte die Strecke, wilde längst abgeerntete Brombeersträucher, stachelige Robinienschösslinge, dazu überall Efeu, das würgend an den Bäumen emporkroch. Neben dem Weg, in einiger Entfernung lag etwas. Es sah aus wie ein großes Stoffbündel, vielleicht waren es Mülltüten. Direkt unter einem großen Brombeerbusch.

Im Näherkommen sah sie, dass sie sich geirrt hatte. Das war kein Abfall. Da lag ein Mann auf dem Rücken, halb verdeckt von den Brombeerranken. Mila verringerte ihr Tempo. Der Mann schien ohnmächtig zu sein. Unschlüssig blieb sie ein paar Schritte von dem Gebüsch entfernt stehen.

„Hallo“, rief sie unsicher. „Kann ich Ihnen helfen?“ Er reagierte nicht. Sie schaute sie sich um, aber es war niemand zu sehen. Der Mann schien Hilfe zu brauchen. Sie konnte jetzt nicht einfach umkehren. „Hallo?“, rief sie noch einmal mit lauterer Stimme.

Sie legte die Arme um ihre Taille und trat mit hochgezogenen Schultern zwei Schritte vor. Vorsichtig zog sie die Dornenäste beiseite. Stacheln rissen an ihrem Haar und ihrer Kleidung. Irgendwo schrie ein Eichelhäher. Sie beugte sich zu dem Reglosen herab. Der Mann lag ruhig unter dem Brombeerstrauch, wie in einer Höhle. Sein rechter Arm lag quer über dem Kopf, er war nicht bei Bewusstsein. Er war ein Läufer, er trug Sportkleidung. Sie reckte den Kopf vor, konnte sich aber nicht entschließen, näher heranzutreten. Der Mann bewegte sich immer noch nicht. Es sah nicht so aus, als würde er jeden Moment aufwachen und sich auf sie stürzen. Er lag hilflos da. Also war ihre Angst irrational. Hinter ihrer Stirn pochte es, der Kopfschmerz meldete sich zurück, der Schmerz begann sich in die Schläfen auszuweiten. Sie kniff die Augen zusammen und schaute sich noch einmal um. Niemand war da. Beherzt trat sie einen Schritt vor, bückte sich und zog den Arm vom Gesicht des Mannes. Seine Haut war warm, aber der Arm hing merkwürdig schlaff und schwer in ihrer Hand, wie ein Sandsack. Mit dem Arm kippte der halbe Oberkörper in ihre Richtung. Jetzt sah sie dem Mann voll ins Gesicht, sah seine weit aufgerissenen, blutunterlaufenen Augen. Sein Gesicht war zerquält, der Mund klaffte verzerrt und schnappend im wächsernen Unterkiefer. Der Mann war tot. Der Ausdruck des Grauens in seinem Gesicht übertrug sich unmittelbar auf sie, sie begann zu zittern, ein fast schmerzlicher Schauer lief über ihren Rücken. Dann sah sie um seinen Hals die dünne tiefblaue Linie, die sich tief in das Fleisch eingeschnitten hatte. Darüber hatte sich eine Hautausstülpung gebildet, wie eine Wurst, prall gefüllt mit violettem Blut.

Entsetzt ließ sie die Zweige los, die wie eine Falle zurückschnappten. Die Brombeeren schlugen einen tiefen Kratzer in ihren Handrücken, ihre Hose verfing sich in den Stacheln. In diesem Moment war ihr Blick wie eine Kamera, alles brannte sich ihr ein. Im Bruchteil einer Sekunde nahm sie die Laufbekleidung des Mannes wahr. Pulsuhr. Nagelneue, auffallende Schuhe. Das alles sah sie und sah gleichzeitig sich selbst, so als hätte sich ihre Wahrnehmung aufgespalten, als sehe sie sich selbst als Darstellerin in einem Film. Das hier konnte doch unmöglich Realität sein. Sie musste aufwachen, das war doch bestimmt nur ein Albtraum. Panisch drehte sie sich um, nirgendwo war jemand zu sehen, aber jemand musste hier sein. Sie spürte Druck auf dem Darm, Schmerzen im Rücken. Mit einem Ruck riss sie ihre Hose aus dem Brombeerstrauch, ihre Kappe verfing sich in den Dornen, stachelige Zweige zerrten an den Haaren. Panisch stürmte sie los, ohne noch weiter zu überlegen. Ihr Wagen stand unendlich weit weg. Das Handy lag im Auto. Irgendwo hier waren Mörder, womöglich direkt hinter ihr.

Sie raste den Weg zurück, unkontrollierte Laute kamen aus ihrem Mund, es klang wie ein Wimmern, aber sie hatte keine Kontrolle darüber. Sie raste so schnell sie konnte, drehte sich um, ob jemand hinter ihr her war, stolperte, konnte sich mit rudernden Armen fangen, dann kam eine Baumwurzel, sie knickte um, fiel in die Matsche, riss sich wieder auf die Beine hoch und rannte weiter. Sie spürte keinen Schmerz. Quälend langsam kam sie voran, es kam es ihr vor, als bewege sie sich im Zeitlupentempo, endlos standen die Reihen der Bäume vor ihr, wie eine Wand, kein Abzweig öffnete sich, an die Autobahn konnte sie nicht einmal denken. Ihre Lungen stachen, sie bekam keine Luft. Trotzdem lief sie weiter. Mit hämmerndem Puls erreichte sie endlich den Parkplatz, funkte noch im Laufen ihren Wagen auf, warf sich hinter das Steuer und fuhr blindlings los.

Erst als sie eine rote Ampel überfahren hatte und ein Autofahrer heftig hupte, kam sie zur Besinnung. Langsam fuhr sie an den Straßenrand und stellte das Auto ab. Sie legte ihren Kopf auf das Lenkrad und atmete langsam durch den Mund ein und aus. Ihre Lungen stachen noch immer. Das Herz schlug schmerzhaft in ihrer Kehle. Sie musste auf die Toilette. Vor ihren Augen stand das Bild des Mannes. Seine Augen waren hervorgequollen. Er war erdrosselt worden. Sie tastete nach ihrem Mobiltelefon und rief die Polizei an. In der Notrufzentrale meldete sich sofort ein Mann. Sie erstattete Meldung, und der Polizist schärfte ihr ein, im Auto zu warten, bis der Einsatzwagen kam. Tatsächlich schien es eine Ewigkeit zu dauern, bis sich ein dunkler Audi-Kombi mit Blaulicht auf dem Dach näherte. Zwei Männer stiegen aus, beide in Zivil. Mila ließ ihr Fenster herunter.

„Guten Morgen, ich bin Hauptkommissar Sondermann vom Landeskriminalamt. Ich nehme an, Sie sind die Frau, die vorhin angerufen hat?"

Sie nickte und warf einen Blick auf den Ausweis, den ihr der Hauptkommissar entgegenstreckte. Sie stieg aus. Die sonore Stimme gehörte zu einem Mann um die 50, der unauffällig aussah. Er hatte kurzgeschorene silbergraue Haare und einen ebenso kurz gehaltenen Dreitagebart, sein Gesicht war blass. Er sah nach zu viel Arbeit aus, nach zu vielen Zigaretten, seine Gesichtshaut war fahl, tiefe Falten hatten sich neben der Nase eingegraben. Nur seine Augen glänzten dunkelbraun und lebhaft, passten so gar nicht in dieses graue, farblose Gesicht.

„Das hier ist Kommissar Thiede", stellte er seinen Kollegen vor. Thiede war jünger als sein Vorgesetzter, vielleicht Anfang 30, und machte einen konzentrierten, aufmerksamen Eindruck. Er war groß und schlank, trug eine dunkle Jeans und eine lange gefütterte Sportjacke. Mila hatte angenommen, dass die Beamten in Uniform erscheinen würden. Der Jüngere lächelte ihr aufmunternd zu, offenbar machte sie einen erregten und verunsicherten Eindruck.

„Kommen Sie, wir fahren direkt zum Fundort. Setzen Sie sich bitte zu uns ins Auto. Auf der Fahrt können Sie uns berichten. Hinter der Autobahnunterführung haben Sie eine Leiche gefunden, sagen Sie?", fragte er sie mit betont ruhiger Stimme. Sondermann setzte sich ans Steuer und sein Kollege nahm neben ihr auf dem Rücksitz Platz. Stockend berichtete sie von dem Leichenfund, von den blutunterlaufenen Augen und dem violetten Streifen am Hals des Toten. Die beiden Kommissare tauschten im Rückspiegel kurz einen Blick miteinander aus.

„Okay, Frau Markberg. Sie müssen uns zu der Stelle führen, auch wenn Ihnen das schwerfällt." Sie nickte. Unwillkürlich zog sie ihre Regenjacke enger um den Körper. Sie zitterte. Sondermann stellte weitere Fragen und Mila sah, dass er sie im Rückspiegel prüfend musterte. Nach der letzten Nacht sah sie derangiert aus. Sie hatte weder gefrühstückt noch geduscht, unter den Augen klebten noch Reste von Wimperntusche, die sie vor dem Zubettgehen nur oberflächlich entfernt hatte.

Mittlerweile waren sie auf dem Wirtschaftsweg im Grunewald, die Polizisten hielten auf dem Parkplatz vor der Unterführung kurz an, überprüften die dort stehenden Fahrzeuge und notierten sich die Kennzeichen, während Mila im Wagen sitzen blieb. Dann stiegen die Beamten wieder ein und sie fuhren unter der Autobahnunterführung durch auf den großen Waldweg.

„An der nächsten Kreuzung müssen wir anhalten", sagte Mila. „Dann links den schmalen Pfad entlang, da kommen wir mit dem Wagen nicht mehr weiter. Ich schätze, es ist dann noch etwa ein Kilometer bis zu der Stelle, vielleicht auch etwas mehr."

„Laufen Sie häufiger morgens alleine? Es ist hier ziemlich einsam." Thiede war anzumerken, dass er sie für leichtsinnig hielt. Sie zuckte mit den Schultern und nickte.

„Hast du einen Schirm?", unterbrach ihn sein Kollege. Sie stiegen aus. Der Regen fiel in sanften Schleiern auf sie herab. Thiede schüttelte den Kopf. Sondermann schlug den Kragen seiner Jacke hoch und blickte missmutig in den Himmel. Für Mila holte er eine muffige Decke aus dem Kofferraum, die sie sich über die Schultern legte. Ihr eigener Körpergeruch stieg ihr in die Nase, ihr Schweiß roch anders als sonst. Schweigend stapften sie den Weg entlang. Die Stille im Wald war bedrückend, als sei die Zeit stehengeblieben. Nichts rührte sich. Mila sah, wie die Polizisten im Laufen ihre Jacken öffneten und mit einer Hand den Verschluss des Waffenholsters lösten. Mit angespannter Konzentration blickten sie sich um, ohne ihr Tempo zu verringern. Mila stolperte hinter ihnen her und versuchte, die Stelle wiederzufinden. Mannshohe Brombeerbüsche säumten jetzt den Weg. Hier irgendwo musste es sein. Sie zögerte unschlüssig und blieb schließlich stehen.

Sondermann wandte sich um. „Wo ist denn nun der Mann? Ich sehe hier nichts!", knurrte er.

Ein unangenehmes Gefühl breitete sich in Milas Magengrube aus. Sie lief ein paar Schritte in das Unterholz, wieder rissen die dornigen Ranken an ihrer Hose. Es dauerte eine ganze Weile, bis sie die Stelle wiederfand. Der Strauch war auffällig hoch gewesen. Zwar gab es hier viele Brombeersträucher, aber sie war sich sicher, sie stand an der richtigen Stelle, daran hatte sie keinen Zweifel. Aber da lag kein Mann. Da war nichts. Niemand. Vor allem keine Leiche. Irritiert schaute sie den Hauptkommissar an. Ihr Blick nahm ein sanftes, kaum merkliches Schielen an, ihr rechtes Auge war leicht einwärts geneigt, was ihr ein verletzliches Aussehen gab. Sondermann sah zu Thiede hinüber und zog seine Stirn in Falten. „Ich sehe hier keinen Toten. Sind Sie sicher, dass wir hier richtig sind?"

„Ja, vollkommen sicher. Der Mann lag hier. 100-prozentig! Ich verstehe das nicht."

Verkrampft stand sie auf dem Weg, die Arme wieder um ihre Taille geschlungen.

Systematisch begannen die Beamten, sich umzusehen. Mila konnte selbst nicht erkennen, dass hier ein Mann gelegen hatte. Nichts deutete darauf hin, dass jemand hier ermordet worden war. Aber es konnte doch sein, dass er gar nicht hier getötet, sondern nur hier abgelegt worden war. Und dann hatten die Täter den Mann mitgenommen. Sie nickte. So musste es gewesen sein. Ein leiser Zweifel bohrte in ihrem Hinterkopf. Und wenn sie sich bei dem Ort doch getäuscht hatte? Aber es musste hier gewesen sein, nirgends sonst gab es einen so großen Brombeerstrauch. Sondermann kam zurück. Sie hatten nichts gefunden. Kein Blut, keine Fußabdrücke, keine Schleifspuren, keinen Zweig, der auffällig abgeknickt war und auch keine Stofffetzen, weder von Milas Hose noch von etwas anderem. Und selbst, wenn es eine Spur gegeben hatte – der Regen hatte sie jetzt vermutlich längst vernichtet, da würde auch die Spurensicherung nicht mehr weiterkommen.

„Frau Markberg, Sie sehen selbst, dass es keinen Hinweis auf ein Verbrechen gibt. Könnte es nicht eher sein, dass Sie einen Mann gesehen haben, der nur einen Schwächeanfall hatte? Eine Ohnmacht? Das wäre immerhin möglich. Oder kommt doch eine andere Stelle infrage?“ Thiede hatte eine Tonlage angeschlagen, als spreche er mit einer Kranken. Mila schüttelte heftig den Kopf.

Der Beamte zuckte mit den Schultern. „Ich schlage vor, dass wir zum Wagen zurückgehen.“ Brüsk drehte er sich um. Er machte mit seiner Kamera ein paar Aufnahmen und verstaute den Apparat wieder in seiner Jacke.

„Aber Sie müssen mir glauben! Ich bilde mir sowas doch nicht ein. Keine Ahnung, warum der Mann jetzt nicht mehr hier ist. Das müssen Sie herausfinden. Und außerdem habe ich meine Kappe hier verloren, die hatte ich noch auf, bevor ich zurückgerannt bin“, platzte es aus ihr heraus.

Sondermann atmete hörbar aus und schaute für einen Moment starr zu Boden. „Gut, Frau Markberg, es sieht nicht so aus, als ob jemand hier gelegen hat. Und wie Sie selbst gesagt haben, war die Haut des Mannes warm. Falls hier jemand war, war er womöglich kurz ohnmächtig und ist wieder fortgegangen. Wenn Sie also unbedingt eine Aussage machen wollen, dann kommen Sie bitte morgen in die Dienststelle. Sie finden uns unter dieser Adresse." Er gab ihr seine Karte. „Aber vielleicht schlafen Sie erst einmal eine Nacht drüber. Sie sehen etwas mitgenommen aus. Sie sind gestürzt und völlig durchnässt. Wenn Sie zur Ruhe gekommen sind, sieht die Welt schon anders aus." Förmlich lächelte er sie an.

Verstockt wandte sie sich um und ging den Waldweg zurück. Aus dem Augenwinkel sah sie noch, wie der Hauptkommissar zu seinem jungen Kollegen hinübersah und mit den Schultern zuckte. Es war offensichtlich, dass sie ihr nicht glaubten. Schnell lief sie voraus. Ihr Aussehen oder der Umstand, dass sie gestürzt war, hatten schließlich nichts mit der Leiche zu tun. Niemand sprach ein Wort. Im Wald waren außer den Regentropfen keine Geräusche zu hören, es war, als hätte die Natur sich ganz in sich zurückgezogen. Der Boden unter den Füßen hatte sich in eine schmierig-gelbliche Masse verwandelt, die Baumwurzeln wurden allmählich ausgespült. Wenn man nicht aufpasste, konnte man leicht ausrutschen. Ihre Schuhe waren bis zum Knöchel mit dem im Grunewald typischen Lehm-Sand-Gemisch beschmiert. Die Hose war mittlerweile völlig durchnässt und hing schwer herunter. Mit einer Hand hielt sie die Hose an der Taille fest, weil das altersschwache Gummi am Bündchen zu reißen drohte. Sie hatte Bauchschmerzen. Sie wollte jetzt nur noch nach Hause.

Am Fahrzeug angekommen setzte sich Sondermann wieder hinter das Steuer. Mila guckte aus dem Fenster und vermied es, die Beamten anzusehen. Es konnte doch wohl nicht ernsthaft sein, dass ihr nicht geglaubt wurde. Was war mit dem Mann passiert? Sie hatte definitiv diese Linie am Hals gesehen, die Augen. Wurde der

Fall wie eine Ordnungswidrigkeit zu den Akten gelegt? Sie hatte einen Ermordeten gesehen. Natürlich hatte sie keine Ahnung von solchen Dingen, aber die Sachlage war für sie eindeutig.

„Wie geht das jetzt weiter?“, fragte sie endlich.

„Wir nehmen gleich ihre Personalien auf. Dann nehmen wir Ihre Aussage zu Protokoll. Sie sollten morgen ins Präsidium kommen, sie müssen das noch unterschreiben.“

„Können Sie meine Daten bitte schon hier im Auto erfassen? Ich möchte nach Hause. Ich möchte meine Aussage erst morgen abgeben. Außerdem habe ich Ihnen ja schon alles gesagt, was Sie wissen müssen.“

Kommissar Thiede nickte und holte einen Tablet aus dem Handschuhfach. Er startete das Gerät und erfasste ihre Daten. Dabei lächelte er ihr die ganze Zeit beruhigend zu, wie einer Kranken, die der Schonung bedurfte. Kaum kamen sie am Parkplatz an, als Mila ausstieg und in ihren Wagen flüchtete.

Die Beamten setzten sich wieder in ihr Fahrzeug. Sondermann wirkte so unbeteiligt, als denke er im Moment nur an seinen vollen Schreibtisch. Er ließ den Motor an.

„Auf mich hat die Frau keinen verwirrten Eindruck gemacht“, sagte Thiede unbestimmt in den Raum. „Könnte doch sein, dass an der Geschichte was dran ist. Vielleicht sollten wir vorsichtshalber die Spurensicherung rausschicken.“

„Das glaubst du doch selbst nicht!“, blaffte sein Kollege. „Wenn das stimmt, reden wir hier von einem geplanten Mord, an dem mindestens zwei Täter beteiligt waren. Erdrosseln! Du weißt, dass das extrem selten ist. Sowas machen nur Profis. Und warum sollten die ausgerechnet einen solchen idiotischen Ort wählen, wo sie jederzeit gesehen werden können?“ Er schnaubte verächtlich. „Nein, mein Lieber, ich glaube, die Frau war ganz einfach überspannt. Hast du gesehen, was die anhatte? Womöglich stand die unter Drogen. Wer rennt schon bei so einem Mistwetter allein durch den Wald. Kein Wunder, dass sie dabei Angst bekommt und Gespenster sieht. Glaub' mir, da ist nichts dran. Ich wette, dass die morgen gar nicht auftaucht.“

Sondermann steuerte den Wagen auf die Hauptstraße und gab Gas. Eine Weile schwiegen die beiden. Er fummelte am Radio herum und stellte den Polizeisender ein. Angespannt lauschte er dem metallischen Krächzen. Dann drosselte er den Scheibenwischer, der Regen hatte etwas nachgelassen.

„Meinetwegen. Wir können eine Anfrage bei den Krankenhäusern machen und schauen, ob jemand dort eingeliefert wurde. Und von mir aus schicken wir auch die Spusi raus. Nur damit du endlich Ruhe gibst“, brummelte er vor sich hin. „Aber dafür machst du den Bericht. Ich hab sowieso viel zu viel auf dem Tisch.“

Thiede konnte sich ein Grinsen nicht verkneifen. Sein Chef war doch nicht der beinharte Zyniker, als der er sich gerne gab.

„Ich wollte dich sowieso gerade fragen, wo denn eigentlich die Kappe der Frau geblieben ist. Die hätten wir doch finden müssen!“

# Kapitel 2

Als Mila zu Hause ankam, war es immer noch früh, die ganze Sache mit der Polizei hatte nicht einmal zwei Stunden gedauert. Sie war durchgefroren und zitterte, wobei sie spürte, dass das nicht nur von der nassen Sportkleidung herrührte. Sie schloss die Tür auf. Mila wohnte in einer großzügigen Dachgeschosswohnung, die vor allem aus einem riesigen Wohnzimmer bestand, das fast das ganze Dach einnahm und an zwei Seiten von Terrassen gesäumt war. Neben dem Badezimmer gab es eine winzige Küche und ein kleines Schlafzimmer. Eine Wohnung für eine Person.

Erleichtert schloss sie die Tür hinter sich ab, fühlte sich aber trotzdem beobachtet und verfolgt und auf irritierende Weise beschmutzt. Sie streifte die Schuhe von den Füßen, legte die Kette vor und überprüfte alle Zimmer, schaute sogar in die Schränke, aber natürlich war da niemand. Alles normal, alles in Ordnung. Vom Wohnzimmer aus hatte man einen schönen Blick auf einen kleinen Platz vor dem Haus. Große Bäume umsäumten wie sanfte Wächter eine spätsommerlich vertrocknete Rasenfläche. Sie blieb einen Augenblick vor dem Fenster stehen und schaute hinaus. Das Grau war etwas lichter geworden, der Regen schien nachzulassen. Vor das friedliche Bild schob sich bruchstückhaft wieder der Anblick des Toten. Das Entsetzen im Gesicht des Mannes. Unwillkürlich schnaufte sie, ballte die Fäuste und spannte die Oberarme an, als müsse sie sich verteidigen. Das Ganze hatte nichts mit ihr zu tun. Gar nichts. Sie hatte nur etwas gesehen. Gewiss etwas Schreckliches, aber wenn sie nicht zufällig im Wald gewesen wäre, wäre der heutige Morgen wie immer verlaufen. Es gab also keinen Grund, warum dieser Tag nicht einfach ganz normal weitergehen sollte. Sie musste das jetzt vergessen. Dummerweise war heute Sonntag. Sonntage hasste sie.

Entschlossen zog sie ihre nassen Sportsachen aus und warf alles achtlos auf den Boden. Die Jogginghose schmiss sie in den Abfalleimer. In ihren Frotteemantel gehüllt ging sie ins Badezimmer und ließ sich ein Bad ein. Der Raum war ungewöhnlich groß und hell, der Eigentümer hatte zugunsten des Bades die Küche verkleinert, was ihr sehr recht war. Sie mochte die Stimmung der Ruhe und Privatheit, die an japanische Gärten erinnerte. Bodentiefe Fenster gingen auf einen mit einer hohen weiß verputzten Mauer abgeschlossenen Balkonumgang, auf dem schlicht glasierte und mit Zwergkiefern und Azaleen bepflanzte Keramiktöpfe standen.

Während sie auf dem Badewannenrand saß und dem einsprudelnden Wasser zuschaute, überkam sie plötzlich eine bodenlose Traurigkeit. Sie hatte das jähe Ende eines Lebens gesehen. Es erinnerte sie an den plötzlichen und rätselhaften Tod ihrer Eltern, der noch nicht einmal ein Jahr zurücklag. Die Eltern waren bei einem Autounfall ums Leben gekommen. Seit diesem Ereignis hatte sie sich sehr in sich zurückgezogen. Vor allem hatte sie sich von ihrem Freund Derek Balthus getrennt und war von München nach Berlin übergesiedelt. Sie hatte einen neuen Job angenommen, war dabei, neue Freunde zu finden, alles anders zu machen als bisher. Am Anfang war es ihr wie ein Abenteuer vorgekommen, ganz neu zu beginnen, niemand kannte sie, wusste von ihr. Niemand hatte eine vorgefasste Meinung. Das reiche Industriellentöchterchen. Sie konnte endlich machen, was sie schon immer gewollt hatte.

Sie warf eine Badesalztablette in das Wasser, die sich in farbigen Schleiern auflöste und angenehmes Aroma verströmte, stieg in die Badewanne, die mitten im Raum stand, und tauchte komplett unter. Mit angehaltenem Atem lag sie auf dem Wannenboden und spürte das Prickeln der platzenden Badesalzkristalle auf ihrer Haut, die fächelnden Wärmewogen. Die Schwerelosigkeit des Körpers nahm ihren Gedanken die Beklommenheit. Sie tauchte auf und schob sich ein Kissen unter den Nacken auf den Badewannenrand. Sie hätte ewig hier liegen können.

Erst als das Wasser schon kalt wurde und ihre Hände schrumpelig wie eine getrocknete Aprikose waren, stieg sie aus der Wanne. Sie rubbelte sich ab, zog eine Baumwollhose und eine flauschige Strickjacke an und kämmte ihr Haar. Dann cremte sie sich ihr Gesicht und ihre Hände ein. Im Spiegel sah sie ganz normal aus. Sie ging in die Küche und machte sich einen Kaffee. Hunger hatte sie nicht.

Von ihrer Mutter hatte sie ein vollständiges dänisches Porzellanservice für zwölf Personen geerbt, das in Kisten verpackt im Keller stand. Nur ein paar Tassen und Teller hatte sie mit in die Wohnung genommen. Sie hing an den alten Sachen, sie erinnerten sie an ihre

Kindheit. Immer sonntags hatte man das Porzellan benutzt. Es war eine Gewohnheit, ein Ritual. Der Sonntag begann nicht, bevor nicht das blaue Porzellan auf dem Tisch stand. Früher hatte sie sich immer darüber lustig gemacht. Sie fand es altmodisch, überholt, vielleicht sogar steif. Aber jetzt machte sie es genauso. Sie wusste, dass es Unfug war, aber sie hatte das Gefühl, dass dieses alberne Porzellan ihrem Leben einen Halt gab, so etwas wie einen Rahmen bildete. Dabei wusste sie nicht einmal, ob die Mutter dieses Ritual schon von der Großmutter übernommen hatte. Sie hatte so viele Fragen nicht gestellt, weil man gedacht hatte, es sei noch Zeit.

Während die Kaffeemaschine Druck aufbaute, röstete sie sich zwei Vollkorntoasts, es war besser, sie aß etwas. Der Kaffee lief jetzt in die Tasse, sie strich Kastanienhonig auf den Toast und schnitt das Brot in Dreiecke. Und dann schnitt sie die Dreiecke in noch kleinere Dreiecke. Als sie damit fertig war, merkte sie, dass sie nichts essen konnte. Sie ließ den Teller stehen und nahm den Kaffee mit ins Wohnzimmer. Sie schaute aus dem Fenster. Es war jetzt nicht einmal 9.00 Uhr. Sie machte das Radio an. Auf allen Kanälen Liveübertragungen von Gottesdiensten. Sie machte das Radio wieder aus. Dann holte sie sich eine weitere Tasse Kaffee. Die Dreiecke schmiss sie in den Mülleimer.

Der Regen hatte endlich aufgehört und zwischen dunklen Wolkenfetzen sickerte ab und zu ein zartes Blau hindurch, womöglich würde es noch einen spätsommerlichen Sonnentag geben. Irgendwie stimmte sie diese Aussicht froh. Sie holte ihr Mobiltelefon aus der kleinen Diele und prüfte, ob sie eine Nachricht auf

WhatsApp bekommen hatte, aber niemand hatte sich bei ihr gemeldet. Vielleicht sollte sie Andrea anrufen. Aber es war noch zu früh. Außerdem hatte Andrea einen Freund. Womöglich störte sie da an einem Sonntagmorgen. Sie könnte ihren Ex-Freund Derek anrufen. Sie waren jetzt so etwas Ähnliches wie alte Freunde. Aber Derek konnte von München aus auch nicht helfen. Wenn das Wetter besser wurde, könnte sie auf einen Flohmarkt gehen. Oder ins Café Einstein.

Sie nickte, als hätte ihr das gerade jemand vorgeschlagen, stand auf und holte sich noch einen Kaffee. Und Hunger hatte sie jetzt auch. Sie machte sich wieder einen Toast, ließ aber den Honig weg und nahm das trocken geröstete Brot und den Kaffee mit an den Schreibtisch.

Sie schaltete ihren Computer an und rief die Seite des „Tagesspiegels" auf. Unkonzentriert blätterte sie in den Nachrichten. Ohne es recht zu bemerken, hatte sie die Seiten gewechselt. Sie googelte, wie lange eine Leiche warm war, wie eine Erdrosselungsspur aussah. Ärger über den Kommissar stieg wieder in ihr auf. Natürlich hatte sie eine Leiche gesehen, sie konnte sich allenfalls im Ort geirrt haben. Ihr Orientierungssinn war tatsächlich nicht besonders gut. Sie musste die Täter überrascht haben, garantiert hatten sie sich noch irgendwo in der Nähe aufgehalten. Im Nachhinein wurde ihr erst klar, welches Glück sie gehabt hatte. Womöglich hatten die Mörder sie gesehen. Je länger sie darüber nachdachte, desto sicherer war sie, dass die Mörder sie gesehen haben mussten. Warum sonst sollten sie die Leiche abgelegt haben, wenn sie sie nicht überrascht hatte. Für einen Moment schloss sie ihre Augen. Bedeutete das, dass die Täter ihr nun nachstellen würden? Womöglich glaubten sie, dass sie sie auch gesehen hatte und beschreiben konnte.

In ihren Schläfen pochte es. Sie nahm einen Schluck aus ihrer Tasse und versuchte, sich das Aussehen des Mannes ins Gedächtnis zu rufen. Er war entstellt gewesen, sie dachte nicht gern an seinen Anblick. Die Augen waren ihr klein vorgekommen, weder eng zusammenstehend noch weit auseinander. Blaue Augen. Eine gerade Nase. Recht schmale Lippen. Das Gesicht hager, mit akzentuierten Wangenknochen. Insgesamt hatte es etwas maushaftes, spitzes an sich gehabt. Gleichzeitig wirkte es intelligent, drahtig, die Haut straff, kaum Unterhautfett, vielleicht lief der Mann Marathon. Sie erinnerte sich, dass er rasiert war, das fand sie ungewöhnlich für die Uhrzeit und die Situation, so früh morgens im Wald. Sein volles Haar war ihr aufgefallen. Es war aschblond, kurz geschnitten und ließ die Ohren frei. Sie schätzte ihn auf Mitte 40. Plötzlich fielen ihr die Schuhe ein. Die waren ziemlich auffällig gewesen.

Sie bestanden fast nur aus einem Netzgewebe, das mit einer organischen, amorphen Form den Fuß wie ein Strumpf umschloss. Dadurch machten sie einen extrem biegsamen, flexiblen Eindruck und wirkten für den nassen, unebenen Waldboden viel zu leicht. Sie hatten ganz neu ausgesehen. Solche Schuhe hatte sie noch nie gesehen und die Marke kannte sie auch nicht.

Sie schloss die Seite und suchte nach ähnlichen Laufschuhen. Je mehr sie sah, desto schwieriger wurde das Ganze, denn zu ihrer Überraschung gab es doch eine ganze Menge Schuhe, die diese Naturformen besaßen, das schien ein neuer Trend zu sein, der ihr glatt entgangen war. Irgendwann entdeckte sie das Modell auf der Internetseite einer kleinen Schuhmanufaktur aus Bayern. Die Firma stellte Schuhe nach Maß her, individuell angepasst für den Läufer, sein Gewicht, die Bodenbeschaffenheit.

Das war interessant, die Füße wurden mit einer speziellen Kamera dreidimensional fotografiert, außerdem wurde ein Bewegungsmuster auf dem Laufband aufgenommen, der komplette Bewegungsapparat vermessen. Der Hersteller versprach das Ende aller Laufbeschwerden. Knorpelschäden des Knies, Achillessehnenreizung, Hüftschmerzen – alles Schnee von gestern. Die Ausführung der Schuhe wurde exakt auf die individuelle Körperbeschaffenheit abgestimmt, die Höhe der Sporteinlage der Beinlänge angepasst, Fußfehlstellungen durch eine mikropräzisierte Kautschukform korrigiert. Kurz: Sie stellten ein Wunderwerk der Schuhmacherkunst dar.

Mila war geradezu begeistert, durch ihr jahrelanges Laufen hatte sie schon gelegentlich Knieprobleme, vielleicht sollte sie sich auch solche Wunderschuhe anfertigen lassen. Da die Schuhe noch nicht allzu lange hergestellt wurden, war der Kundenstamm wahrscheinlich überschaubar. Sie konnte sich sehr gut vorstellen, dass man den Toten anhand der Kundenkartei identifizieren konnte. Der Mann musste gut situiert gewesen sein, denn die Schuhe waren bestimmt teuer. Ihre Laune besserte sich deutlich. Das war immerhin ein Anfang.

# Kapitel 3

Montagmorgen saß Hauptkommissar Sondermann wie immer pünktlich um 8.00 Uhr hinter seinem Schreibtisch und überflog den Bericht seines Kollegen. Allerdings gab es keine neuen Erkenntnisse. Er setzte seine Lesebrille auf, die er sich erst vor kurzem besorgt hatte, er kam sich schrecklich alt vor mit diesem Ding, das nie an der richtigen Stelle lag, wenn er es mal brauchte. Routinemäßig überprüfte er die Datenbank für vermisste Personen und aktualisierte das Suchraster auf die Beschreibung des Mannes. Heraus kamen jedoch nur altbekannte Fälle, Verschollene, die schon lange nicht mehr gesehen worden waren. Eigentlich war es noch zu früh, eine Vermisstenanzeige zu erwarten, der Mann war erst seit einem Tag verschwunden. Außerdem kontrollierte er die Rückmeldungen der Krankenhäuser, die er gestern angefragt hatte, aber auch hier nur Fehlanzeige. Es war nichts vorgefallen, ein normaler, ruhiger Sonntag. Außer der Aussage dieser jungen Frau und der Tatsache, dass sie ihre Sportkappe verloren hatte, fand er keinen Hinweis auf eine Straftat. Ziemlich dünn. Er legte den Bericht beiseite. Es gab wahrlich genug andere Fälle, mit denen er sich dringender beschäftigen musste.

Sondermann holte sich einen Kaffee und rührte nachdenklich Milch ein. Irgendetwas störte ihn an der Sache, wahrscheinlich, dass die Opferbeschreibung zu genau war. Mit einer Hand strich er über sein kurzgeschorenes Haar, das sich stoppelig anfühlte. Er hatte sich vor Jahren eine Haarschneidemaschine gekauft, mit der er sein Haar und seinen Bart stets auf Drei-Tage-Länge halten konnte. Mittlerweile waren die Haare silbergrau, so dass man ihn für einen Glatzkopf hielt, wenn man nicht genau hinschaute. Eigentlich war ihm das egal. Er lebte für seine Arbeit, darunter hatte auch seine Ehe gelitten, die nicht gehalten hatte. Typisch in dem Beruf. Zu unstet, zu viel Negatives.

Es klopfte an der Tür. Eine Frau trat ein. Im ersten Moment erkannte er sie nicht wieder. Emilia Markberg sah völlig anders aus, ihr dunkelbraunes langes Haar lag glatt und schwer auf ihren Schultern und glänzte wie geöltes Tierfell. Die auffallend blauen Augen bildeten einen Kontrast zu dem dunklen Schopf. Sondermann war geübt darin, Menschen genau anzuschauen und deshalb fiel ihm auf, dass sie kaum geschminkt war. Dadurch wirkte sie natürlich, aber gleichermaßen sehr weiblich. Ihre vollen Lippen standen in ihrem Gesicht wie eine üppige Frucht. Sie trug einen kurzen, leicht ausgestellten, dunkelblauen Rock aus einem dicken Stoff mit einem eng anliegenden, hellen Wollpullover, der ihre schmale Taille betonte. Ihre makellosen, langen Beine waren ohne Strümpfe und obwohl sie Stiefeletten mit hohem Absatz trug, war ihr Gang sicher und energisch. Kein Schmuck. Mit ihrer Ankunft wirkte das abgenutzte Büro plötzlich jämmerlich, und Sondermann war für einen Moment peinlich berührt, in dem Raum zu arbeiten.

Er ertappte sich bei der Vorstellung, wie es wohl wäre, diese Lippen auf sich zu spüren, den Duft ihrer Haut einzusaugen. Verwirrt nuschelte er eine Begrüßung hervor und kam sich gleichzeitig unsäglich lahm vor. Die Frau hatte offenbar nichts bemerkt, jedenfalls nickte sie höflich und setzte sich, ohne dazu aufgefordert worden zu sein, auf den Stuhl vor seinem Schreibtisch. Sie schlug die Beine übereinander. Sondermann fixierte ihr Gesicht und widerstand der Versuchung, ihrer Beinlinie zu folgen. Der kurze Rock war ziemlich hochgerutscht.

Er sah, wie sie sein Büro musterte, seinen großen, altmodischen Schreibtisch, die abgenutzten, fleckigen Wände, die schon lange nicht mehr gestrichen worden waren. Unwillkürlich ärgerte er sich. Es war ihm vollkommen egal, was diese Zicke über ihn denken mochte. Er fühlte sich seltsam angegriffen – obwohl sie kein Wort gesagt hatte.

Ohne Umschweife kam sie zur Sache und erklärte, dass sie ihre Aussage protokollieren lassen wolle. Außerdem habe sie noch eine wichtige Beobachtung mitzuteilen, an die sie sich jetzt erinnere. Selbstbewusst blickte sie ihm direkt in die Augen. Sondermann schwieg einen Moment und bot ihr Kaffee an, aber die Frau schüttelte den Kopf. Er drückte eine Taste auf seinem Telefon und rief Thiede zu sich, dem er den Fall zugeordnet hatte. Wenn man überhaupt von einem Fall sprechen konnte.

Sein Kollege kam herein und stockte sichtbar, als er die Zeugin sah. Ihr Blick streifte Thiede beim Eintreten kurz und blieb dann auf dem selbstgebastelten Wandkalender neben der Tür hängen, der ein Urlaubsfoto zeigte, eine weiße Palmenlandschaft. Thiede setzte sich ungelenk neben seinen Kollegen hinter den Schreibtisch.

„Geht es Ihnen heute wieder besser? Sie haben gestern einen sehr mitgenommenen Eindruck gemacht“, fragte Thiede.

„Mit mir ist alles in Ordnung“, schnappte Emilia Markberg.

„Wahrscheinlich interessiert es Sie, dass wir die Spurensicherung in den Wald geschickt haben. Es wurden lange, dunkle Haare gefunden und winzige Stoffpartikel. Ich gehe davon aus, dass es Ihre Haare sind, aber wegen der Stoffpartikel bräuchten wir Ihre Sportbekleidung. Könnten Sie die vorbeibringen? Eine Haarprobe benötigen wir ebenfalls.“ Wenn Thiede über ihre Reaktion verärgert war, ließ er es sich jedenfalls nicht anmerken. Er lächelte sie freundlich an. Sie nickte und erkundigte sich nach weiteren Spuren. Bedauernd zuckte Thiede mit den Schultern.

„Frau Markberg, wir müssen jetzt das Laborergebnis abwarten. Wenn die Fetzen alle von Ihrer Kleidung stammen, haben wir ehrlich gesagt überhaupt keinen Hinweis, dass da irgendetwas war. Ich habe mit unserem Psychologen gesprochen. Kann es sein, dass Sie etwas Belastendes erlebt haben? Ein Film vielleicht, den Sie gesehen haben, oder ein Albtraum …“ Er bemühte sich, so einfühlsam wie möglich zu sprechen, wurde aber rüde von Mila unterbrochen.

„Wie oft soll ich es denn noch sagen? Ich habe einen Mann gesehen. Eine Leiche. Sie müssen der Sache nachgehen, da draußen laufen Mörder frei herum.“

„Wie kommen Sie darauf, dass es mehrere Täter waren?“, warf Thiede ein.

„Einer alleine hätte die Leiche wohl kaum wegschaffen können“, erwiderte sie aufgebracht und kreuzte die Arme vor der Brust.

„Beruhigen Sie sich bitte. Wir überprüfen das alles doch gerade. Am besten, Sie unterschreiben jetzt erst einmal das Protokoll“, schaltete sich Sondermann mit emotionsloser Stimme in das Gespräch ein. Er schob der Zeugin das Protokoll zu, das sein Kollege vorbereitet hatte. Sie las es sorgfältig und unterzeichnete.

„Vielleicht ergibt ja die Laboranalyse was. Unsere Kollegen dort können jedem noch so winzigen Fetzen sein Geheimnis entlocken. Wir kümmern uns um den Fall, Sie müssen sich wirklich keine Sorgen machen“, tröstete Thiede sie. Emilia Markberg zog die Stirn kraus und atmete hörbar aus. Offenkundig glaubte sie ihnen kein Wort.

Sein Blick glitt über ihre dunklen Haare und blieb kurz auf ihrem Busen hängen. „Aber Sie wollten uns noch etwas berichten, oder?“

„Mir ist aufgefallen, dass der Mann ganz besondere Schuhe getragen hat. Maß-Laufschuhe.“

„Maß-Laufschuhe? Sowas gibt es?“, fragte Sondermann überrascht.

„Ja. Wusste ich auch nicht. Solche Schuhe hatte ich vorher noch nie gesehen. Die Sohle extrem schmal und leicht. Mir kam es vor, als passten sie nicht zu dem schweren Waldboden, ich meine, als guter Läufer hat man für die unterschiedlichen Untergründe verschiedene Schuhe.“

„Wieso wollen Sie denn wissen, dass der Mann ein guter Läufer war?“, fragte Thiede.

„Naja, sonntagmorgens um die Zeit laufen nur Leute, die das Laufen wirklich lieben. Außerdem trug er Laufsachen, die nicht neu waren, eingetragen, aber sehr funktional, nichts Modisches, mit dem man irgendwen beeindrucken will. Eine sehr gute Pulsuhr. So jemand hat auch die richtigen Schuhe."

Sondermann fielen Milas verklebte Wimperntuschereste wieder ein, offenbar hatte sie auch niemanden beeindrucken wollen.

„Und von welchem Hersteller waren die Schuhe?"

„Es könnten Piedri-Schuhe gewesen sein, aus einer kleinen Manufaktur in Franken, die sich auf individualisierte, hoch innovative Laufschuhe spezialisiert hat. Ich habe das gegoogelt." Sie hob ihr Mobiltelefon hoch und zeigte den Beamten das Bild der Schuhe. Thiede öffnete die Internetseite der Firma auf seinem Monitor. Er verstand sofort, was die Zeugin meinte. Die Schuhe sahen wirklich besonders aus, ganz anders als die üblichen Massenfabrikate.

Sondermann setzte seine Brille auf und blickte mit in den Nacken gelegtem Kopf angestrengt über Thiedes Schulter auf den Bildschirm. Anerkennend pfiff er leise durch die Zähne.

„Tja, Frau Markberg, das ist eine interessante Beobachtung. Das könnte eine wichtige Spur sein." Er senkte seinen Kopf wieder und blickte Mila über den Rand seiner Brille an.

„Am besten, wir machen jetzt ein Phantombild, damit können wir dann in die Ermittlung gehen. Ich denke, dass wir einen Tag brauchen, bis die Ergebnisse der Spurensicherung da sind. Es wäre also gut, wenn Sie heute noch die Kleidung bringen. Ist das okay für Sie?"

Mila nickte. „Ich muss schauen, ob die Hose noch da ist. Ich wollte sie wegwerfen. Soll ich sie vorher noch waschen?"

Kommissar Thiede schüttelte energisch den Kopf. „Bringen Sie die Hose so, wie sie ist. Auf keinen Fall waschen. Es ist zwar nicht ideal, wenn sie in der Mülltonne lag, aber nun auch nicht zu ändern. Bringen Sie bitte auch Ihre Jacke und die Schuhe mit. Kommen Sie, ich begleite Sie in die Abteilung für Erkennungsdienste."

Nach etwa zwei Stunden kehrte Thiede mit einem Ausdruck des Phantombilds wieder an seinen Schreibtisch zurück. Die Zeugin hatte es gut gemacht, sehr sachlich, obwohl ihr anzumerken war, dass sie ungern an das entstellte Gesicht dachte. Das Bild zeigte einen drahtigen Mann Mitte 40. Er jagte das Porträt gleich durch die Datenbank, aber vergeblich, das Bild war weder in der Liste der bekannten Tatverdächtigen geführt noch unter den Vermissten zu finden. Ein Allerweltsgesicht, ziemlich unauffällig. Sondermann hatte ihm aufgetragen, nicht allzu viel Zeit in den Fall zu investieren. Aber Thiede war anderer Auffassung, er hielt die Zeugin für glaubwürdig. Als nächstes würde er die Laufschuhe abklären, die Adresse des Herstellers hatte er sich schon bereitgelegt.

Als er gerade eine Mail an die Firma schicken wollte, erreichte ihn eine Nachricht: Am Sonntagmorgen gegen 7.00 Uhr war ein bewusstloser Mann in der Notaufnahme des Klinikums Waldfriede an der Argentinischen Allee aufgenommen worden. Der Mann hatte ein Schleudertrauma erlitten, als er mit seinem Auto beim Abbiegen in den Hüttenweg von einem entgegenkommenden Fahrzeug gerammt worden war. Zeugen hatten einen dunkelgrünen Range Rover beobachtet, der Fahrerflucht begangen hatte. Da das Unfallopfer in Sportkleidung eingeliefert worden war und keine Ausweispapiere mit sich führte, war die Identität des Mannes vorerst noch unbekannt.

Thiede las die Nachricht erst interessiert, klickte die Mail aber dann beiseite, der Vorfall passte nicht zu seinen Hinweisen. Um 7.00 Uhr war auch der vermeintliche Tote gefunden worden. Außerdem betrachtete er es als Schlamperei, dass die Meldung erst einen Tag später ins Intranet gestellt worden war. Wäre die Info tatsächlich relevant gewesen, wäre sie jetzt schon viel zu alt. Er überlegte, ob er den Kollegen mal etwas Dampf machen sollte, ließ den Gedanken dann aber fallen. Es würde sowieso nichts bringen.

Er wandte sich wieder der Internetseite der Firma Piedri zu. Da die Laufschuhe noch nicht lange hergestellt wurden, war die Chance, dass die Verkäufer das mögliche Opfer kannten, nicht schlecht. Seine Laune besserte sich. Als er in der Firma anrief, geriet er zunächst an eine Verkäuferin, die zwar keine Ahnung hatte, ihn aber freundlicherweise an den Inhaber weiterleitete. Nach ungefähr einer halben Stunde und dem Austausch diverser Mails zum Nachweis, dass er wirklich von der Polizei war, hatte er erfahren, dass diese *Customized Running Shoes* tatsächlich individuell hergestellt wurden und es eine entsprechende Kundenkartei gab.

„Können Sie mir die Kunden aus dem Berliner Raum zusammenstellen?“, fragte Thiede. „Wir suchen hier konkret einen Mann Anfang bis Mitte 40, der wahrscheinlich Schuhe aus Ihrer Herstellung trug. Der Mann wird vermisst.“

„Wir haben jede Menge Kunden in Berlin, wir verkaufen unsere Schuhe in ganz Deutschland, ich sag’s Ihnen, die sind ein echter Schlager! Und gerade in Berlin sind’s ganz narrisch mit unseren Schuhen. Aber das Alter unserer Kunden interessiert uns net. Ich interessier’ mich nur für Füße, wissen’s.“ Der Mann war sichtlich stolz auf sein Produkt. „Was hat der Mann denn ausgefressen, dass Sie mich anrufen?“

„Ich brauche die Kunden in einem Umkreis von sagen wir rund hundert Kilometern um Berlin“, überhörte Thiede die Frage.

„Da muss ich erst einmal schauen, ob ich unsere Adressen danach sortieren kann. Wissen’s, einen Umkreis einstellen, das haben wir bisher noch nicht als Frage gehabt. Welche Orte interessieren Sie denn? Ich habe hier Waren an der Müritz. Ist das nicht auch bei euch da oben?“

Thiede rollte die Augen. Na, das konnte ja ein Spaß werden. Nach endlosem Frage-und-Antwort-Spiel hatten sie endlich über die Postleitzahlen eine Liste von Kunden zusammengestellt. Die Schuhe waren an mehr als 50 Läufer verkauft worden. Wahrscheinlich alles ambitionierte Sportler. Sie hatten immerhin viel Geld für die Schuhe ausgegeben. Thiede glich die Namen auf der Liste mit dem Einwohnermelderegister ab und stellte dabei fest, dass fast alle Kunden jenseits der 40 und männlich waren. Er dachte, dass das typisch war. Männer, die sich solche Schuhe leisten konnten, waren sicher keine großartigen Sportler mehr. Und er konnte sich von seinem Gehalt sowas nicht leisten.

Er wechselte auf die Seite des Einwohnermeldeamtes und glich die Daten mit der Kundenkartei ab. Es war erstaunlich, wie leicht man Bilder, die Menschen viel zu leichtfertig ins Netz stellten und das Phantombild mit den Passfotos der Datenbank des Einwohnermeldeamts abgleichen konnte. Es kamen gar nicht viele Personen infrage. Die meisten Männer hatten dunkles Haar. Nur wenige waren blond und eine volle Haarpracht hatten noch weniger. Danach konnte es sich bei dem möglichen Todesopfer nur um einen handeln: Thilo Feller, 41 Jahre alt und CEO Deutschland der Reto AG. Thiede pfiff leise durch die Zähne. Das war ein kapitaler Fang, ein wirklich wichtiger Typ, der da womöglich einem Verbrechen zum Opfer gefallen war. Die Reto AG war ein international agierendes Unternehmen mit Tausenden von Angestellten, das neben Internetdienstleistungen innovative Technikprodukte entwickelte.

Thiede griff zum Hörer und wählte Sondermanns Nummer, während er schon aufstand und seine Jacke vom Stuhl zog. Sondermann hob ab. „Wir haben einen Fall!“, blaffte er ins Telefon.

# Kapitel 4

Bevor Mila zur Arbeit fuhr, hatte sie noch schnell ihre Sportkleidung zur Polizei gebracht. Bei ihrer französischen Lieblingsbäckerei Aux Delices hielt sie an, kaufte Croissants und ihre heißgeliebten Franzbrötchen, eine Blätterteigsünde mit Zimt und Zucker. Mila arbeitete als Architektin in Kreuzberg. Sie fand es sehr angenehm, in diesem kleinen Büro zu arbeiten. Ihre derzeitige Position war nahezu das Gegenteil ihrer früheren Aufgabe in München. Dort hatte sie bei einem international bekannten Architekten als Projektleiterin gearbeitet. Allerdings hatte sie nach der anfänglichen Euphorie gemerkt, dass sie sich in ihrer Rolle gar nicht wohl fühlte. Das Büro war ihr zu anonym. Und sie stand nicht gerne in der ersten Reihe. Als Projektleiterin wurde von ihr erwartet, dass sie alle Probleme löste, auch die Fehler der Kollegen vor den Kunden rechtfertigte und sich nach außen loyal vor das Team stellte. Es kam nicht selten vor, dass sie sich überfordert fühlte, sie musste für die Kunden Lösungsvorschläge entwickeln, anschließend die Probleme im Team klären und gleichzeitig darauf achten, dass nicht zu viele Stunden verbraucht wurden. Natürlich war es wunderbar, wenn ein Projekt abgeschlossen war, wenn es gut geworden war. Wenn alle gemeinsam ihren Erfolg feierten. Das hatte sie sehr motiviert. Ihr Vater war sehr stolz gewesen, als sie ihm mitgeteilt hatte, dass sie in dem namhaften Büro Projektleiterin werden sollte.

Wahrscheinlich hatte sie deshalb so lange durchgehalten, weil sie ihren Vater nicht schon wieder enttäuschen wollte. Ihr Vater hätte niemals Kritik an ihrem Leben geübt, aber Mila wusste, dass er sich einen anderen Lebensweg für sie vorgestellt hatte. Vielleicht war das immer das Problem gewesen, dass man solche Konflikte nicht offen ausgetragen hatte, dass sie immer in dem Gefühl gelebt hatte, Erwartungen nicht zu erfüllen.

Aber diese Zeit lag nun hinter ihr. Niemand kannte sie in Berlin von früher. In ihrem neuen Büro war sie eine ganz normale Teammitarbeiterin. Ihr Chef Björn Wisser versuchte zwar immer wieder, sie zu mehr Verantwortung zu motivieren, aber bis jetzt hatte sie abgewunken.

Mila schloss die Bürotür auf und nestelte an ihren Tüten herum. Der Duft nach Zimt, Butter und karamellisiertem Zucker hing ihr die ganze Zeit schon verführerisch in der Nase. Sie überlegte, ob sie den Kollegen von ihrem Leichenfund berichten sollte, aber sie hatte überhaupt keine Lust, die grässlichen Details zu wiederholen und die Neugierde und Sensationslust ihrer Kollegen zu befriedigen. Die Bürotür ihres Chefs stand offen. Im Vorbeigehen winkte sie Björn zu, der mit breitem Grinsen aufstand, als er ihre Tüten sah. Er war ein schlimmes Leckermaul. Nicht umsonst hatte man ihm den Spitznamen „die Raupe“ verpasst, er graste gnadenlos im Vorbeigehen alle Süßigkeiten an den Arbeitsplätzen ab, was zu harmlosen, aber vollkommen zwecklosen Protesten seiner Mitarbeiter führte. Überraschenderweise war er noch einigermaßen schlank – ein Resultat seines exzessiven Fahrradfahrens und der einen oder anderen Turbodiät.

„Hi Kiddies", rief sie betont fröhlich, als sie den Großraum erreichte, mit einem Seitenblick auf Björn. „Ich habe uns was mitgebracht, aber haltet euch ran, ihr seht ja schon, wer hier die Fährte aufgenommen hat." Allgemeines Gelächter und Stühlerücken war die Folge. In der Küche prangte eine Nespresso-Maschine auf dem Tresen, für die sie alle zusammengelegt hatten, allerdings waren die Kapseln immer Mangelware. Mila kramte in den Schubladen und fand schließlich noch einen geheimen Vorrat, den sich irgendwer gebunkert hatte. Gnadenlos riss sie die Packung auf und puhlte die kleinen Alukapseln heraus. Mittlerweile waren alle in der kleinen Küche versammelt und nestelten an den Tüten herum. Ein gutmütiges Geschnatter ging hin und her; Mila tat es gut, zwischen all diesen netten Kollegen zu sein, die unbeschwert von ihrem Wochenende berichteten, von irgendwelchen überraschenden Projektereignissen, vom Wetter, vom Urlaub, von dem ganz normalen, völlig harmlosen Leben, das sie alle führten.

Andrea kam zu ihr herüber und küsste sie zur Begrüßung auf die Wange.

„Na? Gut ausgeschlafen? Das war am Samstag ja ziemlich heftig." Sie grinste, verrollte die Augen und wedelte mit der Hand vor ihrer Stirn herum. „Ich hab den Sonntag im abgedunkelten Zimmer bei Tee und Zwieback verbracht."

Mila nickte mit schmalem Lächeln. „Mir ging es auch nicht gut. Hast du Zeit, dass wir heute Mittag essen gehen? Ich muss dir was erzählen."

Die Freundin wollte sofort wissen, um was es ging, aber Mila schüttelte nur den Kopf. Mit einem halben

Franzbrötchen und einem Kaffee verzog sie sich an ihren Rechner, auf dem als Bildschirmschoner immer noch das Ferienhaus am Fuschlsee aufflimmerte. Die Hütte hatte Dereks Eltern gehört, es war ein bezaubernder Ort und sie hatten dort immer gern Ferien gemacht. Am liebsten hätte sie Derek jetzt doch angerufen.

Nachdem ihre Eltern verunglückt waren, hatte sie zur Verwunderung aller die Beziehung beendet. Derek und sie waren mindestens sechs Jahre ein Paar gewesen, genau konnte man das gar nicht sagen, weil sie sich schon so lange kannten. Es hatte eher beiläufig zwischen ihnen angefangen und allmählich eine Verbindlichkeit angenommen, die niemals ganz selbstverständlich wirkte. Dereks Eltern waren mit Milas Eltern befreundet gewesen, so hatten sie sich überhaupt kennengelernt.

Und dann auf einmal waren ihre Eltern vor einem Jahr bei dem Autounfall in Italien ums Leben gekom men. Alles hatte sich geändert. Auf einer schmalen Straße an der Amalfiküste hatten sie in einem Moment der Unaufmerksamkeit die Kontrolle über das Fahrzeug verloren und waren mit dem Wagen über den ungesicherten Fahrbahnrand in die Tiefe gestürzt. Mila hatte nie verstanden, wie sich dieser Unfall ereignen konnte. Die Behörden schlossen einen Freitod nicht aus, was Mila bestürzte. Das Fahrzeug war auf einen Felsen aufgeschlagen. Ihre Eltern waren sofort tot. Die Küstenwache hatte das Auto und die Leichen geborgen. Zu ihrer Überraschung hatte ihre Mutter den Wagen gefahren, die es normalerweise vorzog, als Beifahrerin ihren Mann zu unterhalten. Gleichwohl war sie eine routinierte und besonnene Fahrerin, die die Küste bestens kannte.

Mila hatte ihre Eltern in Tramonti bestatten lassen. Sie war sicher, dass dies der letzte Wunsch der Eltern gewesen wäre. Die Mutter war Italienerin und hatte ihre einzige Tochter Emilia genannt, was Mila als Kind immer etwas kitschig fand. Italien war für alle die zweite Heimat. Und die Eltern waren bei ihrem Unfall noch so jung und standen so im Leben, dass bis dahin niemand auf den Gedanken gekommen war, sich mit einem Grabplatz zu beschäftigen.

Sie erinnerte sich an den furchtbaren Anruf, den sie in ihrer damaligen Firma erhalten hatte. Derek war sofort zu ihr geeilt, ohne Frage. Selbstverständlich wollte er sie nach Italien begleiten. Und da war der erste Bruch entstanden, denn ohne dass sie sagen konnte, weshalb sie es so entschied, hatte sie sie sein Angebot abgelehnt. Erschrocken und verletzt hatte er sie angesehen. Der Anblick hatte ihr wehgetan, aber sie war hart geblieben, sie wollte Derek beim Abschied von ihren Eltern nicht dabei haben. Einen Grund dafür konnte sie nicht angeben.

Mit schlechtem Gewissen war sie nach Neapel geflogen, von dort war es weitergegangen mit einem Mietwagen quer durch die Berge an die Amalfiküste, eine Strecke von nur anderthalb Stunden, die ihr vorgekommen waren wie eine Ewigkeit. Auf der Fahrt hatte es sie getröstet, dass ihre Eltern nicht mehr lebten. Es wäre unerträglich gewesen, eine solch lange Reise anzutreten, während die Eltern in Lebensgefahr schwebten und sie sie womöglich nicht mehr rechtzeitig erreicht hätte. Den Anblick der zerschundenen Leichen konnte man ihr nicht ersparen, sie musste die Eltern identifizieren.

Zu ihrer Überraschung gestalteten die italienischen Behörden diesen Akt mit einfühlsamer Rücksichtnahme, die Eltern lagen würdig aufgebahrt in einer Seitenkapelle der Kirche St. Christina. Die Kirche klebte auf einem Felsvorsprung in Tramonti und war über eine steile Treppenanlage zu erreichen. In Begleitung eines Beamten schritt sie durch das dunkle Kirchenschiff aus dem 14. Jahrhundert. An den Wänden hatten sich Reste verblasster Fresken erhalten. Kerzen leuchteten an Opferstöcken und warfen ihr unruhiges Licht über die weißfleckigen Wände. Eine tröstende Ruhe breitete sich in ihr aus. In der Seitenkapelle duftete es süßlich. An den Wänden hingen schwarzspeckige Ölgemälde, auf denen Heilige verzückt in den Himmel blickten. Es war überraschend kühl. Überall standen Vasen mit Blumen, voll erblühte Rosen in zartfarben weißen Schattierungen, grüne Hortensien, Brombeeren und pralle Hagebutten.

Mila hatte den Raum mit den Lieblingsblumen ihrer Mutter schmücken lassen. In der Mitte standen die Särge, daneben dicke Kerzen auf hohen Ständern, die dem Raum ein feierliches Gepräge gaben. Sie war innerlich darauf vorbereitet, ihre Eltern entstellt zu sehen und war deshalb erleichtert, dass die Gesichter kaum Unfallspuren aufwiesen. Offenbar hatte der Wagen sich nicht überschlagen oder der Airbag hatte die Köpfe geschützt. Sie trat an die Särge heran. Die Mutter sah aus, als schlafe sie. Man hatte sie ein wenig geschminkt, so dass die Wangen leicht rosa schimmerten. Ihr graues Haar war nach hinten gekämmt und umrahmte ihr Gesicht wie eine Kappe. Mila schluckte. Sie hatte zwei Rosen mitgebracht, von denen sie eine unter die gefalteten Hände der Mutter schob.

Das Gesicht des Vaters dagegen war nicht friedlich, sein Mund stand schräg und verzerrt, als litte er unter einer großen Anspannung. Es fiel ihr schwer, ihn anzusehen. Spontan legte sie ihm ihre Hand auf die Wange und ignorierte das unangenehme Gefühl, das die kalte wächserne Haut unter ihrer Hand hinterließ. Als ob sie erwartete, dass sich seine Gesichtszüge entspannten, blickte sie ihm ins Gesicht.

Über den Augen hatte er zwei Einstichlöcher, die mit einem kleinen Schorf bedeckt waren. Trotz der Schminke konnte sie Hämatome in den Augenhöhlen erkennen. Erschrocken trat sie zurück. Plötzlich war ihr schwindlig; sie sah zu dem Beamten hinüber, der teilnahmslos neben einer Säule stand und auf sein Mobiltelefon blickte. Sie ließ sich auf die Bank vor den Särgen fallen. Die Luft war auf einmal stickig. Sie hatte das Gefühl, keine Luft mehr zu bekommen und stand so abrupt auf, dass die Kirchenbank über den Marmor kratzte. Der Beamte schaute hoch. Ohne länger abzuwarten, eilte sie aus der Kirche. Ihre Tritte hinterließen kaum ein Geräusch auf dem Marmorboden, die Gummisohlen des Carabiniere dagegen hörten sich klebrig an.

Als sie den Vorplatz betrat und die schweren Holztüren hinter ihr ins Schloss fielen, stach das gleißende Licht in den Augen. Unwillkürlich verzog sie ihr Gesicht zu einer Grimasse und tastete nach der Sonnenbrille. Rasch setzte sie sie auf. Ihre Augen tränten. Trotz des fast schwarzen Glases vor ihren Augen konnte sie ihr Gesicht nicht mehr beruhigen, es war noch immer diese Grimasse darin, die wie festgewachsen schien. Mit angespanntem Nacken ging sie ein paar Schritte auf das Geländer zu, von dem aus man einen seitlichen Blick auf die Küste hatte.

Kinder spielten am Strand mit einem Ball. Ein leiser Geruch von Sonnenöl und würzigen Pastagerichten wehte herüber. Vielleicht hätte sie nicht allein herkommen sollen. Das Meer sandte langsame Wellen an den Strand, als sei nichts geschehen. Die Sonne stand hoch am Himmel, es war heiß. Ein zerfasertes Wölkchen schob sich in ihr Blickfeld und löste sich an den Rändern in der Strahlung auf. Die Sonne würde heute Abend mit rosigem Schein untergehen und morgen früh wieder aufgehen und dann wieder untergehen und wieder aufgehen; sie scherte sich nicht darum, dass der Vater fröhlich mit ihr am Tisch gesessen hatte, ob die Mutter für alle ihre unnachahmlichen Gerichte gekocht hatte. Es scherte sie nicht, dass sie nicht mehr da waren, nie mehr mit ihr sprachen. Jeden Tag würde es sonnig sein oder regnerisch, das Meer würde seine ewigen gleichgültigen Wellen senden, an den Strand, über die Steine, würde den Sand ablecken. Aber für sie hatte sich jetzt alles geändert. Am liebsten hätte sie ins Meer gespuckt.

Das Klingeln ihres Mobiltelefons riss sie aus ihren Gedanken und holte sie zurück in die Gegenwart. Thiede war dran. Es gab eine Spur und sie sollte nochmals ins LKA kommen.

# Kapitel 5

Erik kam gerade vom Sozialamt zurück. Er hatte sein Geld abgeholt. Er hatte lange warten müssen, aber das machte nichts, er hatte auf dem Plastiksessel gesessen und die Schreibtische gezählt. Und dann die Stühle. Aber als er die Stühle gezählt hatte, war ihm entfallen, wie viele Schreibtische es gab. Das musste er aber doch wissen, er musste sich erinnern, an welchen Schreibtisch er gehen sollte, also fing er an, wieder die Schreibtische zu zählen. Irgendwie kam es ihm aber verrückt vor, denn die Schreibtische standen jetzt alle ganz woanders. Wenn an einem Schreibtisch zwei saßen, waren das dann zwei Schreibtische? Was, wenn dort noch mehr saßen, wie dahinten, wo eine ganze Familie um den Tisch herum saß. Erik war verwirrt. Wenn er die Schreibtische nicht durchzählte, würde er seinen Sachbearbeiter nicht finden. Dann hatte er kein Geld. Dann konnte er sein Essen nicht kaufen. Da fiel ihm ein, dass er bei der Berliner Tafel nichts zahlen musste. Wofür brauchte er Geld? Aber sie hatten nicht immer den Käse. Er aß nichts anderes. Schmelzkäse von Milram. Champignon. Der war eingepackt. Da war keine Ameise darin. Das wusste er. Sicher. Bei allem anderen konnte man es nie wissen. Er zitterte. Dann begann er von neuem mit seiner Berechnung.

Mittendrin auf einmal war er aufgerufen worden, es war sogar sein Sachbearbeiter zu ihm gekommen und hatte ihn auf die Schulter getippt. Erik hatte vor Schreck aufgeschrien, so konzentriert war er gewesen. Alle hatten ihn merkwürdig angesehen. Aber dann war er doch ganz schnell aufgestanden und dem Mann gefolgt. Er hatte Fragen beantworten sollen und das alles wohl ganz richtig gemacht, da war er stolz gewesen, dass er alles so gut hatte sagen können. Und dann hatte der Mann ihm ein Papier gegeben und damit war er zur Kasse gegangen und hatte sein Geld bekommen. Es war dann doch ganz einfach gewesen. Und jetzt war er wieder zu Hause. Er war schnell nach Hause gelaufen. Er hatte über den großen Platz gehen müssen vor dem Sozialamt, das fiel ihm schwer. Er war da ganz alleine gewesen, der Platz war so groß, man konnte nie wissen, wo er endete. Aber er hatte es geschafft.

Vor einigen Monaten hatte er sich dieses leerstehende Gebäude in Friedrichshain gesichert. Ein altes Lagerhaus aus Backstein, das an der Spree stand. Dahinter verlief direkt die S-Bahn. Die Tür und die Fenster im Erdgeschoss waren mit Eisenplatten abgeschlossen gewesen, es standen auch Schilder herum, dass das Betreten lebensgefährlich sei, aber Erik wusste, dass man ihm nur etwas vormachen wollte. Das Haus war genau richtig für ihn. Auf dem verwilderten Grundstück hatte er die Eisenstange gefunden. Damit war es ganz leicht, die Eisenplatte an der Tür aufzubiegen. Deshalb hatte man ihm doch die Eisenstange da gelassen, dass er damit die Tür aufmachen sollte.

Drinnen war es richtig gut. Niemand war da. Aber es war dunkel dort und das war nicht gut. Er wusste, als erwachsener Mann fürchtet man sich nicht, aber Dunkelheit war schrecklich. Er hatte noch seine Taschenlampe, damit ging es. Und dann hatte er sogar einen richtig guten Elektrostrahler gekauft. Jetzt war alles hell. Im Haus war es trocken, im Winter aber kalt. Er hatte sich seine Wohnung eingerichtet. Es war sein Heim, gemütlich. Warm. Pappkisten auf dem Boden. In die zerbrochenen Fenster hatte er Lumpen und Pappe gesteckt. Er hatte Wolldecken, einen Schlafsack und Möbel. Die Möbel hatte er am Straßenrand gefunden. Ein Sofa gab es, eine kleine Anrichte, er hatte sogar eine Nachttischlampe, aber die konnte er nicht anmachen, er hatte keinen Strom. Es sah aus wie früher zu Hause. Er fühlte sich sicher und wohl. Seine Ecke. Den Elektrostrahler ließ er die ganze Nacht über an, er hatte jede Menge Batterien. Er setzte sich auf sein Sofa, nahm die Tüte, die er von der Berliner Tafel bekommen hatte, und holte eine in Stanniolpapier eingepackte Käseecke heraus. Die Frauen dort wussten, dass er nur den Milram essen konnte. Sie besorgten ihm den Käse immer. Dann hatte die Frau ihm unbedingt Obst andrehen wollen, aber er wollte nicht. In Obst waren Würmer. Er schüttelte sich. Sie hatte ihn dann überredet, Vitaminpillen mitzunehmen. Wenn er genau nachdachte, fiel ihm ein, dass die das im Krankenhaus auch immer gesagt hatten, Erik, du musst Vitamine nehmen. Genau. Das hatten sie gesagt.

Vorsichtig wickelte er den Käse aus seiner Verpackung aus, das Stanniolpapier durfte nicht zerreißen. Er nahm das Dreieck zwischen Daumen und Zeigefinger und biss die Spitze ab. Er kaute.

Plötzlich setzte wieder dieses Bohren und Hämmern in seinem Kopf ein, löschte alles andere aus, die silbrig-schwarz eingefärbte Iris, die er manchmal bekam und die seinen Blick eng werden ließ, nur noch einen kleinen punktförmigen Blick erlaubte. Er sah dann nichts mehr, wenn er etwas sehen wollte, musste er den Kopf drehen, das schmerzte ihn und machte ihn so wütend. Er wusste, was jetzt kam und allein bei dem Gedanken daran begann sein Herz vor Angst zu rasen. Er riss seinen Mund auf, weil er auf einmal keine Luft bekam und der halb gekaute Käse fiel heraus. Die Schatten rasten wieder auf ihn zu, er sah sie auf den Wänden geistern, gleich würden sie sich lösen und zu ihm kommen. Sie hatten sich schon in Bewegung gesetzt, Millionen von kleinen leuchtenden Insekten, die um ihn herum tanzten und ihn verhöhnten.

Er fiel auf die Seite und zog die Beine an. Gleich würden sie in seine Haut fahren, sie würden in ihn kriechen, ihn von innen verzehren. Er sprang auf, holte seine Decke, wickelte sich ein. Vielleicht konnte sie das aufhalten. Panisch schlug er nach den gleißenden Insekten, die in der Luft taumelten, er sah es genau, wie sie schon im Licht seines Elektrostrahlers waberten. Er begann zu zittern, versuchte, die Insekten zu fokussieren, aber er konnte nichts sehen. Er versuchte sie zu zählen, aber sie waren zu schnell. Draußen grollte etwas auf den S-Bahn-Gleisen, ein Waggon ratterte darüber, in seinem Haus grollte es auch, die Decke vibrierte und Putz rieselte herunter. Er schloss die Augen. Wenn er nichts sah, ging es manchmal weg. Sie würden sehen, dass er keine Angst vor ihnen hatte und dann würden sie verschwinden. Da hörte er das Brausen und Schlagen in seinem Kopf, das sein Blut auslöste, das orgelnd und gurrend durch seine Adern schoss und wahrscheinlich gerade dabei war, sein Herz zu vergiften, weil die Insekten schon in ihm waren, gleich würde er sterben.

# Kapitel 6

Wieder saß Emilia Markberg den Beamten des LKA in dem abgewetzten Büro gegenüber. Hauptkommissar Sondermann und sein Kollege Thiede hatten gemeinsam hinter dem Schreibtisch Platz genommen, auf dem ein großer Flachbildschirm stand. Thiede saß ungelenk vor einem unter dem Tisch eingezwängten Rollboy.

„Frau Markberg, wir haben Ihre Angaben überprüft.“ Unwillig rückte Sondermann an dem Bildschirm, der ihm im Wege stand, und schob ihn so, dass jetzt Thiede dahinter halb verschwand. Thiede rückte mit seinem Stuhl um den Tisch herum. Mila schlug die Beine übereinander, saß ruhig mit angelehntem Oberkörper da und beobachtete halb belustigt das Schauspiel, das sich ihr bot. Ihre Handtasche stand neben ihr auf dem Boden. Sie wartete.

„Nun, immerhin konnten wir nach Ihren Beschreibungen eine Person identifizieren, die in Frage kommt. Wir würden Ihnen gerne ein Foto zeigen. Vielleicht können Sie uns sagen, ob es sich um den Mann handelt, den Sie im Wald gesehen haben.“

Sondermann legte einen Stapel kleiner, ordentlich zugeschnittener Farbkopien auf den Tisch. Überrascht beugte sie sich vor, um die Bilder anzuschauen, mit einem so schnellen Ergebnis hatte sie nicht gerechnet. Die Ausdrucke waren schlecht, die Bilder grobkörnig und blaustichig.

„Ich bin nicht sicher, die Bilder sind nicht besonders gut. Ist das alles dieselbe Person?“ Fragend blickte sie zu den Beamten auf.

Thiede rückte abermals an dem Bildschirm herum und versuchte ihn so zu drehen, dass Mila besser sehen konnte, ohne das Netzkabel abzuziehen. Der Bildschirm ließ sich nicht bewegen, das Kabel war zu kurz. Entnervt gab er auf.

„Kommen Sie doch bitte herum, auf dem Bildschirm sieht man das besser. Nein, es sind verschiedene Personen. Wir wollen sehen, ob Sie womöglich die Person erkennen, die wir ermittelt haben.“

Sie stand auf, ging um den Schreibtisch herum und betrachtete die Bilder auf dem Monitor. Die Männer waren mal im Anzug, mal in sportlicher Freizeitkleidung aufgenommen, teilweise gemeinsam mit anderen Personen. Die Fotos waren sehr unterschiedlich, manche waren Schnappschüsse, es waren auch nicht alle aus der gleichen Zeit.

„Ich bin mir nicht sicher.“ Sie blinzelte, das rechte Auge kehrte sich leicht der Nase zu. „Auf manchen Fotos könnte es die Person sein. Das hier sieht ihm zum Beispiel ziemlich ähnlich.“ Sie zeigte auf ein Foto, das den Mann in einem dunklen Anzug zeigte.

„Sind Sie ganz sicher?“, fragte Thiede insistierend. Er deutete auf ein paar andere Fotos, die ähnliche Männer zeigten. „Vielleicht vergleichen Sie noch einmal. Schauen Sie bitte genau hin.“

Mila nahm die Ausdrucke in die Hand und ging sie noch einmal durch. Sie fischte ein Foto heraus. „Es muss dieser Mann sein. Ganz sicher. Wer ist das denn?“, fragte sie aufgeregt und setzte sich wieder.

Sondermann schaute noch auf den Monitor. Er schob seine Brille auf den Kopf. Es sah aus, als hätte der Beamte plötzlich Hasenöhrchen.

„Zu den laufenden Ermittlungen können wir natürlich nichts sagen, das verstehen Sie sicher." Die Stimme passte gar nicht zu den Hasenöhrchen und auch nicht der strenge Blick, mit dem er sie bedachte.

„Allerdings ist der, den Sie zu erkennen glauben, nicht als vermisst gemeldet. Das steht fest. Ihr Mordopfer ist erfreulicherweise quicklebendig und gesund." Er lehnte sich zurück und sprach langsam mit gesenkter Stimme, als ob Mila begriffsstutzig sei. Unübersehbar hielt er seine Feststellung für einen Sieg nach Punkten und verkniff sich ein „das haben wir doch gleich gesagt".

Mila schluckte und starrte die Beamten an.

„Wir haben im Wald keinen Hinweis auf eine Leiche finden können. Ebenso wenig hat die Spurensicherung Hinweise auf eine Gewalttat erbracht. Die Gewebefetzen, die wir sichergestellt haben, stammen von Ihrer Sportkleidung, wie wir schon vermutet hatten. Wir sind Ihrem Hinweis mit den Schuhen nachgegangen und haben sogar jemanden ermittelt, der in Berlin solche Schuhe besitzt – wie viele andere übrigens auch. Die Person ähnelt zugegebenermaßen Ihrem Phantombild, aber solche Ähnlichkeiten sind nicht selten. Sie haben gezögert, diesen Mann eindeutig zu identifizieren, Sie könnten sich also auch irren. Und, was das Wichtigste ist, der Mann, den sie als Leiche identifizieren, ist nicht tot. Definitiv. Das ist alles wenig überzeugend."

Er beugte sich vor. „Kann es nicht vielmehr sein, dass Sie diesen Mann zwar irgendwo gesehen haben, aber zum Glück nicht als Leiche? Vielleicht haben Sie sich doch getäuscht? So etwas kommt vor." Er senkte seine Stimme. „Frau Markberg, kann es sein, dass Sie unter Alkohol- oder Drogeneinfluss standen?"

Der jüngere Kommissar blinzelte unbehaglich, rutschte auf dem Stuhl vor und streckte die Beine weit unter den Tisch, den Oberkörper zurückgelehnt. Er schob die Hände in die Taschen.

Mila schwieg einen Moment und fixierte den albernen Kalender an der Wand. Ärger stieg in ihr hoch. Ihr war klar, dass sie hier ihre Zeit verschwendete.

„Gut, wenn das alles ist, kann ich ja gehen. Aber ich weiß, was ich gesehen habe." Sie konnte nicht verhindern, dass ihre Stimme schnippisch klang. Darüber ärgerte sie sich noch mehr. Sie stand auf, wandte sich zur Tür.

„Falls ich aber recht haben sollte, laufen in Zehlendorf Mörder herum, nach denen nicht gesucht wird. Vielleicht denken Sie darüber mal nach!"

# Kapitel 7

Nach dem ernüchternden Gespräch mit der Polizei saß Mila mit ihrer Freundin zum späten Mittagessen in der kleinen Pizzeria gegenüber dem Büro. Es waren nur noch wenige Gäste da. Mila und Andrea gingen oft hier essen. Kaum stand das Essen auf dem Tisch, berichtete Mila von dem Wochenende. Andrea saß sprachlos auf ihrem Stuhl und ließ die Pasta kalt werden.

„Um Himmels Willen, du hättest doch gestern vorbeikommen müssen", rief sie aus.

„Na, deine Mailbox war doch den ganzen Tag an. Ich hatte eher den Eindruck, dass du mit etwas anderem beschäftigt warst."

Andrea schüttelte den Kopf, wurde aber trotzdem ein wenig rot. Ihr Lebensgefährte war nur an den Wochenenden da. Sie hatten den Tag im Bett verbracht.

„Du hättest trotzdem kommen müssen! Das weißt du doch auch. Wir müssen zur Presse gehen, ich kann Klaus ansprechen, der ist seriös!" Andrea kannte noch aus dem Studium einen Journalisten, der mittlerweile beim „Tagesspiegel" arbeitete.

„Und dann? Dann steht in der Zeitung ‚Zeugin Emilia M. findet Leiche im Grunewald' …; ‚Emilia M.: einzige Zeugin eines spektakulären Verbrechens …' Der Tote war noch warm. Ich muss die Mörder gestört haben. Die müssen den Mann direkt ein paar Minuten vorher umgebracht haben, dann bin ich gekommen, die haben den abgelegt und sich versteckt, in der Hoffnung, dass ich die Leiche nicht sehe. Im Grunde können die gar nicht sicher sein, dass ich sie nicht ebenfalls gesehen habe. Insofern lege ich echt keinen Wert darauf, irgendwo in der Presse mit der Geschichte zu erscheinen. Nene, da könnte ich ja gleich ein Foto und meine Adresse veröffentlichen und die Killer persönlich einladen, mich zu erledigen."

„Du hast recht. Was für ein Glück, dass dir nichts passiert ist! Ich will mir gar nicht vorstellen, wenn du die wirklich überrascht hättest!" Nachdenklich spießte Andrea ein Stück Fisch von ihrem Pastateller und ließ es in ihrem Mund verschwinden. „Wieso meinst du, dass es mehrere Täter waren?"

„Der Typ muss sicher 70 Kilo gewogen haben. Einer alleine kann den wohl kaum abtransportieren. Die haben sich außerdem richtig Mühe gegeben, dass man keine Spuren findet. Wenn du mich fragst, steckt da mehr dahinter. Das war nie im Leben ein simpler Raubüberfall oder Mord aus Eifersucht. Vor allem, wenn man bedenkt, um wen es sich handelt!"

Andrea guckte sie mit Schafsaugen an, vor Anspannung war nicht einmal ihr Mund vollständig geschlossen. Wäre der Anlass nicht so bedrückend gewesen, hätte Mila über Andreas Gesichtsausdruck lachen müssen.

„Die Polizei hat den Toten anhand meiner Beschreibung identifiziert. Und ich fand es unerträglich, dass die Idioten mir dann nicht sagen wollten, wer es war. Also hab ich mich halt selbst drangemacht – und siehe da: Ich hab's herausbekommen!" Einen gewissen Stolz in der Stimme konnte sie nicht verbergen.

„Du hast was? Du weißt, wer der Tote ist? Wie hast du das rausgefunden?“, fragte Andrea begriffsstutzig. Mila lehnte sich genüsslich zurück und faltete langsam ihre Serviette zusammen. Mechanisch fegte sie die Krümel von der Tischdecke.

„Jetzt spann mich nicht auf die Folter! Sag schon!“, setzte Andrea nach.

„Gar nicht so schwer. Ich habe die Fotokopie geklaut. Das haben die Polizisten gar nicht gemerkt. Der Jüngere war so damit beschäftigt, in meine Bluse zu gaffen, dass er gar nicht gesehen hat, wie ich ein Bild in die Tasche gesteckt habe.“

Andrea lachte laut auf und schlug anerkennend mit der flachen Hand auf den Tisch.

„Dann bin ich ins Büro gefahren und habe meinen Rechner damit gefüttert. Hast du gewusst, dass man bei Google auch nach Bildern suchen kann?“

Ihre Freundin schüttelte den Kopf.

„Ja, das geht sogar ganz einfach, du suchst einfach nach einem gescannten Bild und schon spuckt dir der Rechner alle Bilder aus, die ähnlich sind. Das war ein Kinderspiel.“

Sie wurde ernst. „Der Tote heißt Thilo Feller. Und das ist nicht irgendwer: Der Mann ist der Vorstandsvorsitzende der Reto AG Deutschland.“ Sie schob das Foto über den Tisch.

Ihre Freundin griff nach dem Bild und schaute den Mann genau an. Keiner sprach ein Wort. Die Reto AG war eines der größten Technologieunternehmen der Welt. Die Firma operierte in über 60 Ländern, hatte weltweit mehr als 160.000 Angestellte und einen mehrstelligen Milliardenumsatz.

„Die Reto AG. Ist das nicht ein Netzbetreiber?“, fragte Andrea.

Mila schüttelte den Kopf. „Das ist eher ein Allround-Technologieriese. Die entwickeln innovative Produkte in allen möglichen Sparten: Telekommunikation, Medizintechnik, IT-Technik, auch Dienstleistungen. Und Feller ist der Chef der deutschen Niederlassung. Da arbeiten immerhin ein paar tausend Menschen. Das ist also keine Würstchenbude.“ Aus ihrer Handtasche holte sie ihr Mobiltelefon und öffnete die Homepage.

Andrea nahm das kleine Gerät entgegen und überflog die Seiten. „Aber dann ist es doch total einfach, herauszufinden, ob der Mann vermisst wird oder nicht. Wir können da einfach anrufen“, schlug sie vor.

„Die Polizei hat das doch schon überprüft und sagt, dass der Mann noch lebt. Ich versteh's nicht. Vielleicht sieht er dem Toten nur verdammt ähnlich.“

„Mila, jetzt mal ganz ehrlich. Es gibt gar nicht so viele Möglichkeiten. Entweder haben wir am Abend vorher zu viel getrunken, was ich leider bezeugen muss, und du warst morgens noch im Delirium. Du weißt ja, weiße Mäuse und so. Würde mich zwar auch nicht überraschen, wäre mir bei dir aber neu. Wenn das aber nicht der Fall ist, dann lag da tatsächlich ein Toter, den jemand entsorgt hat. Passt doch irgendwie, dass der ein wichtiger Manager ist. Wer weiß, in was der verwickelt war. Aber dann kann er nicht gleichzeitig in seiner Firma arbeiten. Es sei denn, er hat einen Bruder, der genauso aussieht.“

„Das habe ich auch schon überlegt. Ich habe den Mann im Netz überprüft, aber außer einem beeindruckenden

Lebenslauf, Studium in Stanford, lange Jahre im Silicon Valley und so, habe ich nichts Besonderes finden können. Kein Hinweis auf einen Bruder", sagte Mila.

„Oder es war ein mysteriöser Doppelgänger, der ermordet wurde, und er selbst wohnt jetzt heimlich bei den sieben Zwergen hinter den sieben Bergen", witzelte Andrea. Sie machte eine Pause und schaute sich noch einmal das Foto an.

„Ich finde es ganz schön spooky, dass die Polizei nicht richtig tätig wird. Ein bisschen Angst hab ich schon. Was ist, wenn die Killer nach mir suchen, weil sie mich für eine Augenzeugin halten?"

Besorgt nickte ihre Freundin. „Kann ich verstehen. Wir können da doch einfach anrufen und fragen, ob Herr Feller zu sprechen ist. Dann wissen wir zumindest, ob er vermisst wird. Vielleicht hast du recht und Feller ist wirklich eine Leiche. Dann hat die Polizei einen anderen Kandidaten im Blick. Aber wenn er wirklich zu sprechen ist, bist du auf dem Holzweg. Dann glaube ich eben doch an die weißen Mäuse." Sie grinste aufmunternd ihrer niedergeschlagen dasitzenden Freundin zu und tätschelte ihre Hand, die auf dem Tisch lag.

„Aber wenn er es ist? Dann ist er ermordet worden, dann habe ich recht gehabt. Und der Täter sitzt womöglich in seinem Umfeld und wir machen ihn erst recht auf uns aufmerksam."

„Das ist doch Blödsinn. Der Mann bekommt jeden Tag hunderte von Anrufen. Ich ruf da jetzt an. Was soll denn passieren?" Andrea schnappte sich Milas Handy mit der Homepage der Firma, suchte die Telefonnummer heraus und tippte die Zahlenkolonne in ihr eigenes

Mobiltelefon. Nach ein paar Sätzen mit dem Empfang und verschiedenen Personen, die den Grund ihres Anrufes erfahren wollten, hatte sie sich zu der persönlichen Assistentin durchgefragt, die sich tatsächlich kurz darauf am Telefon meldete. Sie stellte sich als Projektleiterin einer Firma für Webseitenoptimierung vor und zwinkerte Mila zu, die versteinert hinter ihrem Glas saß.

„Ich habe Herrn Feller vor einigen Tagen privat bei einem Lauftreffen kennengelernt und er hat mir seine Karte gegeben. Wir wollten einen Termin vereinbaren, um über das Optimierungspotenzial von Webauftritten unterschiedlicher Kunden der Reto AG zu sprechen. Ist Herr Feller zufällig da, damit ich einen Termin mit ihm vereinbaren kann?"

Andrea zog bedeutungsvoll die Augenbrauen nach oben. Man glaubte ihr jedes Wort. Ihre Freundin hatte eine perfekte Telefonstimme. Sie setzte sich auf die Bank direkt neben Mila, damit sie mithören konnte. Die Assistentin näselte herum, als sei es geradezu eine Zumutung, wie selbstverständlich die Anruferin davon ausging, sie könne so ohne weiteres direkt mit Herrn Feller verbunden werden. Mit ausgesuchter Höflichkeit gab sie der Anruferin zu verstehen, dass Herr Feller im Moment leider nicht zu sprechen sei, er sei außer Haus.

Andrea fasste nochmals nach. „Wann wäre es denn möglich, Herrn Feller zu sprechen? Vielleicht könnten Sie mich freundlicherweise zurückrufen?"

„Es tut mir leid, Herr Feller hat Ihren Anruf nicht avisiert. Wie Sie sich sicher vorstellen können, ist er sehr beschäftigt. Ich kann gerne mit Herrn Feller Rücksprache halten wegen eines Termins."

Mila hörte angespannt zu und machte mit dem Finger eine kreisende Bewegung an ihrer Schläfe. Der geschraubten Sprache der Assistentin konnte man anhören, dass sie ihren Job für etwas ganz Besonderes hielt. Trotzdem, irgendwie drohte der Anruf zu scheitern. So würde Andrea nicht herausbekommen, was sie wollte. Als hätte Andrea ihre Gedanken erraten, wechselte sie in eine verschwörerisch-vertrauliche Stimmlage.

„Entschuldigen Sie bitte, aber Herr Feller hat mich schon vorgewarnt, dass Sie mich nicht ohne weiteres durchstellen werden.“ Sie lachte leise und gurrend. „Er hat mir auch gesagt, dass er in dieser Woche schlecht zu erreichen sei. Wir wollten uns daher ohnehin in San Francisco verabreden, da ich auch in der nächsten Woche da sein werde.“

Sie warf einen Testballon aus, der Firmenhomepage war zu entnehmen, dass die Hauptversammlung der Reto AG kurz bevorstand. Der Deutschland-Chef würde garantiert auch dabei sein, jedenfalls hoffte sie das. Das war ein Volltreffer. Die Assistentin klickte auf der Tastatur herum und prüfte offenbar den elektronischen Kalender.

„Ja, Herr Feller ist nächste Woche in San Francisco, das stimmt. Allerdings ist er vollständig durchgeplant, ich kann da gar kein Zeitfenster anbieten. Im Moment ist er nicht in Europa. Er ist auf Geschäftsreise in Asien, daher ist es vollkommen unmöglich, kurzfristig einen Termin zu vereinbaren.“

Andrea horchte auf und machte wieder mit den Augenbrauen Zeichen, als wäre sie eine Komikerin in einem alten schwarz-weißen Stummfilm. „Ach ja, in Asien? Hatten Sie heute Kontakt zu ihm?“

Wenn sich die Assistentin über die Frage wunderte, zeigte sie es jedenfalls nicht. „Ja sicher, Herr Feller meldet sich immer von seinen Terminen."

Entmutigt schauten sich die Freundinnen an. Vielleicht war das alles doch eine Sackgasse. Immerhin willigte die Assistentin nach einigen Rückfragen widerstrebend ein, die persönliche E-Mail-Adresse von Herrn Feller herauszurücken. Offenbar war Feller wirklich ein begeisterter Läufer und die Assistentin hatte vom Laufen keine Ahnung, denn Andreas in lebhaften Farben ausgemalten Treffen bei Laufereignissen, die sie in dem Moment frei erfand, wirkten auf die Mitarbeiterin so glaubwürdig, dass sie die Anruferin als gute Bekannte ernst nahm. Nachdem Andrea aufgelegt hatte, saßen die beiden Frauen aufgeregt auf ihrer Bank.

„Tja. Die Polizei hatte wohl doch recht, Feller kann es nicht gewesen sein. Dabei war ich mir so sicher! Naja, die Leiche sah ziemlich übel aus, und ich hab ihn auch nur kurz angesehen."

Mila zuckte die Schultern und angelte nach ihrem Wasserglas. „Ist vielleicht auch besser so. Damit ist der Fall jetzt auch für mich erledigt." Sie nahm einen großen Schluck und stellte das Glas heftig auf den Tisch zurück. Etwas Wasser schwappte auf die Tischdecke. Plötzlich fühlte sie sich eigenartig niedergeschlagen.

Andrea legte einen Arm um sie. „Sei nicht enttäuscht. Selbst wenn du dich geirrt hast, das Wichtigste ist doch, dass es mit dir gar nichts zu tun hat. Du warst einfach nur zur falschen Zeit am falschen Ort. Und du hast dein Bestes getan, um zur Aufklärung beizutragen. Jedenfalls ist die Sache jetzt beendet. Und du läufst in Zukunft nicht mehr im Grunewald, das fand ich sowieso immer viel zu gefährlich."

Sie drückte sie energisch und winkte mit einer Hand nach dem Kellner. Zögernd nickte Mila. Wahrscheinlich hatte ihre Freundin recht. Es war das Beste, den ganzen Kram einfach zu vergessen. Sie kannte jede Menge Laufreviere. Dann lief sie eben nicht mehr Grunewald.

Enrico, der Kellner kam und zeigte mit gespieltem Vorwurf auf Milas Teller. Sie hatte kaum etwas angerührt. Mila lächelte ihn entschuldigend an und rieb ihren Magen, als sei der die Ursache für ihren fehlenden Appetit. Kunstvoll lamentierend räumte er die Teller ab.

Andrea bestellte Kaffee. „Wir vergessen das jetzt", sagte sie und guckte Mila streng an. „Soll sich doch unser Freund und Helfer darum kümmern, statt Parktickets auszustellen."

# Kapitel 8

Am Dienstagmorgen wurde Sebastian Gordon aus dem Krankenhaus Waldfriede nach einer ermüdenden Diskussion mit dem leitenden Oberarzt auf eigene Verantwortung entlassen. Er hatte ein leichtes Schleudertrauma erlitten, es konnten jederzeit Lähmungserscheinungen eintreten, belehrte ihn der Arzt, weshalb er besser zur Beobachtung im Krankenhaus bleiben sollte. Ungeduldig hörte Sebastian Gordon sich alles an. Am Sonntagmorgen hatte er auf dem Weg zu einer Verabredung mit seinem Freund Thilo einen Autounfall gehabt. Ein anderer Wagen musste in ihn hineingerast sein. An den Unfall selbst konnte er sich kaum erinnern. Dunkel entsann er sich noch, dass die Polizei angerückt war und Zeugen herumstanden, die der Polizei den Hergang berichteten. Es schien, als habe er eine Menge Glück gehabt. Der dunkle Range Rover hätte ihn auch leicht ins Jenseits befördern können, hatten die Augenzeugen berichtet. Jedenfalls war sein Wagen nur noch ein Trümmerhaufen.

Die Prellungen schmerzten wie ein schwerer Muskelkater, er fühlte sich, als sei eine Dampfwalze über ihn gerollt. Sein linkes Auge war verschwollen, weshalb er auf der Seite wie durch einen Schleier sah. Aber im Bett liegen konnte er auch zu Hause. Bis jetzt waren die Untersuchungen im Krankenhaus derart nachlässig und langsam vonstatten gegangen, dass er wohl kaum ein schlimmer Fall sein konnte. Immerhin ließ er sich überreden, eine Halskrause zu tragen.

Er musste jetzt unbedingt telefonieren. Sein Mobiltelefon war bei dem Unfall zerquetscht worden. Mehrfach hatte er schon aus dem Krankenhaus versucht, Thilo anzurufen, aber bisher nur die Mailbox erreicht.

Derangiert schloss Sebastian seine Wohnungstür auf. Der Taxifahrer hatte ihn misstrauisch bis zur Wohnung im vierten Obergeschoss begleitet, weil er kein Geld bei sich gehabt hatte. Außerdem sah er in seiner verschmutzten Sportbekleidung nicht sehr vertrauenerweckend aus, er hatte die Sachen wieder anziehen müssen, weil er niemanden hatte, der ihm hätte Wäsche bringen können. Er fischte einen Schein aus seinem Portemonnaie, das sich in seinem Jackett befand und verzichtete genervt auf das Wechselgeld, nachdem der Fahrer allzu bedächtig in seiner Börse herumkramte.

Müde schloss er die Tür hinter sich ab. Er wollte ins Bad, machte dabei aber eine ungeschickte Bewegung, sodass er kurz etwas taumelte. Mit einer Hand fing er sich an der Wand ab. Ein stechender Schmerz durchfuhr seinen Oberkörper. Er stöhnte. Mit der Rippenprellung konnte er nur flach atmen. In der Plastiktüte, die der Arzt ihm mitgegeben hatte, befanden sich hoffentlich Schmerztabletten. Außerdem brauchte er dringend eine heiße Dusche. Er ging in die Küche und schüttete die Tüte auf dem Küchentisch aus. Heparin-Salbe, Ibuprofen, Voltaren, entzündungshemmende Augentropfen.

Er drückte zwei Tabletten aus der Kunststoffverpackung und spülte sie mit Wasser herunter. Hinter dem linken Auge pulste es. Irgendetwas hatte man ihm hineingeträufelt, das ein stetes Brennen und Tränen auslöste. Mit der Halskrause war es gar nicht so einfach, das Wasser zu trinken, er konnte den Kopf nicht bewegen und spürte, wie sich die Tabletten schon in seinem Mund aufzulösen begannen, ein unangenehmer bitterer Geschmack ließ ihn angewidert das Gesicht verziehen. Langsam schlurfte er ins Wohnzimmer, setzte sich auf einen Sessel und streifte seine Sportschuhe ab. Er griff sein selten benutztes Festnetztelefon und wählte Thilos Büronummer. Nach einigem Klingeln meldete sich seine Assistentin.

„Hallo Katja, Sebastian hier, kann ich bitte mit Thilo sprechen? Ist er frei?"

„Sebastian, wo bist du denn? In der Company wirst du vermisst! Bremer ist schon völlig sauer, weil niemand weiß, was mit dir ist. Er wollte unbedingt wissen, wo du bist und so. Ich wusste gar nicht, dass er so an dir hängt." Katja sprach in einer hohen, aufgeregten Tonlage, die ihm in den Ohren schmerzte.

Bremer war sein Vorgesetzter. Er war wie Thilo Mitglied des Vorstands. Ihm eilte der Ruf voraus, ein begnadeter Stratege zu sein, er verstand es, Situationen brillant zu analysieren und innovative Lösungen zu entwickeln. In der Company war es üblich, dass sich alle duzten, es gehörte zur amerikanisch geprägten Firmenkultur. Zu Bremer hatte es allerdings nie gepasst. Er war ein stocksteifer Typ und man merkte, dass er sich jedes Mal zusammenreißen musste, wenn er einen Mitarbeiter mit Vornamen ansprach. Er bekam dann einen starren Blick, als ob er ein Weihnachtsgedicht vor der Schulklasse aufsagen müsste.

Sebastian hatte lange in den USA gelebt und kannte deshalb die Umgangsformen, man pflegte einen lockeren Ton, war freundlich, eben informell. Die Reto AG legte Wert darauf, dass die Mitarbeiter sich wohl fühlten. Kreativer Spirit, das war das Mantra, an dem alle arbeiteten. Thilo war in dieser Hinsicht ein Vorreiter, er hatte Chill-out-Räume mit bequemen Sofas einrichten lassen. Jeder Besprechungsraum war anders ausgestattet, manche sahen aus wie eine ehrwürdige englische Bibliothek, andere wie eine amerikanische Coffeebar aus den 50er Jahren mit roten Kunstledersofas.

Thilo und Sebastian kannten sich seit dem Studium, beide waren noch sehr jung gewesen, als sie in den USA ankamen, mit einem Stipendium in der Tasche und neugierig auf die große weite Welt. Sebastian dachte gerne an diese Zeit zurück, wie sie sich vorkamen, als wären sie schon erwachsen und hätten alles im Griff. Dabei waren sie noch grün hinter den Ohren, hatten sogar noch Flaum am Kinn. Zwei alberne Jungs, nicht mehr. Das war so lange her. Nach dem Studium traten sie unterschiedliche Jobs an, verloren sich aber nie aus den Augen. Es war großartig, dass sie jetzt bei der Reto AG wieder zusammengekommen waren.

„Ich hatte einen Autounfall und war im Krankenhaus. Aber keine Sorge, alles schon wieder okay“, sagte er zu Katja. Er wollte jetzt auf keinen Fall noch lang und breit den Unfall schildern. „Nächste Woche bin ich wieder an Bord, vielleicht auch schon eher.“ Bevor Katja weiter nachfragen konnte, hakte Sebastian nach: „Ist Thilo da? Ich muss ihn dringend sprechen.“

„Was ist denn passiert? Bist du verletzt?“

Sebastian verdrehte die Augen, er hatte jetzt wirklich keine Zeit. „Entschuldige Katja, das war alles etwas viel für mich. Mir ist jemand ins Auto gefahren. Ich erkläre dir gerne alles später bei einer Tasse Kaffee. Ich muss mich noch ein wenig schonen, daher wäre ich dir wirklich dankbar, wenn du mich mal eben mit dem Chef verbindest." Sein Ton war eine Mischung aus verärgertem Drängen und zerknirschtem Bitten.

„Aber Thilo ist nicht da. Du weißt doch, dass er Sonntagmittag nach Myanmar geflogen ist. Ich kann ihn im Moment nicht erreichen. Schick ihm doch eine Mail, er wird sich sicher sofort melden, wenn er angekommen ist." Katja prüfte parallel den Terminkalender.

Sebastian schluckte. Dann hatte er Thilo also doch verpasst. Das war schlecht. Sehr schlecht. „Hat er am Freitag irgendwas für mich hinterlassen?"

„Nein. Was suchst du denn? Was ist denn heute los? Alle möglichen Leute fragen nach Thilo, ob ich ihn persönlich gesprochen hätte, wo er ist und so. Ihr könnt ihn doch alle selbst per E-Mail erreichen."

Sebastian konnte förmlich durch das Telefon sehen, wie Katja gelangweilt die Beine übereinanderschlug und prüfend ihre Fingernägel inspizierte.

„Wer hat sich denn sonst noch nach Thilo erkundigt?", fragte er plötzlich alarmiert.

„Naja, die Polizei war da, die wollten auch wissen, ob er da ist. Ich habe ihnen erklärt, was ich dir gerade erzählt habe, und damit waren sie zufrieden. Wahrscheinlich ist er wieder zu schnell gefahren. Du kennst das ja. Kommt ja öfter vor, dass die hier aufkreuzen, um unseren Raser zu überführen." Sie kicherte. „Und außerdem hat sich noch eine ehemalige Sportfreundin oder sowas gemeldet. Sie wollte direkt einen Termin mit ihm vereinbaren und ihn persönlich sprechen." Sie schnaubte. „Als ob Thilo mit jedem, der hier anruft, persönlich Termine ausmacht. Ich habe nicht genau verstanden, worum es ging, irgendwas mit Webauftritten. Merkwürdige Person."

Mit wachsender Irritation hörte Sebastian zu. Thilo hatte keine Laufpartnerin und er glaubte auch nicht, dass die Polizei sich wegen eines Knöllchens meldete. Zum Glück hatte Thilo aber doch seine Geschäftsreise angetreten, wahrscheinlich sah er nur Gespenster und musste sich tatsächlich keine Sorgen machen. Trotzdem war es absolut außergewöhnlich, dass er Thilo nicht erreichen konnte. Sein Mobiltelefon war normalerweise immer eingeschaltet.

„Hat die Polizei gesagt, worum es ging? Haben die was von einem Knöllchen gesagt?"

„Ne, ich hab natürlich nachgefragt, aber die haben mit nichts rausgerückt. Schon etwas eigenartig – die kamen in Zivil und hatten Ausweise vom Landeskriminalamt. Als ich denen gesagt habe, dass Thilo auf dem Weg nach Myanmar ist, schienen sie zufrieden und sind wieder gefahren. Das war alles."

Sebastian zog erschrocken die Augenbrauen hoch. Das Landeskriminalamt würde sich wohl kaum Raser zur Brust nehmen. „Und die Frau?", fragte Sebastian weiter. Katja hatte sich dummerweise den Namen nicht notiert. „Hast du die persönliche Mailadresse von Thilo herausgerückt?"

Ihrem Ton war anzuhören, dass sie ein schlechtes Gewissen hatte, die privaten Kontaktdaten besaß sonst nur der engste Kreis. Die Anruferin musste geschickt vorgegangen sein, um Katja die Daten zu entlocken. Das konnte ein Zufall sein, oder diese Frau war als Vertreterin einer Dienstleistungsfirma einfach besonders routiniert. Er kannte das von diversen Verkaufsschulungen der Reto AG, in denen die Teams alle möglichen Tricks lernten, wie man an wichtige Entscheidungsträger herankam und es schaffte, mit seinem Anliegen nicht bei Assistenten hängenzubleiben. Aber was hatte es mit dem LKA auf sich? Hatte Thilo vielleicht sogar selbst die Polizei eingeschaltet, als er, Sebastian, nicht zum Laufen gekommen war?

Eilig beendete er das Gespräch und bat seine Kollegin, Bremer zu informieren, dass er eine Woche ausfiel. Wieder versuchte er, Thilo über das Firmenhandy in Asien zu erreichen, noch immer vergeblich. Die Mailbox sprang an. Dann öffnete er seinen E-Mail-Account und entdeckte in seinem Postfach eine Nachricht von seinem Freund. Erleichtert klickte er sie an. Thilo schrieb, er sei gut in Bangkok angekommen, das Wetter sei fein, er freue sich auf einen Drink in der Rainbow Bar.

Sebastian lehnte sich zurück und schaute blicklos aus dem Fenster. Irgendetwas stimmte nicht. Die Rainbow Bar war ein alter Hut, da würde Thilo niemals hingehen. Außerdem schickte er viel persönlichere Nachrichten, etwas über ein neues Restaurant oder über ein Gericht, das er gegessen hatte, ein Foto. Schließlich teilten sie beide die Leidenschaft für die asiatische Küche. Und kein Wort darüber, dass Sebastian nicht zum Treffpunkt erschienen war. Das hätte Thilo in jedem Fall angesprochen. Diese Mail konnte nicht von Thilo stammen. Immer noch hoffte er, dass er sich täuschte, aber eine verstörende Stimme in seinem Inneren sagte ihm, dass seinem Freund etwas zugestoßen war. Eine üble Sache. Und er, Sebastian, steckte mittendrin.

# Kapitel 9

Unmittelbar nach dem Gespräch mit Katja nahm Sebastian eine ausgiebige Dusche. Er brauchte jetzt einen klaren Kopf. Abwechselnd drehte er die Armatur auf heißes und kaltes Wasser, weil er irgendwo gelesen hatte, dass Durchblutung beim Abschwellen von blauen Flecken helfen soll. Nach Luft schnappend ließ er den kalten Strahl über seine Brust und das Gesicht laufen. Der Anblick seines Oberkörpers im Spiegel hatte ihn einigermaßen erschreckt, weshalb er sich zu dieser drastischen Maßnahme gezwungen sah. Die Schwellung an seinem Auge war in ein Dunkelblau übergegangen, das an den Rändern nun eine leichte Grünfärbung annahm. Vorsichtig trocknete er sich ab und schmierte fingerdick Heparin-Salbe, die der Arzt ihm gegeben hatte, auf den beeindruckenden, länglichen Bluterguss, den der Sicherheitsgurt hinterlassen hatte. Unangenehm klebte das T-Shirt, dass er sich übergezogen hatte, an der Salbe fest und ließ ihn frösteln. Er zog einen alten Hoody darüber, seine weiteste Jeans, damit der Stoff nicht die Blutergüsse einschnürte und holte sich einen Kaffee. Ihm war kalt. Aus dem Schlafzimmer holte er sich Baumollsocken und setzte sich sogar eine Mütze auf. Okay. Sah einerseits sehr cool aus, tatsächlich musste es ihm aber wirklich schlecht gehen, denn normalerweise fror er nicht.

Sein Schreibtisch stand im Wohnzimmer unter dem Fenster. Stapel von Papieren lagen darauf, Reisewerbung, die er noch nicht angesehen hatte, außerdem Firmenakten, die er zu Hause durcharbeiten wollte. Sein übliches Chaos. Sogar die Tastatur war nicht auf Anhieb zu finden. Genervt hob er die Papierstapel an, aber es dauerte einen Moment, bis ihm einfiel, dass er sie in die Küche getragen hatte, weil er die Batterien wechseln wollte. Mit einem Aufstöhnen griff er seine Tasse, ging in die Küche, um sich einen neuen Kaffee zu machen und tatsächlich lag die Tastatur auf dem Tisch. Während der Kaffee aus der Maschine in seine Tasse gepresst wurde, wechselte er die Batterien aus und legte die verbrauchten in eine spezielle Dose, in der er alle alten Batterien aufbewahrte. Mit Kaffee und Tastatur ging er zurück zum Schreibtisch.

Dann startete er den Rechner. Nachdem er einige Parameter geändert hatte, fuhr er das System herunter und startete den Rechner neu. Sebastian war bei der Reto AG für die Entwicklung von innovativen Softwareprodukten verantwortlich, im Moment leitete er ein Team, das an einem Chipsensor forschte. Diese Mikrochips wurden für medizinische Zwecke entwickelt. Sie sollten chronisch kranken Menschen implantiert werden, um permanent deren Blutwerte zu messen, den Zuckerspiegel, Hormone, Herz-Kreislauf-Daten. Sie arbeiteten daran, dass die Chips auch den Stoffwechsel beeinflussten und die Hormonproduktion unterstützten. Die Daten wurden dann an einen behandelnden Arzt oder eine Klinik als Empfänger gefunkt und ausgewertet. Für alle Patienten, die dauerhaft auf Medikamente angewiesen waren, war das eine bahnbrechende Innovation. Sie standen mit dem Produkt kurz vor den klinischen Prüfungen, der letzten Phase vor einer Markteinführung. Parallel war Patentschutz beantragt worden.

Jedoch hatte es in der letzten Woche massive Probleme gegeben. Das Programmsystem war mehr oder weniger zusammengebrochen, die Ursache jedoch nicht zu finden. Sofort hatte er die Kollegen von der IT-Sicherheit eingeschaltet, die für das das gesamte internationale Serversystem verantwortlich waren. Als er bei Reto angefangen hatte, hatte er die Sicherheitsarchitektur in Deutschland teilweise mitentwickelt. Auch wenn er nicht mehr in allen Programmdetails steckte, wusste er, wie viele Sicherheitsstufen im System eingebaut waren, was wo wie verschlüsselt war und welche Personen für das Freischalten bestimmter Informations- und Datenebenen erforderlich waren. Aus Sicherheitsgründen waren die normalen Unternehmensbereiche von der Forschungs- und Entwicklungsabteilung völlig getrennt. Für den F+E-Bereich war sogar ein eigenes autarkes Rechenzentrum aufgebaut worden, das sie intern liebevoll „das Lab“ nannten. Das Lab befand sich zwar im gleichen Gebäude, verfügte aber über keinerlei Verbindung zu den allgemeinen Unternehmensservern, die in einem konventionellen Rechenzentrum standen. Ein Hochsicherheitsbereich.

Als ob er eine Ahnung gehabt hätte, dass es demnächst Probleme geben würde, hatte Sebastian vor einigen Wochen eine kleine Spähsoftware installiert, die ihm die Passwörter der Systemadministratoren zugänglich machte. Er konfigurierte seinen Rechner um, sodass er unter dem Namen des IT-Administrators firmierte, und loggte sich mit dessen aktuellem Passwort ein. Er war nun mit einer Tarnmaske auf dem Firmenrechner eingewählt und konnte auf alle Daten zugreifen. Mit diesem kleinen Trick erhielt er auch den Zugriff auf Thilos persönlichen Mailaccount.

Sebastian scrollte mit dem Cursor durch das Verzeichnis. Sein Freund hortete Unmengen von Mails in seinem Postfach, ohne nachvollziehbare Ordnung. Seufzend machte sich Sebastian an die Recherche. Das sah nach einer längeren und ziemlich ermüdenden Aktion aus. Er stand auf, holte sich einen weiteren Kaffee aus der Küche und rührte bedächtig zwei Löffel Zucker ein. Routiniert tackerte er auf der Tastatur herum und grenzte die Auswahl auf die aktuelleren Mails der letzten drei Wochen ein, durchforstete alle Postfächer, auch die gelöschten Einträge. Mails, die Thilo an ihn, Sebastian, gerichtet hatte, sortierte er sofort aus. Dabei stellte er irritiert fest, dass er die Mail nicht finden konnte, die er gerade erst angeblich von Thilo erhalten hatte, die Mail aus Bangkok. Die hätte in jedem Fall über den Firmenrechner gelaufen sein müssen.

Er spürte ein unangenehmes Gefühl auf der Haut, als habe er einen leichten elektrischen Schlag erhalten. Die Mail musste eigentlich auf dem Rechner sein, sie war aber nicht auffindbar.

Umfangreichen, belanglosen Schriftverkehr hatte Thilo mit der Hausverwaltung geführt, es gab etliche Urlaubsangebote sowie den üblichen Werbekram. Viele Mails hatte Thilo an das Altenheim gerichtet, in dem seine gebrechliche Mutter lebte. Er war ein liebevoller, aber vielbeschäftigter Sohn, der von einem schlechten

Gewissen geplagt wurde, weil er seine Mutter selten besuchte. Thilo hatte sogar alle medizinischen Berichte sorgfältig abgespeichert, Sebastian wunderte sich ein wenig, weil sie so umfangreich waren. Die alte Dame schien sehr umfassend untersucht worden zu sein. Er fand Befundberichte, Blutwerte, etliche MRT-Aufnahmen des Gehirns. Sebastian suchte dort noch ein wenig herum, konnte aber nicht genau feststellen, was es damit auf sich hatte. Er machte eine kurze Pause und nahm einen Schluck aus seinem Becher.

Sein Nacken schmerzte von der unnatürlichen Kopfhaltung und der Halskrause, also stand er auf, um sich etwas zu lockern. Angenehm war ihm die Schnüffelei sowieso nicht und er war heilfroh, dass Thilo anscheinend keine intimen Mails ausgetauscht hatte. Thilo war geschieden und hatte keine feste Partnerin. Sebastian wusste, dass Thilo gelegentlich Affären hatte, es interessierte ihn aber nicht sonderlich. In diese Kategorie schienen zu seiner Überraschung einige Mails von Katja zu gehören. Er hatte gar nicht gewusst, dass die beiden eine Affäre gehabt hatten, zumindest sah es so aus. Kurz umspielte ein amüsiertes Lächeln seine Lippen. Katja war nett. Hübsch. Gute Figur. Aber mehr eben nicht.

Schnell klickte er die Mail beiseite, das war nicht das, wonach er suchte. Plötzlich stach ihm eine Nachricht in die Augen. Der Absender war eine Firma für Webdesign. Offenbar von dieser Frau, die mit Katja telefoniert hatte. Allerdings passte die Mail gar nicht zu dem Telefongespräch. Der Text hatte nichts mit Webdesign zu tun.

*Sehr geehrter Herr Feller,*
*bitte entschuldigen Sie, dass ich mich einfach so an Sie wende, aber ich denke, wir haben ein gemeinsames Hobby und vielleicht könnten Sie mir in einer Sache weiterhelfen. Ich habe Sie am Sonntag im Wald beim Laufen gesehen und mir war aufgefallen, dass Sie Maß-Laufschuhe getragen haben. Da ich selbst auch begeisterte Läuferin bin, habe ich die Bitte, ob Sie mir Ihre Erfahrungen mit diesen Schuhen vielleicht mitteilen können?*
*Ich danke herzlich, Miriam Neumann*

Darunter die elektronische Signatur einer Firma für Webdesign, ohne Telefonangabe. Sofort war Sebastian elektrisiert. Diese Frau hatte Thilo am Sonntag gesehen! Routiniert durchkämmte er das Internet nach der Firma für Webdesign, fand aber keinen Eintrag. Eine Web-Design Firma ohne eigene Webseite? Sehr ungewöhnlich. Im Handelsregister Berlin war eine solche Firma ebenfalls nicht angemeldet. Es sah so aus, als existierte die Firma nicht. Wer war diese Miriam Neumann? War es überhaupt möglich, dass die Frau im Vorbeilaufen erkennen konnte, dass Thilo ein Freak war, der sich Maßschuhe anfertigen ließ? Sie musste mit ihm gesprochen haben, sie kannte seinen Namen. Womöglich hatte sie eine Idee, was mit Thilo passiert war.

Nachdenklich lehnte er sich in seinem Stuhl zurück und zuckte vor Schmerz zusammen. Auf dem Rücken hatte er offenbar auch Blessuren davongetragen. In dem Moment kam ihm der Gedanke, dass auch sein Unfall womöglich gar kein Zufall gewesen war. Hatte ihn jemand absichtlich an seiner Verabredung hindern wollen? Er starrte auf den Rechner, bis die Buchstaben vor seinen Augen verschwammen. Nachdenklich stützte er seinen Kopf in die Hände. Mit einem tiefen Atemzug rieb er über seine Stirn, zog die Tastatur zu sich heran, fuhr das System herunter und wieder hoch, meldete sich mit seinem eigenen Passwort an und rief seine Mails ab. Vielleicht hatte sich Thilo nun endlich wirklich bei ihm gemeldet. Aber nichts. Sein Freund war verstummt.

# Kapitel 10

Obwohl Kommissar Thiede mittlerweile einen anderen Fall verfolgte, eine Messerstecherei in Tempelhof, hatte er die Sache im Grunewald nicht aus dem Kopf bekommen. Zu viele Ungereimtheiten, zu viele Zufälle. Es irritierte ihn, dass er den Vorstandsvorsitzenden der Reto AG bisher nicht erreicht hatte. Auch wenn Myanmar weit weg und unterentwickelt war, fand er es mehr als merkwürdig, dass sich der Manager nicht zurückmeldete. Thiede lag der Reiseplan vor, die Orte, die Feller ansteuerte, sagten ihm gar nichts. Er war von Bangkok aus nach Yangon geflogen, von dort aus mit nationalen Fluglinien nach Kyaukpyu und Dawei. Diese Regionen lagen sehr weit auseinander, die Assistentin hatte ihm erläutert, dass sich hier gerade aufstrebende Wirtschaftsstandorte herausbildeten. Feller musste derzeit irgendwo in der Nähe der Hauptstadt Yangon sein und würde am nächsten Tag nach Dawei weiterfliegen. Der Ort lag im Süden, direkt am Meer. Die Assistentin hielt sich bedeckt, was das Ziel der Reise anging. Immerhin ließ sie Thiede wissen, dass es um Marktentwicklung ging, im Bereich Technologie und Telekommunikation, Import von Rohstoffen.

Nachdenklich blickte Thiede auf das Whiteboard an der Wand, auf dem er Bilder des Tatorts, des Vermissten und die Ergebnisse der Spurensicherung aufgehängt hatte. Die wenigen Bildchen ließen die Tafel kümmerlich leer aussehen. Im Zentrum prangte das Foto des Vorstandsvorsitzenden Thilo Feller. Chef einer großen Firma mit internationalem Hintergrund. Ein einflussreicher Mann. Nach der Opferbeschreibung der Zeugin handelte es sich wahrscheinlich um eine Strangulation mit einem dünnen Stahlseil. Ein solches Seil konnte man mit den bloßen Händen nicht ohne weiteres zuziehen, ohne dass man sich selbst verletzte, oder dass das Seil durch die Hände rutschte. Der Täter musste also robuste Handschuhe getragen oder ein Seil benutzt haben, das an den Enden mit entsprechenden Handschlaufen versehen war, denn sonst hätte man höchstwahrscheinlich Spuren am Tatort gefunden. Das sprach für Profis. Eine Affekttat sah anders aus. Strangulation war eine seltene Mordmethode. Es bedeutete, dem Opfer extreme körperliche Gewalt anzutun, in intimster Nähe, die den Täter in den Todeskampf unmittelbar einschloss, den Atem des Opfers zu spüren, seinen Todesschweiß zu riechen, die Bluteinsackungen in den Augen zu sehen. Der Täter musste entschlossen und kalt handeln, er musste körperlich stark sein, denn das Opfer wehrt sich heftig, mit Beintritten, Armschlägen, in äußerster Kraftanstrengung. Der Angreifer wurde möglicherweise selbst verletzt. Warum war das Opfer im Wald exekutiert worden? Das Entdeckungsrisiko war beachtlich. Zwar war der Grunewald groß, aber er wurde intensiv von Hundehaltern und Sportlern genutzt.

Thiede hielt das für das wichtigste Gegenargument. Kein professioneller Täter würde freiwillig ein solches Risiko eingehen, es sei denn, er handelte unter Zeitdruck. Alle Überlegungen sprachen eigentlich gegen die Tat an sich, es waren schon eine Menge Voraussetzungen, die zusammenkommen mussten. Gerade deshalb jedoch hielt er es für möglich, dass die Frau tatsächlich eine solche Beobachtung gemacht hatte. Alle Details waren möglich, insgesamt ergab sich ein schlüssiges, wenn auch seltenes Tatbild. Es passte sogar dazu, dass ihre Sportkappe unauffindbar war. Wenn die Frau im Wald einen Mann gesehen hatte, dann war er jedenfalls mit hoher Wahrscheinlichkeit nicht einfach nur in Ohnmacht gefallen.

Thiede fütterte seinen Computer mit den Überlegungen, er suchte nach Serientätern und nach allen Strangulationsmorden der letzten Jahre. Vorsichtshalber zapfte er auch die Datenbanken von Interpol an. Das Ergebnis würde einige Zeit auf sich warten lassen. Er wollte gerade erneut Fellers Assistentin anrufen, als sein Telefon klingelte. Frau Markberg. Sie bat um ein Gespräch mit ihm. Sie habe noch ein Detail nachzutragen. Überrascht und neugierig verabredete er sich mit ihr in einem Café in der Nähe ihrer Wohnung.

Nachdenklich sah er aus dem Fenster und stand auf. Ein schöner Frühherbsttag, der leise den Sommer beiseiteschob. Die Blätter an den Bäumen wedelten im Wind, flackernd von Sonnenstrahlen aufgehellt. Er war gespannt, was ihm die Zeugin zu berichten hatte, irgendetwas sagte ihm, dass es wichtig sein könnte. Aus seinem Schreibtischfach zog er ein frisches weißes Hemd und machte sich auf den Weg zum Waschraum, wo er sich umzog und die Zähne putzte.

# Kapitel 11

Der schmächtige Mann im fleckigen Mantel setzte bedächtig beide Füße auf die quadratische Betonpflasterplatte. Seinen Kopf hielt er gesenkt. Er stand gut da. Seine Füße passten genau in die Platte, er stand genau in der Mitte, überall um seine Schuhe herum war gleich viel Platz. Langsam schaute er auf und schätzte die Entfernung zur nächsten Kreuzung ab. Vielleicht hundert Platten. Er setzte einen Fuß auf die nächste Platte und hob den zweiten Fuß hinterher. Das linke Bein war nicht mehr ganz gut, er hatte da Durchblutungsstörungen, jedenfalls kribbelte es da drin. Lieber dachte er nicht daran. Es war ein schöner Tag heute, friedvoll und gut. Die Sonne schien. Er rückte auf die nächste Platte vor und schaute in den Himmel. Wieder ein Schritt und sogar noch zwei weitere. 97. Er musste das Pflaster ganz genau beobachten, er durfte nur auf die Platten treten. Zwei Schritte, 94. Er blieb stehen und schaute wieder in den Himmel. Immer noch die Sonne da oben.

Er zog ein kleines Schulheft aus seiner Manteltasche. Umständlich schlug er eine Seite auf. Die karierte Seite war mit Bleistift umrahmt und enthielt Kreuze. Unregelmäßig angeordnete Kreuze, die quer durch die Kästchen verliefen. Sonst nichts. Auf der Seite waren 378 Kästchen, der Mann wusste es genau. Er ließ sich nicht hinters Licht führen. Genauso viele brauchte man. Das war genau. Aus seiner anderen Manteltasche nahm er einen abgegriffenen Bleistiftstummel, bückte sich genau so weit, dass er das Heft auf ein Knie legen konnte und machte ein dickes Kreuz in ein Kästchen. Das Papier war weich und der Bleistift auch. Das war gut, der Bleistift drückte sich richtig ein. Er stellte sich wieder gerade hin und begutachtete sein Werk. Mit dem Finger fuhr er über den grauen Strich. Es war sehr gut. Ein Kreuz für jeden guten Tag.

Er maß die Straße. Vielleicht 40 Platten. Er war gut vorangekommen. Er stellte den Fuß auf die nächste Platte und schaute nach unten. Er durfte keine Ritze treffen. In den Ritzen lauerte es, das wusste er, noch von früher. Mit erstaunlicher Schnelligkeit kam er heute voran, es war gut, dass er das Pflaster so genau beobachtete, er hatte alles im Griff. An der nächsten Ecke endete das Betonpflaster, das wusste er auch ganz genau, damit konnte man ihn nicht hereinlegen. Dann kam der Bordstein, da gab es auch Ritzen. Er würde darüber springen und dann würde er auf dem Asphalt stehen. Asphalt war gut, da gab es keine Ritzen. Er lachte tonlos, als er an den Sprung dachte. Den beherrschte er. Und dann quer über die Straße. Dann der Gehsteig gegenüber, wieder Ritzen, gar nicht schlimm und dann auf dem Gehsteig Asphalt. Warum wurde nicht überall Asphalt eingebaut. Ganz schlimm war Kopfsteinpflaster. Da konnte er gar nicht entlanggehen. Die Spinnen kamen dann.

Er hielt inne. An seinen Haarwurzeln meldete sich diese Gereiztheit. Es war nicht gut, an die Ritzen zu denken, an die vielen flinken Beine, die lang und lautlos herausschossen. Sein Kopf begann zu zucken und in seinem Inneren setzte ein Bohren ein. Er hielt sich das karierte Papier vor Augen, sah das Kreuz und allmählich beruhigte er sich. Nur die nächste Platte ansehen, an nichts anderes durfte er denken, er hatte schon immer zu viel nachgedacht. Er stand sicher auf der Platte. Die warteten nur darauf, ihn anzufallen, er kannte das, aber er war hier sicher. Wieder grinste er und drohte den Ritzen mit der Faust. Deswegen ging er nicht mehr die Arkonastraße entlang und auch die Brüderstraße ging er nicht mehr. Man musste Umwege machen, aber er war schlau. Er wusste sich zu helfen. Und heute war es gut. Noch 30 Platten.

Jemand rempelte ihn an und pöbelte irgendwas, er verstand es nicht, er solle nicht im Weg stehen. Als er stolperte, schrie er auf, aber er hatte Glück, beherzt machte er den Sprung und landete auf der Fahrbahn. Böse schaute er dem Typen hinterher, der sich noch nach ihm umdrehte. Der Kerl hatte die Hand hochgestreckt und zeigte ihm eine Faust mit gerecktem Mittelfinger. Da hob auch er seine schmale Faust und drohte dem Kerl hinterher, der ihn geschubst hatte. Er hatte doch nichts gemacht. Er durfte doch stehen, wo er wollte. Dann nahm er die Faust herunter, zog den Mantel um sich zusammen und machte den nächsten Schritt. Ein Auto hupte. Noch ein Schritt. Wieder hupte ein Auto, viel lauter als das erste Mal. Plötzlich stand ein Mann neben ihm, fasste ihn an, zog an seinem Mantel. Er wehrte sich. Er wollte auf dem Asphalt bleiben, die Spinnen. Er konnte nur ganz langsam wieder zurück, er musste alles unter Kontrolle behalten. Der Fremde riss an seinem Arm, heftig wehrte er sich, der Kerl sollte ihn loslassen! Er ruderte mit dem Oberkörper umher und schlug mit den Armen um sich. Der Fremde sollte ihn nicht anfassen! Wieder hupte es aber, diesmal lange und drohend. Er fiel hin. Der Fremde beugte sich über ihn und wollte ihn hochziehen, aber er wehrte sich, trat nach dem Fremden, was packte er ihn an, er war dabei, seine Kontrolle zu verlieren und dann –. Niemand sollte ihn anfassen, nein, ihn schon gar nicht aufheben, da kam noch ein Fremder, griff den anderen Arm, beide Männer zerrten nun an ihm, hoben ihn hoch, seine Beine schlurften hinter ihm her, seine Füße, der Bordstein, er schrie, nicht die Ritze, gellend tobte es in seinem Kopf, nicht die Ritze um Himmels Willen, nicht die Ritze, er schrie und schrie!

# Kapitel 12

Vor dem Café standen Tische, die nahezu vollständig besetzt waren. Dicht gedrängt saßen die Gäste nebeneinander, schauten dem harmlosen Treiben auf der Straße zu, unterhielten sich angeregt und nippten an ihren Getränken. Nur die fahle Sonne deutete darauf hin, dass die Szenerie nicht aus Südfrankreich stammte, es fehlte das dottergelbe Licht des Südens. Die Auslagen des Cafés waren prall gefüllt, dunkle Beerentorten prangten neben milchig-weißen, üppig mit einer Schicht Pflaumencreme bestrichenen Käsekuchen. Vier Verkäuferinnen eilten hinter dem Tresen hin und her, schnitten großzügige Scheiben von den Kuchen ab und verpackten sie geschäftig in dunkelvioletten Pappkartons.

Mila ärgerte sich, als sie sich im Lokal umschaute. Der Ort war nicht gut gewählt, es war extrem voll hier. Mit Mühe ergatterte sie gerade noch einen kleinen Tisch in der letzten Ecke des Cafés. Sie setzte sich und bestellte Wasser und Caprese-Salat, der war gut hier, der Büffelmozzarella taufrisch und das Basilikum duftete, als komme es geradewegs aus einem sonnenverwöhnten Garten. Der Kellner kam mit dem Salat und schäkerte mit ihr, sie war oft hier. Normalerweise war das nett und harmlos, aber heute machte es sie nervös.

Als sie gerade einen Bissen Mozzarella abgeschnitten hatte, erschien der Kommissar und blickte sich suchend nach ihr um. Er war groß und marschierte unbeholfen zwischen den kleinen Tischen auf sie zu. Unter seiner offenstehenden, nichtssagenden Sportjacke trug er ein weißes Hemd, dessen oberster Knopf geöffnet war. Mila nahm einen Schluck Wasser und schob den Teller mit dem Salat beiseite.

„Schön, dass Sie kommen konnten", begrüßte sie ihn. „Vielleicht doch kein so passender Ort hier, es ist ziemlich voll." Fragend schaute sie sich um.

Thiede winkte ab und setzte sich. „Wie geht es Ihnen? Haben Sie alles gut verarbeitet?", fragte er und sah ihr aufmerksam ins Gesicht.

„Wie laufen die Nachforschungen? Haben Sie herausgefunden, wer der Tote ist? Oder sind die Ermittlungen schon eingestellt?" Sie hatte nicht vor, ihr Befinden mit dem Kommissar zu erörtern.

„Wie kommen Sie denn darauf, dass wir die Ermittlungen abgeschlossen haben?", schüttelte er den Kopf. „Da sind Sie aber etwas voreilig, Frau Markberg. Allerdings darf ich Ihnen zum laufenden Verfahren nichts sagen, das verstehen Sie doch sicher?"

Der Kellner kam an den Tisch und der Kommissar bestellte einen Latte Macchiato.

„Irgendwie hatte ich erwartet, dass Sie das sagen würden. Deshalb habe ich selbst ein wenig recherchiert. Der Mann heißt Thilo Feller, nicht wahr?", trumpfte sie auf.

Verblüfft zog der Kommissar die Augenbrauen in die Höhe. Sie wartete seine Antwort gar nicht ab und berichtete weiter von ihren Erkenntnissen, von der Geschäftsreise, von Asien.

„Außerdem habe ich Herrn Feller eine Nachricht an seine persönliche Mailadresse geschickt. Schauen

Sie mal, welche Antwort ich bekommen habe." Betont gelassen reichte sie dem Beamten einen Ausdruck über den Tisch. Sie zog ihren Salatteller heran und steckte ein Stück Mozzarella in den Mund.

Mit gerunzelter Stirn nahm er den Zettel und las die Anfrage zu den Maßschuhen. Der Angeschriebene hatte geantwortet, dass er überrascht sei, dass ihr die Schuhe aufgefallen waren, er sei sehr zufrieden und könne die Schuhe empfehlen. Unterschrift Thilo Feller. Nichts Besonderes also, eine absolut nichtssagende Antwort.

„Ja und?", fragte er und legte das Blatt auf den Tisch.

„Fällt Ihnen denn nicht auf, dass die Antwort ungefähr 15 Minuten nach meiner Anfrage eingegangen ist?" Mit gespannter Erwartung schaute sie den Kommissar an, der sie immer noch verständnislos anblickte.

„Überlegen Sie doch mal, fünfzehn Minuten! Ich habe die Mail am frühen Abend um 21.00 Uhr Ortszeit abgesendet. Das bedeutet, dass es in Asien ungefähr 3.00 Uhr nachts war. Es ist schon sehr ungewöhnlich, dass jemand nachts auf solche E- Mails reagiert. Außerdem wundere ich mich, dass ein wichtiger Manager überhaupt auf so eine Mail antwortet. Nach meiner Erfahrung mit reichen und einflussreichen Leuten reagieren die nicht auf so etwas."

„Wann haben Sie die Mail geschickt?"

„Gestern."

Kommissar Thiede nickte nachdenklich und nahm das Papier wieder in die Hand.

„Tja, Frau Markberg, zunächst ist Ihre Schlussfolgerung interessant, aber leider überhaupt nicht logisch. Diese Mail ist gerade kein Beweis. In erster Linie bestätigt sie nur, dass der Angeschriebene lebt, er hat Ihnen schließlich geantwortet. Und dass man auf Geschäftsreisen einen Jetlag hat, ist allgemein bekannt. Wahrscheinlich konnte der Mann einfach nicht schlafen." Er lehnte sich zurück und spielte mit einer Gabel, die an seinem Platz lag. „Und davon abgesehen, dürfen Sie sich nicht in laufende Ermittlungen einmischen. Sie gefährden sich und andere, außerdem könnten Ermittlungsergebnisse womöglich unbrauchbar werden. Das sage ich Ihnen jetzt offiziell als Kriminalbeamter", belehrte er sie lahm.

Der übliche Beamtensatz. Mila presste die Lippen zusammen und schwieg. Der Kellner brachte die Latte Macchiato und stellte sie auf den Tisch. Thiede nahm das Glas und begann, in dem Schaum zu rühren.

Regungslos sah Mila zu. „Sie wissen schon, dass das eigentlich heiße Milch ist, nicht wahr?"

Er verrollte die Augen. „Frau Markberg, was soll das denn jetzt? Ich bin schon groß, wenn Sie das meinen."

Sie lehnte sich vor und sah dem Kommissar direkt in die Augen. „Ich habe da draußen einen toten Mann gesehen. Dieser Mann ist verschwunden. Ich sehe es eindeutig so, dass es ihre Aufgabe ist, sich um diesen Fall zu kümmern. Ich bin schließlich nicht lebensmüde. Aber bisher habe ich nur den Eindruck gewonnen, dass sie alles tun, um das Verfahren einstellen zu können."

Thiede schüttelte leise den Kopf, nahm einen Schluck von der Latte und lehnte sich zurück. Über seinen Lippen hing eine weiße Milchspur.

„War das der Hinweis, von dem Sie mir berichten wollten?", fragte er unwillig.

Mit gekräuselten Lippen nickte sie.

„Ich werde der Sache nachgehen, da können Sie sicher sein."

Mit dem Handrücken wischte er über seinen Mund. Sie nickte mit höflichem Gesichtsausdruck, nahm einen Schluck Wasser und zog ihre Handtasche heran.

„Ich muss doch schließlich dafür sorgen, dass Sie wieder ungestört joggen gehen können", sagte er dann zu ihrer Überraschung und lehnte sich vor.

„Außerdem wollte ich Ihnen noch sagen, dass ich es ganz toll finde, wie Sie diese Sache so wegstecken. Andere Frauen wären sicher hysterisch geworden." Er senkte seine Stimme vertraulich ab. „Aber Sie dürfen sich wirklich nicht einmischen, das ist nichts für Sie."

Der Kommissar lächelte sie bedeutungsvoll an, als liege in seinen Worten irgendeine originelle Botschaft. Schmallippig lächelte sie zurück und winkte nach dem Kellner.

Das Gespräch war absolut unbefriedigend und sie wurde das Gefühl nicht los, dass sie eine Niederlage eingesteckt hatte. Dass sie nicht ins Präsidium gefahren war und den Kommissar hier im Café getroffen hatte, war ein Fehler gewesen. Sie hatte wahrlich Besseres zu tun, als sich mit dem Mann zu verabreden, er schien da etwas missverstanden zu haben. Von der zweiten Mail, die sie bekommen hatte, wollte er sicher ebenso wenig hören. Sie kramte in ihrer Handtasche und legte einen Schein auf den Tisch.

„Ich muss zurück ins Büro", sagte sie förmlich und stand auf.

Zögernd erhob sich Thiede ebenfalls. Flüchtig reichte sie ihm die Hand, die er länger als nötig festzuhalten versuchte. Gleichzeitig warf er ihr einen besorgten Blick zu. Sie tat, als habe sie das nicht bemerkt und eilte zum Ausgang.

Als sie im Auto saß, zog sie ihr Smartphone heraus und las noch einmal die beiden kurzen Texte durch. Die zweite Antwort war kurze Zeit später eingetroffen. Eigentlich eine ebenso belanglose Mail wie die erste: Es sei interessant, dass ihr die Schuhe aufgefallen seien, wo und wann das denn gewesen sei? Vielleicht am letzten Sonntag? Obwohl beide E-Mails vom gleichen Absender kamen, konnten sie wohl kaum von einer Person stammen. Überraschenderweise schlug der Absender ein Treffen vor, von Läufer zu Läuferin sozusagen.

Ohne noch länger nachzudenken, tippte sie eine Antwort in das Display und drückte die Sendetaste. Ein kurzer Schauer überflutete sie. Offenbar war sie vollkommen verrückt geworden. Sie hatte soeben eine Verabredung angeboten, morgen hier im Café. Womöglich hatte sie gerade einen Mörder angeschrieben. Aber das war ja abwegig. Irgendwie glaubte sie das nicht. Und andererseits, was sollte ihr passieren? Das Café war ein öffentlicher Ort. Niemand würde sie hier ermorden. Sie würde wieder Thiede anrufen. Er würde in jedem Fall kommen, wahrscheinlich denken, dass sie ihn toll fand. Sie schnaubte. Vielleicht konnte er den Mann verhaften, wenn er direkt auf dem Silbertablett präsentiert wurde. Und sie wäre die Sache dann endlich los, erledigt, vorbei, abgeschlossen. Und recht hatte sie auch behalten. Diese Idioten vom LKA. Sie zögerte. Falls sie überhaupt hingehen würde.

Nach einer unruhigen, überwiegend schlaflosen Nacht wachte Mila morgens wie gerädert auf. Noch den ganzen Vormittag brachte sie damit zu, sich zu überlegen, ob sie nun in dieses Café gehen sollte oder nicht. Schließlich siegte ihre Neugier. Als erstes rief sie Thiede an. Der Kommissar machte daraus natürlich am Telefon eine Riesenaktion, aber den Umgang mit aufgebrachten Männern war sie durchaus gewohnt. Zum ersten Mal war sie froh, dass sie lange als Projektleiterin gearbeitet hatte, wenn da etwas schiefgelaufen war, musste auch erst einmal gebrüllt werden. Entweder hatten die Kunden gebrüllt, oder die Baufirmen oder der Chef. Am besten war es, das ruhig abperlen zu lassen, bis die Emotion abkühlte.

Deshalb hatte sie Thiede auch absichtlich zehn Minuten früher als nötig angerufen, dass er Zeit genug hatte, sich aufzuregen. Mit ironischem Lächeln wartete sie seinen Wutanfall ab und schaute dabei auf ihre Uhr. Nach knapp vier Minuten war er so weit, dass er ihr zuhören konnte. Er konnte sowieso nichts machen, Sie hatte ihn im Grunde nur noch informiert, dass sie schon unterwegs sei. Hätte sie ihn eher angerufen, hätte er ihr das Treffen garantiert ausgeredet. Sie wiederholte noch einmal, wann sie im Café verabredet war, sagte Thiede, dass sie fest mit seinem Kommen rechne und legte auf. Selbstverständlich würde er kommen.

Diesmal hatte sie einen Tisch reserviert, wieder im hinteren Bereich, in dem man ungestörter war. Sie war sehr aufgeregt, sie musste es zugeben. Ihre Hände waren feucht und unter den Achseln spürte sie kalten Schweiß. Wie immer war das Café gut besucht, eine echte Goldgrube. Es beruhigte sie, die vielen Gäste zu sehen, die ihren Nachmittagskuchen aßen. Alles war so wohltuend normal. Sie bestellte Wasser, griff nach dem „Tagesspiegel“ und stellte probehalber ihre Flasche darauf. Das war das vereinbarte Erkennungszeichen. Sie nahm die Flasche wieder herunter und goss sich ein Glas Wasser ein. Es war noch zu früh, 20 Minuten noch. Nervös schaute sie auf die Uhr, dann musterte sie die anderen Gäste. Niemand kam ihr verdächtig vor, manche Gäste kannte sie sogar. Sie fixierte den Eingang. Gleich musste Thiede kommen, er sollte eigentlich schon da sein. Für ihn hatte sie auch einen Tisch reserviert, direkt am Eingang. Das hatte sie ihm am Telefon eingeschärft, hoffentlich hatte er zugehört. Plötzlich ragte vor ihrem Tisch ein großer Mann auf. Sie hatte ihn gar nicht kommen hören.

„Frau Neumann?“, sprach er sie an und lächelte.

Sie zuckte zusammen und sah erschrocken hoch. Er war dunkelhaarig, trug eine Halskrause und hatte ein tiefviolettes Veilchen. Seine Figur war durchtrainiert und schlank, er war sehr lässig gekleidet, fast schon nachlässig. Hastig stand sie auf und schlug dabei gegen den Tisch, die Wasserflasche trudelte. Der Mann überragte sie um mindestens einen Kopf. Wo blieb bloß dieser Thiede?

„Mein Name ist Thilo Feller. Wir haben gemailt.“

Er hielt ihr eine Pranke hin und schnappte mit der anderen Hand geistesgegenwärtig nach der Wasserflasche. „Sie sehen aus, als hätten sie ein Gespenst gesehen. Ich muss ganz schön schlimm ausschauen“, fuhr er fort und lachte leise.

Endlich riss sich Mila zusammen, die stocksteif dastand, die Hand noch immer in seiner Faust. Das war nicht der Mann aus dem Wald. Ein leises Kribbeln lief über ihre Wirbelsäule, als wäre da gerade eine Ameisenstraße eröffnet worden.

„Ja, Miriam Neumann, stimmt. Sie sind zu früh“, stotterte sie. Mit einem Blick suchte sie den Eingang nach Thiede ab und schwieg unsicher.

„Wollen wir uns nicht setzen?“, fragte der Mann. Mila nickte und schluckte trocken. Sie musste sich zusammenreißen. Sie benahm sich unmöglich. Sie musste endlich irgendetwas sagen, sie war doch sonst nicht auf den Mund gefallen.

„So, Sie sind also eine passionierte Läuferin. Das ist ja interessant.“

Sie nickte wieder und versuchte, ihn geschäftsmäßig anzulächeln. Laufen. Das Thema war unverfänglich. Eine Weile tauschten sie ihre Erfahrungen aus, wo man welche Strecke finden konnte, wie lange sie schon liefen und so weiter, übliches Geplänkel. Der Mann wirkte aufgeräumt und zugänglich, mehrmals lächelte er ihr gewinnend zu. Zumindest hatte er Ahnung vom Laufen, das konnte sie ihm nicht absprechen. Gleichzeitig überlegte sie fieberhaft, weshalb er sich als Thilo Feller ausgab. Es musste ihm doch klar sein, dass sie wusste, dass er nicht Feller sein konnte. Er wirkte völlig harmlos. Aber er log. Ihr Kopf war wie vernagelt, sie hatte sich vorher nicht überlegt, wie sie das Gespräch auf den Sonntag lenken konnte, sie konnte ja wohl kaum fragen, ob er eine Leiche gesehen hatte oder etwas darüber wusste. Ihre Hände waren kalt und feucht. Warum hatte sie bloß nicht daran gedacht? Ungeschickt brachte sie das Gespräch auf die Schuhe. Der Mann lächelte zwar weiterhin, aber Mila sah, dass sein Ausdruck etwas Lauerndes angenommen hatte.

„Ja, die Schuhe. Am Sonntag haben Sie mich damit gesehen, wie Sie geschrieben haben, im Wald, nicht wahr. Wo genau war denn das? Am Unterstand?“ Er war sichtlich bemüht, beiläufig zu klingen.

Mila wackelte unschlüssig mit dem Kopf. „Ehrlich gesagt, habe ich Sie ganz anders in Erinnerung. Ich habe Sie zwar nur kurz gesehen, aber ich dachte, Sie hätten helle Haare gehabt.“

„Tja, gefärbt habe ich meine Haare jedenfalls nicht.“ Wieder der Ton unverbindlichen Scherzens. „In meinen Laufsachen sehe ich natürlich ganz anders aus, außerdem war ich auch noch nicht so grün und blau.“ Er lachte kurz. „Aber es war am letzten Sonntag, oder? Ich war mit einem Freund da verabredet. Am Unterstand an der Pferdeauslaufstrecke. War es dort, wo Sie mich gesehen haben?“

Sein Lächeln lag nur noch als Erinnerung in den Mundwinkeln.

„Wie haben Sie überhaupt meinen Namen herausbekommen?“

Sie spürte, wie ihr Gesicht heiß wurde. „Sie haben recht, es war wirklich noch sehr früh. Ich hatte wahrscheinlich die Augen noch nicht richtig auf. Kann sein, dass ich Sie am Unterstand gesehen habe, irgendwo da in der Nähe jedenfalls.“

„Na bitte, dann sind wir uns ja fast über den Weg gelaufen. Aber mein Freund war auch da. Den haben Sie also nicht gesehen? Oder irgendwelche anderen Personen?“

Der Mann stieß aus Versehen ihre Handtasche um, die auf dem Boden stand, und beugte sich mit einer Entschuldigung unter den Tisch, um sie wieder aufzustellen. Ihr Gegenüber war unzweifelhaft attraktiv, auf eine lässige Weise, die an sorgfältig inszenierte Verwilderung grenzte. Die Haare etwas zu lang, das Gesicht rasiert, aber nicht perfekt, jedenfalls lag die Rasur einige Stunden zurück. Er trug cremefarbene Chinos und Wildlederslipper ohne Socken. Seine breiten Hände lagen ruhig auf dem Tisch. Die Fingernägel waren sorgfältig gereinigt und die Nägel kurz geschnitten.

Mila drehte bei. Sie wollte unter keinen Umständen von einem Leichenfund berichten. Der Mann versuchte sie auszuhorchen. Ihr war klar, dass ihre Verunsicherung spürbar war. Weshalb um alles in der Welt saß sie überhaupt hier? Wo blieb der Idiot von Kommissar? Sie wollte doch eigentlich nur den Lockvogel spielen, sie hatte nicht vor, den Mann auszufragen.

„Nein, ich habe sonst niemanden getroffen. Man hat aber sowieso kaum etwas gesehen, es war ja so regnerisch."

Abrupt wechselte sie das Thema. „Und wie kommen Sie mit den Schuhen klar?"

Eine kleine Diskussion über unterschiedliche Schuhmodelle schloss sich an, aber Mila konnte sich kaum konzentrieren.

„Sind Sie überfallen worden? Sie sehen aus, als hätte sie jemand zusammengeschlagen", fragte sie unvermittelt.

Er schüttelte den Kopf. „Ich hatte einen Unfall. Am Sonntag, direkt nach dem Training. Mit dem Auto. Ich bin leider mit einem größeren Wagen aneinandergeraten und habe den Kürzeren gezogen. Als ich wieder zu mir kam, lag ich im Krankenhaus Waldfriede. Aber es sieht schlimmer aus, als es ist." Wieder der scherzhafte Ton. „Sind nur ein paar Kratzer." Er blickte kurz auf seine Pulsuhr. „Ich muss leider wieder los. Schade, ich hätte mich gerne mit Ihnen weiter unterhalten. Haben Sie Lust, mal mit mir zu laufen? Vielleicht können Sie mir ein paar Runden zeigen, die ich noch nicht kenne?"

Sein Blick umfasste ihr Gesicht und hielt ihren Blick fest.

„Ihre Mailadresse habe ich ja schon, da kann ich Sie jederzeit erreichen. Wie wär's? Werden Sie mir antworten?" Die Stimme war jetzt sanft und fast neckend.

Zu ihrer Überraschung spürte Mila eine unangenehme Wärme in ihrem Hals aufsteigen. Sie würde doch wohl nicht rot werden. Gegen ihren Willen schluckte sie und sah, dass der Mann ihre Verlegenheit bemerkte. „Ich weiß nicht genau. Vielleicht."

Mit einem Lächeln sprang er auf und fasste kurz nach ihrer Hand. „Mehr müssen Sie nicht sagen. Immerhin kein Nein, also werde ich mich melden, ganz unverbindlich. Das ist doch schon mal ein Anfang."

Ohne eine weitere Antwort abzuwarten, legte er ein paar Euro auf den Tisch und verließ das Café. Es dauerte noch einen Moment, bis sie endlich den Polizeiwagen eintreffen sah. Kommissar Thiede stieg aus und steuerte mit offensichtlich mieser Laune auf das Café zu. Viel zu spät, der Mann war weg.

# Kapitel 13

Noch im Herausgehen griff Sebastian in seine Jackentasche und förderte ein Smartphone mit Kopfhörern zutage, mit dem er eine Handyortung abrief. Er gab die Nummer des Zielhandys ein, das ihm ebenfalls gehörte und das er am Morgen freigeschaltet hatte. Nachdem er auch den Lautsprecher des Zielhandys aktiviert hatte, übertrug das kleine Gerät zuverlässig alle Gespräche, die in der Nähe der Handtasche der Frau geführt wurden. Er hatte das Gerät in ihre Tasche geworfen, als er sie umgestoßen und sich nach ihr gebückt hatte. Mit dieser simplen Technik konnte er nicht nur Gespräche mithören, sondern auch den Weg der Frau verfolgen. Zumindest so lange, wie sie ihre Handtasche trug, bis das Gerät entladen war oder sie es fand.

Während er in sein Auto stieg, hörte er, dass die Frau mit einem Polizisten namens Thiede sprach. Offenbar war sie mit ihm in diesem Café verabredet gewesen, aber der Kommissar war zu spät gekommen. Unmerklich nickte er mit dem Kopf. So etwas hatte er sich gedacht. Gut, dass er ihr keine Sekunde geglaubt hatte. Seine geprellten Rippen schmerzten, für einen Moment schloss er die Augen, bevor er den Motor seines Leihwagens anließ und ihn langsam aus der Parklücke herauslenkte. Unkonzentriert schaute er in den Rückspiegel und fädelte sich in den Verkehr ein.

Er wusste nicht, dass ein rothaariger Mann während seines Gesprächs im Café im Vorbeigehen einen kleinen Peilsender unter seinem Auto platziert hatte, mit dem nun beständig seine Bewegungen aufgezeichnet wurden. Und er konnte dementsprechend auch nicht wissen, dass dieser Mann kein Polizist war.

Das Handy übertrug zunächst nur undeutliche Worte und umtriebiges Cafégeräusch, er konnte das Gespräch schlecht verstehen. Offenbar nahm die Frau die Handtasche vom Boden auf, denn jetzt hörte er besser. Sie berichtete von dem Treffen mit ihm, beschrieb ihn, erwähnte das Krankenhaus. Keine Sekunde hatte sie ihm seine Charade abgekauft, das hatte er schon befürchtet. Anschließend ging es um Thilos Mails, sie hatte demnach zwei Nachrichten bekommen. Sebastian überlegte fieberhaft, ob er diese andere Mail in Thilos Account gesehen hatte, konnte sich aber daran nicht erinnern. Es wäre ihm aufgefallen, wenn eine weitere Nachricht an eine Frau Neumann verschickt worden wäre. Das bedeutete, dass jemand in Thilos Account herumgefingert hatte. Er stellte den Lautsprecher seines Telefons auf die höchste Stufe. Der Kommissar war von der Frau bisher bestenfalls teilweise informiert worden, er zeigte sich äußerst verärgert und erregt, er sprach von Behinderung der Ermittlungen, unverantwortlichem Leichtsinn, Zurückhalten von Beweismitteln und so weiter. Sebastian konnte nicht alles verstehen, merkte aber am Tonfall, dass der Polizist in erster Linie besorgt klang. Die Frau war ziemlich gerissen vorgegangen; sie hatte den Beamten vollkommen an der Nase herumgeführt. Der Ermittler war zu spät gekommen. Auf seine Vorhaltungen hatte sie ihm das genüsslich unter die Nasse gerieben. Sebastian musste unwillkürlich lächeln. Diese Frau Neumann hatte zwar extrem gut ausgesehen, geradezu atemberaubend, aber er hatte keine Sekunde daran gezweifelt, dass sie eine intelligente und sehr entschlossene Person war. Sie war es offenbar gewohnt, ihre Ziele zu verfolgen, obwohl ihr leichter Silberblick ihr ein verletzliches Aussehen gab. Natürlich hieß sie gar nicht Neumann. Er steuerte seinen Wagen Richtung Schöneberg, wo er eine Wohnung im vierten Obergeschoss eines Altbaus besaß, hübsch gelegen mit Blick über Berlin.

Über seine Kopfhörer folgte er weiterhin konzentriert dem Gespräch. Plötzlich fuhr er zusammen: Thilo war ermordet worden. Die Frau hatte seine Leiche im Wald gefunden. Ihm wurde schlecht. Er musste sofort den Wagen anhalten und steuerte eine freie Lücke am Straßenrand an. Sekundenlang versagten seine Ohren ihren Dienst, er konnte nichts hören außer einem hohen Pfeifton, der direkt aus seinem Inneren zu kommen schien. Er ließ das Fenster herunter, sein Kopf erfüllt von schmerzhaftem Schlagen und Pochen. Im Grunde hatte er schon geahnt, dass etwas Furchtbares passiert war. Aber Thilo tot? Damit hatte er trotz allem nicht gerechnet. Katja hatte doch gesagt, dass er nach Bangkok abgeflogen sei. Wer kommunizierte dann unter seinem Namen, schickte diese Mails hin und her? Unter den Umständen war sein eigener Unfall mit Sicherheit kein Zufall gewesen. Jemand hatte seinen Tod in Kauf genommen, um ihn am Treffen mit Thilo zu hindern! Und Thilos Datenstick war jetzt in den Händen der

Mörder. Plötzlich hatte er Angst. Sich als Thilo auszugeben, war idiotisch gewesen. Was hatte ihn da nur geritten? Damit hatte er sich selbst verdächtig gemacht.

Er musste sich eine gute Erklärung einfallen lassen. Und er musste der Frau irgendetwas Plausibles sagen, damit die Polizei nicht nach ihm fahndete. Thilo hatte ihn in die Sache hineingezogen und er wusste nicht einmal, um was es wirklich ging. Er riss sich zusammen und fuhr eilig nach Hause, fand dort wie immer keinen Parkplatz und stellte den Wagen deshalb mehrere Häuser weiter halb in einer Einfahrt ab. Mechanisch nahm er im Hausflur die Post aus dem Briefkasten und fuhr mit dem Aufzug nach oben. Auf dem Weg in die Küche warf er die Schlüssel im Flur auf ein niedriges Tischchen. Er holte sich ein Wasser und setzte sich damit an seinen Computer. Was war auf dem Datenstick gewesen, den sein Freund ihm geben wollte, dass er dafür getötet wurde?

Gerade als er nach der zweiten E-Mail suchen wollte, stellte er fest, dass der Papierstapel, den er am Morgen geordnet hatte, zerwühlt war, Blätter standen hervor, der Laptop, der darauf gestanden hatte, lag jetzt daneben. Panik überfiel ihn.

Ohne nachzudenken, sprang er auf, holte eine Reisetasche und stopfte Kleidungsstücke hinein, wahllos, warf Laufschuhe und eine unauffällige Sportjacke dazu, stürmte ins Bad, fegte die Utensilien von der Ablage in die Tasche. Im Vorbeigehen sah er, dass im Wohnzimmer die Bücher in den Regalfächern unordentlich beiseitegeschoben waren. Die Einbrecher hatten also an verschiedenen Stellen gesucht. Sebastian prüfte gar nicht erst, ob irgendetwas fehlte, ihm war klar, dass die Täter nicht auf Geld aus waren. Er lief in die Küche. Auf dem Küchentisch lag noch die Supermarkttüte, die zuunterst ein weiteres Prepaid-Handy enthielt, das er am Vormittag neben einigen Lebensmitteln gekauft hatte. Fast wunderte er sich, dass die Einbrecher die Tüte nicht durchsucht hatten. Mühsam kniete er sich auf den Boden, die Halskrause behinderte ihn derart, dass er sie vorsichtig abzog und in die Reisetasche stopfte. Mit beiden Händen zerrte er die Sockelblende von der Arbeitszeile und fischte eine Plastiktüte mit einer Datenfestplatte hervor, die er an der Schrankunterseite mit breiten Klebebändern fixiert hatte. Unter dem Schrank lag außerdem ein Laptop mit Aufladekabel, den er in seiner Tasche verstaute. Er presste die Sockelblende halbherzig wieder an, rannte zurück ins Arbeitszimmer und holte aus der Schreibtischschublade das wenige Bargeld, das er dort aufbewahrte. Er steckte das schmale Geldbündel ein, warf sich die Jacke über und wollte gerade aus der Wohnung hasten, als es plötzlich schellte. Erschrocken hielt er inne. Er erwartete niemanden. Die Anspannung ließ ihn fast durchdrehen. War er jetzt der Nächste auf der Liste?

Durch das Treppenhaus konnte er nicht verschwinden. Also nach oben. Er hastete zum Aufzug und drückte den Anforderungsknopf. Die Kabine stand noch immer in seinem Stockwerk, die Tür fuhr auf. Schnell rannte er in die Küche und holte einen Stuhl, den er zwischen die Türen stellte. Wer auch immer zu ihm wollte, musste zu Fuß in den vierten Stock rennen. Altbau. 100 Stufen. Wenn man oben war, war man platt. Er zog nicht einmal die Eingangstür richtig zu sondern nahm zwei Treppenstufen auf einmal zum Dachgeschoss, das von verschiedenen Mietern als Abstellfläche genutzt wurde.

Aus nicht nachvollziehbaren Gründen hatten die Hauseigentümer das Dachgeschoss noch nicht versilbert und zu Luxuswohnungen ausgebaut. Das war jetzt sein Glück. Sebastian schloss die Tür leise hinter sich und rannte quer über den Dachboden auf die andere Seite zum Nebentreppenhaus, das in den Hof führte. Hämmernde Musik schallte ihm aus dem Treppenhaus entgegen, irgendwelche Studenten, die gerade Party machten. Er hetzte die Treppe hinunter, schloss die Tür auf und raste quer über den Hof auf die Mauer zum Nachbarsgrundstück zu. Von der kurzen Anstrengung brach ihm der Schweiß aus. Er warf seine Tasche rüber, zog sich eine Mülltonne heran, kletterte darauf, sprang unbeholfen über die Mauer, den stechenden Schmerz in seinem Brustkorb ignorierend. Er richtete sich auf, griff die Tasche und rannte auf die Durchfahrt zur Hauptstraße zu. Schwer atmend lugte er um die Ecke.

Zwei Männer standen noch immer an seiner Hauseingangstür, einer drückte auf die Klingelknöpfe. Auf der gegenüberliegenden Straßenseite stand ein Polizeifahrzeug. Er hastete zu seinem Auto und startete. Den Wagen musste er loswerden, seine Verfolger kannten womöglich schon das Kennzeichen. Er brauchte einen neuen Leihwagen. Als Erstes würde er die Festplatte in ein Schließfach einschließen, am Bahnhof Zoo. Und dann musste er mit Frau Markberg sprechen, erfahren, was sie genau gesehen hatte. Während diese Gedanken durch seinen Kopf schossen, bemerkte er nicht, dass auf der gegenüberliegenden Straßenseite ein rothaariger Mann aufgebracht aus einer Dönerbude heraussprang, ihm einige Schritte hinterherlief und aussah, als habe er einiges verpatzt.

# Kapitel 14

Schon als Sebastian Gordon nach Grunewald zu dem Café gefahren war, waren ihm zwei Männer in einem unauffälligen VW Passat gefolgt. Sie parkten ihren Wagen in einiger Entfernung und beobachteten, wie Gordon in dem Lokal verschwand. Die Männer trugen selbst im Auto dunkle Basecaps, obwohl wahrlich kein Sonnenstrahl das Wageninnere erreichte. Die Straße vor dem Café war mit Tischen vollgestellt, alle Plätze waren besetzt. Auf der Straße parkten die Fahrzeuge in Zweierreihen. Offenbar ein sehr beliebter Laden. Der Fahrer fotografierte Gordon, als er das Café betrat.

Der Beifahrer trug eine dunkle Hornbrille, er nannte sich Miller, seinen echten Namen hatte er selbst schon lange nicht mehr gehört. Er bevorzugte es, nur einen Namen zu haben, keinen Vornamen, keinen Spitznamen. Einfach nur Miller, das konnte sich jeder gut merken. Er trug eine dunkelbraune Baumwollhose, ein helles, fein kariertes Hemd, dessen oberster Knopf offen stand. Die Schuhe ordentlich geputzt, dunkelbraune Ledersportschuhe, geschnürt. Man sah den Schuhen nicht an, dass sie mit Bedacht gewählt waren und dem Träger erlaubten, schnell und ermüdungsfrei zu laufen. Die Brille mit dem kräftigen Horngestell hatte geschliffene Gläser, die sich unter Sonneneinstrahlung von selbst abtönten. Der Mann war vollkommen unauffällig gekleidet, nichts unterschied ihn von einem

Angestellten in einem seriösen Unternehmen. Miller legte Wert darauf, dass man ihn sofort wieder vergaß.

Sein Kollege, mit dem er schon seit vielen Jahren zusammenarbeitete, nannte sich Drubek. Auch dieser Name war frei erfunden. Mit seinem rotblonden Haar und der kalkigen Haut ging er als Deutscher durch, obwohl er das nicht war. Drubek musste manchmal daran erinnert werden, dass Unauffälligkeit in ihrem Beruf elementar war, zuweilen kleidete er sich wie ein Freak, trug Klamotten, die nirgends passten, Lurex-Hemden, Westernstiefel mit Eidechsenspitze, dazu Basecaps mit Hawaii-Aufdruck. Miller hatte früher immer wieder Diskussionen mit ihm gehabt, aber in den langen Jahren ihrer Zusammenarbeit begriff Drubek irgendwann, dass Miller recht hatte. Sein rotes Haar war schon auffällig genug.

Miller war eloquent, weshalb stets er den Kontakt zu den Kunden pflegte. Normalerweise lernten die Klienten allenfalls ihn kennen, Drubek hielt sich im Hintergrund, schwieg meistens. Miller war keineswegs das, was man einen Hinterhofganoven nennen würde – er hatte weder eine schwere Kindheit gehabt noch war er jemals im Gefängnis gewesen. Er passte auf, dass sie nicht in Verkehrskontrollen gerieten, achtete peinlich darauf, dass sie in keinem Polizeiarchiv auftauchten. Seine Karriere hatte ganz seriös begonnen, mit einer Detektivagentur. In diesem Gewerbe wurde man gelegentlich mit außergewöhnlichen Wünschen konfrontiert, und Miller hatte sich das genau überlegt. Eine echte Marktlücke. „Personenbeschattung off limits“ nannte er das. Am Ende seiner

Observierung waren die Personen dann meist buchstäblich dauerhaft beschattet.

Drubek dagegen war eigentlich Computerspezialist. Das allein genügte bereits als wichtige Fähigkeit, er konnte mit allerlei elektronischem Schnickschnack verblüffende Ermittlungsbefunde zutage zu fördern, Bewegungsprofile von Zielpersonen aus dem Internet ableiten, Wahrscheinlichkeiten für bestimmte Ereignisse errechnen, was Miller immer wieder erstaunte. Ein autistischer Tüftler, hochintelligent, allerdings sprach er kaum. Er hatte sogar ein paar Semester Informatik studiert, aber ihm war dort alles zu langsam gegangen. Das Internet faszinierte ihn, die unglaublichen Möglichkeiten, die sich dort boten. Manchmal träumte er davon, Zugang zu den ganz großen Servern zu bekommen, den Sirenenservern, die irgendwo unter der Erde in den USA vergraben waren, stärker bewacht als Fort Knox. Die Sicherheitsstufen dort zu knacken, reizte ihn maßlos. Aber für ihn allein war das nicht möglich, dazu hätte er mehr Rechnerkapazität gebraucht, mehr Manpower, um Trojanerprogramme zu schreiben und einzuschleusen. Als Spezialist für Angriffe auf Firmenrechner und Mailserver konnte Drubek nahezu alles in Erfahrung bringen, was auf den Servern lag, wenn die Firmen nicht extrem hohe Sicherheitsstufen aufgebaut hatten. Kontodaten und Passwörter waren dabei fast noch das Einfachste. So verlockend es auch schien, solche Daten zu verwenden und fremdes Geld auf eigene Konten umzuleiten, es war nicht ihr Metier. Außerdem hatte Miller es strikt untersagt.

Außerhalb seiner Elektronikbastelei brachte Drubek nur wenig Empathie für irgendetwas auf. Seine Gedanken kreisten nur um sich selbst, er war kaum in der Lage, anderen Menschen auch nur zuzuhören, wenn es nicht um ihn ging. Doch wenn es um Fakten ging, funktionierte er wie eine Maschine. Er konnte seitenlange Texte auswendig lernen, sich Daten und Zahlen mit der Präzision eines Computers merken und noch Wochen später abrufen. Gleichzeitig hatte er Schwierigkeiten, die einfachste Mimik eines Menschen zu durchschauen.

Natürlich war Drubek schwer gestört, das wusste Miller auch. Gerade das machte ihn so interessant. Eine absolute Inselbegabung. Sie hatten sich vor Jahren bei einem Job kennengelernt, und aus einem Grund, der für Miller im Dunkeln lag, hatte Drubek sich ihm in merkwürdiger Anhänglichkeit zugewandt. Miller hatte das mit seinem emotionalen Feingefühl erkannt und sich in einer Mischung aus Berechnung, Empathie und Führungssehnsucht dieses Mannes angenommen, der ihm große Dienste erweisen würde. Aber das allein war es nicht. Miller brauchte in seiner einsamen Welt einen Gefährten, der bedingungslos an seiner Seite stand. Komme, was wolle. Drubek fand nicht direkt Gefallen am Töten, zögerte aber keine Sekunde, wenn es nötig war. Ihm ging es nur darum, die Sache sauber und effizient zu erledigen. Eine notwendige, wenn auch unangenehme Reinigungsarbeit.

Wie er am Sonntag Thilo Feller mit der Stahlschlinge erdrosselt hatte, wusste er noch genau. Er erinnerte sich präzise daran, wie viele Sekunden sein Opfer geröchelt hatte, wie lange es Gegenwehr geleistet hatte. Er hatte auch memoriert, dass die Stahlschlinge an sich effizient funktionierte, allerdings war die Gegenwehr des Mannes heftig gewesen. Miller musste in Zukunft dem Opfer von hinten in die Beine treten, damit es auf die Knie fiel. Er hätte dann einen günstigeren Hebel, seine Kraftübertragung wäre besser. Ansonsten war er mit dem Ergebnis ganz zufrieden: Der Mann hatte nicht mehr schreien können, die Sache hinterließ keine Blutspur, eine saubere Angelegenheit.

Trotzdem war Miller nicht zufrieden gewesen. Er hatte gemeckert, sie hätten den Auftrag gehabt, dem Mann den Datenstick abzunehmen und ihn dann sanft zu liquidieren. Sanft hieß, dass niemand merken sollte, wie die Zielperson ins Jenseits gekommen war.

Die Auftraggeber wollten alle das Gleiche, es sollte immer wie Selbstmord aussehen. Also hatten sie den Mann an einem Baum aufhängen wollen. Dazu hatten sie alles minutiös vorbereitet. Sie hatten sogar einen Abschiedsbrief dabei gehabt. Den hatte ihnen der Auftraggeber gegeben. Feller hatten sie am Unterstand im Grunewald aufgelauert. Drubek hatte seinen digitalen Terminkalender geknackt und wusste daher, dass Feller dort morgens um 6.00 Uhr mit Sebastian Gordon verabredet war. Um Gordon hatte sich ein Kollege von Miller gekümmert, damit dieser nicht plötzlich im Wald auftauchen konnte. Drubek war ein bisschen stolz, dass das alles so präzise geklappt hatte. Feller war ein einfacher Fall. Kaum hatte er sie gesehen, hatte er sofort den Stick herausgerückt, irgendwie hatten sie ihm wohl Angst gemacht. Dummerweise war der Kerl plötzlich losgerannt. Er war schnell gewesen, Drubek musste also handeln. Miller hatte ziemliches Theater wegen der Stahlschlinge gemacht. Das würde man auch nach dem Erhängen noch feststellen. Aber er konnte ihn ja wohl kaum entkommen lassen. Und dann war auch noch diese Frau aufgetaucht. Unter den gegebenen Umständen hatte er das Beste aus der Situation gemacht, fand er. Miller musste immer meckern. Sie hatten den Kerl deshalb mitgenommen, ohne Leiche kein Fall. So einfach war das. Nur ärgerlich, dass diese Joggerin plötzlich da war. Was für ein Riesenfehler, sie nicht auch gleich zu entsorgen, das sah Miller jetzt wahrscheinlich selbst ein. Er war einfach zu gutherzig, in solchen Angelegenheiten musste man knallhart sein, sich nicht die allerkleinste Sentimentalität erlauben.

Sie waren davon ausgegangen, dass die Frau hysterisch zusammenbrechen und die Polizei sie nicht ernst nehmen würde. Miller hatte überhaupt nicht bemerkt, dass dieser Feller solche speziellen Schuhe besaß. Drubek kontrollierte mittlerweile Fellers gesamten E-Mail-Verkehr und wusste dementsprechend, was die Frau herausgefunden hatte. Ihren Rechner hatte er vorsorglich schon einmal geortet, er wusste, dass der in einer Wohnung im Grunewald stand. Langsam begann das Ganze, ziemlich unschön zu werden.

Noch immer standen sie vor dem Café, in dem Gordon verschwunden war. Miller knurrte leise einen Befehl. Drubek stieg aus und ging zu Gordons Wagen hinüber. Ein Schlüssel fiel ihm aus der Hand. Er bückte sich. Mit einer kleinen Handbewegung ließ er einen magnetischen Peilsender unter Gordons Wagen anhaften. Er richtete sich auf, steckte den Schlüssel in die Tasche und schaute nach links und rechts, um die Autos vorbeifahren zu lassen. Langsam schlenderte er zum Café hinüber. Er nahm nicht an, dass Gordon Kuchen kaufen gegangen war. Das Café war auch drinnen brechend voll. Drubek mischte sich unauffällig unter die Gäste. Eine Weile musste er suchen, bis er Gordon an einem kleinen Tisch entdeckte. Er saß da mit einer Frau. Auch wenn sie jetzt ganz anders aussah, ordentlich frisiert und gut angezogen war, erkannte Drubek sie sofort. Gordon saß da zusammen mit der Läuferin, die die Leiche entdeckt hatte, definitiv. Nicht gut. Gar nicht gut. Ohne Hast verließ er wieder das Café, setzte sich ins Auto und erstattete Miller Bericht, der leise durch die Zähne pfiff. Sein Partner schien intensiv nachzudenken. Drubek schürzte die Lippen und dehnte seinen Nacken. Miller schwieg immer noch, dabei war es doch ganz klar, was jetzt passieren musste. Sie hätten die Frau nicht laufen lassen dürfen. Sie hatte garantiert etwas gesehen. Das war ein verdammter Fehler gewesen.

Gordon kam aus dem Café, Drubek schlug Miller, der immer noch nachdachte, auf das Bein.

„Warte“, rief Miller aufgebracht.

Der Mann überquerte die Straße und stieg in sein Auto. Der Wagen fuhr los. Drubek sah wortlos zu seinem Partner, erwartete die nächste Anweisung. Der kleine Peilsender an Gordons Wagen funkte beständig die Position des Fahrzeuges. Ihre Order lautete, ihn zu beschatten, seine Wohnung zu untersuchen und dort nach Datenkopien zu suchen. Thilo Feller hatte vor seinem Tod noch erklärt, dass er den Stick kopiert hatte, wahrscheinlich im Glauben, das würde ihm das Leben retten. Es sah so aus, dass Gordon Kurs auf seine Wohnung nahm. Der Peilsender funktionierte bestens.

Sie konnten Gordon gar nicht aus den Augen verlieren. Seine Wohnung hatten sie schon inspiziert, was sollten sie also schon wieder da. Ihr Auftrag war eindeutig, Gordon zu beschatten, aber das war Miller in diesem Moment offenbar egal. Er gab Drubek ein Zeichen, zu warten.

Sie beobachteten weiter den Eingang. Ein Polizeifahrzeug fuhr heran und parkte vor dem Café, die Frau kam heraus und sprach aufgeregt mit einem Beamten. Überhaupt nicht gut. Ihren Auftraggebern hatten sie bisher nichts von der Zeugin im Wald erzählt. Sie hielten es für irrelevant. Und das Interesse der Auftraggeber an Details über das, was sich im Wald zugetragen hatte, war erwartbar gering. Eigentlich hätten sie Gordons Fahrzeug folgen, die Zielperson observieren und ihre Auftraggeber über dessen Bewegungen informieren müssen. Das allein war ihr Auftrag.

Schweigend machte Miller ein Zeichen, den Wagen zu starten.

„Dreh um", sagte er leise. „Wir fahren hinter der Frau her."

Drubek lächelte. Manchmal war er 100-prozentig Millers Meinung. Er startete den Motor und folgte in einigem Abstand der Frau, die Richtung Grunewald fuhr. Vor einem herrschaftlichen Haus hielt sie und verschwand im Hauseingang. Kurz darauf wurde im Dachgeschoss Licht eingeschaltet. Eine Weile lungerten sie in ihrem Wagen unschlüssig herum. Mit heruntergezogener Kappe stieg Drubek aus und ging einmal um den Block. Genaue Ortskenntnis war Gold wert.

Das hier war eine sehr schlechte Gegend für Observationen, viel zu ruhig. Kein Mensch lief hier zu Fuß, keine Geschäfte, kaum Autoverkehr. Die Fußgänger, die man sah, waren alt, führten ihre Hunde aus oder gingen nur ein paar Schritte. Innerhalb kürzester Zeit würden sie hier auffallen. Das hatte gar keinen Sinn. In dieser Gegend waren die Anwohner sowieso in Dauerhysterie wegen irgendwelcher Einbrüche, da hätten sie sofort die Bullen am Hals. Drubek stieg wieder ein. Für den Moment reichte es ihnen, dass sie wussten, wo die Frau wohnte. Miller musste nachdenken. Vorerst würde er sich wieder seinem Auftrag widmen und Gordon beschatten. Aber er wurde das Gefühl nicht los, dass er nicht zum letzten Mal hier war.

Zügig fuhren sie zurück nach Schöneberg, zu Gordons Wohnung. Vor Gordons Eingang war weit und breit kein Parkplatz in Sicht, nirgendwo. Miller fluchte. Großstädte hatten manchmal etwas nervtötendes. Wieder stieg Drubek aus, ging in eine Imbissbude schräg gegenüber und bestellte einen Milchkaffee. Von dem großen Fenster aus hatte er einen passablen Blick auf den Hauseingang. Miller drehte mit dem Auto eine Ehrenrunde um den Block, in der Hoffnung, dass inzwischen eine Parklücke frei geworden war. Es war geradezu lächerlich, dass er seine Karre nicht abstellen konnte. Er musste eine zweite Runde drehen.

Drubek führte gerade den Becher zum Mund, als er plötzlich einen Polizeiwagen bemerkte, der in die Straße einbog und direkt vor Gordons Haus hielt. Zwei Beamte stiegen aus und klingelten. Drubek wurde nervös. Er rief Miller an, berichtete. Miller schnauzte ihn an, er solle da bleiben, warten und Mitteilung machen, wenn Gordon aus dem Haus kam. Drubek schaltete den Fotomodus seines Gehirns ein und memorierte jedes Detail. Die Bullen standen eine ganze Weile vor der Tür und hämmerten auf allen möglichen Klingeln herum. Zuerst tat sich gar nichts. Es dauerte eine Weile, bis die Haustür doch noch aufging. Die Polizisten verschwanden im Hausflur, als fast zeitgleich Miller anrief.

Der Peilsender war wieder angesprungen, offenbar fuhr Gordon schon mit seinem Wagen durch die Gegend. Der Rothaarige hatte den Mann nicht aus dem Haus kommen sehen. Miller fuhr ihn an, wo er seine Augen hätte, Idiot. Drubek drückte den Anruf weg. So ließ er nicht mit sich sprechen. Er nahm einen Schluck aus seinem Kaffeebecher. Miller rief wieder an, mit merklich ruhigerer Stimme. Er kurvte immer noch um den Häuserblock, steckte jetzt irgendwo hinter langsamen Autos fest. Vielleicht hatte Gordon einen Nebenausgang genommen, Drubek sollte gucken. Seinem Partner zuliebe ging er auf die Straße und sah gerade noch die Rücklichter von Gordons Wagen in der Ferne verschwinden. Er schnarrte die Nachricht monoton ins Telefon und Miller knurrte nur. Endlich kam er an der Dönerbude an, Drubek sprang in den Wagen und Miller gab Gas.

Die Zielperson war mit hoher Geschwindigkeit unterwegs, er fuhr Richtung Gedächtniskirche. Offenbar kannte er sich gut aus, er vermied die großen, verstopften Straßen und kam schnell voran. Er unterquerte die S-Bahn und bog ab auf die Kantstraße, eine stark befahrene Straße Richtung Zoo. Der Peilsender tanzte ungenau über die Berliner Stadtkarte. Miller beschleunigte, sie hatten zu viel Zeit verloren. Das Peilsignal hüpfte scharf nach links, aber da war gar keine Straße. Das konnte nur die neu erbaute Tiefgarage des Bikini-Hauses sein. Saublöd. Da gab es x Stellen, wo das Auto stehen konnte, und eine Person ließ sich nur schwer wiederfinden. Entweder war der Mann gerissen oder er hatte Anfängerglück. Miller bog ebenfalls in die Tiefgarage ein und parkte den Wagen auf einem Behindertenparkplatz. Drubek stellte sofort sein Smartphone auf die Frequenz des Peilsenders ein, aber das Gerät streikte. Die schweren Stahlbetonwände schirmten wirksam jedes Funksignal ab. Ihre ganze brandneue Technik funktionierte hier unten nicht. Miller trat vor Wut gegen einen Betonpoller und heulte vor Schmerz auf. Sie konnten zu Fuß in der Garage herumirren, aber was würde das bringen? Der Mann würde wohl kaum noch in seinem Wagen sitzen. Er fluchte laut und raste über die Zufahrtsrampe zurück nach draußen, rannte entlang der Straße auf und ab, Drubek lief gleichzeitig über das Treppenhaus in die neue Shopping-Mall. Unüberschaubare Touristenmassen schoben sich durch die neue Einkaufspassage. Der Mann war wie vom Erdboden verschwunden.

# Kapitel 15

Der Kommissar hatte ziemlich sauer reagiert, dass sie ihn erst so spät informiert hatte. Im Grunde konnte sie das auch verstehen. Sie war leichtsinnig gewesen. Thiede hatte ihr befohlen, sich ab sofort aus allen Ermittlungen herauszuhalten. Er hatte geschimpft und ihr Angst gemacht. Trotzdem war ihr dieser falsche Feller gegen ihren Willen sympathisch gewesen. Vielleicht war es eine gute Idee, Urlaub zu nehmen, bis der Fall geklärt war. Vielleicht sollte sie Andrea anrufen und sie beide würden sich für ein paar Tage an die Ostsee verdrücken.

Sie schloss die Tür zu ihrer Wohnung auf, ging ins Schlafzimmer und zog sich um. Sie schlüpfte in eine Jeans, warf sich ein weites Sweatshirt über und fischte nach ihren Flipflops. Der Nachmittag hatte sich zu einem schönen Spätsommertag entwickelt, die Sonne leuchtete mit einem mattweißen, schrägen Licht auf die Bäume, deren schon staubiges Grün im Wind sanft flatterte. Von ihrem Schreibtisch aus hatte sie den kleinen Vorplatz im Blick, als sie ihren Computer einschaltete und ihre Mails abrief. Nur halb konzentriert schaute sie den Posteingang durch, ordnete die Nachrichten, antwortete hier und da auf Anfragen und leitete einige Aufgaben ans Büroteam weiter. Anschließend erledigte sie ihre Terminplanung für die kommenden Tage. Diesen falschen Thilo Feller würde sie ab sofort konsequent aus ihren Gedanken verbannen. Sie war sehr gut darin, sich zu konzentrieren und unerwünschte Überlegungen auszublenden, jedenfalls solange sie arbeitete. Dann sah sie ihre Post durch. Ein dicker Briefumschlag der Anwaltskanzlei Sorensen und Partner war darunter.

Seufzend stand sie auf und holte sich aus der Küche einen Apfelsaft. Die Erbformalitäten waren noch nicht abgeschlossen. Ihr Vater war Seniorpartner in einer großen Firma für Zahnarztbedarf gewesen. Die Firma war spezialisiert auf Zahnfüllungen, Implantatmaterial, Keramikwerkstoffe; also alles, was man für die ästhetische Zahnmedizin benötigte. In den letzten Jahren war das Unternehmen sehr erfolgreich gewesen und der Vater hatte Geschäftspartner aufgenommen, um sich langsam aus der Unternehmensführung zurückziehen zu können. Als er starb, war er jedoch immer noch Mehrheitsgesellschafter. Mila war die Alleinerbin, die sich nun einer Aufgabe gegenüber sah, die sie kaum überblickte und die sie im Kern auch nicht interessierte. Sie hatte schon zu Lebzeiten der Eltern auf eigenen Beinen gestanden und ihr eigenes Geld verdient. An dem Unternehmen des Vaters hatte sie nie Interesse gehabt. Dadurch blieb ihr jetzt nichts anderes übrig, als die Anteile zu verkaufen.

Die Partner hatten zäh mit Mila verhandelt, sie hatten es nicht einmal abgewartet, dass die Eltern beerdigt waren, bevor sie sie auf den Verkauf ansprachen. Natürlich ging es ihnen darum, ihre Anteile möglichst günstig zu bekommen. Manchmal wäre es Mila lieber gewesen, wenn sie ohne Anwälte verhandelt hätte. Dann hätte sie zwar nicht den vollen Wert erhalten, aber das beharrliche Ringen um jede Kleinigkeit war ihr sehr auf den Magen geschlagen. Sie wollte das alles hinter sich lassen. Es war enttäuschend, zu sehen, wie sich die langjährigen Geschäftspartner verhielten, sobald es nur noch um die Verteilung von Geld und Einfluss ging. Ihrem Vater hätte ihre Haltung nicht gefallen, das wusste sie. Er wollte immer, dass sie geschäftstüchtig war, ihm nachfolgte, den Ton angab. Oft hatte sie mit der Mutter darüber gesprochen, dass sie etwas anderes in der Welt wollte. Schon das Studium der Architektur hatte den Vater eigentlich enttäuscht. Aber er hatte versucht, es sich nicht anmerken zu lassen. Und Mila hatte so getan, als spüre sie das nicht. Jetzt war es zu spät, diese feine Enttäuschung, die bei aller Harmonie bei jedem Gespräch mit dem Vater mitgeschwungen hatte, die in jedem Satz mitschwang, auszuräumen.

Dabei war sie sich nicht einmal sicher, ob ihr Empfinden wirklich zutraf, vielleicht war es nur ihre Einbildung, dass der Vater auf sie Rücksicht nahm wie auf eine Kranke, die der Schonung bedurfte. Sie hatte immer das Gefühl gehabt, dass dies seine Art war, sich ihre fehlende Motivation zu erklären, dass er sich einredete, dass sie durch irgendetwas gehindert war, seinen Vorstellungen zu entsprechen. Denn er wusste wohl, dass sie ihn liebte. Und weil sie ihn liebte, würde sie gewiss alles versuchen, ihm zu gefallen. Sie hatte ihm nie gesagt, dass sie seine Art von Erfolg nicht für sich wollte. Sie hatte es sich nie getraut und lieber seine Schonung hingenommen, sein Kind gespielt, obwohl sie längst erwachsen war. Sie hätte es ihm sagen sollen. Ihr war spätestens seit dem Tod der Eltern klar, dass diese gegenseitigen Rücksichtnahmen und Unklarheiten hinderlich waren, im Grunde sogar zu einer Entfremdung geführt hatten, die man eigentlich gerade hatte vermeiden wollen.

Ehe sie sich gänzlich in Selbstmitleid und Trauer verlor, prostete sie mit dem Saft dem Porträt auf ihrem Schreibtisch zu, das ihren Vater braungebrannt auf einer Hotelterrasse zeigte. Es war anlässlich ihrer Examensfeier entstanden. Er hatte sich wie ein Kind gefreut, dass sie ihren Abschluss mit Auszeichnung bestanden hatte und sie, Derek und die Mutter sehr großzügig eingeladen. Wehmütig dachte sie daran, dass dies sehr typische Charaktereigenschaften ihres Vaters waren, einerseits hatte er sie immer gefordert und mit Erwartungen konfrontiert, andererseits aber war er gütig und liebevoll.

Es klingelte. Mila schrak zusammen. Sie erwartete niemanden. Zögernd ging sie zur Tür. Am Gartenzaun stand niemand, die Videokamera zeigte kein Bild. Dann schaute sie durch den Spion. Jemand stand schon vor der Tür. Mit gerunzelter Stirn öffnete sie die Tür, sie hatte die Kette vorgelegt. Es war der Mann aus dem Café, Thilo Feller alias Mr. Unbekannt.

„Was machen Sie denn hier?“, fragte sie entgeistert. Der Mann lächelte sie Vertrauen heischend an.

„Guten Tag, bitte entschuldigen Sie, dass ich Sie hier so überfalle. Aber ich muss dringend mit Ihnen sprechen.“

Sie blieb unschlüssig stehen und runzelte die Stirn. Woher wusste der Kerl, wo sie wohnte?

„Bitte Frau Markberg, ich muss wirklich dringend mit Ihnen reden, bitte lassen Sie mich rein. Sie brauchen keine Angst zu haben. Mein Name ist Sebastian Gordon, ich habe Ihnen vorhin nicht meinen richtigen Namen gesagt. Ich bin ein Freund von Thilo Feller. Ich fürchte, ihm ist etwas zugestoßen."

„Und was habe ich damit zu tun? Woher wissen Sie überhaupt, wo ich wohne?"

„Bitte. Frau Markberg. Sie wissen etwas über meinen Freund und ich möchte, dass Sie Ihr Wissen mit mir teilen. Bitte lassen Sie mich herein. Ich gehe sofort wieder, wenn Sie es sagen."

Es arbeitete in Mila. Der Mann machte keinen gefährlichen Eindruck, er kam ihr eher besorgt vor. Und natürlich wollte sie auch wissen, was da eigentlich passiert war. Widerstrebend löste sie die Sicherheitskette und ließ den Mann ein. Mit einer Handbewegung wandte sie sich um und ging ihm ins Wohnzimmer voraus. In dem großen Raum standen ein helles Leinensofa und zwei originale Papa-Bear-Armlehnsessel aus den 50er Jahren, die mit einem grün-durchwirkten Stoff bespannt waren. Sie hatte sie in einem Trödelladen in München entdeckt und von einer Freundin, die Möbel restaurierte, aufpolstern und neu beziehen lassen. Jetzt waren es echte Schmuckstücke. Ihre ungewöhnliche Form verband das Gemütliche eines Ohrensessels mit einer einstmals mondänen und fortschrittlichen Eleganz. Schnell ging sie an der Sitzgruppe vorbei zum Schreibtisch. Sie wollte nicht, dass der Mann sich setzte. An die Tischplatte gelehnt drehte sie sich um und fixierte ihren Besucher.

„Können Sie mir sagen, weshalb Sie hier sind?“, fragte sie ihn ungeduldig. „Und woher wissen Sie überhaupt, wie ich heiße.“

Erst jetzt traf sie diese Frage wie ein Blitz, sie hatte mit keinem Wort ihren richtigen Namen erwähnt. Ein Gefühl der Unsicherheit überkam sie jetzt doch, sie langte nach ihrer Strickjacke, die über dem Arbeitsstuhl hing, und zog sie an.

„Es stehen nur zwei Namen unten an der Klingel. Und Sie wohnen im Dachgeschoss. Das war nicht so schwer“, beruhigte er sie. Sein verletztes Auge war zwischen zugeschwollenen Lidern eingeklemmt, was ihn ziemlich entstellte.

„Ich war am Sonntagmorgen mit meinem Freund Thilo zum Laufen im Grunewald verabredet. Auf dem Weg dahin wurde ich in einen Unfall verwickelt und landete im Krankenhaus. Seitdem ist Thilo spurlos verschwunden. Angeblich reist er für unsere Firma in Asien herum, aber das glaube ich nicht. Ich mache mir Sorgen um ihn. Bitte sagen Sie mir, was Sie wissen.“

Der Mann blickte ihr unverwandt ins Gesicht. Er hatte eine Stimme, mit der er jedes alte Auto verkaufen konnte. Aber es störte sie, dass er offenbar versuchte sie einzuwickeln.

„Sie haben mir noch nicht gesagt, woher Sie meine Adresse haben. Mein Name steht nicht unten an der Klingel. Sie lügen. Es wäre wirklich besser, wenn Sie bei der Wahrheit bleiben.“ Sie schaute auf ihre Uhr.

„Also gut. Ich habe Ihnen ein Handy in die Handtasche geworfen und gehört, dass Sie mit einem Kommissar gesprochen haben. Das Gerät haben Sie immer noch. Ich habe es geortet.“

„Das gibt's doch nicht! Sie haben Sie ja nicht alle!", rief Mila empört. Aufgebracht lief sie in den Flur und holte ihre Handtasche. Sie fand das kleine Telefon und schmiss es wütend auf den Schreibtisch.

„Wie kommen Sie dazu, mich zu verfolgen!", explodierte Sie.

„Sie haben vollkommen recht", rief er beschwichtigend. „Ich bitte Sie um Entschuldigung, ich weiß selbst, dass das nicht geht. Aber ich habe gehört, dass Sie einen Toten gefunden haben. Vielleicht ist das mein Freund. Sie haben gesagt, dass er ermordet wurde. Er hatte mir etwas Wichtiges sagen wollen, und mittlerweile glaube ich nicht mehr, dass der Unfall Zufall war. Ich muss einfach wissen, was am Sonntag geschehen ist. Und Sie sind meine einzige Spur." Nach einer kurzen Pause setzte er nach: „Bitte, Frau Markberg."

Sebastian Gordon legte seinen Kopf leicht schräg und schaute Mila von unten herauf an. Ihre Hände schmerzten. Ohne es zu merken, hatte sie die Tischplatte hinter ihrem Rücken zu fest umklammert. Wütend starrte sie auf den Boden. Endlich löste sie sich mit einem Ruck und setzte sich ihrem Besucher direkt gegenüber auf einen Sessel. Sebastian Gordon setzte sich ebenfalls. Sie hockte angespannt vorn auf der Sesselkante, den Oberkörper auf die Knie aufgestützt. Angestrengt überlegte sie, ob sie dem Mann alles berichten konnte und gleichzeitig dachte sie darüber nach, dass sie ihm schlechte Nachrichten überbrachte, wenn er wirklich ein Freund des Toten war. Ihr langes Haar fiel ihr ins Gesicht, mit beiden Händen fasste sie es zusammen und legte es über eine Schulter.

„Ich habe einen toten Mann gefunden, der vielleicht Ihr Freund war. Aber die Leiche ist verschwunden. Als ich mit der Polizei zurückkam, war der Mann nicht mehr da."

Sebastian Gordon atmete scharf ein.

„Ich habe ein Bild von dem Toten", sagte sie leise, stand auf und griff den Bilderstapel, der noch auf ihrem Schreibtisch lag. „Ist das Ihr Freund? Ich bin ziemlich sicher, dass dies der Tote aus dem Wald ist."

Überrascht stand Sebastian Gordon auf und kam zum Schreibtisch. Er stand so dicht neben ihr, dass sie seine Haut riechen konnte, ein herber Duft, Sandelholz vielleicht. Von seinem Arm ging eine beunruhigende Wärme aus. Für einen winzigen Moment schloss sie ihre Augen. Sie konnte gut dort stehen bleiben, nichts störte. Er nahm eines der Fotos in die Hand und schaute stumm darauf. Sichtlich war er berührt und fuhr sich mit der flachen Hand durch das Gesicht. Er sagte nichts.

„Waren sie sehr eng befreundet?"

„Thilo war mein bester Freund", antwortete er. „Wir haben uns beim Studium in den USA kennengelernt. Es war eine wunderbare Zeit, wir haben zusammen gewohnt und eine Menge Spaß gehabt. Nach dem Studium haben wir zwar in unterschiedlichen Firmen gearbeitet, uns aber regelmäßig gesehen. Thilo hat eine steile Karriere hingelegt, vor zwei Jahren wurde er Vorstandsvorsitzender bei der Reto AG. Er hat mich dann als Leiter der technischen Entwicklung nach Berlin geholt. Ich habe immer in der Forschung gearbeitet, viel gemeinsam mit Unis gemacht, war in den Entwicklungszentren der großen Technologiekonzerne. Und Thilo hatte in seinem neuen Job mit mir einen Mann an seiner Seite, dem er absolut vertrauen konnte. In der Entwicklung wird eine Menge Geld in den Sand gesetzt, viele Projekte sind schlecht gemanagt, verschlingen unendlich viel Budget, ohne dass etwas Brauchbares dabei herauskommt. Naja, da konnte er mich gut gebrauchen."

Mila spürte, dass ihm der Tod seines Freundes sehr nahe ging. Sie legte eine Hand auf seinen Arm.

Aufgeschreckt durch die Berührung blickte er sie direkt an. „Aber wieso glauben Sie, dass er ermordet wurde? Vielleicht hatte er einen Herzinfarkt."

„Und ist danach wohin gegangen?" Sie schüttelte den Kopf. „Er hatte eine schreckliche Wunde am Hals. Von einer Schlinge. Ich bin überzeugt, dass er erdrosselt wurde."

Ihr Besucher schüttelte ungläubig den Kopf. „Haben Sie denn irgendjemanden im Wald gesehen? Ein Auto vielleicht? Personen?"

Mila schüttelte den Kopf. „Die Polizei hat nicht einmal Spuren gefunden. Die Leiche hat sich geradezu in Luft aufgelöst. Deshalb glaubt mir dort auch niemand. Die Polizei denkt, ich hätte Halluzinationen. Es ist schon ziemlich unverschämt, wie man dort mit einem solchen Fall umgeht. Ich finde es, ehrlich gesagt, geradezu skandalös! Und wenn Ihr Unfall Teil des Verbrechens war, reden wir von ziemlich großen Dimensionen! Das sieht ja aus wie organisierte Kriminalität! Mafia oder so was! Wer hat denn ein Interesse daran, Ihren Freund umzubringen?", brach es aus ihr hervor. „Sie müssen selbst zur Polizei gehen. Ich kann Ihnen nicht weiterhelfen und will auch nicht weiter in diese Sache hineingezogen werden. Das ist mir definitiv zu heiß!“ Sie verschränkte die Arme und sah ihn auffordernd an.

„Sie haben recht. Ich sollte jetzt gehen. Es ist sicher das Beste, die Polizei einzuschalten. Entschuldigen Sie bitte, dass ich Sie so überfallen habe. Vergessen Sie das Ganze.“

Er wandte sich zur Tür. „Machen Sie sich keine Sorgen, ich werde Sie in Ruhe lassen.“

Er hielt ihr seine Hand hin. Wieder fiel ihr auf, wie groß er war. Sie schloss die Tür hinter ihm und legte die Kette wieder vor. Erst als er schon fast im Erdgeschoss angekommen sein musste, fiel ihr ein, dass ihr Vermieter regelmäßig ab 19.00 Uhr die Hauseingangstür abschloss. Sie zog ihre Laufschuhe an, die direkt neben der Eingangstür standen, und ging in die Küche, um den Schlüsselbund zu holen. Wenn sie jetzt hinunterging, konnte sie sich gleich eine Pizza holen. In ihrem Kühlschrank herrschte gähnende Leere. Mila warf eine Jacke über und holte ihre Handtasche. Ausgehfertig stand sie in der Tür, als Sebastian Gordon wieder die Treppe heraufkam, mit einem schiefen Lächeln, das sich unter anderen Umständen in den feinen Fältchen um seine Augen widergespiegelt hätte.

„Tja, tut mir leid, Frau Markberg, ich muss doch noch mal kommen, die Tür ist abgeschlossen. Irgendwer wollte mich gerne hierbehalten.“ Er atmete schwer.

Sie nickte. „Mein Vermieter ist immer sehr besorgt um die Sicherheit des Hauses. Sie wissen ja, im Grunewald wird oft eingebrochen. Ich komme mit runter. Ich wollte mir sowieso noch eine Pizza holen." Mila zog die Wohnungstür hinter sich zu und ging mit Sebastian Gordon die Treppe hinunter. Das Gartentor war ebenfalls verriegelt.

„Erstaunlich, dass die Haustür offenstand, als ich kam", frotzelte ihr Begleiter.

Sie lief hinter ihm her und lachte. „Tja, so eine Sicherheitslücke gibt es hier selten, das kann ich bestätigen."

Ihre Stimmung war fast etwas ausgelassen, sie hatte das Gefühl, endlich einen Albtraum los zu werden. Sie griff an ihm vorbei in die Rhododendronhecke, hinter der sich ein Schalter versteckte, mit dem das Tor elektrisch zu öffnen war. Mit einem leisen Surren schnappte es auf. Vor dem Haus stand ein Leihwagen, den Sebastian Gordon aufklickte. „Kann ich Sie noch irgendwohin mitnehmen? Ist die Pizzeria hier in der Nähe?"

Mila zögerte. Warum eigentlich nicht. Sie stieg in den Wagen und dirigierte ihn zur Hubertusallee.

„Was halten Sie davon, wenn ich Sie zum Essen einlade? Sozusagen als versöhnlicher Abschied? Ich habe einen Riesenhunger. Ich meine, bevor wir dann endgültig auseinandergehen." Er schaute schnell zu ihr hinüber. Sie blickte aus dem Seitenfenster, schweigend.

„He, Frau Markberg, ich beiße nicht." Wieder diese angenehme, sehr leise Stimme. Seit der Trennung von Derek hatte sie sich nicht mehr verabredet. Das hier war ein mehr als merkwürdiger Anfang. War es ein Anfang? Sie hörte sich eine Zustimmung murmeln. Nun ja, warum eigentlich nicht?

# Kapitel 16

Kommissar Thiede hatte miserable Laune. Die junge Frau hatte ihn nach Strich und Faden blamiert. Er war aus allen Wolken gefallen, als sie ihn mit ihren eigenen „Ermittlungen“ konfrontiert hatte. Schließlich hatte er selbst sich für die Sache eingesetzt, die Untersuchungen weiter vorangetrieben. Und jetzt hatte sie ihn locker auflaufen lassen. Auf das Gespräch mit seinem Vorgesetzten freute er sich ganz besonders, er konnte die Kommentare schon hören.

Noch im Café war ihm die Unfallmeldung vom Sonntag eingefallen, mit einem kurzen Anruf in der Dienststelle fand er heraus, dass es sich bei dem Unfallopfer um Sebastian Gordon handelte. Herauszufinden, dass Gordon ebenfalls bei der Reto arbeitete, dauerte keine fünf Minuten. Entwicklungschef. Die Frage, weshalb sich Gordon als Feller ausgegeben hatte, war damit keineswegs beantwortet. Thiede veranlasste eine Fahndung nach dem Range Rover. Er hatte nicht viel Hoffnung, dass man den Wagen schnell finden würde, wahrscheinlich war der schon Richtung Polen unterwegs. Außerdem veranlasste er die Durchsuchung der Wohnung. Gordon war verschwunden und würde offenkundig auch so schnell nicht wiederkommen. In der Küche war etwas unter den Schränken versteckt gewesen, an den Unterseiten der Schränke wurden Reste von Klebebändern sichergestellt. Kampfspuren fehlten.

In einer Abstellkammer waren Koffer durcheinander gefallen, es sah aus, als habe Gordon einen Koffer oder eine Reisetasche mitgenommen. Sämtliche Hygieneartikel fehlten. Der Laptop war weg, auf dem Schreibtisch befanden sich nur noch die Anschlusskabel.

Gordon war also untergetaucht. Was war unter der Küchenzeile versteckt? War er ein Komplize des Täters? Oder ein weiteres Opfer? Als Täter kam er nicht infrage, zum möglichen Mordzeitpunkt hatte er den Unfall gehabt. Thiede hatte die Angehörigen der beiden Gesuchten recherchiert. Feller hatte eine geschiedene Ehefrau in den USA zurückgelassen. Ansonsten hatte er kaum Verwandte. Eine Mutter im Altersheim, der Vater war tot. Eine Schwester, die ebenfalls in den USA wohnte und deren Adresse er noch nicht herausgefunden hatte. Sebastian Gordon hatte drei Geschwister, die alle in Nordrhein-Westfalen lebten. Sein Vater war Engländer, ein Soldat im Ruhestand, früher stationiert bei der Rheinarmee, was den Namen erklärte. Gordon war nicht verheiratet. Die Eltern rief er direkt an, sie hatten in den letzten Tagen nichts von ihrem Sohn gehört, allerdings war das nicht ungewöhnlich. Der Kontakt mit den Eltern beschränkte sich auf wenige Besuche im Jahr und gelegentliche Telefonanrufe.

Als Thiede Sondermann ins Bild setzte, konnte der seinen Ärger nur schwer verbergen. Zum einen war sein Kollege vorangeprescht, obwohl der Schlussbericht schon in Arbeit war, und dann war an der Angelegenheit womöglich noch was dran. Der Fall erreichte Dimensionen, die in jedem Fall bald große Presse erwarten ließen. Es war sowieso fast unverständlich, dass die Journalisten noch keinen Wind von der Sache bekommen hatten. Man musste sich jetzt beeilen, sonst hatte er auch noch den Polizeipräsidenten am Hals. Er ärgerte sich über den Alleingang Thiedes, er hätte ihn zumindest über Zwischenstände informieren müssen.

Sondermann rief sein Team zusammen und versuchte, sich seine Verärgerung nicht anmerken zu lassen. Sachlich berichtete er über den Stand der Untersuchungen, ohne Thiedes Rolle auch nur zu erwähnen. Der Jüngere hatte offenkundig ein schlechtes Gewissen, denn er stand in der letzten Reihe und tat, als höre er die Neuigkeiten, die sein Chef vortrug, zum ersten Mal. Sondermann beorderte die Spurensicherung noch einmal in den Wald, um den Bereich großflächig abzusuchen. Vielleicht konnte man doch noch Hinweise auf einen Tatort finden. Ein Kollege wurde beauftragt, alle besonderen Vorkommnisse der letzten Tage, die sich rund um den Grunewald zugetragen hatten, zu recherchieren, alle Meldungen an die Feuerwehr von entlaufenen Katzen, Müllansammlungen, Beschwerden über Betrunkene und so weiter aufzugreifen und zu prüfen, ob irgendwas davon mit dem Fall in Verbindung stehen könnte. Die Zeugen des Autounfalls waren nochmals zu befragen, womöglich war ein Detail übersehen worden. Ein Kollege wurde beauftragt, bei Freunden und Arbeitskollegen Fellers und Gordons zu recherchieren. Man musste ausschließen, dass sie womöglich dort irgendwo untergekommen waren und alle an der Nase herumführten. Fellers Wohnung wurde geöffnet und auf Spuren durchsucht.

Die beiden Polizisten machten sich auf den Weg zur Reto AG. Als sie in dem hohen Bürogebäude den Vorstandsbereich erreichten, wurden sie freundlich von der Vorstandsassistentin empfangen. Frau Burmester wirkte vollkommen unbefangen, sie vermittelte nicht den Eindruck, dass irgendetwas ungewöhnlich war. Die Beamten wiederholten ihre Fragen, es blieb dabei – ja, Herr Feller sandte regelmäßige Nachrichten aus Asien, die letzte habe sie gestern Nacht bekommen, wegen des Zeitunterschieds. Es waren Aufgaben, die sie erledigen musste, Termine, die sie koordinieren sollte, Infos an Teams weiterleiten, also der ganz normale Kram, der immer anfiel. Es war durchaus etwas weniger als sonst, das sei ihr aufgefallen, aber von Myanmar aus seien die Verbindungen ja nun auch schlecht. Nein, sie wisse nicht, weshalb genau der Chef dort sei, sie war zwar über die Termine und Ansprechpartner vor Ort informiert, aber nicht über die Themen, um die es dabei ging.

„Frau Burmester", insistierte Sondermann, „haben Sie persönlich mit Herrn Feller telefoniert oder hatten Sie nur Mailkontakt? Können wir mit Herrn Feller sprechen? Gibt es einen Zeugen in Asien, den Sie anrufen können, der persönlich bestätigen kann, dass sich Herr Feller dort befindet?"

„Ich hatte Mailkontakt, einige Male hat Thilo zwar angerufen, aber die Leitung ist sofort zusammengebrochen. Außerdem beträgt der Zeitunterschied fünfeinhalb Stunden, da ist mailen sowieso viel praktischer. Das habe ich Ihnen aber alles schon gesagt. Warum fragen Sie das alles überhaupt? Ist Herr Feller wieder zu schnell gefahren? Hat er einen Unfall verursacht?" Katjas Blick wechselte von Sondermann zu Thiede.

Sondermann überging ihre Frage. „Können Sie uns bitte eine Liste aller Angehörigen und engen Freunde von Herrn Feller anfertigen? Hat sich Sebastian Gordon übrigens seit gestern hier gemeldet?"

„Ja, mit Herrn Gordon habe ich gestern telefoniert. Er hat sich krankgemeldet. Er hatte einen Autounfall. Genaueres weiß ich aber nicht. Er sagte, dass er Montag wieder hier sei. Wieso fragen Sie denn jetzt auch nach Herrn Gordon? Der ist doch nicht in Asien."

„In welchem Verhältnis stehen Herr Feller und Herr Gordon zueinander? Waren sie privat miteinander bekannt? Wissen Sie, ob eine der Personen Feinde hat?", fragte Thiede.

Die Assistentin schwieg einen Moment, jetzt sichtlich verunsichert. „Ich glaube, ich rufe jetzt mal meinen Chef an", sagte sie und beugte sich zu ihrem Telefon vor. Sie warf den Beamten einen Blick zu und tippte auf einen Knopf auf ihrer Telefonanlage.

Es dauerte ein paar Minuten, bis Andreas Bremer das Vorzimmer betrat. Andreas Bremer war Mitte 50, sehr groß und schlank, fast hager. Überraschenderweise wirkte sein Gesicht trotzdem ziemlich fleischig, es hatte etwas Wolkiges angenommen, die Konturen verloren sich allmählich. Er sah müde aus. Mit einer unkonzentrierten Freundlichkeit begrüßte er die Beamten und machte dabei den Eindruck eines zerstreuten Professors, der noch an einem wichtigen Gedankenexperiment herumknobelte. Die Assistentin schilderte ihm kurz den Sachverhalt. Mit wachsender Irritation wanderte sein Blick von der Assistentin zu den Besuchern und wieder zurück.

„Ich verstehe zwar nicht ganz, um was es hier geht, aber wir sollten das Gespräch besser in meinem Büro fortsetzen", sagte er förmlich.

Hoch aufgerichtet ging er ihnen voraus in ein nüchtern eingerichtetes Büro. Er setzte sich hinter seinen Schreibtisch, der seitlich durch einen runden Besprechungstisch ergänzt wurde. Mit einer Hand bot er den Kommissaren Plätze an und stellte kleine Wasserflaschen und Gläser auf den Tisch, die hinter ihm auf einem niedrigen Sideboard standen. Bekritzelte Papierstücke lagen herum, die er oberflächlich zusammenschob, ansonsten flimmerten Zahlenkolonnen und Programmzeilen über Bildschirme, die dicht gedrängt in mehreren Reihen auf seinem Schreibtisch standen. Leise hörte man fremdsprachige Gesprächsfetzen, einige Rechner waren Onlinekonferenzen zugeschaltet. Bremer lehnte sich zurück und blickte zerstreut auf seine Rechner, dann schob er einen Tablet beiseite, an dem er rasch noch etwas eintippte, und blickte die Beamten an. Hinter dem Schreibtisch hingen zwei Fotokunstwerke, die Totenkopfschädel in einer überlagerten Montage zeigten.

Sondermann betrachtete die Bilder, deren Umrisse eigentümlich verschwammen, als seien die Schädel schon vor langer Zeit aufgenommen worden. Die lückenhaften Zahnreihen grinsten frech auf den Betrachter herunter. Die Bilder waren identisch bis auf die Farbgebung, eines leuchtete in einem sauberen Ultramarinblau, das andere in schockierendem Magenta.

„Interessante Bilder haben Sie da", wandte sich Sondermann an den Manager. „Gibt es bei der Reto eine Kunstkommission, die so was aussucht?"

Bremer rollte sich mit seinem Stuhl seitlich weg, mit im Schoß gefalteten Händen wanderte sein Blick von den Bildern zu den Polizisten vor ihm. Er nickte. „Interessant, ja, das ist wohl der richtige Ausdruck. Sie haben ein gutes Auge. Das ist Damien Hirst. Er erinnert uns an die Vergänglichkeit alles Irdischen." Mit einem maliziösen Lächeln wandte er sich wieder den Polizisten zu. „Kennen Sie Damien Hirst?"

„Sind Sie Sammler?", fragte Sondermann zurück.

Bremer zuckte die Schultern. „Ich weiß nicht. Ab wann ist man Sammler? Sagen wir es so, ich besitze so viele Fotoarbeiten, dass ich einige mit ins Büro nehme, so wie diese hier. Ich finde die Arbeiten von Damien Hirst inspirierend, sie zeigen mir jeden Tag, dass ich meine Zeit nicht vergeuden darf. Ich denke, Sie verstehen, was ich meine? Und deshalb sollten wir jetzt auch zur Sache kommen. Wie kann ich Ihnen helfen?"

Sondermann informierte den Manager kurz über den Sachstand, es bestehe der Verdacht, der CEO könne bei einem Verbrechen zu Schaden gekommen sein, allerdings sei dies noch sehr vage. Es gebe zwar Zeugen, aber bisher kein Opfer. Bremer hörte aufmerksam zu und zog die Augenbrauen so hoch, dass die Augenlider kalkweiß schimmerten. Er lehnte sich in seinem Drehstuhl zurück und schwieg. Unbehaglich wischte sich Sondermann mit der Hand über seinen stoppeligen Bart. Der Mann betrachtete ihn, als sei er ein Insekt.

„Sie wollen mir also sagen, dass unser Deutschland-Chef seit mindestens zwei Tagen vermisst wird und wir das nicht gemerkt haben sollen? Womöglich sogar ermordet wurde? Und in so einer Angelegenheit haben Sie bisher in unserem Unternehmen ausschließlich mit wem gesprochen? Der Assistentin von Herrn Feller? Und Herr Gordon hatte einen Unfall und wird nun ebenfalls vermisst? Das ist doch absurd!“ Bremer hielt kurz inne. „Und wer korrespondiert dann im Namen von Herrn Feller mit uns?“ Seine Stimme nahm einen kalten, spröden Ton an.

„Ja, das würden wir auch gern wissen. Gestatten Sie uns den Zugang zu Ihrem Mailserver? Es gibt da einige Unregelmäßigkeiten, denen wir gerne nachgehen würden.“ Thiede blickte dem Mann angriffslustig direkt ins Gesicht.

Mit einer beschwichtigenden Geste schaltete sich Sondermann ein. „Bisher ist die Sache noch unklar. Das ist auch der Grund, weshalb wir zunächst nur diskrete Erkundigungen eingezogen haben. Hätten wir Spekulationen verbreitet – und solche sind es nach dem derzeitigen Stand der Ermittlungen, das möchten wir ausdrücklich betonen –, wäre sofort die Presse darauf angesprungen.“

Er sah, dass er damit eine Breitseite gelandet hatte. Bremer ließ seine Augenbrauen wieder herabfallen. Sondermann ritt weiter auf der Welle.

„Das wäre sicher weder im Interesse Ihres Unternehmens noch im Interesse der betroffenen Familien.“

Einen Augenblick herrschte betretenes Schweigen.

„Gut, Herr Kommissar. Natürlich haben wir kein Interesse daran, dass solche Nachrichten unkontrolliert an die Öffentlichkeit gelangen, vor allem dann nicht, wenn sie sich, wovon ich ausgehe, als vollkommen unbegründet erweisen. Wir werden Sie selbstverständlich mit allen notwendigen Informationen versorgen."

Er legte eine Hand auf den Schreibtisch, wie zum Nachdruck.

„Ich kümmere mich persönlich darum. Wenn Sie mir Ihre Fragen geben, werde ich die entsprechenden Informationen für Sie zusammenstellen lassen. Vor allem aber müssen wir die Angelegenheit vertraulich behandeln, das verstehen Sie sicher."

Er wartete, bis die Polizisten nickten. Thiede setzte zu einer Antwort an.

„Bisher gehen wir zwar noch nicht davon aus, dass es sich bei dem möglichen Opfer um Herrn Feller handelt, denn Sie stehen ja im Kontakt mit ihm. Mailverkehr ist jedoch kein sicherer Beweis. Bitte organisieren Sie schnellstmöglich ein Telefongespräch, damit wir direkt mit Herrn Feller sprechen können. Können Sie uns etwas über den Grund der Geschäftsreise sagen? Ist es nicht ziemlich ungewöhnlich, dass er allein reist?"

Thiede hatte schon wieder diesen leicht aggressiven Unterton in der Stimme.

Bremer zögerte. „Ich weiß nicht, was diese Fragen mit dem angeblichen Verschwinden von Herrn Feller zu tun haben sollen, schließlich soll ihm ja hier in Berlin etwas zugestoßen sein, wovon ich ausdrücklich nicht ausgehe. Im Grunde lehne ich es schon ab, mich überhaupt an solchen Spekulationen zu beteiligen! Schließlich haben Sie keine Leiche gefunden."

Er verschränkte seine Arme. Thiede wollte zu einer Erwiderung ansetzen, doch Bremer winkte ab.

„Aber ich will Ihre Ermittlungen selbstverständlich nicht behindern. Ich habe selbst allergrößtes Interesse daran, dass wir schnell eine Aufklärung herbeiführen. Was den Aufenthalt von Herrn Feller anbelangt, darf ich Ihnen nicht viel dazu sagen. Es geht um Technologietransfer, Infrastruktur, das dürfte wohl klar sein. Die Geheimhaltungsanforderungen sind sehr hoch, sie wissen, dass es immer sehr viele Mitbewerber gibt. Schon die Tatsache, dass ein hochrangiger Mitarbeiter des Konzerns in diesem Land ist, ist für manche Konkurrenten eine wichtige Nachricht. Daher müssen wir alles daran setzen, dass sich diese Information nicht verbreitet. Das verstehen Sie doch sicher."

Bremer sprach jetzt wieder ganz sachlich.

„Im Übrigen ist er nicht ganz alleine, ein Kontaktmann vor Ort begleitet ihn, ein erfahrener Reiseleiter. Herr Feller ist selbst ein weltgewandter Mann, es gibt also keinen Grund, weshalb er eine Geschäftsreise mit einer Riesendelegation absolvieren sollte. Er ist ja nicht auf dem Mars."

„Ihre Unternehmensinteressen in allen Ehren. Aber Sie scheinen das nicht richtig verstanden zu haben. Wir sind von der Mordkommission. Es geht hier nicht ums Falschparken. Im Zweifel werden auch Ihre Geheimhaltungsinteressen zurückstehen müssen."

Thiede platzte jetzt langsam der Kragen. Bremers Augenbrauen zuckten für eine Sekunde, aber er nickte.

„Gut. Lassen wir das. Wir werden uns bemühen, schnellstens eine Telefonkonferenz zu organisieren.

Leider ist so etwas in Myanmar nicht ganz einfach. Es gibt nicht überall funktionierende Telefonnetze, da machen Sie sich möglicherweise falsche Vorstellungen."

Thiede musste sich beherrschen. Im Tonfall des Mannes lag eine Überheblichkeit, die schwer auszuhalten war.

Bremer fuhr fort. „Herr Feller wird voraussichtlich am Freitag wieder in Deutschland sein, wobei es eine alternative Reisevariante gibt, nach der er direkt über Bangkok in die USA weiterreist. Nächste Woche ist in Kalifornien die Hauptversammlung der Reto AG. Beide Flüge sind gebucht, für alle Fälle. Es hängt davon ab, wie schnell er sein derzeitiges Geschäft abwickeln kann."

Der Hauptkommissar schaltete sich ein und erkundigte sich nochmals nach dem Zugang zum Mailserver. Sichtlich genervt zog Bremer die Schultern hoch und sagte zu, dass das ebenfalls organisiert werde, allerdings brauche er dazu einen offiziellen Durchsuchungsbeschluss. Er könne nicht einfach auf eine Anfrage der Polizei einen Zugang zu dem gesamten Datennetzwerk der Reto AG geben, soweit reichten seine Kompetenzen nicht.

„Es geht hier möglicherweise um Mord, Herr Bremer, da werden Sie doch einen Zugang zu Herrn Fellers Mailserver ermöglichen können, ohne einen richterlichen Beschluss abzuwarten", insistierte Thiede.

„Ich glaube, Sie haben keine rechte Vorstellung davon, was in einem Konzern möglich ist und was nicht. Ich muss bei so etwas sogar den Betriebsrat einschalten."

Thiede verdrehte die Augen und wollte zu einer Erwiderung ansetzen, aber Bremer hob die Hände.

„Ist ja schon gut. Ich werde dafür sorgen, dass Sie einen Zugang bekommen. Betriebsrat hin oder her. Aber Sie besorgen bitte dennoch den Beschluss, sonst bekomme ich hier Ärger."

Bremer wandte sich seinem Telefon zu, ein Finger schwebte über der Tastatur und suchte einen bestimmten Kurzwahlknopf.

„Ich lasse klären, wann wir Feller erreichen können. Außerdem gebe ich Ihnen eine Liste der Reiseroute."

Er drückte die Taste und Fellers Assistentin eilte herein. Er bat sie, die gewünschten Informationen zusammenzustellen und trug ihr auf, die Telefonkonferenz zu organisieren. Besorgt blickte sie von Bremer zu den Beamten, die ein versteinertes Gesicht machten, offensichtlich wollte niemand darüber sprechen, was hier eigentlich los war. Auf ihre Nachfrage flüchtete sich Bremer in nichtssagende Floskeln. Fast barsch schickte er sie hinaus, es sah so aus, als mache auch ihm die Sache mehr zu schaffen, als er zeigen wollte.

Als die Polizisten gegangen waren, kam die Assistentin sofort wieder herein. Sie blickte Bremer an wie ein einziges Fragezeichen. Er lehnte sich in seinem Stuhl zurück, ein Auge schon wieder auf seinen Bildschirmen.

„Andreas! Lass mich hier nicht so dumm herumstehen. Ich will jetzt wissen, was mit Thilo und Sebastian passiert ist!" Langsam wurde Katja wirklich sauer.

Er atmete hörbar aus. „Okay, aber du musst es wirklich für dich behalten."

Er sah sie beschwörend an. Unaufgefordert setzte sie sich hin.

„Thilo ist zu schnell gefahren. Viel zu schnell. Möglicherweise hat er dabei einen Menschen verletzt. Mehr will ich jetzt nicht sagen, die Sache muss erst ganz aufgeklärt werden. Ich glaube zwar nicht, dass das stimmt, aber die Polizei will Thilo dazu befragen. Es ist also in seinem Sinne, wenn diese Telefonkonferenz stattfindet, dann ist die Sache sicher schnell erledigt. Du verstehst aber, dass das absolut unter uns bleiben muss!" Sie nickte betroffen.

„Und was ist mit Sebastian?"

Unwillig fabulierte er weiter. „Möglicherweise war er an dem Unfall beteiligt, die Polizei wollte mit den Details nicht herausrücken. Sie haben Sebastian nicht zu Hause angetroffen, vielleicht ist er ein paar Tage verreist, was weiß ich? Wie gesagt, du musst das unter allen Umständen für dich behalten, der Schaden, wenn das an die Presse käme, wäre immens! Kann ich mich auf dich verlassen?"

Bremers Verschwörermiene kam Katja geradezu albern vor. Für was hielt er sie denn? Katja nickte nochmals und verkniff sich weitere Fragen. Sie kannte Bremer, der würde jetzt mit nichts mehr rausrücken. Beleidigt stiefelte sie zurück in ihr Büro. Schließlich war sie Vorstandsassistentin, erfuhr andauernd vertrauliche Dinge. Immerhin hatte sie auch als Erste gewusst, dass sich Thilo scheiden lassen würde. Sie war noch nie indiskret gewesen, das war Teil ihres Jobs. Bremer, dieser Idiot. Langsam machte auch sie sich Sorgen. An Thilo lag ihr viel. Hoffentlich kam er bald nach Hause.

# Kapitel 17

Miller musste Sebastian Gordon unbedingt finden. Sie hatten die ganze Straße nach ihm abgesucht, aber nichts. Dann waren sie in die Tiefgarage zurückgekehrt und hatten das Fahrzeug gesucht. Der Wagen parkte nicht weit entfernt. Das Auto war leer, Gordon hatte nichts darin zurückgelassen.

„Was jetzt?“, fragte Drubek. „Warten wir hier auf den Mann?“

Miller überlegte. „Womöglich kommt der gar nicht zurück. Hier um die Ecke ist der Bahnhof Zoo. Kann sein, dass der die Stadt verlässt. Hat vielleicht Angst gekriegt. Können wir ihn irgendwie finden? Irgendeine Idee, wohin der verschwunden ist? Wirf doch mal deine Zauberkiste an, du kriegst doch sonst alles raus.“

Drubek setzte sich mit seinem Tablet auf eine Bank vor dem Bikini-Haus und begann, die Zielperson gründlich durchzuchecken. Mit ein paar Handgriffen hatte er sich in Gordons Adressdatenbank eingehackt. Gordons Familie lebte nicht in Berlin. Besonders eng war sein Kontakt offenbar nicht, mehr als eine oder zwei E-Mails im Monat wurden nicht ausgetauscht. Gordon schien ein Einzelgänger zu sein. Er war regelmäßiger Gast in einem Sportclub, erschien dort aber auch zu unregelmäßigen Zeiten. Die meisten Abendverabredungen hatte er mit Thilo Feller gehabt. Besuche im Fußballstadion. Danach Bier in Westend. Offenbar hatte der Mann nur gearbeitet.

Miller dachte nach. Mit den mageren Daten hatten sie kaum Chancen, ihn zu finden. Sie brauchten jetzt Glück. Offenbar war Gordon aus der Wohnung geflüchtet, er schien Angst zu haben. Vielleicht hatte er bemerkt, dass sie in die Wohnung eingebrochen waren. Er hatte die Frau gesprochen und wusste jetzt, dass Feller tot war. Wenn er dumm war, fuhr er vielleicht noch einmal zu dieser Frau. Er stand sicher auf sie, sie sah sensationell aus. Es war wahrscheinlich sowieso gut, die Tusse nochmal zu besuchen.

Seine Laune hob sich. Einen Plan zu haben war immer gut. Er gab Drubek ein Zeichen, der sein Tablet zusammenklappte. Sie setzten sich in ihren Wagen und fuhren zurück in Richtung Grunewald.

Als sie den kleinen Platz erreichten, sahen sie Licht in der Wohnung der Frau. Miller schöpfte neue Hoffnung. Die Frau war also zu Hause. Von Gordon keine Spur. Sie stellten ihren Wagen in der Nähe ab, sodass sie die Wohnung im Blick behalten konnten und warteten.

Langsam senkte sich die Sonne und die Dämmerung begann, ihr diffuses Zwielicht auszubreiten. Während Miller noch überlegte, ob sie ihre Zeit vergeudeten, kam plötzlich ein heller Golf um die Ecke, ein Leihwagen, Dürener Kennzeichen. Da stieg doch tatsächlich dieser Gordon aus, inspizierte die Klingelschilder am Haus und verschwand im Vorgarten. Volltreffer. Was für ein Idiot. Der Tag war bisher denkbar schlecht gelaufen, aber wo stand geschrieben, dass er auch so enden musste? Ein feines, unfrohes Lächeln lag auf Millers Lippen, er stieß Drubek in die Seite. Der blickte regungslos auf seinen Rechner. Er war wieder in seinem Autistenmodus, auf Autopilot.

Sie warteten weiter geduldig, Drubek hatte für eine exakte GPS- und Funknetzortung hochleistungsfähige Geräte im Auto aufgebaut und war dabei, sämtliche Funksignale, die aus dem Haus kamen, zu orten. Er kannte jetzt die genaue Frequenz aller im Haus befindlichen Mobiltelefone, Tablets und sonstiger elektronischer Geräte. Er konnte sogar feststellen, ob ein Gerät im Hause benutzt wurde. Es waren nur fünf Geräte aktiv, ungewöhnlich wenig. Er speicherte sämtliche Handynummern, die er empfing. Einige davon gehörten garantiert diesem Gordon und der Frau. Damit würde er sie jederzeit verfolgen können.

Nach einer langen Weile öffnete sich das Gartentor und sowohl die Frau als auch Gordon traten auf die Straße. Endlich. Bingo. Miller schlug Drubek hart auf den Oberschenkel und starrte gebannt auf den Hauseingang. Die beiden wirkten wie ein Pärchen, wie sie sich anlächelten und der Mann der Frau die Tür aufhielt. Vor dem Wagen des Mannes beratschlagten sie noch kurz, dann stieg die Frau zu dem Mann ins Auto und setzte sich auf die Beifahrerseite. Drubek hatte schon die Hand an der Tür, als Miller ihn zurückhielt.

„Lass uns sehen, wohin sie hinfahren. Nimm die Ortung auf. Pass auf, dass sie uns nicht sehen.“ Miller sprach leise. Wie ein Automat ließ Drubek den Wagen an, lenkte ihn aus der Parklücke und folgte den beiden in angemessenem Abstand. Miller schwieg, die Augenbrauen zusammengezogen. Die Zielpersonen bogen auf die Hubertusallee ein, eine dicht befahrene Verkehrsader. Ideal, um dem Wagen zu folgen und nicht gesehen zu werden.

Nach kurzer Fahrt hielten sie an einer einfachen Pizzeria, stiegen aus und betraten das Lokal.

„Scheißkerl! Was haben die denn vor? Führt sich auf wie ein Geheimagent und geht dann mit der Tante zum Essen, als ob nichts gewesen wäre", maulte Miller.

Er konnte sich ausmalen, wie das weiterging. Nach dem Essen würde der Kerl die Frau brav nach Hause bringen und dann wahrscheinlich mit ihr hoch in die Wohnung gehen. Kleiner Drink und dann ab in die Kiste. Der Klassiker. Wie spießig. Aber genau das war jetzt ihr Glück. Er grinste höhnisch. Sie mussten blitzschnell zuschlagen. Jetzt hatten sie beide im Fokus. Aber es war noch relativ hell, das Restaurant zu gut besucht. Keine Chance. Drubek wandte ihm sein Gesicht zu, bereit, Befehle anzunehmen.

„Wir warten noch. Schau nach, ob es einen weiteren Ausgang gibt. Geh aber nicht in den Laden rein. Ich möchte auf keinen Fall, dass du gesehen wirst", zischte Miller leise.

Drubek wartete, bis eine kleine Gästegruppe das Lokal betrat und stieg aus dem Wagen. Er war unauffällig gekleidet, seine Arbeitsuniform, die Miller ihm verordnet hatte. Nicht einmal Hunde nahmen Notiz von ihm. Ihm allerdings entging nichts. Beiläufig prägte er sich jedes Detail der Fassade ein, er ging einmal rund um den Häuserblock, betrat alle zugängigen Hofzufahrten und stellte befriedigt fest, dass in dieser Schissergegend so gut wie keine Einfahrt frei zugänglich war, alles mit Metallrollgittern gesichert, bis auf wenige Ausnahmen auch von innen nur mit einem Schlüssel zu öffnen. Das hieß, dass man aus dem

Restaurant nur herauskam, wenn man den Haupteingang benutzte. Gut. Nach seinem Rundgang stieg er wieder in das Auto und berichtete Miller mit monotoner Stimme von seinen Beobachtungen.

Sebastian und Mila verbrachten einen überraschend schönen Abend. Das Restaurant war eine Art Stammlokal der ganzen Nachbarschaft. Es war trotz der hochpreisigen Gegend simpel eingerichtet und erfreute seine Gäste mit einer exzellenten Pizza und schmackhaften Pastagerichten. Man saß an karierten Tischdecken, das Besteck stand in Tonkrügen auf dem Tisch, es gab nur Papierservietten, aber der offene Wein war ganz ausgezeichnet. Es war laut und heiß, das Lokal war bis auf den letzten Platz besetzt.

Sie bestellten Wein und begannen etwas ungelenk mit einem Gespräch, irgendwie fühlte es sich nach einer Verabredung an, aber so, als wüsste man über den anderen etwas Peinliches und müsste es jetzt vergessen. Mila ging plötzlich durch den Kopf, dass dies das erste Abendessen mit einem Mann war, seit ihre Eltern tot waren und sie sich von Derek getrennt hatte. Wobei das heute Abend eigentlich keine richtige Verabredung war.

Die Trennung von Derek war ihr damals von einem Tag auf den anderen als unbedingte Notwendigkeit erschienen, fast wie eine Befreiung. Vielleicht war ihr erst durch den Unfall der Eltern klar geworden, dass sie ihren Vater zu sehr verehrt hatte. Er war ein außerordentlich charismatischer und ihr sehr zugewandter Mann gewesen. Alle Menschen, die mit ihm zu tun hatten, waren von seiner humorvollen Güte eingenommen. Seine Frau und seine Tochter waren sein Lebensmittelpunkt, bei all seiner Geschäftigkeit gab er seiner kleinen Familie stets das Gefühl, dass sie die unangefochtene Nummer eins war. Das war wohl auch der Grund gewesen, weshalb sie so lange mit Derek zusammen geblieben war, obwohl sie ihn eigentlich gar nicht geliebt hatte. Oder nicht mehr. Er war ihr Jugendfreund, den sie immer sehr gemocht hatte. Auch wenn er es nie ausdrücklich sagte, war doch klar, dass der Vater Derek gerne als Schwiegersohn gehabt hätte. Sie wären sicher ein perfektes Paar geworden. Derek war fürsorglich, liebevoll, kam aus gutem Hause, er hatte sogar Humor. Ein perfekter Mann. Zu perfekt.

Der Kellner kam mit einem Teller warmer, mit duftenden Tomaten belegter Crostini. Ihr Begleiter schenkte Rotwein in die Gläser und zog sich Besteck aus dem Tonkrug. Sie spürte, dass Sebastian Gordon trauerte, sein Freund musste ihm viel bedeutet haben. Sie spürte es an der aufgesetzten Fröhlichkeit, die er zeigte, an den harmlosen, aber etwas missratenen Scherzen, die er machte, um von ihrem eigentlichen Thema abzulenken, was sich nämlich an dem Sonntagmorgen im Grunewald ereignet hatte.

Die Stimmung erinnerte Mila an ihr eigenes Gefühl, der Tod ihrer Eltern hatte sie damals wie eine schwere Krankheit getroffen, unverschuldet und vollkommen voraussetzungslos. Bis heute hatte sie die Trauer noch nicht ganz in sich verschlossen. Und auch wenn es ihr mittlerweile wesentlich besser ging, wusste sie, dass sie die Erinnerung nie mehr ganz verlassen würde, sie wohnte in einem Teil von ihr wie ein inzwischen gut bekannter und sogar respektierter Gast. Obwohl sie Sebastian nicht nahestand, hätte sie ihm am liebsten über die Schulter gestrichen oder seine Hand gedrückt. Ihm irgendwie ein Zeichen gegeben, dass sie seine Situation verstand. Er tat ihr leid, obwohl er aufgekratzt Geschichten aus der Studienzeit in den USA erzählte und sich bemühte, eine entspannte Stimmung zu verbreiten.

Sie lächelte, hielt ihm den Teller mit den Crostini unter die Nase und prostete ihm zu. Er war zwar übel zugerichtet, aber gefährlich gutaussehend, dachte sie erneut. Seine Augen waren von einem unbestimmbaren Grau, gleichzeitig warm und intelligent. Vielleicht waren die Augen sogar eher grün. Obwohl sie wusste, dass er in der IT-Welt zu Hause war, fand sie, dass er viel besser auf ein Landgut passen würde, die wilden Haare, die Augen, die so aufmerksam und tiefgründig waren. Irgendwie sah er mehr nach einem Naturburschen aus, vielleicht sollte er Bauer werden. Sie lachte bei dem Gedanken.

Die Crostini waren schnell weg. Eine zweite Karaffe Wein wurde gebracht, jedoch dauerte es eine ganze Weile, bis sie etwas zu essen bestellen konnten, und noch viel länger, bis das Essen endlich auf dem Tisch stand.

Sie unterhielten sich über alles Mögliche, sie begannen mit den USA, Sport, Mila erzählte von ihrem Beruf, von ihrer Zeit in München, ihren manchmal schwierigen Kunden. Sebastian war ein interessierter Zuhörer. Großzügig überließ er ihr den größeren Gesprächsanteil und würzte ihre Schilderungen mit treffenden ironischen Bemerkungen. Sie lachten viel und es kam ihr so vor, als kenne sie ihn schon ewig. Ohne es zu merken, hatten sie die Pizza aufgegessen und es war spät geworden.

Sebastian bestellte die Rechnung und bestand darauf, allein zu zahlen. Das Lokal hatte sich merklich geleert. Mila fühlte sich auf einmal seltsam befangen. Und beschwipst. Der Wein war zu lange allein auf dem Tisch gewesen, sie hatte ihr Glas mehrfach gefüllt und sich schon unvernünftig gefühlt, bevor die Pizza kam. Der Patron hielt ihr die Jacke hin und Sebastian bot an, sie nach Hause zu fahren, eigentlich hatte er zu viel getrunken. Währenddessen lief der Patron vor und hielt die Tür auf, er verabschiedete sich immer von den Gästen mit einem Handschlag.

Die frische Luft wirkte belebend nach der stickigen Schwüle im Restaurant, der Himmel war klar, deutliche Herbstfrische war schon zu spüren. Mila atmete tief ein und ging die wenigen Stufen hinunter auf den Bürgersteig. Die Straße lag wie im Tiefschlaf da. Ab und zu warf eine Gaslaterne ihren flackernden Lichtschein auf den Bordstein, tupfte gelbe Punkte in die Schwärze der Nacht. Nur noch in wenigen Wohnungen leuchteten Fenster. Alles war vollkommen friedlich. Sebastian legte eine Hand auf ihren Rücken und schob sie sanft Richtung Straße. Langsam überquerten sie die Straße zum Parkplatz, wie um die Magie des Augenblicks nicht zu zerstören. Sebastian funkte seinen Wagen auf.

Plötzlich brachen zwei Männer aus dem Dunkel hervor, standen vor ihnen wie eine Wand. Ein Mann mit einer

Hornbrille und ein Rothaariger mit schrecklich bleicher Haut, beide trugen Basecaps. Der Bebrillte hielt eine Waffe in der Hand, die er auf sie richtete. Mila zog vor Schreck scharf den Atem ein. Der andere Mann öffnete die hintere Wagentür von Sebastians Auto und befahl ihnen gefährlich leise, sich sofort in den Wagen zu setzen.

Mit einem plötzlichen Griff klammerte sich Mila an Sebastian. „Was wollen Sie? Wollen Sie Geld? Hier ist mein Portemonnaie!“ Auch Sebastian war kreidebleich geworden, seine Stimme überschlug sich.

„Sofort einsteigen. Beide. Und keinen Mucks.“

Der Brillenträger richtete die Mündung der Waffe auf Mila. Sie stand stocksteif da, unfähig, etwas zu sagen, die Augen geweitet vor Entsetzen. „Los, wird's bald.“ Die Stimme des Mannes wurde noch leiser, fast wie das Zischen eines gemeinen Tiers. Sie versuchte, einen Schritt zur Seite zu machen, aber der andere packte sie grob am Arm. Der Griff war schmerzhaft wie ein Schraubstock.

„Lassen Sie wenigstens die Frau gehen. Sie hat mit der ganzen Sache nichts zu tun!“, rief Sebastian aufgebracht.

„Schnauze. Ich wiederhole mich nicht noch mal. Beide einsteigen. Sie haben fünf Sekunden.“ Wieder diese unangenehme monotone Stimme. Der Rothaarige ging um das Auto herum und öffnete die zweite Rücksitztür, stand aber sofort wieder hinter ihnen. Der Brillenträger versetzte ihnen einen groben Stoß.

„Den Schlüssel her!“, raunzte er sie an, die Pistole auf sie gerichtet und die andere Hand ausgestreckt.

Sebastian gab den Schlüssel ab und fasste Mila am Arm, bedeutet ihr, sich in den Wagen zu setzen. Sie stolperte in der Dunkelheit herum, stieß sich beim Einsteigen den Kopf und saß wie benommen auf dem Rücksitz, Sebastian rückte neben sie, hinter den Beifahrer. Die Männer schlugen die Türen zu und setzten sich nach vorne, der Hornbrillenträger rechts. Er drehte sich halb zu den beiden um, die Waffe weiterhin auf Mila gerichtet. Schnell und entschlossen lenkte der Mann mit den roten Haaren das Fahrzeug vom Parkplatz herunter und fuhr in Richtung Autobahn.

„Wohin bringen Sie uns? Was haben Sie mit uns vor?"

Sebastians Stimme war viel zu laut. Er griff Milas Hand und presste sie so fest, dass es wehtat. Sie unterdrückte einen Schmerzenslaut und schaute alarmiert in seine Richtung. Ihr Körper zitterte, ihre Zähne schlugen aufeinander. Jetzt fiel ihr auf, dass Sebastian ein Smartphone in seiner rechten Hand hielt, das er hinter dem Vordersitz versteckte. Vorsichtig begann er, eine Nachricht zu tippen, mit seinem Bein schirmte er den Lichtschein des Gerätes ab. Sie schaute wieder nach vorn und blickte direkt in die stechenden Augen des Brillenträgers. Panisch senkte sie den Kopf. Ja nicht den Mann ansehen! Instinktiv versuchte sie, ihn mit Fragen abzulenken, aber er starrte sie nur böse an. Nach einer Weile drehte der Mann den Kopf nach vorne und blaffte, sie solle endlich den Mund halten, sie würden noch früh genug hören, was er von ihnen wolle. Sebastian hielt Mila schnell das kleine Display hin:

*„lebensgefahr – waldfriedhof – gebe zeichen – aus auto springen"*

Mit aufgerissenen Augen saß Mila auf dem Rücksitz, ihr Körper war eisig, gleichzeitig wurde sie von Panikwellen geschüttelt. Schweiß lief ihr über den Rücken, sie roch ihre Angst. Auf einmal legte sich Sebastians Hand wieder auf ihre, sie schluckte und schaute nach rechts. Seine Hand war warm, erstaunlich trocken. Er hatte ihr ein kleines Handy zugeschoben, sie umfasste es, ohne zu wissen, was sie damit sollte. Mila schaute wieder starr geradeaus, auf den Nacken des rothaarigen Mannes. Sie sah den ausrasierten Nacken, eine feiste Speckfalte, die sich quer über den Hemdrand gelegt hatte. Das Auto fuhr tatsächlich Richtung Grunewald, Argentinische Allee, Abzweig Hüttenweg in Sicht. Tatsächlich, es ging in Richtung Waldfriedhof.

Plötzlich erinnerte sie sich, dass auf der Fahrbahn massive Straßenpoller aufbetoniert waren, unmöglich, hier schnell zu fahren. Vor ihrem inneren Auge lag die Straße freundlich im Sonnenlicht da, sie war schon so oft darüber gelaufen. Sie spürte geradezu die Betonbarrieren unter ihren Füßen, die die Amerikaner hinterlassen hatten, als wirksame Tempobegrenzung und zur Sicherung vor terroristischen Anschlägen.

Gerade versuchte sie, das Handy unbemerkt in ihre Hosentasche zu schieben, als sich der Brillenträger plötzlich umdrehte und sie bösartig fixierte. Sie schrak zusammen. Blickte rasch nach unten.

„Hände oben lassen! Ich will sie sehen!"

Seine Anweisung, scharf und schneidend, duldete keinen Widerspruch. Zusammenreißen. Die Angst überwinden. Kein Opfer sein. Immer wieder hämmerte sie sich diese Sätze ein. Sie legte ihre Hände auf die Knie. Der Rote bog jetzt in den Hüttenweg ein. War es das jetzt? Mila streifte mit einem Schlag die Panik ab, glitt hinüber in einem Zustand äußerster Konzentration. Kristallklar. Adrenalin schoss ihr ins Blut. Ihr Körper zum Bersten gespannt, bereit zu einem Sprung, ihre Hand wartete auf das Zeichen.

Der Wagen fuhr weiter auf den Grunewald zu. Sie erreichten das Gelände der ehemaligen Alliiertenwohnungen, eingerahmt von einem leer stehenden, allmählich verfallenden Kino auf der rechten Seite und einer vergammelten Sporthalle auf der linken. In rund 150 Metern Entfernung lag linkerhand der Waldfriedhof, rechts begann bereits der Wald, in dem nur noch vereinzelt und entfernt Gebäude standen. Mila kannte die Gegend wie ihre Westentasche. Hier war sie schon etliche Male gelaufen. Der Wagen schoss auf die erste Barrikade zu und krachte scheppernd über den Betonpoller.

„Verdammt, kannst du nicht aufpassen! Fahr langsamer!“

Der Mann mit der Hornbrille hatte die Stimme erhoben, der Rote knurrte, drosselte das Tempo jedoch kaum. Im Kegel der Scheinwerfer sahen sie schon den nächsten Betonpoller auf sich zurasen. Nur Sekundenbruchteile, nachdem Sebastian ihre Hand gedrückt hatte, rissen sie die Türen auf, bremste der Fahrer den Wagen stark ab, warfen sich die beiden blindlings aus dem Auto. Das Auto raste noch etliche Meter weiter, bevor der Fahrer begriff, was passiert war.

Miller schrie vor Wut auf. „Kannst du nicht mitdenken, du Idiot! Wieso hast du verdammter Blödmann die Kindersicherung nicht reingemacht! Hundsblödes Arschloch! Scheiße! Los, raus, bring sie zurück!“

Er war außer sich vor Wut, vor allem über sich selbst, doch in einem seltenen Moment des Kontrollverlustes entlud sich seine ganze Raserei auf Drubek. Sein Partner blieb regungslos sitzen, vollkommen teilnahmslos, als ginge ihn nichts davon an. So konnte man nicht mit ihm sprechen. Miller sprang aus dem Wagen, rannte über die Straße ins Unterholz, hinein in den Grunewald. Er konnte nichts sehen, trat ihn eine Untiefe, knickte schmerzhaft um. Scheiße! Verdammt, wo war der Mann hingerannt? Er hielt inne, lauschte nach Schritten. Nichts.

„Drubek!“, brüllte er, „Komm her! Such die Frau!“

Langsam stieg Drubek aus dem Wagen, nur allmählich schien ihm klarzuwerden, was eigentlich passiert war, es interessierte ihn nicht sonderlich. Endlich lief er doch zurück zu der Barrikadenstelle und auf die andere Seite der Straße, die Frau würde er sich holen.

Als sie die Tür geöffnet hatte und gesprungen war, hatte Mila nicht einmal versucht, auf den Beinen zu landen. Sie hatte Glück gehabt, dass sie den idealen Punkt erwischt hatte, als das Auto für den Bruchteil einer Sekunde fast gänzlich zum Stehen gekommen war. Dennoch hatte die Beschleunigung des Fahrzeugs ausgereicht, um sie regelrecht aus der Kabine zu schleudern. Hart schlug sie auf der Betonpiste auf, in ihrem Armgelenk und in der Schulter spürte sie rasenden Schmerz. Durch den Aufprall drehte sie sich mehrmals um sich selbst, schaffte es aber irgendwie, nicht mit dem Kopf auf das Pflaster zu schlagen. Sie rollte in den Straßengraben, der weich mit Erde und wildem Gras gefüllt war.

Mühsam rappelte sie sich auf, sah die Rücklichter des Fahrzeugs höchstens 50 Meter vor ihr aufglühen. Viel zu nah. Sofort warf sie ihren Körper links in das Gebüsch. Hecke. Teilweise Dornen. Weiter. Der Waldrand am Friedhof war nah, sie musste so schnell wie möglich dahin, nicht nachdenken, nur nicht denken. Sie wusste, dass der Waldfriedhof eingezäunt und abgeschlossen war. Sie wusste aber auch, dass Wildschweine einen Durchschlupf in den Zaun gerissen hatten, keine 300 Meter von ihr entfernt. Als sie mit ihrer ganzen Kraft auf den Friedhof zu rannte, spürte sie nichts, keinen Schmerz, keinen Körper, keine Angst.

Auch Sebastian war schwer gestürzt, doch zu seinem Glück war das Auto so weit rechts gefahren, dass er auf dem Bankett gelandet war. Unter großer Pein kämpfte er sich hoch, lief hinkend in das seitliche Waldgelände, direkt auf ein Gebüsch zu. Kratzende Brombeersträucher rissen ihm die Haut auf. Dichtes Gestrüpp und namenlose Jungbäume bildeten eine nahezu undurchdringliche Mauer, der Boden war uneben und voller Löcher. Der Wald lag finster und schwarz da, die Dunkelheit überflutete ihn. Keine Lichter, nirgends. Schon nach wenigen Schritten war er zwar von der Straße aus nicht mehr zu sehen, kam aber auch schlecht voran. Der Vorsprung war zu gering, wahrscheinlich würde dieser Kerl ihn erwischen. Er riss sich zusammen, hetzte ungeachtet der Schmerzen blindlings durchs Unterholz. In einiger Entfernung war ein großes Mehrfamilienhaus zu sehen, verschwommene Lichter tropften in den Wald. Zu offensichtlich. Das Haus stand allein auf einer Wiese, bestens einsehbar. Er konnte sich nicht in den Kellerabgang kauern und darauf warten, wie eine Ratte abgeknallt zu werden. Also rannte er in entgegengesetzter Richtung tiefer in den Wald. Sebastian entsann sich, dass in einiger Entfernung eine kleine Siedlung freistehender Ein- und Zweifamilienhäuser mitten in den Wald gebaut worden war. Da gab es sicher Schuppen oder sonst was, wo er sich verkrauchen konnte. Vielleicht würde er Hilfe rufen können.

Kurz dachte er an Mila. Hoffentlich hatte sie es geschafft. Die Siedlung war einen knappen Kilometer entfernt, womöglich zu weit. Trotz des Vorsprungs konnte er nur hoffen, dass sein Verfolger nicht gut genug trainiert war. Äste knackten hinter ihm, Waldboden raschelte, er hörte grobe Tritte, Sebastians Gehör funktionierte ausgezeichnet, es war, als wüchsen seine Sinne. Er rannte schneller. Er lief nach links, sprang über einen quer liegenden Baum. Dann hörte er nichts mehr, hatte der Mann ihn verloren? Er rannte nun so schnell er konnte. Vor ihm lag die Siedlung. Alle Häuser waren dunkel. Keine Straßenbeleuchtung. Plötzlich war da ein Zaun, mitten im Wald. Er hatte gar nicht gemerkt, dass er schon ein Grundstück von der Rückseite erreicht hatte. Der Zaun war verflixt hoch, außerdem gab es auf der anderen Seite noch eine Hecke. Er schwang sich über die Hürde und ging in die Hocke. Das Grundstück war sehr groß. Hoffentlich gab es keinen Hund. Auf der Terrasse standen Gartenmöbel, seitlich gab es einen Geräteschuppen. Hinter dem Schuppen war ein Stapel Brennholz aufgeschichtet. Er lief hinüber und kauerte sich schwer atmend hinter dem Brennholz auf den Boden. Er zog sein Mobiltelefon aus der Tasche.

# Kapitel 18

„Machen Sie da doch Platz." Milena Gadebusch fasste resolut zwei Männer an den Schultern, die über den auf dem Boden zusammengekrümmten Mann gebeugt standen und schob sie beiseite. „Gehen Sie alle beiseite, es gibt doch hier nichts zu sehen." Die Frau mochte um die 50 sein, sie war nicht besonders füllig, hatte aber die ungesund roten Wangen eines Menschen mit Bluthochdruck. Wütend blickte sie die Menschen an, die sich um den Mann gesammelt hatten, aber ihrerseits nichts taten, um ihm zu helfen. Der Mann lag auf der Seite und hatte Beine und Arme an sich gezogen wie in einer Embryonalstellung. Sein Gesicht war schrecklich verzerrt, der Mund aufgerissen, sodass man seine schadhaften Zähne sah. Ein langer Speichelfaden lief aus seinem Mund und hatte auf dem Pflaster eine Pfütze entstehen lassen. Er krampfte seine Arme um die Knie, streckte sich dann ruckartig, zog sich wieder zusammen, als litte er schreckliche Schmerzen. Mit dem Kopf schleifte er dabei über das Pflaster, schleifte durch seinen Speichelsee, in den mittlerweile Blut aus seiner aufgerissenen Wange und seinem Ohr eingesickert war. Dazu heulte er und stammelte unverständliche Wörter. Dann riss er die Hände hoch, schlug und trat auf einen imaginären Gegner ein, nahm die Hände wieder über den Kopf und weinte, dass es zum Gotteserbarmen war. Einige Passanten riefen nach einem Arzt, erschrockenes

Raunen ging durch die Menge, als der Mann begann, mit dem Kopf auf den Boden zu schlagen. Endlich hatte sich Milena Gadebusch zu dem Mann durchgekämpft.

„Gehen Sie alle weg! Verflixt noch mal, was gucken Sie hier so herum. Sehen Sie denn nicht, dass Sie den Mann nur aufregen. Verschwinden Sie! Los!“

So resolut sie war, so vorsichtig näherte sie sich dem auf dem Boden Zuckenden. Mit einem Ächzen kniete sie sich neben ihn und begann, ganz sanft auf ihn einzureden.

„Erik. Ich bin da. Milena. Du brauchst dich nicht zu fürchten. Ich bin da. Milena. Schau, meine Hand. Die kennst du doch. Ich halte dich.“ Mit einer Hand stützte sie sich selbst am Boden ab, es war unübersehbar, dass ihr das Knien nicht leicht fiel. Leise begann sie zu singen:

„Guten Abend, gut' Nacht. Mit Rosen bedacht …“

Sie fasste den Mann ganz sanft an der Schulter und ließ ihre Hand einen Moment dort liegen. Der Mann schien ihre Stimme zu hören, jedenfalls hörte er mit dem schrecklichen Kopfschlagen auf. Mit gerunzelter Stirn schaute sie hoch in die Gruppe der Passanten und verscheuchte mit der freien Hand die Menschen, ohne mit dem Gesang aufzuhören.

„… mit Näglein besteckt, schlupf unter die Deck.“

Sie legte ihre Hand unter den Kopf, wie man es bei einem Säugling macht, dem man den Nacken stabilisiert.

„Morgen früh, so Gott will, wirst du wieder geweckt …“

Langsam drückte sie seine Arme herunter, sodass sie neben dem Körper auf dem Boden lagen. In unbequemer Haltung hing sie halb über dem Mann und streichelte mit ihrer freien Hand über seinen Brustkorb.

„Morgen früh, so Gott will, wirst du wieder geweckt. Guten Abend, gute Nacht ...", setzte sie das kleine Lied fort.

Der Mann entspannte sich sichtlich. Er lag ausgestreckt auf dem Bordstein, das Gesicht mit Blut und Rotz bedeckt, seine Kleidung schmutzig und verwahrlost.

„Na Erik, da geht es doch schon wieder. Schau mal, ob wir nicht aufstehen können. Das kannst du doch. Komm, hilf mir mal."

Hilfesuchend schaute sie in die Menschenmenge. Ein Mann sprang ihr bei, der sie vorsichtig hochzog. Mit einem Schnaufen kam sie auf die Beine, hob Eriks Kopf und seine Schultern in die Höhe, dabei die ganze Zeit das Nachtlied summend. Erik stemmte sich hoch und saß jetzt auf dem Bürgersteig. Sie griff seine Arme und zog den Mann hoch. Die Passanten, die noch immer in der Nähe standen, atmeten erleichtert auf, einige hätten fast geklatscht, aber selbst dem dümmsten Zuschauer war klar, dass der Mann keine Geräusche vertragen würde. Milena Gadebusch nahm Erik um die Taille und führte ihn über die Straße, weiter das Lied singend. Der freundliche Mann, der ihr beim Aufstehen geholfen hatte, sprang auf die Straße, um die herankommenden Autos aufzuhalten. Auf der anderen Straßenseite war die Bahnhofsmission, in der sie arbeitete. Langsam schob sie Erik durch die Tür.

„Jana, kommst du mal. Erik hatte wieder einen Anfall", rief sie.

Aus einem Nachbarzimmer kam eine junge Kollegin herbei, die von dem Vorfall gar nichts mitbekommen hatte.

„Erik! Wie siehst du denn aus?!"

„Es war ziemlich heftig diesmal. Ich habe keine Ahnung, was da passiert ist", sagte Milena und blickte auf ihre besudelten Hände und ihren Pullover.

„Ich gehe mich waschen. Kannst ihm mal die Wange verbinden. Ich denke, es sind nur Schürfwunden."

Sie zog die Schultern hoch. Gemeinsam mit ihrer Kollegin bugsierte sie den mageren Mann in einen hochlehnigen Sessel, in dem er nicht umfallen konnte. Erik war häufiger Gast bei ihnen, normalerweise schlurfte er herein, fragte nach etwas zu essen und dann schlurfte er wieder hinaus. Selten, dass er sich hinsetzte oder dass man mit ihm sprechen konnte. Obwohl es durchaus solche Tage gab. Dann saß Erik am Tisch und trank Tee mit Zucker, aß von den Keksen, die man ihm hinstellte. Eigentlich mochte er Gebäck, alles was süß war, außerdem abgepackten Schmelzkäse, eine bestimmte Sorte. Betrunken war er nie, aber sein Verstand war trotzdem nicht klar. In der Bahnhofsmission wurden Menschen normalerweise nicht mit Lebensmitteln versorgt, aber in letzter Zeit kamen immer mehr Hilfsbedürftige, die Hunger hatten. Jana Becker hatte deshalb Kontakt mit der Berliner Tafel aufgenommen und sie hatten dementsprechend auch Lebensmittelvorräte im Haus.

„Milena", rief Jana Becker ihrer Kollegin hinterher. „Du hast da noch was an deinen Haaren. Auf dem Hinterkopf."

Ihre Kollegin griff in ihre Haare.

„Ah! Das ist ja eklig! Da bekomme ich wirklich gleich eine dicke Lippe. Mann. Manchmal ist es hier wirklich heftig."

Brummelnd verschwand sie im Waschraum, ihre Hand, an der etwas Undefinierbares klebte, weit von sich gestreckt.

Erik saß in seinem Sessel und starrte auf den Fußboden, ohne sich zu bewegen. Die junge Mitarbeiterin verfügte wie alle in der Mission über solide Kenntnisse in Erster Hilfe. Sie holte aus dem abgeschlossenen Apothekenschrank Desinfektionsmittel, eine schmerzstillende Tinktur, eine Pinzette, Verbandsmaterial und eine Schere. Erik rührte sich nicht. Sie zog Gummihandschuhe über, füllte eine Edelstahlschale mit Wasser und tunkte ein Einmalhandtuch hinein, um den Mann abzuwaschen. Vorsichtig tupfte sie um die Wunden herum. Der Mann reagierte nicht, als spüre er keinen Schmerz. Er starrte weiter auf den Boden, der mit grauem Linoleum belegt war. Es war tatsächlich alles halb so schlimm. Wenn sie die Wunden ordentlich reinigte und Desinfektionsmittel aufsprühte, würden die Schürfwunden bald abheilen.

In der Bahnhofsmission hatten sie meistens mit alten Menschen zu tun, die verwirrt waren, kein Geld mehr hatten oder einen Schwächeanfall erlitten hatten. Diesen Menschen konnte leicht geholfen werden. Manchmal kamen Frauen mit ihren Kindern, die vor ihren prügelnden Männern geflohen waren und eine Zuflucht suchten. Es kamen aber auch Betrunkene oder Drogensüchtige. Manchmal randalierten sie, dann musste der Sicherheitsdienst eingeschaltet werden.

Die traurigen Fälle waren die, die kamen, weil sie keinen anderen Ort hatten, an den sie gehen konnten. Diese Menschen saßen stundenlang herum, tranken

Tee, blätterten in alten Journalen und warteten, bis die Mission geschlossen wurde. Es war für Jana nicht immer leicht, allen Menschen die gleiche Anteilnahme entgegenzubringen, zu akzeptieren, dass man vielen nicht helfen konnte. Manche kamen, wurden mit Nahrung versorgt, holten sich Kleidung, duschten, bekamen erforderlichenfalls eine einfache medizinische Hilfe und kamen doch schon wenige Tage später wieder abgerissen und verlottert an.

Vor allem an Feiertagen und an Wochenenden riefen Menschen an, die ihrem Leben ein Ende setzen wollten. Aber allein der Anruf war ein Hinweis darauf, dass sie vielleicht doch von den Mitarbeitern hier aufgehalten werden wollten. Das waren die glücklichsten Momente, wenn es ihnen gelang, einen Menschen von diesem Vorhaben abzubringen.

Man hatte sie sehr gut für die Beratung in diesen Ausnahmefällen geschult, sie waren es gewohnt, mit Menschen umzugehen, die psychisch labil waren und Probleme hatten. Aber Erik war insofern ein Ausnahmefall, weil er offensichtlich seelisch schwer gestört war und eher in eine Psychiatrie gehörte. Sie konnten ihm hier nicht helfen, man konnte bestenfalls dafür sorgen, dass er nicht verhungerte. Wenn er überhaupt kam, denn in letzter Zeit hatte sie ihn kaum noch gesehen. Er machte einen sehr abgezehrten Eindruck. Niemand wusste, wo er wohnte. Jedes Mal, wenn man einen Kollegen vom psychiatrischen Notdienst verständigt hatte, hatte Erik das Weite gesucht, er war aufgesprungen und hatte die Mission verlassen. Gegen seinen Willen konnte man keinen Patienten einweisen, wenn nicht ein akuter Notfall vorlag. Sie fragte sich, ob es heute ein solcher Fall war.

Erik brummte. Sie horchte auf.

„Erik. Was hast du gesagt?“

Er brummte wieder unverständliche Worte, ganz leise. Sie neigte ihren Kopf zu seinem Mund herunter, um ihn besser verstehen zu können. Er starrte auf den Fußboden. Plötzlich riss er die Hände hoch und krallte seine Hände in ihr Haar.

# Kapitel 19

Aus der Ferne näherte sich der hellweiße Strahl einer Taschenlampe, der flackernd den Weg eines Mannes begleitete, der in großer Eile durch den Wald lief. Unwillig blitzten Äste und Blätter im gleißenden Licht auf und fielen sogleich wieder in die Düsternis der Nacht zurück. Das Licht näherte sich der Häuserreihe, hinter die sich Sebastian zurückgezogen hatte, stach in die Büsche, stöberte in Ecken. Sebastian wusste sofort, dass eine kopflose Flucht ihm jetzt nicht mehr half. Die Taschenlampe konnte ihn jederzeit aufspüren. Dann war er nur noch ein Ziel. Er zog das Mobiltelefon hervor, gab die Notrufnummer der Berliner Feuerwehr ein und meldete einen Brand in dem Gebäude, in dessen Garten er sich befand. Nach seiner Einschätzung dauerte es bei der Polizei viel zu lange.

Ohne ein Geräusch zu machen, lief er geduckt um das Haus herum, kauerte im Vorgarten hinter einer großen Eibe, bemüht, gleichzeitig den Wald auf der Rückseite im Auge zu behalten. Der Schein der Taschenlampe näherte sich der Siedlung. Er konnte den Mann sehen, wie er langsam an die rückwärtigen Gartengrundstücke herankam und vorsichtig in die Gärten hineinleuchtete, ohne die Fenster mit dem Lichtstrahl zu erfassen. Er hatte es richtig gemacht, nicht hinter dem Schuppen sitzen zu bleiben. Der Verfolger war jetzt schon am Nachbargrundstück, schlich weiter außen an den Hecken entlang. Der Abstand verringerte sich stetig; Sebastian hatte keine Chance, gleich würde er entdeckt. Vielleicht hätte er doch besser in dem Haus geklingelt, aber dafür war es jetzt zu spät. Er musste verschwinden. Er hoffte, dass er den Wald wieder unbemerkt erreichen konnte. Verzweifelt dachte er, dass er den Mann viel zu nah hatte herankommen lassen. Es galt, Zeit zu gewinnen, bis die Feuerwehr eintraf. Sein Körper schmerzte, die Muskeln warteten angespannt auf das Signal, zu explodieren, in einem gewaltigen Sprung davonzukommen, weg, zu fliehen. Seine Beine zitterten, seine Muskeln waren es nicht gewöhnt, so lange in der Hocke zu bleiben.

Der Brillenträger schlich jetzt an der Seitenlinie der Gartenanlagen entlang. Gleich würde er um die Ecke biegen. Dann die Vorderseite der Gärten erreichen. Dann würde er ihn sehen. Mit einem Ruck setzte sich Sebastian von seiner Position ab, lief im Schatten des Gebäudes wieder in den hinteren Gartenteil, wartete dort kurz, bis er sicher war, dass der Verfolger ihn nicht gehört hatte und kletterte leise über den Zaun. Mit einem schnellen Sprint raste er zum Wald, als er plötzlich harte Tritte hinter sich hörte und der Lichtschein der Taschenlampe ihn umzuckte. So schnell er konnte, spurtete er auf den Wald zu. Als er die ersten Büsche erreicht hatte, wandte er seine Schritte scharf nach rechts, wollte dem Lichtstrahl ausweichen. Immer noch hörte er die Schritte des Verfolgers hinter sich. Blindlings hastete er durch das lichte Unterholz. Der Wald war nahe der Siedlung merklich aufgeräumt. Außer der Dunkelheit gab es kaum mehr Deckung. Er versuchte, in Wellenlinien zu rennen, kein sicheres Ziel zu bieten, gleichzeitig spürte er, dass er das Spiel verloren hatte; der Jäger war ihm hart auf den Fersen. In der Sekunde, als er hinter sich einen Ast brechen hörte, auf den der Mann getreten war, spürte er einen dumpfen Knall und gleichzeitig einen jähen Schock in seinen Körper fahren, weniger einen Schmerz als einen Schlag, der ihm die Luft abschnürte und unmittelbar alle Sinne raubte, er wurde von einer nie gekannten Angst erfüllt, die ihn niederzog und gegen die er sich nicht zu wehren vermochte. Sein Körper lief zwar noch einige Schritte weiter, aber er selbst nicht. Er blieb auf dem Waldboden liegen, bereit, zu sterben.

Der Rothaarige trollte sich mit einiger Verzögerung aus dem Auto und lief gemächlich in der Dunkelheit hinter der Frau her. Trotz seiner stoischen Ruhe, mit der er im Wagen gewartet hatte, wusste er genau, wohin sie gerannt war, mit seinem präzisen Gedächtnis hatte er exakt den Strauch memoriert, hinter dem die Frau ins Gebüsch abgetaucht war. Er lief ruhig, fast kontemplativ hinter ihr her. Unmöglich, dass sie ihm entkommen konnte. Er kannte die Gegend. Er kannte die Gegend nicht nur, er war die Gegend. Er kannte jeden Strauch und jeden Stein. Er wusste von dem Loch im Zaun des Friedhofs. Er wusste, dass auf dem Friedhof große Familiengräber waren, hinter denen man sich verstecken konnte. Er wusste, wo die Komposthaufen standen, er wusste, wo die Verabschiedungskapelle war, einschließlich des Kellerzugangs. Er wusste, wo das Gebäude für die Friedhofspfleger lag, wo sie ihre Fahrzeuge und ihr

Gartengerät abstellten. Er prüfte jeden Tatort immer aufs Genaueste. Hier in der Nähe hatten sie Feller gestellt. Um die Beseitigung der Leiche vorzubereiten, musste er die Gegend verinnerlichen. Nichts hatte er vergessen. Er lächelte leise. Diese Frau hatte einen schweren Fehler begangen. Normalerweise neigen Menschen in Panik dazu, andere Menschen zu suchen, also menschliche Behausungen anzusteuern. Wie rührend. Und wie vorhersehbar. Damit kamen nur zwei Gebäude infrage. Drubek machte sich keine falschen Vorstellungen von der Frau. Sie war intelligent, hatte ein gute Beobachtungsgabe, eine starke Erinnerungsfähigkeit, war emotional belastbar und eine gute Läuferin. Wahrscheinlich kannte sie sogar den Friedhof. Von dort aus hatte sie keine Chance, wieder zur Hauptstraße zurückzukommen, da könnte er ihr alle Wege abschneiden. Sie wusste, dass sie Waffen besaßen. Sie hatte Todesangst. Ihr blieb nur, sich dort auf dem Friedhof zu verstecken und darauf zu hoffen, dass man sie übersehen oder von ihr ablassen würde. Das Lächeln in seiner Visage vertiefte sich. Sie irrte sich. Er würde nicht von ihr ablassen. Niemals.

Zügig lief er zum Waldfriedhof, schlüpfte durch das Loch im Drahtzaun und steuerte die Kapelle an. Das war Möglichkeit Nummer eins. Das kleine Gebäude lag mittig in der Anlage nahe dem Ausgang. So übersichtlich wie ein abgenagter Hühnerknochen, da war keine Stelle, wo sich die Frau versteckt halten konnte, es kamen nur der Kellerabgang und ein paar Büsche infrage, die rund um den Chor gepflanzt worden waren. Neben der Kapelle waren Bänke aufgestellt, ein kleiner

Platz mit einem Kreuz, seitlich ein Aufbahrungsraum als separater Gebäudeteil mit eigenem Zugang. Er prüfte der Vollständigkeit halber alle Türen, die jedoch ordnungsgemäß verschlossen waren. Der Kellerabgang wurde durch eine trübe Funzel beleuchtet, hier verschwendete die Stadt Berlin also nachts wertvolle Energie. Das erleichterte ihm die Erkenntnis, dass im Kellerabgang niemand war. Auch dort prüfte er die Tür, alles dicht. Mit einem Lächeln im Gesicht, das wie festgewachsen schien, nahm er zur Kenntnis, dass die Frau nicht an seinem favorisierten Ort war. Alles hatte seiner Meinung nach hierfür gesprochen. Aber sie war nicht da.

Sofort wandte er sich dem Gärtnerhaus zu, das dem Wald zugewandt etwa 200 Meter von der Verabschiedungskapelle entfernt lag, im hinteren Teil des Friedhofes. Das Gärtnerhaus war verwinkelt, entstellt durch etliche Anbauten, obwohl es bei seiner Errichtung ein hübscher klarer Bau aus den 30er Jahren gewesen war. Das Gebäude wurde umrahmt von Erweiterungen, Ställen, Schuppen, Laub- und Erdhaufen, Kompostanlagen, Gartengeräten. Hier war alles vollkommen dunkel, er konnte so gut wie nichts sehen. Trotzdem durchstöberte er sorgfältig alle Ecken, hob Heckenzweige hoch, rüttelte an Türen, die sich als zuverlässig verschlossen erwiesen, nur um festzustellen, dass die Frau auch hier nicht war. Sie war nicht da. Drubek begann ernsthaft, sich zu ärgern. Vor seinem geistigen Auge ließ er die Anlage nochmals Revue passieren, er fragte sich, ob er irgendwo ein Gebäude übersehen hatte, aber da war nichts. Das hieß, die Frau musste tatsächlich irgendwo hinter einem Grabstein herumlungern. Erstaunlich. Und ärgerlich. Sehr ärgerlich. Dann kamen für ihn nur die großen Familiengräber infrage, die kleinen Grabanlagen boten keinerlei Schutz. Die waren übersichtlich mit nur kniehoher Bepflanzung ausgestattet, ausgeschlossen, dass sie sich dort verbergen konnte. Er wandte sich nach Süden und rannte hastig in Richtung der großen Familiengruften.

Mila hatte nach ihrem Sturz tatsächlich das Loch im Zaun des Waldfriedhofs gesucht und war schnell hindurchgeschlüpft. Sie sah keine andere Chance, obwohl ihr klar war, dass sie dort in einer Mausefalle saß. Sie würde den Friedhof auf keinen Fall verlassen können, bevor er irgendwann gegen Morgen aufgeschlossen wurde und die Täter das Weite suchen mussten. Sie brauchte also ein Versteck, das sie für mindestens fünf Stunden verbergen würde. Fieberhaft dachte sie nach. Wohin konnte sie gehen? Kirche und Gärtnerhaus fielen aus, wenn die verschlossen waren, wurde sie dort sofort gefunden, wahrscheinlich war dort sogar noch irgendwo Licht. Sie sah nur die Möglichkeit, bei den großen Familiengruften eine nicht abgeschlossene Gruft zu finden. Das war kein gutes Versteck, sie wusste es. Dort saß sie erst recht in der Falle. Während sie das alles dachte, wurde ihr klar, dass sie gar keine Chance hatte. Panik und Niedergeschlagenheit überkamen sie. Trotzdem rannte sie weiter, wandte ihre Schritte unwillkürlich tiefer in den Wald hinein, dort wo der Friedhof noch nicht für Bestattungen vorbereitet war.

Plötzlich erspähte sie rechter Hand ein aufgeworfenes Grab, offenbar hatte heute eine Beerdigung stattgefunden. Blumenschmuck lag neben dem Grab, üppige Koniferen-Kränze, Girlanden, Blumengestecke, zum Teil auf Dreibeinen aufgestellt, sodass man die Namen der Spender besser lesen konnte und die letzten Geleitworte für den Verstorbenen. Ohne weiter nachzudenken, raste Mila zu dem Grab und blickte in das schwarze Loch. Es war noch nicht gefüllt. Die Friedhofspfleger hatten bisher nur eine dünne Schicht Erde über den Sarg geschaufelt und darüber einen grünen stacheligen Kunststoff als Grasattrappe gelegt, sodass alles fertiger wirkte, als es tatsächlich war. Entschlossen nahm sie mehrere große Kränze, warf sie vorsichtig in das Grab und ließ sich selbst hinunter, ohne ein Geräusch zu verursachen. In größter Eile legte sie die Kränze beiseite und hob die Rasenattrappe an. Darunter blickte sie auf einen massiven Eichensarg, mit Rosen und einigen Schaufeln Sand und Erde bedeckt. Mit unbeschreiblicher Dankbarkeit legte sie sich auf den Sarg, rollte die Rasenattrappe über Beine und Körper, platzierte darauf die Kränze, zog dann den grünen Kunststoff auch über ihren Kopf, schob an den Kränzen herum und zupfte von unten so lange an dem Grasmaterial herum, bis sie den Eindruck hatte, dass es wie ein friedliches Grab aussah. Jetzt war sie vollkommen ruhig.

Sebastian lag getroffen in einer Mulde im Wald. Aus seinem linken Oberarm troff Blut auf den Waldboden. Er spürte keinen Schmerz. Ihm war nur unendlich kalt. Er konnte nicht aufstehen. Spürte seinen Körper nicht. Ein Mann mit wutverzerrtem Gesicht trat auf ihn zu. Sebastian bemerkte, dass er im Lichtkegel lag. Er versuchte, seinen Kopf aus dem Licht zu bewegen, wollte wieder in die Dunkelheit, die ihn so tröstlich umfasst hatte. Wie durch einen Schleier nahm er wahr, dass der Mann etwas sagte. Er konnte ihn nicht hören. Was wollte der Mann? Kannte er ihn? Das Licht tat weh. Sebastian schloss die Augen. Das Licht verlosch.

Zornig redete Miller auf Gordon ein, der nicht reagierte. Der Mann konnte doch wohl nicht tot sein. Er hatte ihn schließlich nur am Arm getroffen. Spielte er hier Theater?

„Antworten Sie endlich. Wo sind die Datensticks, Sie haben doch eine Kopie."

Er trat dem Bewusstlosen von hinten in die Oberschenkel. Keine Reaktion. Zum Teufel, was sollte er jetzt machen? Er konnte ihn jetzt nicht töten, sein Auftrag war, die Daten herbeizuschaffen. Wenn dieser Kerl tot war, war er ihm zu nichts mehr nütze. Miller zog sein Handy hervor und wählte Drubeks Nummer, der sofort ranging. Er bellte ins Telefon, Drubek solle sofort kommen, sie mussten den Bewusstlosen mitnehmen. Die Frau war egal, sollte sie doch zurückbleiben. Die Adresse hatten sie, früher oder später würden sie sie kriegen. Drubek sollte den Wagen nehmen, den Wald umfahren und in seine Straße kommen. Aber Drubek weigerte sich. Er wollte jetzt unbedingt die Frau finden. Miller musste sich beherrschen, er wusste, dass er seinen Willen nur bekam, wenn Drubek einsah, was er von ihm wollte. Minutenlang wurde verhandelt, bis Drubek mit der Aussicht, die Frau später mit ihm zusammen viel erfolgversprechender suchen zu können, zufriedengestellt war und seinen Standort räumte.

Miller wartete. Sebastian war bewusstlos. In der Ferne hörte man ein Martinshorn. Irgendwo brannte es. Miller schaute auf seine Uhr. Er verstaute seine Taschenlampe. Drubek musste in spätestens fünf Minuten hier sein. Gut, er hatte auch noch einen kleinen Fußmarsch zu machen. Schließlich war er vorhin noch auf dem Friedhof gewesen. Also zehn Minuten. Tiefdunkler Wald. Der Mann lag ruhig da. Wieder ein Martinshorn. Näher. Miller atmete tief. Kontrollierte die Zeit.

Noch ehe er begriff, was eigentlich passiert war, wurde der Lärm der Martinshörner ohrenbetäubend und zwei riesige Feuerwehreinsatzwagen bogen von der Flanaganstraße auf die Taylorstraße ein. Das gab's doch gar nicht. Mit einem Zischlaut sog er die Atemluft ein. Wutentbrannt trat der dem auf dem Boden liegenden Mann nochmals in den Oberschenkel. Lieber hätte er ihn in den Magen getreten, aber das ging nicht. Er brauchte ihn noch.

In der ganzen Straße gingen Lichter in den Häusern an, glotzten die Leute aus den Fenstern auf die Straße. Ein weiteres Martinshorn war zu hören, bog mit einem Polizeiwagen um die Ecke, postierte sich in Nähe der Löschzüge. Miller wartete das weitere Schauspiel gar nicht mehr ab. Schnaubend stürmte er durch den Wald zurück Richtung Waldfriedhof und bellte im Laufen in sein Telefon. Drubek sollte auf dem Hüttenweg warten, sie müssten schnellstens abhauen. Irgendein verdammter Idiot hatte Feueralarm gegeben.

# Kapitel 20

Gegen 3.00 Uhr in der Früh trafen die Polizisten übernächtigt in Bremers Büro ein. Frau Burmester hatte es endlich geschafft, den Telefontermin zu organisieren. Wenn alles technisch funktionierte, würde es eine Skype-Übertragung geben. Sie bot an, abends wieder ins Büro zu kommen, um Bremer beim Aufbau der Verbindung zu helfen, aber Bremer hatte das geradezu fürsorglich abgelehnt. Dennoch verwunderte es sie, dass sie bei dem Telefongespräch nicht dabei sein sollte, normalerweise nahm Bremer immer ihre Dienste in Anspruch.

Sondermann und Thiede mussten einige Zeit in der Eingangshalle warten, bis der Sicherheitsservice Bremer angerufen und dieser die Beamten im Erdgeschoss abgeholt hatte. Er ging ihnen voraus und öffnete mit seiner Chipkarte die Drehsperre, die den Eingangsbereich von den Aufzügen trennte.

Lautlos glitt die Kabine mit ihren Passagieren in die oberste Etage und Thiede machte einige belanglose Bemerkungen über das Sicherheitssystem der Reto AG, die Bremer einsilbig beantwortete. Ein fahles Licht beleuchtete von oben ihre Gesichter und ließ die Männer übermüdet und ungesund aussehen. Die Enge der Aufzugskabine zwang sie in eine unangenehme körperliche Nähe. Sondermann starrte wortlos mit abgewandtem Kopf auf die Anzeigentafel, als sich die Edelstahltüren endlich öffneten. Bremer ging den Beamten in sein

Büro voran und berichtete, dass man Herrn Feller in Yangon sofort abfangen werde, sobald er vom Flughafen im Hotel eintraf. Er habe veranlasst, dass die Rezeption unverzüglich Kontakt mit ihnen aufnehmen werde. Sie müssten also nur noch warten, wahrscheinlich nicht einmal eine halbe Stunde.

Feller hatte ein Zimmer in einem der wenigen noch erhaltenen alten Kolonialhotels gebucht, das im Besitz einer internationalen Hotelkette war und erst vor kurzem komplett renoviert worden war. Technisch war es auf dem neuesten Stand. Bremer lehnte sich in seinem Bürostuhl zurück und lächelte den Beamten ein wenig gönnerhaft zu. Er machte ein so zufriedenes Gesicht, als habe er persönlich die neue Wundertechnik nach Myanmar gebracht.

Sein Büro war perfekt ausgestattet, aus dem Sideboard war eine große Videoleinwand herausgefahren worden, das Telefon war auf die Lautsprecheranlage umgestellt. Das ganze Equipment wurde oft benötigt, um lange und wichtige Videokonferenzen mit vielen Teilnehmern rund um den Globus durchzuführen. Dementsprechend war die Technik hervorragend und den Anforderungen eines Hightech- Unternehmens angemessen. Bremer gab zur Probe die lange Telefonnummer des Hotels in Myanmar ein und nach etlichen Fehlversuchen ging endlich ein Anruf durch, der direkt beim Hotelempfang auflief. Er redete mit dem Empfangsmitarbeiter, der ausreichend gutes Englisch sprach, zwar mit einem starken Akzent, die Kommunikation war aber einwandfrei. Ja, selbstverständlich sei es möglich, die Bildverbindung schon einmal aufzubauen und zu testen, dazu würde der Anruf jetzt auf einen anderen Platz weitergeleitet.

Die Warteschleife setzte ein, man hörte klassische europäische Musik. Offenbar hatte Frau Burmester das Hotel schon den ganzen Tag dermaßen terrorisiert, dass man hervorragend auf den Anruf aus Deutschland vorbereitet war.

Sondermann merkte ein wenig wichtigtuerisch an, dass mittlerweile auf der ganzen Welt ein standardisierter geschäftsmäßiger Umgang üblich sei, der alle kulturellen Unterschiede nivelliere. Man merke kaum noch, ob man mit einem deutschen oder einem burmesischen Hotel Kontakt hatte.

Wortlos blickte Bremer ihn an. Auf dem Schirm baute sich allmählich ein Bild auf, die Datenleitung schien allerdings doch nicht so hervorragend zu sein, die Verbindung wurde andauernd von Aussetzern und Flackern unterbrochen. Trotzdem konnte man einen nach internationalem Standard eingerichteten Büroraum erkennen.

In den Erfassungsbereich der Kamera trat jetzt ein junger asiatischer Mann, der eine hellolivfarbene Hoteluniform trug. Sein akkurater Haarschnitt ließ schön geformte Ohren frei, das Gesicht war stark gebräunt und intelligente Augen blickten direkt in die Kamera. Er sprach ein paar Sätze mit Bremer auf Englisch. Der Ton kam mit Zeitverzug, die Lippenbewegungen des Mannes folgten den Worten nicht synchron. Er entschuldigte sich, man könne leider in Myanmar kein Bild empfangen, das Signal aus Deutschland werde nicht übertragen. Aber den Ton könne er gut verstehen. Sobald Mr. Feller eingetroffen sei, werde er ihn sofort bitten, in Deutschland anzurufen, selbstverständlich. Die Verbindung wurde beendet.

Sie warteten. Der Gesprächsstoff war ihnen inzwischen ausgegangen, mit der Technik des Raumes hatten sie sich zwar eine Weile beschäftigen können, aber dann war die Unterhaltung zum Erliegen gekommen. Bremer bemühte sich nicht im Geringsten, gewissermaßen als Hausherr die Grundregeln der Höflichkeit einzuhalten und ein allgemeines Gespräch in Gang zu halten. Er hatte keine Getränke angeboten und dies nicht einmal der Form halber mit dem Fehlen einer Assistentin entschuldigt.

Unterdessen zog Thiede sein Handy heraus und begann, seine Mails zu checken. Sein Gesicht leuchtete bläulich vom Widerschein des kleinen Displays. Bremer saß stoisch hinter seinem Schreibtisch und blickte die Beamten an. Er scharrte leise mit den Schuhen unter dem Schreibtisch. Sondermann starrte auf das Testbild des Bildschirms, als wäre dort eine geheime Botschaft zu entschlüsseln. Er schaute auf die Uhr, es war nach 3.30 Uhr. Gerade als er anregen wollte, eine zeitliche Eingrenzung dieser Warterei vorzunehmen, sprang plötzlich der Bildschirm an, der Anruf kam endlich an. Aus dem Lautsprecher drang etwas knarrend und krächzend die Stimme eines Mannes, das Bild wurde langsam aufgebaut, immer wieder von Streifen und Verzerrungen gestört.

„Hallo Andreas, was ist denn los bei euch? Kaum betrete ich das Hotel, laufen hier mindestens drei Pagen auf mich zu, ich werde mit Namensschild gesucht und sofort in diesen Besprechungsraum geschleppt. Ein ganz wichtiges Gespräch aus Deutschland, ich muss sofort anrufen und so weiter. Seid ihr etwa abgebrannt?"

Vor ihnen stand Thilo Feller, das Bild seines Gesichts und Oberkörpers via Radiosignal über eine Entfernung von mehr als 7.800 Kilometern übertragen, dazu wurde das Bildsignal von dem Hotel in Yangon aus rund 35.000 Kilometer in die Luft geworfen, dort von einem der mehr als 900 Kommunikationssatelliten aufgefangen, die die Erde umkreisten, und wieder zurück zur Erde gefunkt, direkt in das Büro, in dem Bremer und die Beamten saßen. Für den Weg von insgesamt 70.000 Kilometern benötigte das Signal gerade mal eine halbe Sekunde, weitere Millisekunden dauerte die Rekonstruktion der Signale im Rechner, der sofort anfing, die Bilder an den Bildschirm zu senden, direkt vor die Augen der Männer.

Unbestreitbar, das war der Mann, den sie aus dem Internet kannten. Der Mann, dessen Bild sie den verschiedenen Firmenveröffentlichungen entnommen hatten und dessen Gesicht auch mit dem Phantombild der Zeugin übereinstimmte. Der Mann war Thilo Feller, da gab es keinen Zweifel. Erleichtert fragte Bremer seinen Kollegen, wie es ihm gehe und ob alles okay sei. Feller blickte einen Moment reglos in ihre Richtung und nickte dann.

„Schön, Thilo, schön, dass es dir gut geht. Wir haben uns hier ein wenig Sorgen gemacht. Aber umso besser", schwafelte Bremer. „Also, der Grund, weshalb wir so dringend mit dir sprechen wollten, ist etwas merkwürdig. Das ist eine lange und verwickelte Geschichte, die ich dir besser erzähle, wenn du wieder hier bist. Die Verbindung ist schlecht, deshalb nur die Kurzfassung."

Bremer warf einen Blick auf die Beamten und fuhr fort. „Hier in Berlin wird eine Person vermisst. Es gibt eine Zeugin, die der Auffassung ist, dass es sich dabei um dich handelt. Zwei Beamte der Polizei sitzen hier bei mir, Herr Sondermann und Herr Thiede. Um das aufzuklären, wollten wir dich unbedingt so schnell wie möglich erreichen. Aber …", setzte er mit einem Seitenblick auf die Beamten nach, „es sieht ja ganz so aus, als ob du zwar weg, aber nicht vermisst wärst."

Er gackerte albern über seinen Witz.

„Ich verstehe nicht ganz, was du mir sagst, die Verbindung ist wirklich nicht gut. Ich soll vermisst sein? Wer sagt denn das? Wer hat mich denn als vermisst gemeldet? So ein Quatsch, ihr wisst doch, dass ich hier bin, ich hatte doch die ganze Zeit Kontakt mit Katja."

Feller lachte. Die Lippenbewegungen kamen später an als der Ton, das war irritierend, wie in einem absurden Theaterstück. Immer wieder blieb auch das Bild stecken, ruckelte und zerrte an dem Gesicht, die Übertragung hatte eher die Qualität von stehenden Bildern als von einem Video.

„Ja, Thilo, ich habe auch gesagt, dass alles in Ordnung ist, aber die Polizisten wollten sich halt vergewissern, dass es dir gut geht. Und das sehen wir ja jetzt auch. Also, alles okay. Ansonsten, ist das Projekt gut gelaufen? Hast du alle Partner gesprochen?"

Bremer konnte es nicht lassen, zumindest die wichtigsten geschäftlichen Daten abzufragen. Der Mann vor der kleinen Kamera lächelte noch immer in das Objektiv, nickte dann leicht mit dem Kopf und hob eine Faust in die Luft, den Daumen nach oben gerichtet.

„Entschuldigen Sie, Herr Feller, dass wir uns noch kurz einmischen. Ich bin Kommissar Sondermann, Ihr Kollege hatte mich gerade vorgestellt. Guten Abend. Ich möchte für das Protokoll gerne noch einmal von Ihnen hören, wer Sie sind. Das ist nur eine Formalie. Vielleicht sind Sie so freundlich, uns Ihren Namen zu sagen."

Feller wartete noch immer mit der Faust in der Luft, offenbar hatte er noch nicht gehört, dass man ihn etwas gefragt hatte. Noch immer stand sein nichtssagendes Lächeln im Gesicht. Irgendwann war die Frage bei ihm angekommen, der Gesichtsausdruck wechselte zu sachlicher Gleichgültigkeit.

„Ich verstehe zwar nicht, was da in Deutschland los ist, aber bitte. Mein Name ist Thilo Feller. Ich bin derzeit in Myanmar, in Yangon, im Hotel The Strand. Am Wochenende fliege ich nach Bangkok und nächste Woche bin ich in den USA, danach wieder in Berlin. Meine Assistentin hat Einblick in meine Terminplanung. Ich bin nicht vermisst. Reicht Ihnen das? Mir geht es gut und ich bin gesund. Und ich hoffe, Sie finden Ihre vermisste Person. Da muss wohl eine Verwechselung vorliegen", sagte er mit angenehm beruhigender Stimme.

„Vielen Dank, Herr Feller. Es sieht ganz so aus. Dann handelt es sich wohl um eine Verwechslung. Es tut uns leid, wenn wir Ihnen Unannehmlichkeiten bereitet haben."

Sondermann und Thiede erhoben sich. Bremer bat die Polizisten, noch kurz draußen zu warten, er wolle die Verbindung schnell nutzen, um mit seinem Kollegen ein paar geschäftliche Themen zu erörtern.

Gut, dachte Sondermann. Dann war dieser Feller also tatsächlich lebendig, ausnahmsweise mal eine gute Nachricht. Jetzt musste nur noch dieser Gordon wieder auftauchen. Dann würden sie den Fall zu den Akten zu legen. Endgültig.

# Kapitel 21

In seltsam verrenkter Haltung lag Sebastian in der Senke mitten im Wald. Es war dunkel. Man konnte kaum die Hand vor den Augen sehen. Allmählich wurde es empfindlich kalt, Feuchtigkeit stieg aus dem Waldboden auf und breitete ihren kühlenden Atem aus. Aus der Ferne blinkte in regelmäßigen Abständen Blaulicht durchs Geäst, warf seinen zuckenden Lichtschein über das Gesicht des liegenden Mannes. Sebastian bewegte unwillkürlich die Arme, bemüht, seine Augen zu beschatten. Ein reißender Schmerz durchfuhr ihn, als er die Lage seines angeschossenen Arms veränderte. Mit dem Schmerz kehrte schlagartig auch sein Bewusstsein wieder. Nicht nur sein Arm pulsierte dumpf und bohrend, auch seine Oberschenkel schmerzten höllisch.

Mühsam stand er auf. Er sah, dass die Feuerwehrfahrzeuge den Rückzug antraten und wieder in Richtung Zehlendorf fuhren. Der Brillenträger war nirgendwo zu sehen. Er hoffte, dass die Typen abgehauen waren. Als der letzte Löschwagen die Straße verlassen hatte, fiel schlagartig wieder eine bleierne Ruhe über den Wald, als wäre an diesem Ort nichts Besonderes geschehen. Es war ihm vollkommen klar, dass er nur deshalb noch lebte, weil die Männer irgendetwas von ihm wollten, etwas bei ihm suchten. Mit unsicherem Stand griff er sein Mobiltelefon und wählte Milas Nummer. Hoffentlich war es ihr gelungen, das Handy mitzunehmen, das er ihr im Auto zugeschoben hatte. Mittlerweile wusste er selbst nicht mehr, weshalb er nicht sofort untergetaucht war, warum er sich überhaupt noch zu einem Abendessen mit der Frau verabredet hatte. Das war ein Fehler gewesen. Er hatte auch sie damit in eine schlimme Lage gebracht und konnte nur beten, dass sie noch lebte. Weiter wollte er gar nicht denken. Der Anruf ging durch. Es klingelte ein paarmal, aber nach einer Weile schaltete sich die Mailbox ein.

Mila lag noch immer in ihrem Grab. Mit ihrer Fähigkeit, die Umgebung um sich herum auszublenden, dachte sie einfach nicht an den befremdlichen Ort, an dem sie sich befand. Sie dachte auch nicht an die Männer, die sie verfolgten, nicht einmal an den einen, den Rothaarigen, dessen gefühllose Brutalität sie gespürt, dessen mechanische Kälte sie wahrgenommen hatte wie einen stechenden Geruch. Sie befand sich in einem Zustand der wunschlosen Ruhe, fast schon der Geborgenheit. Nichts konnte sie mehr treffen. Sie war bereit für alles, sogar für den Tod. Puls und Atmung gingen normal, ihr war fast warm unter der Plastikdecke. Ab und zu musste sie die Abdeckung leicht anheben, um Frischluft hereinzulassen, die feucht roch, erdig und nach delikaten Pilzen. Sie dachte an nichts.

An ihrem Bein spürte sie plötzlich ein stetes Brummen und Rattern. War das schon lange da? Sie hatte es gar nicht bemerkt. War das ein kleines Tier, das sich da zu schaffen machte? Sie atmete ruhig weiter. Das Brummen hörte auf. Sie dachte an nichts. An nichts zu denken war angenehm. Ein Tier. Das Wort bohrte sich mit einer gewissen Beharrlichkeit in ihr Bewusstsein. Das Brummen begann wieder, etwas schabte an ihrem Bein. Eine Ratte? Ihre Beine zuckten unwillkürlich, jetzt doch fast hysterisch. Sie zwang sich zur Ruhe, dachte angestrengt an nichts, kontrollierte ihre Atmung.

Es dauerte eine Weile, bis sie begriff, dass es das Handy war, das stummgeschaltet einen Vibrationsalarm sandte. Ehe sie danach greifen konnte, hatte der Anrufer aufgelegt. Mila überlegte fieberhaft. Nur Sebastian wusste von dem Handy. Hatte er angerufen? Oder waren es diese Kerle, die Sebastian gefunden hatten und das Handy mittlerweile in ihrer Gewalt hatten? Angst überfiel sie. Sebastian war bestimmt tot, sie wusste es mit einem Mal. Sie war jetzt allein. Niemand würde ihr helfen. Ihre Gelassenheit war mit einem Federstrich weggefegt. Wenn es am Telefon aber doch Sebastian war? Nur er kannte die Nummer. Dann mussten die Männer fort sein. Plötzlich war es kalt und feucht in der Grube. Es stank nach überlagerten Blumen, süßlich, faulig. Von dem Geruch wurde ihr schlecht. Sie bewegte sich dennoch nicht und zwang ihren Atem herunter. Erneut vibrierte das Telefon. Vorsichtig holte sie es aus der Tasche, das Display leuchtete. Eine unbekannte Nummer. Sie drückte auf die grüne Anruftaste und schwieg in das Telefon.

„Mila?" Sebastians Stimme flüsterte in ihr Ohr.

Sie war unendlich erleichtert. Es war möglich, dass etwas aus ihrem Inneren in das Telefon wimmerte, genau konnte sie es nicht ausmachen, ein merkwürdiges Geräusch.

„Mila, bist du okay?", flüsterte er wieder. „Mila, beruhige dich, bitte. Die Männer sind weg. Alles wird gut." Sie umklammerte das kleine Gerät, das in ihre Dunkelheit leuchtete. Sie würde nicht sterben. Sie würde nicht sterben. Nicht jetzt.

„Wo bist du? Ich komme und hole dich. Es ist vorbei! Reiß dich zusammen!"

Die letzten Worte schlugen hart und metallisch in ihr Ohr, es tat ihr weh. Sie presste die Augen zusammen und machte sie wieder auf, das Licht war noch da. Es war immer noch Sebastians Stimme aus dem Telefon. Sie hatten überlebt, gleich würde sie aus der Grube klettern und alles würde wieder gut werden.

„Ich bin in der Grube", wisperte sie. Sie räusperte sich. „In einem Grab. Auf dem Friedhof", sagte sie dann.

Er lachte leise auf. „In einem Grab! Hast du keine Angst vor Vampiren? Bleib da und warte, bis ich dich noch mal anrufe. Ich muss vorsichtig sein, womöglich lauern die uns noch auf. Ich kann nicht schnell laufen, der Kerl hat mich übel zugerichtet. Ich komme jetzt zum Friedhof. Wenn ich da bin, rufe ich nochmal an, lasse genau zweimal klingeln und dann probiere ich es nochmal. OK?"

Sie nickte, merkte dann aber, dass er noch immer auf Antwort wartete.

„Du musst an der Westseite des Zauns entlanggehen, da gibt es ein Loch, von den Wildschweinen. Es ist nämlich alles abgeschlossen."

Er machte eine Pause. „Wenn ich in einer halben Stunde nicht da bin oder das Signal nicht kommt, mach unbedingt dein Handy aus. Hörst du? Nimm vorsichtshalber die Sim-Karte und den Akku raus. Du musst dann bis zum Morgen warten und kannst die Grube erst verlassen, wenn Menschen draußen sind. Ich kann dir dann nicht mehr helfen."

Seiner Sprechweise war anzumerken, dass sie jedes Wort verstehen sollte. Mechanisch bestätigte sie alle Anweisungen, ihre Stimme zitterte. Jetzt war ihr unendlich kalt.

„Mach dir keine Sorgen. Ich werde schon durchkommen." Sebastian legte auf.

Ohne den Funkkontakt fühlte sie sich plötzlich verlassen, das Versteck war ihr auf einmal unerträglich. Sie lag direkt über einem Toten. Sie entsann sich all der Würmer und Maden, die von totem Fleisch Besitz ergriffen, sich davon ernährten, sich daran labten. Es war so furchtbar kalt und stinkend, die Dunkelheit schnitt in ihr Bewusstsein wie eine Rasierklinge. Mila riss sich zusammen. Sie musste die Nerven behalten. Sie zwang sich, vollkommen ruhig zu bleiben, sich weder zu bewegen noch Angst zu empfinden. Die Sache war jetzt absehbar. Bald würde das alles ein Ende haben.

Nach einer Weile sendete Sebastian das vereinbarte Signal. Erleichtert richtete sie sich in dem Grab auf. Vorsichtig lugte sie aus der Grube, sah aber niemanden. Sie langte nach unten und hob die Kränze heraus, legte den Rasenteppich wieder ordentlich hin und versuchte aus dem Loch zu klettern, was sich als gar nicht so einfach erwies. Die Grubenränder waren steil. Das Erdreich gab immer wieder nach und rutschte teilweise auf den Sarg. Kräftig trat sie in die Böschung, schob sich Zentimeter für Zentimeter über den Grubenrand, bis sie endlich völlig verdreckt und schwitzend auf dem feuchten Waldboden lag. So schnell sie konnte, stand sie auf und rannte zurück zum Loch im Zaun. Als sie Sebastian erreichte, erschrak sie. Er hinkte, sein linker Arm hing kraftlos herunter, die Jacke voller Blut. Er fror sichtlich. Trotzdem gelang ihm ein müdes Lächeln.

„Gott sei Dank, Mila, bin ich froh, dich zu sehen. Die Typen sind weg. Sie haben das Auto mitgenommen."

Er versuchte, mit den Schultern zu zucken, doch offenbar durchfuhr ihn dabei ein Schmerz. Er verzog das Gesicht.

„Der Kerl mit der Brille hat mich angeschossen. Ich fürchte, ich muss zu einem Arzt."

Hilflos blickte sie auf den blutigen Ärmel.

„Komm, wir fahren zum Waldfriede, das ist das nächste Krankenhaus!", rief sie. „Ich rufe ein Taxi."

Sie half Sebastian, die Jacke so zurechtzuziehen, dass das Blut nicht sofort zu sehen war. Er schnaufte vor Schmerzen. Sie klopfte ihre Kleidung ab, und versuchte, sich so weit wie möglich in einen ordentlichen Zustand zu versetzen. Wenige Minuten später kam das Taxi an, aber der Fahrer war misstrauisch. Er öffnete nicht einmal die Türen und ließ vorerst nur eine Scheibe herunter. Erst nach längeren Diskussionen und nachdem ein größerer Geldschein den Besitzer gewechselt hatte, war er bereit, die Tür zu öffnen. Erleichtert ließen sich die beiden auf den Rücksitz fallen. Mila fühlte sich so müde wie noch nie in ihrem Leben.

In der Notaufnahme musste Sebastian als erstes seine Personalien angeben. Eine graue Schwester saß in ihrem Stützpunkt und tippte die Angaben in den Computer.

„Sie waren ja diese Woche schon einmal da", sagte sie überrascht. „Haben Sie Nachwirkungen von dem Unfall?"

Sebastian schüttete den Kopf. Bevor er antworten konnte, kam der Arzt schon aus dem Dienstzimmer. Es war nicht viel los. Mit unpersönlichem Lächeln lotste er ihn in einen Untersuchungsraum, Sebastian schwafelte unbestimmt von einer Armverletzung, und der Arzt schnitt das Hemd auf. Kopfschüttelnd inspizierte er die Wunde. Vielleicht weil es so spät war, sagte er nichts und fragte nichts, sondern setzte routiniert eine lokale Betäubung. Während der Arzt die Verletzung reinigte, erzählte Sebastian, dass er nachts mit Freunden auf der Jagd gewesen sei, dort sei er aus Versehen in den Schussweg geraten. Er hörte selbst, wie unglaubwürdig das klang. Der Arzt nickte gleichgültig und arbeitete weiter. Die Behandlung dauerte nicht lange, die Wunde wurde genäht, dann verabreichte er noch Antibiotika und verband den Arm.

„So, das war's fürs Erste", sagte der Arzt. „Kommen Sie bitte mit."

Er ging über den Flur zum Schwesternstützpunkt. Sebastian zog sich seine Jacke über und humpelte hinter dem Arzt her. Mila hatte auf dem Flur gewartet und stand jetzt auch auf.

„Schwester, rufen Sie bitte die Polizei an. Der Mann hier hat eine Schussverletzung. Das müssen wir melden. Der Mann darf übrigens das Haus nicht verlassen, soweit ich weiß. Schussverletzungen haben wir hier nicht sehr häufig, wissen Sie?", sagte er zu Sebastian gewandt.

„Außerdem möchte ich Sie zur Beobachtung hier behalten. Es kann noch eine Schockreaktion kommen. Und mit den Beinen ist auch irgendwas nicht in Ordnung."

Er schaute Sebastian streng an. Sein Pieper meldete sich. Der Arzt nahm das Gerät aus der Brusttasche und warf einen Blick darauf.

„Ein Notfall. Ich muss in die Notaufnahme. Schwester, schicken Sie den Patienten bitte in die Aufnahmestation. Ich möchte ihn mir noch ansehen. Es sieht mir ganz so aus, als hätten Sie noch weitere Verletzungen."

Dabei sah er Sebastian an, als hätte er etwas ausgefressen. Sebastian machte ein unschuldiges Gesicht und winkte ab. Die Schwester schaute erschrocken von Sebastian zu Mila und wieder zurück. Der Arzt wandte sich zum Gehen.

„Und die Frau macht ebenfalls einen verstörten Eindruck. Am besten auch da die Personalien aufnehmen und in die Aufnahmestation. Ich muss los."

Er gab Sebastian schnell die Hand und eilte davon. Die Schwester griff zum Telefonhörer und wählte die Nummer der Polizei.

„Wo ist denn die Aufnahmestation?", fragte Sebastian harmlos. Die Schwester hielt eine Hand über die Muschel und wies mit dem Kopf auf den rechts liegenden Flur. Im Gang hing ein großes Schild, es war unübersehbar.

„Wir gehen schon einmal vor. Sie können doch nachkommen", sagte er zu der Schwester, die wild den Kopf schüttelte und mit der freien Hand auf die Wartestühle wies.

Bei der Polizei hatte offenkundig bereits jemand das Gespräch angenommen und sie machte ihre Meldung, zu der der Arzt aufgefordert hatte. Sebastian nahm Milas Hand und eilte mit ihr in den rechten Flur, er musste sie hinter sich herziehen. So schnell er konnte, hinkte er an den Zimmern vorbei, einige Türen standen offen. Der Schwesternstützpunkt in der Aufnahme war leer. Niemand bemerkte sie. Am Ende des Flurs gab es ein Treppenhaus. Er drückte die schwere Tür auf.

„Sebastian! Wohin willst du? Wir waren gerade in der Aufnahmestation. Wir müssen auf die Polizei warten." Sie zerrte an seiner Hand und wollte stehen bleiben.

„Nein, wir verschwinden. Komm jetzt." Mit Gewalt zog er sie weiter ins Erdgeschoss, quer durch einen weiteren Flur zu einem Nebenausgang.

„Lass mich los! Ich will nicht mitkommen. Was soll das?" Sie riss sich los und blieb stehen.

Er kam ein paar Schritte zurück und stellte sich ganz nah vor sie.

„Mila, du musst mir vertrauen. Die Sache ist noch nicht vorbei und wir haben keine Zeit. Wir können nicht hierbleiben. Ich bin mir sicher, dass wir wieder Besuch von diesen Kerlen bekommen, verstehst du? Die werden nicht nachgeben. Glaub mir. Die müssen uns finden. Mich finden." Sein Blick bohrte sich in ihr Gesicht.

„Bist du irre? Wir warten jetzt hier auf die Polizei, alles andere wäre Wahnsinn!" Ihre Stimme ließ keinen Widerspruch zu.

„Diese Typen sind brandgefährlich, das brauche ich dir ja wohl nicht zu sagen. Und glaub mir, die sind viel schneller als die Polizei. Wir werden nirgendwo sicher sein vor denen, nicht mal, wenn die Polizei uns in Sicherheitsverwahrung nimmt."

„Aber wenn die Polizei die Typen festnimmt, ist der Spuk doch vorüber!"

„Nein! Es gibt Hintermänner! Thilo hat irgendwas herausgefunden, er wollte mir vor seinem Tod Informationen geben, dafür haben die ihn gekillt! Es reicht überhaupt nicht, diese Killer loszuwerden! Wer auch immer dahintersteht, er wird überall Typen anheuern und auf uns loshetzen, glaub mir!“ Unwillkürlich erhob er seine Stimme.

Mechanisch schaute sie auf den Boden und zog ihre Jacke fest um ihre Schultern. „Und was schlägst du vor?“, fragte sie tonlos.

„Wir müssen hier abhauen. So schnell wie möglich. Das ist das nächste Krankenhaus, die werden uns hier suchen, ganz sicher.“

Sie überlegte. Dieser Rothaarige war fürchterlich. Er würde sie, ohne mit der Wimper zu zucken, töten, dessen war sie sich sicher. Womöglich würden sie gar keinen Personenschutz erhalten, so etwas war ja teuer. Vielleicht glaubte ihnen die Polizei wieder nicht. Und las man nicht tatsächlich manchmal, dass auch Personenschutz keine 100-prozentige Sicherheit bot? Mila schossen Tränen in die Augen, die sie rasch wegblinzelte. Langsam nickte sie und Sebastian zog sie sofort durch den Notausgang ins Freie.

Die Luft war kalt, als sie heraustraten, kalt und sauber. Die Schärfe in der Lunge war geradezu wohltuend. Es kam ihr irreal vor, als sei alles, was heute Abend passiert war, nur ein böser Traum gewesen. Vor dem Krankenhaus gab es einen Taxistand. Schnell sprangen sie in einen Wagen. In der Ferne sahen sie das Blaulicht eines Polizeifahrzeugs herankommen, als sie in entgegengesetzter Richtung mit dem altersschwachen Taxi abfuhren.

# Kapitel 22

Mit einem matten Licht überzogen, das gegen das Ufer hin in unbestimmte Pastellfarben überging, lag der Krampnitzsee in der frühen Morgenstunde schlafend da, das Wasser spiegelglatt, ausgestreckt wie flüssiges Blei. Kein Wind regte sich. In der Ferne bewegten kleine Krakeleien die stille Seeoberfläche, hoben weißlich schimmernde Wasserspitzen hervor und sandten milde Wogenlängen über den See, die lautlos und allmählich an die Ufer rollten. Aus den dichten Kiefernwäldern stieg langsam die Sonne auf. Der Himmel trug sein vielfarbiges Sonnenaufgangskleid und ergoss seinen Widerschein über das schöne Wasser. Hinter einem dichten Schilfgürtel ragte ein schmaler Holzsteg hervor, fast gänzlich von Weiden und Wasserpflanzen verborgen. Das Holz war alt und silbrig, die Planken durch die Hitze der Sommer aufgeworfen und struppig. Eine alte, wackelige Badeleiter, mehrfach geflickt, aber noch tauglich, war an der Seite angebracht. Daneben ein kleines Motorboot. Auf dem Steg lagen Enten, die Köpfe im dichten Gefieder, noch schlafend.

Eine schmale Frau kam langsam den Steg hinunter, eingehüllt in einen gemusterten, dunklen Bademantel, der alt und viel zu groß war. Die Ärmel waren aufgekrempelt, der weite Schalkragen lag angenehm um ihren Nacken. Sie war barfuß, die Zehen ohne Lack. Die Enten spürten sie kommen, aufgeregt schnatternd flatterten sie mit Spritzen und Klatschen ins Wasser. Sie ließ den Bademantel auf den Boden gleiten und hockte sich in der frischen Kühle des Morgens auf das Holz, steckte die Füße ins Wasser. Fast fühlte das Wasser sich wärmer an als die Luft, unwillkürlich fröstelte sie. Ohne noch länger nachzudenken, stieß sie sich mit den Händen ab und glitt hinein. Schnappend vor Kälte tauchte sie mit dem Kopf unter und begann mit möglichst ruhigen Stößen zu schwimmen, parallel zum Ufer, in Richtung einer Halbinsel, die in den See hineinragte und mit einem breiten Schilfgürtel gesäumt war. Das Wasser war kalt, trug aber noch die Erinnerung des Sommers in sich. Alles war still. Der See spiegelte den Himmel und das Ufer, sodass man das Wasser selbst kaum sah, nur ihre eigene kleine Bugwelle durchbrach die glatte Fläche. Langsam glitt sie am Ufer entlang. Als sie die Halbinsel fast erreicht hatte, wandte sie sich um und schwamm zurück zum Steg. Mit zitterndem Kiefer kletterte sie aus dem Wasser, warf sich den Bademantel über und lief zurück zu dem kleinen Haus, das versteckt hinter Buchen und Akazien auf einer Anhöhe stand, mit einer breiten Veranda zum See.

Milas Eltern hatten vor etlichen Jahren dieses Grundstück gekauft, das auf einem Landvorsprung lag, der großzügig in den Krampnitzsee hineinragte und mittlerweile als Vogelschutzgebiet ausgewiesen war. Der Vater hatte diese versteckte alte Forsthütte von einem Wasserausflug her gesehen, eigentlich nicht einmal die Hütte, sondern nur den Badesteg. Mit beharrlicher Energie hatte er den Kauf dieses Landes vorangetrieben, es war mehr als zwei Hektar groß und nur über einen zuweilen schwammigen Knüppeldamm erreichbar. Die Gemeinde hatte viele Bedenken gehabt, denn schon damals hatte man vor, das Gelände in ein Vogelschutzgebiet umzuwandeln, da störte eine Gebäudenutzung. Georg Markberg schloss daher zunächst nur einen Pachtvertrag und nutzte das alte Forsthaus jahrelang nur gelegentlich, ohne viel Aufhebens, nie brachte er Gäste hierher. Erst in einer günstigen politischen Situation konnte er das Gelände kaufen. Er ließ das Forthäuschen sanieren, im Grunde war es nahezu neu gebaut worden. Es blieb aber klein und verfügte nur über zwei winzige Schlafzimmer, einen recht großzügigen Wohnküchenraum, ein kleines Badezimmer mit getrenntem WC sowie einen größeren Schuppen, in dem Holz für den Kamin gelagert wurde und ein paar Gartenmöbel – vor allem aber nutzloses Zeugs, das anderswo nicht gebraucht wurde, aber zu schade zum Wegwerfen war.

Das Haus war aus Holz errichtet. Auf drei Seiten waren vom Boden bis zur Decke große Glasscheiben eingebaut worden, man lebte damit halb in der Natur. Vor das Glas konnte man schwere Holzklappläden ziehen, dann verschwand das Haus, ging unter in den Naturfarben des Waldes. Das Holz war nicht lackiert und hatte eine silbrig graue Farbe angenommen. Im Sommer stand die Hitze darauf, das Holz duftete dann, nach Harz und irgendwie nach Sonne.

Das Häuschen war einfach, aber mit sicherem Geschmack eingerichtet. Geölte Eichenböden lagen im ganzen Haus. Fast in der Mitte des Wohnraumes stand ein großer Kamin. Auf dem Boden lagen rötliche Kelim-Teppiche, die mit ihren grafischen Mustern an ferne Reisen erinnerten. Um den Kamin standen dänische Sessel, bespannt mit hellem Leinen, in denen schönfarbene Kissen lagen. Die schlichte Küchenzeile mit einer Rückwand aus ziegelrotem Linoleum wurde durch einen alten asiatischen Tisch ergänzt, der mit seiner krakeligen, vielfach gerissenen Lackoberfläche eine ganze Geschichte erzählte. Die antiken chinesischen Stühle, die breit und gleichzeitig steif wie Herren aus dem vorletzten Jahrhundert darum standen, gaben dem Esstisch etwas Formelles, das eigentlich gar nicht zu dem Raum passte. Auch die Schlafzimmer waren schlicht und einladend ausgestattet, die Rückwand hinter den Betten war aus Eiche und reichte bis an die Decke heran. Schmale wollige Teppiche lagen vor den Betten, die mit knisternder Leinenwäsche bezogen waren.

Das Haus lebte noch immer den Geist ihrer Eltern, die alles mit Zuneigung eingerichtet hatten und diesen Ort als ihr privates Refugium gesehen hatten. Sie empfingen dort so gut wie nie Gäste, ab und zu kamen allerengste Freunde vorbei, blieben jedoch nur selten über Nacht. So gastfreundlich normalerweise die Eltern waren, dies war nicht der Ort dafür. Es war zu intim, zu nah und gleichzeitig zu einsam. Im Grunde war es ein Ort, an dem man allein war, selbst in Begleitung. Die Natur warf einen zurück auf sich selbst. Man konnte von romantischer Schwärmerei befallen werden, selbst wenn man hier nur kurz verweilte. Es reichte, einen späten Sonnentag hier erlebt zu haben, der das gegenüberliegende Ufer in unwirkliches Strahlen tauchte, leuchtendes sattgelbes Schilfrohr anzündete und die Bäume darüber unverwundbar grün zeigte.

Und das war wohl der Grund, weshalb sie letztlich so selten da gewesen waren, nur so oft, dass sie nicht für immer dableiben wollten. Im Schuppen war ein Vorratsraum eingerichtet, mit einem Tiefkühlschrank, einem kleinen Wein- und Getränkeregal, Konserven. Mila hatte es beibehalten, dafür zu sorgen, dass stets einige Lebensmittel vorhanden waren, obwohl auch sie nur selten herkam, meist aus Sentimentalität.

Sebastian schlief noch. Mila ging ins Bad und stellte sich unter die heiße Dusche. Es fühlte sich merkwürdig an, einen Mann in diesem Haus zu haben, nur Derek war einmal hier gewesen. Einen Sommer hatten sie hier verbracht. Noch immer spürte sie die Wärme und den Duft des Holzes, als sie nass und erschöpft auf dem Bootssteg lagen, in den Himmel schauten; spürte die Wärme von Dereks Haut, ihren eigenen Atem, als sie sich liebten, nur beobachtet von der Natur. Dieser Ort war der Verborgendste, den sie hatte. Und nun war dieser Sebastian hier, lag in ihrem Bett. Unbestimmte Gefühle gingen in ihr herum, suchten tastend einen Aufenthaltsort. Verantwortung war darunter; unverständlicherweise auch Zuneigung, aber das war viel zu früh.

Als sie gestern Nacht aus dem Krankenhaus geflüchtet waren, hatte sie sofort an ihr Ferienhaus gedacht. Sie waren bis zum Krampnitzer Wald gefahren, hatten den Taxifahrer bis zur letzten bewohnten Straße dirigiert und waren den Rest zu Fuß gegangen. Im stockfinsteren Wald waren sie einige Male gestolpert. Der Wald war erfüllt von unheimlichen Geräuschen. Ein rasselndes Käuzchen in der Nähe sandte seine merkwürdigen dunklen Laute aus. Unter anderen Umständen hätte Mila das unheimlich gefunden, aber jetzt kam die Natur ihr wohltuend harmlos vor. Ab und zu traf sie ein Lichtstrahl des Mondes, der durch die Baumkronen fiel und kurz ihren Weg erhellte. Sie passierten den Knüppeldamm und erreichten den groben Wildzaun, der mit einem einfachen Gatter abgesperrt war, das in erster Linie Wildschweine fernhalten sollte. Jeder, der wollte, konnte hier ungehindert hereinkommen.

Mila fischte aus einem Einmachglas im Schuppen einen Zweitschlüssel, den sie vorsichtshalber dort aufbewahrte, seitdem sie einmal vor der Tür gestanden und den Schlüssel in ihrer Wohnung vergessen hatte. Im Haus war es empfindlich kalt, aber sie waren zu erschöpft, den Kamin noch anzumachen. Müde hatte Mila die Betten hergerichtet und Sebastian war regelrecht in die Laken gekippt, kaum dass er sich ausgezogen hatte.

Obwohl sie sich zu Tode erschöpft gefühlt hatte, hatte Mila unruhig geschlafen. Die Morgendämmerung war gerade erst heraufgezogen, als sie schon wieder wach wurde. Sie war aufgestanden, hatte sich den alten Bademantel ihres Vaters angezogen und war zum See hinuntergegangen. Als sie aus der Dusche kam, hingen ihr die Haare nass auf den Schultern. Sie trug eine lockere Jeans und einen Fleecepullover in einem leuchtenden Blau, dazu einen wolligen Cashmereschal, den sie um den Hals geschlungen hatte und der vorteilhaft ihre gebräunte Haut betonte.

Mit ein paar Holzscheiten entfachte sie ein Feuer im Kamin, der in seiner Nähe schnell Wärme ausstrahlte, obwohl der Raum selbst noch kalt blieb. Sie kuschelte zusätzlich eine Strickjacke um ihre Schultern und ging zur Küchenzeile, um ein Frühstück vorzubereiten, Kaffee, Brötchen aus dem kleinen Tischkühlschrank, etwas Marmelade. Außerdem fand sich noch eine haltbare Wurstpastete im Glas, die sie auf den Tisch stellte. Nachdenklich hockte sie sich mit einem großen Kaffee auf einen der steiflehnigen Stühle und blickte in den verwilderten Garten, der nach und nach in fahles Sonnenlicht getaucht wurde.

Mit Unbehagen dachte sie daran, dass die Männer, die sie gekidnappt hatten, noch immer irgendwo herumliefen und jetzt möglicherweise nach ihnen suchten. Sie hatten die Täter gesehen, jetzt waren sie Zeugen. Damit hatten die Männer einen triftigen Grund, sie auszuschalten. Ihre Handtasche war weg, sie hatte sie im Wagen zurückgelassen. Sie besaß keinen Hausschlüssel, kein Geld, kein Telefon. Die Täter konnten nach Belieben in ihre Wohnung, alles ausspionieren. Ihr Rechner stand da, ein offenes Buch. Alle Adressen. Nichts war denen mehr unbekannt. Mit der Handtasche war auch ihr Personalausweis verschwunden, ihre Bank- und Kreditkarten. Alles, was sie noch besaß, war ein lächerlicher alter PC in der Hütte, von dem sie gar nicht wusste, ob er noch funktionierte – und dieser Mann, der nebenan schlief und der sie in diese Situation gebracht hatte.

Leise stand sie auf und öffnete die Tür zu seinem Zimmer. Er lag quer über dem Bett, den Kopf in eine Armbeuge gesteckt und schlief. Vorsichtig angelte sie seine Hose vom Stuhl. Ebenso leise tappte sie zurück ins Wohnzimmer, legte Holz nach und blieb einen Moment am Kamin stehen, unschlüssig, ob sie wirklich in der Hose herumwühlen sollte. Entschlossen fingerte sie endlich alle Taschen durch und zog sein Portemonnaie heraus, außerdem fand sie einen kleinen Schlüssel, der zu einem Schließfach gehörte. Dem Personalausweis ließ sich entnehmen, dass er ihr zumindest seinen richtigen Namen gesagt hatte. Wohnte in Schöneberg. Irgendwie beruhigte sie es, dass er sie nicht mehr angelogen hatte. Ein paar Kreditkarten, relativ viel Bargeld. Nichts Auffälliges.

Sie legte die blutbeschmutzte Hose beiseite und machte sich noch einen Kaffee. Dann hörte sie ihn aufstehen und im Badezimmer verschwinden. Nach einer Weile kam er geduscht herein, mit einem Handtuch um die Hüften. Sie sah seinen muskulösen, gebräunten Oberkörper, die etwas zu langen feuchten Haare, die ihm wirr ins Gesicht hingen, den kräftigen Bartwuchs, der sich dunkel in seinem Gesicht abmalte. Am Oberarm prangte das Pflaster. Ein längliches Hämatom zog sich quer über seine unbehaarte Brust. Es war ihr fast peinlich, den Mann in ihrem Wohnzimmer derart unbekleidet zu sehen, seine physische Präsenz füllte den Raum aus und machte sie verlegen.

„Guten Morgen“, begrüßte er sie und lächelte amüsiert. „Hast du vielleicht irgendetwas, was ich anziehen könnte? Ich habe meine Hose nicht gefunden.“ Mit einem Blick hatte er offenbar sofort erfasst, dass Mila spioniert hatte. Sie spürte, dass sie rot wurde, was sie noch verlegener machte.

„Hier ist deine Hose. Ich hab in die Taschen geguckt. Ich hoffe, du bist nicht sauer. Wenigstens weiß ich jetzt, wer du bist.“ Kämpferisch reckte sie das Kinn hoch. „Im Schrank müssten noch Sachen von meinem Vater sein. Da finde ich bestimmt was.“

Sie marschierte an ihm vorbei in ihr Zimmer, sie hatte in dem größeren Schlafzimmer übernachtet, das früher von ihren Eltern genutzt worden war. Im Schrank fand sie eine alte Jeans ihres Vaters, ein Sweatshirt. Sie hatte es noch nicht über sich gebracht, alle diese Sachen wegzuwerfen. Ihr Vater hatte zuweilen ein Faible für schreckliche Pullover gehabt, die er an Urlaubsorten kaufte, Souvenirs von Hotels oder Sportclubs. Manchmal unmöglich hässliche Stücke, billig zusammengenäht, die er dann in den Tiefen seiner Schränke bunkerte und nie trug. Vielleicht war es ein Ersatz für die Fotos gewesen, die er nie schoss. Verständlicherweise hatten die meisten dieser T-Shirts später ihren endgültigen Aufbewahrungsort in dieser Ferienhütte gefunden, da störten sie am wenigsten.

Mit ein paar Klamotten über dem Arm ging sie zurück zur Küche, wo Sebastian es sich schon bequem gemacht hatte. Er hatte den Bademantel entdeckt und übergezogen. Mila schluckte. Das ging wirklich zu weit. Steif hielt sie ihm die Kleidung hin und konnte es sich nicht verkneifen, ihn zu bitten, den Mantel auszuziehen. Er hob nur kurz die Brauen, verschwand aber noch einmal in seinem Zimmer, um bald darauf wieder aufzutauchen. Frisch angezogen sah er geradezu umwerfend attraktiv aus, auch wenn die Hose zu kurz und zu weit war. Interessanterweise wirkte er gleichzeitig verkleidet und authentisch, eine sehr merkwürdige Mischung. Es schien, als ragte er als Person aus dieser fremden Kleidung heraus, unnahbar und gleichzeitig sehr privat.

Unbekümmert setzte er sich zu ihr und aß mit großem Appetit, was auf dem Tisch herumstand, es hatte nicht den Anschein, als wäre er besonders wählerisch. Immer wieder blickte er aus dem großen Fenster auf den See, der hinter dem Schilfgürtel nur halb zu sehen war, auf die winkenden Bäume. Mila erzählte, dass dieses Grundstück seit Jahren ihrer Familie gehörte. Von dem Tod ihrer Eltern sprach sie nicht und Sebastian fragte auch nicht danach, obwohl es in der Luft lag. Eigentlich musste sie Sebastian so schnell wie möglich wieder loswerden, am liebsten die Polizei anrufen, diesen Albtraum beenden. Als sie allein dagesessen hatte, hatte sie in Gedanken auch schon die Worte formuliert, die sie ihm freundlich und bestimmt sagen würde. Wie es weitergehen würde, ohne ihn. Doch jetzt kam ihr keine einzige Silbe davon über die Lippen, irgendetwas hielt sie davon ab. Wie selbstverständlich saß er an ihrem Tisch, völlig gelassen, griff nach der Kaffeetasse, zerpflückte sein Brötchen, tunkte die Stücke in die Marmelade und schob sie sich dann genüsslich in den Mund. Nach einer Weile stand Sebastian auf, warf noch ein paar Holzscheite in den Kamin und räumte seinen Teller in die Küchenecke.

Er zögerte kurz und setzte sich dann direkt neben sie, den Stuhl ihr zugewandt. Seine Knie berührten fast ihren Oberschenkel. Plötzlich spürte sie wieder diese Wärme, die von seiner Haut ausging, diesen Sandelholzduft. Mit leicht gespreizten Beinen saß er vor ihr, den Oberkörper vorgeneigt, die Arme auf die Oberschenkeln gestützt. Sein Gesicht war ihr so nah, dass sie die bernsteinfarbenen Flecken in seiner Iris sehen konnte.

„Es tut mir wahnsinnig leid, dass ich dich in diese Sache hineingezogen habe. Das war unverzeihlich“, begann er mit leiser Stimme. „Ich bin es dir schuldig, dass ich dir alles sage, was ich über die Sache weiß. Und ich muss einen Weg finden, uns beide da wieder herauszuholen."

Überrascht blickte sie ihn an. Mit einem Geständnis am Morgen, welcher Art auch immer, hatte sie nicht gerechnet. „Du willst mir sagen, dass dieser ganze Dreck etwas mit dir zu tun hat?"

Er nickte bekümmert und lehnte sich zurück. Mit einem schweren Ausatmen stand sie auf, holte eine Flasche Wasser und setzte sich ihm gegenüber an die andere Tischseite. Er spielte gedankenverloren mit seiner Kaffeetasse.

„Wie du weißt, bin ich Leiter der Entwicklungsabteilung der Reto AG. Wir arbeiten zurzeit an einem Chipprodukt für die medizinische Versorgung. Es geht dabei um die Versorgung von chronisch kranken Menschen, die auf die kontinuierliche Auswertung ihrer Blutdaten angewiesen sind. Diese Mikrochips können unglaublich viele Daten speichern und Informationen per Funk übertragen und empfangen. Wir haben ein Verfahren entwickelt, die Chips sehr klein zu bauen, sie sind nur 1 mm groß."

„Und was für Funktionen sind das, dass man dafür ermordet wird?", fragte sie bissig.

Er erwiderte nichts, sondern schaute nur mit gerunzelter Stirn hoch.

„Die Chips werden Menschen implantiert", fuhr er fort.

„Sie messen Blutwerte und andere physiologische Daten und senden sie dann an Empfänger, zum Beispiel an Smartphones oder spezielle Geräte, sogenannte Wearables. Das alles dient dazu, die Patienten optimal medikamentös zu versorgen. Für alle chronisch kranken Menschen ist das ein Segen, weil sie sich perfekt einstellen können."

„Aber man kann diese Informationen doch dann sicher auch ohne das Wissen des Patienten überwachen und auslesen, nicht wahr? Solche Funksignale sind doch über einen größeren Radius zu empfangen."

Sebastian zuckte verärgert mit den Schultern. An diesem Detail hatten sie zuletzt noch gearbeitet, in der Tat waren die Signale zu stark gewesen und konnten relativ großräumig ausgelesen werden. Insofern entsprachen die Chips noch nicht seinen Vorstellungen von Datenschutz.

„Die Daten sind verschlüsselt. Und deine Skepsis in allen Ehren, aber ich glaube, du hast keine Vorstellung davon, welche entsetzlichen chronischen Erkrankungen es gibt, die ohne eine solche Versorgung fatale Folgen für die Betroffenen haben", blaffte er zurück. „Ich bin diese Diskussion, ehrlich gesagt, ziemlich leid. Nicht jeder hat ein Interesse daran, die Privatgespräche von Oma mitzuhören oder nachzuvollziehen, wo sich Opa gerade aufhält."

Mila schwieg beleidigt, sie fühlte sich zurechtgewiesen wie ein kleines Kind.

„Entschuldige, dass ich etwas heftig bin, aber mir geht dieses ständige kritische Betroffenheitsgetue auf die Nerven. Alle sind so korrekt und denken tiefgründig über das Wohl der Welt nach, aber wir entwickeln konkrete Produkte, um Menschen, die andernfalls sterben würden, ein lebenswertes Leben zu ermöglichen. Auch wenn wir noch am Anfang stehen, da gibt es eine Menge, was in den nächsten fünf Jahren möglich sein wird – und es wird sehr vielen Leuten helfen."

„Gut. Lassen wir das. Ihr entwickelt einen harmlosen Chip als Segen für die Menschheit und dein Freund und Chef ist tot. Irgendwas muss also an der Sache dran sein, was nicht ganz so menschenfreundlich ist", schnappte Mila zurück.

„Genau. Lassen wir das." Verärgert stand Sebastian auf und schaute sich unschlüssig in der kleinen Hütte um. Dann zerrte er am Holzkorb herum, warf noch einen Scheit in den Kamin und stocherte in der Glut. Mit abgewandtem Gesicht sprach er weiter.

„Alles begann damit, dass wir in der Company plötzlich massive Probleme bekommen haben, das war etwa vor zehn Tagen, nur wenige Tage vor Thilos Tod. Plötzlich brach unser Programm für die Chiptechnologie zusammen, ohne ersichtlichen Grund. Ich habe Thilo angerufen und war völlig verzweifelt. Wir haben mehr als ein Jahr Entwicklungsarbeit in das Projekt gesteckt. Thilo kam sofort ins Lab."

„Lab?", unterbrach ihn Mila.

„Das Lab ist unser Entwicklungszentrum, unser Labor. Dort werden neue Programme entwickelt, absolute Innovationen, die einer strikten Geheimhaltung unterliegen."

Sie nickte.

„Das Schlimme war, dass alles normal aussah, aber es passte nichts mehr zusammen. Es sah aus, als wären die richtigen Teile einfach durcheinandergeworfen worden. Wie ein Mikado. Gleichzeitig waren aber keine unautorisierten Zugriffe im System erkennbar. Zu meiner Überraschung fragte mich Thilo, ob jemand das Projekt bewusst sabotiert haben konnte. Ich wusste gar nicht, wie er darauf kam."

Er setzte sich wieder an den Tisch, angelte geistesabwesend Brötchenreste von Milas Teller und zerpflückte sie zu kleinen Schnipseln, die er sich in den Mund steckte.

„Wir haben zwei volle Tage und Nächte mit der gesamten Crew nach dem Fehler gesucht und konnten das Programm nicht wieder rekonstruieren, was schon schlimm war. Vor allem aber stellten wir fest, dass Daten fehlten. Wenn sie fehlten, konnten sie nur gelöscht worden sein. Löschungen sind aber technisch unmöglich."

Mila runzelte die Stirn. „Ich verstehe das sowieso nicht. Ihr habt doch sicher eine Firewall", wandte sie ein.

Sebastian zog spöttisch die Augenbrauen hoch. „Es geht nicht um eine Firewall. Das Lab ist ein Hochsicherheitsbereich. Normale Programme und Anwendungen des Konzerns laufen dort gar nicht, so etwas wie Terminplanungen oder Mailverkehr. Dafür haben wir ein separates Rechenzentrum. Der Zugang zum Lab ist nur den Entwicklern vorbehalten. Es ist völlig autark, es hat keine Verbindung zum allgemeinen Unternehmen, wir haben unsere eigenen Rechner, die nicht einmal Datenschnittstellen haben."

Irritiert schaute sie ihn an. „Meinst du CD-Laufwerke? Oder eine USB-Schnittstelle? Aber alle Rechner haben doch so was."

„Nein, eben nicht. Gerade die Schnittstellen sind gefährlich, sie sind einfach zu manipulieren. Wenn man in einer Firma ein ungesichertes Laufwerk anträfe, zum Beispiel eine USB- Schnittstelle, könnte man im Vorbeigehen eine Software installieren, die vom Rechner nicht als Virus erkannt wird und das System unterwandert." Er machte eine Pause.

„Aber ihr müsst doch Daten austauschen und Programme aufspielen können. Ich dachte, ihr Forscher lebt geradezu im Internet!" Mila hatte wieder diesen leichten Silberblick, ein Auge glitt sanft an der Nase entlang.

Jetzt lachte er leise. „Ja, gewiss, aber nicht per Datenleitung nach außen. Wenn wir Programme fertiggestellt haben, werden sie auf einem WORM-Datenträger abgespeichert, das ist ein Speichermedium, auf dem man nur einmal etwas abspeichern, aber nicht mehr löschen kann. Derzeit ist das der sicherste Datenspeicher, den wir kennen, weil alle Zugriffe auf dieses Speichermedium exakt protokolliert werden. Den WORM- Datenträger kann man nicht manipulieren, er wird permanent kontrolliert. Niemand kann sich im Lab an- und abmelden, ohne dass wir davon erfahren. Es gibt Irisscanner. Der Raum ist komplett videoüberwacht. Wir haben da drin nicht einmal Handyempfang. Wir entwickeln die Programme, und wenn sie fertig sind, werden sie in das Unternehmen eingespeist, aber eben auch nicht eher. Es ist wie in einem Ei, wir brüten ganz lange etwas in einer geschützten Hülle aus und irgendwann brechen wir die Schale auf."

Mila nickte wieder.

„Ich habe an einen ganz normalen Programmierfehler geglaubt", fuhr er fort, „aber plötzlich hat mich Thilo beiseite genommen. Er bestand darauf, dass wir aus dem Gebäude gehen, unsere Handys zurücklassen, auf keinen Fall irgendein elektronisches Gerät mitnehmen. Ich habe mich gewundert, wir sind dann in einen kleinen Park in der Nähe der Company gegangen." Sebastian starrte düster vor sich hin.

„Er war sich sicher, dass es nicht nur um das Chipprojekt ging. Er hatte konkret den Verdacht, dass man ihn selbst überwachte." Er blickte Mila direkt in die Augen.

„Ihn überwachte? Aber weshalb denn? Hat er irgendetwas über diesen Angriff herausgefunden?", flüsterte sie tonlos. Ihr fröstelte. „Und warum ist Thilo denn nicht zur Polizei gegangen?", fragte sie. „Dann würde er wahrscheinlich noch leben. Ihr hättet doch zumindest den Sicherheitsdienst hinzuziehen müssen."

Sebastian antwortete nicht, stand abrupt auf und stellte sich an die Fensterscheibe, mit dem Rücken zu ihr. Er zog die Schultern hoch und schaute verkrampft nach draußen, die Hände in den Hosentaschen vergraben. Sofort wurde Mila klar, dass sie ihn getroffen hatte.

„Sebastian, entschuldige. Natürlich habt ihr nicht damit rechnen können, dass ihr es mit Killern zu tun habt. Ist ja ein gewaltiger Unterschied, Programme zu stehlen oder jemanden umzubringen." Sie stand auf, ging zu ihm hinüber und legte ihm eine Hand auf den Arm.

Heftig drehte er ihr sein Gesicht zu. Seine Wangenmuskulatur arbeitete. Er nickte mit zusammengepressten Lippen.

„Ich mach mir doch selbst schon schwere Vorwürfe, dass ich das nicht sofort der Polizei übergeben habe. Das kannst du mir glauben. Aber Thilo war sich nicht 100-prozentig sicher, er wollte erst die Daten analysieren, die er irgendwoher hatte, und ich wollte erst einmal das Programm retten. Und dann ging alles so verdammt schnell. Niemand hätte damit rechnen können, dass der Täter derart brutal vorgehen würde. Im Nachhinein sehe ich das anders. Thilo machte den Eindruck, als verschweige er mir etwas. Ich hatte da irgend so ein Gefühl, aber wir mussten uns erst um die Daten kümmern. Erst am Samstagabend rief er mich an, er verabredete sich mit mir, er wollte mir Informationen geben, den Rest kennst du ja."

Gedankenverloren schaute er wieder auf den See. Die Sonne stand mittlerweile fast im Zenit. Die Wiese lag besonnt und heiter da, Enten wackelten am Schilfrand herum, das Schnattern und Quaken konnte man durch die geschlossenen Scheiben hören. Er öffnete die Tür und trat ins hohe Gras hinaus, das mit Kräutern durchwachsen war. Die Halme leuchteten silbrig. Langsam ging er hinunter zum See, sah den knarzigen Holzsteg, das dunkle, ruhige Wasser, in dem sich der Himmel spiegelte.

Es dauerte eine ganze Weile, bis er wieder zurückkam und sich setzte. Mila wartete geduldig am Tisch, sie hatte die Füße auf den Stuhl hochgezogen und ihre Arme darum geschlungen. Ihre Haare hatte sie zu einem losen Knoten gebunden, aus dem einige Strähnen hervorlugten.

„Ich verstehe nicht, warum das Programm zerstört wurde. Es reichte doch, wenn jemand das Programm kopiert und verkauft", überlegte sie. „Und wie hat jemand die Daten aus eurem Hochsicherheitstrakt herausbekommen? Wenn es doch alles so gesichert war?"

„Unser System hat eine Lücke, an die wir nicht gedacht haben." Er fuhr sich mit der Hand durch das Gesicht und atmete aus. „Wir sind zwar nicht mit Datennetzen verbunden, aber der Rechner braucht Strom und hängt an der Steckdose. Es ist möglich, auch über Kupferkabel Daten zu versenden, und ehrlich gesagt hatten wir daran nicht gedacht. Jemand hatte die Steckverbindung gegen manipulierte Steckdosen ausgetauscht, die in Wirklichkeit Übertragungselemente waren. Wir konnten nicht nachvollziehen, wann das gemacht worden war und durch wen, die Videos von den Räumen gaben nichts her. Im Ergebnis war der Teil simpel in der Technik, aber schlau in der Programmierung. Und nachdem die Hacker hatten, was sie wollten, haben sie unser Programm zerstört."

Mila rührte nachdenklich in ihrem Kaffee herum. Sie hatte ihren Schal eng um den Hals geschlungen. Trotz der Wärme im Raum war ihr kalt.

„Der Zugang muss jemandem viel Geld wert gewesen sein, denn diese Umprogrammierung ist nicht simpel. Sie ist technisch sogar hochkomplex, aber sie kann so gut wie nicht entdeckt werden. Und derjenige musste unser System gekannt haben, sonst hätte er das alles nicht so intelligent planen können."

„Aber warum haben diese Killer Thilo ermordet? Die hatten doch das Programm für diese Chips längst kopiert. An was habt ihr geforscht, das so gefährlich ist?"

Mila stand auf stellte sich neben seinen Stuhl. Er schwieg.

„Sebastian. An was habt ihr gearbeitet?"

„Die Funkreichweiten. Die Chips sind elektrisch ansteuerbar, sie können Impulse aussenden. Schließlich sollen dadurch Nervenzellen aktiviert werden. Das kann dazu führen, dass Blinde wieder sehen lernen, Gelähmte wieder gehen lernen können. Aber natürlich sollen die Impulse nur vom zugeordneten Wearable gesteuert werden."

Verständnislos zuckte sie mit den Schultern. „Wegen der Kontrolle sollten die Chips nur von einem Sendegerät in unmittelbarer Nähe angesteuert werden können. Aber irgendjemand hat die Funkreichweiten nachträglich erhöht. Jetzt können die Chips über große Entfernungen hin angesteuert werden."

Mila zog die Stirn in Falten. „Bedeutet das, dass man auf Menschen einwirken könnte, ohne dass sie davon wissen?" Er nickte.

„Und wenn man Nerven aktiviert, kann man sie auch deaktivieren. Habe ich das richtig verstanden?", fragte sie. Er nickte wieder.

„Das bedeutet aber doch im Extremfall, dass man auf große Entfernung hin Menschen manipulieren oder sogar töten könnte, habe ich recht?"

„Kein Mensch will andere Menschen töten, Mila. Der Chip soll dazu dienen, die Menschen gesund zu machen. Mit allem kann man Menschen töten, sogar mit diesem Brotmesser hier", rief er aufgebracht und warf das Messer auf den Tisch.

„Aber irgendjemand hat wohl andere Pläne. Und wenn ich es richtig sehe, geht derjenige über Leichen. Mord per Fernsignal ist ja dann in Zukunft supereinfach. Am besten, man installiert den Menschen diese Chips gleich, wenn sie geboren werden. Und wenn sie zu alt sind – zack, abgestellt." Sie war aufgesprungen und hatte die Hände zu Fäusten geballt. Einen Moment lang war Stille im Raum. Sebastian wand sich.

„Es geht um ein sauberes Medizinprodukt, das Menschen helfen soll. Niemand von uns hat das gewollt. Ich weiß ja nicht einmal, ob es den Dieben tatsächlich darum geht. Vielleicht wollen sie die technische Innovation auch einfach nur verkaufen, wir hatten noch keinen Patentschutz."

„Das glaubst du doch selber nicht!", schnauzte sie ihn an und drehte sich um.

Mit einem Schritt stand er bei ihr und fasste sie bei den Schultern. Sanft schüttelte er sie. „Ich weiß es ja selbst, verdammt noch mal! Aber für viele Menschen wäre der Chip eine Chance auf ein würdiges Leben gewesen, man hätte sogar todgeweihten Menschen helfen können. Klar haben wir die Risiken unterschätzt. Aber jetzt ist es nun mal so, und wir müssen sehen, wie wir diese Schweine zur Strecke bringen!"

Sie schwieg verstockt und schüttelte seine Hand ab.

„Die Typen sind hinter Daten her, die Thilo wahrscheinlich kopiert hat und mir geben wollte. Vermutlich sind in den Daten Beweise für die Hintermänner. Dummerweise suchen sie die Daten nun bei mir. Die sind sogar in meine Wohnung eingebrochen", sagte Sebastian leise.

Mila ließ sich in den Sessel am Kamin fallen und stütze die Stirn in die Hände.

„Aber du hast den Datenträger von Thilo doch gar nicht bekommen. Kann es eine Kopie geben, die wir finden könnten?"

Sebastian schüttelte den Kopf. „Das Einzige, was ich habe, ist eine Kopie der Festplatte aus dem Rechenzentrum. Da könnten wir nach Hinweisen suchen."

„Wieso hast du eine Kopie? Ich dachte aus dem Lab geht nichts raus“, fragte Mila.

„Davon habe ich auch gar keine Kopie, sondern nur von dem normalen Rechenzentrum, wo die Mails ein- und ausgehen. Ab und zu habe ich mir die gemacht, weil ich sie außerhalb der Company haben wollte. Falls es mal brennt oder so. Ich weiß, das ist albern, wenn es brennt, haben wir ganz andere Probleme; aber jeder, der in der IT arbeitet, neigt dazu, sich immer noch mal irgendwo Kopien anzulegen. Ist vielleicht eine Art Kontrollzwang.“

„Und wo ist die Platte?“, fragte Mila tonlos.

„Ich habe sie in einem Schließfach versteckt. Aber außer dir weiß niemand, dass ich diese Daten habe. Das wusste nicht einmal Thilo.“

„Aber dann gehe ich jetzt zur Polizei. Das ist doch deren Aufgabe, die Täter zu finden. Ich kann nicht mehr nach Hause, die haben meine Tasche, meinen Schlüssel, alles.“ Ihr Mund zitterte.

Sebastian ging zu ihr hinüber und hockte sich neben ihren Sessel. Er berührte ihren Arm. Sie zuckte zurück.

„Mila. Bitte. Lass uns ganz in Ruhe besprechen, was jetzt passieren muss.“

Er blieb neben ihr hocken und griff nochmals nach dem Arm. Diesmal ließ sie ihn gewähren. Sanft strich er über ihre Haut.

„Ich will einfach ganz normal weiterleben. Ich will gar nicht wissen, wer hinter der Sache steckt.“

Verzweifelt stützte sie ihren Kopf in die Hände und starrte auf den Fußboden.

Er legte seine Hand auf ihre Schulter und drückte sie für einen Moment besänftigend, dann stand er auf und ging zurück zum Fenster.

„Das waren absolute Profis, die monatelang an diesem Übergriff gearbeitet haben. Es waren keine ambitionierten Hobby-Hacker, die in einer Garage bei einer Flasche Bier sitzen und mal eben das Forschungscenter der Reto AG knacken. Wir haben mit einem Team von mehr als 20 Topentwicklern in 48 Stunden nicht einmal einen Hinweis gefunden. Wenn wir nicht gewusst hätten, dass wir definitiv nach einem Angriff suchen mussten, hätten wir an einen normalen Programmierfehler geglaubt. Wir hätten das niemals entdeckt!"

Mila saß zusammengekauert in ihrem Sessel, die Arme um den Bauch geschlungen, als habe sie Krämpfe.

„Und dann haben die einen Fehler gemacht, eine winzige Unachtsamkeit. Thilo schaltet sich ein, er hat nur eine Ahnung, stochert ein bisschen herum. Und was machen diese Typen? Sie heuern in kürzester Zeit Profikiller an, um Thilo und mich umzubringen. Die sind skrupellos."

Er machte eine Pause. „Die werden sich nicht von der Polizei aufhalten lassen. Und wir haben keine Beweise. Thilo ist angeblich in Asien. Die simulieren sogar seine Anwesenheit in einem anderen Land. Du hast es selbst erlebt, die Polizei glaubt dir nicht, obwohl du Thilo gesehen und identifiziert hast!" Seine Stimme wurde immer erregter. „Aber selbst wenn wir die Polizei einschalten, was passiert denn dann? Die fangen an zu ermitteln, haben keine IT-Profis. Sind die überhaupt in der Lage, die Hintermänner zu entdecken? Und wie lange brauchen die? Vier Wochen? Sechs Monate? Und was passiert mit uns? Wir sind in der ganzen Zeit in Gefahr. Wo wollen wir denn bis dahin untertauchen?“

Irritiert schaute er sie an. Sie legte einen Finger auf ihren Mund und riss die Augen auf. Was war das für ein weißer Schatten, den sie im seitlich angrenzenden Wald gesehen hatte?

„Sebastian, da sind diese Typen!“

Erregt sprang sie aus dem Sessel und rannte zum Fenster. Hektisch suchte sie mit den Augen den Waldrand ab. Sie standen mitten auf dem Präsentierteller. Da war niemand, sie sah nichts. Sebastian war ihr gefolgt, reflexartig griff er nach ihrem Arm und zog sie in Richtung der Terrassentür.

„Verdammt, Sebastian, wir kommen hier nicht weg. Wir sitzen hier in der Falle!“

„Gibt es irgendwas auf dem Grundstück, was ich nicht gesehen habe? Eine Waffe? Irgendwas, mit dem wir uns verteidigen können? Mila! Gibt es hier irgendwo ein Auto?“ Seine Stimme überschlug sich.

„Es gibt nur das Boot. Am Steg. Ich weiß gar nicht, ob es noch fährt.“ Sie schob die Terrassentür auf und rannte zum Steg. Er griff das Brotmesser vom Tisch und rannte hinter ihr her. Mila riss die Persenning herunter, die mit einem unschönen Laut ins Wasser fiel. Sie sprang ins Boot und sah, dass hinter dem Haus ein Auto vorfuhr. Sie mussten sich beeilen. Sebastian sprang hinter ihr her und schnitt das Seil durch, mit dem das Boot am Steg vertäut war. Sie kniete sich auf den Boden, griff ein Paddel und stieß das Boot mit aller Kraft vom Steg ab, heraus aus dem dichten Schilfrohr. Sebastian riss gewaltsam am Anlasserseil. Beim dritten Versuch sprang der Motor stinkend und mit lärmendem Geknatter an. Er richtete das Ruder aus, schob den Geschwindigkeitsregler auf die höchste Stufe und legte sich neben Mila auf den Boden, so flach wie möglich, halb über sie. Das kleine Boot zog jammernd und tuckernd auf dem Wasser davon, erschreckend langsam. Mila lag auf der Seite, sie sah hinter sich den Steg, der sich allmählich entfernte, der Kerl mit der Hornbrille rannte jetzt darauf zu. Er hatte eine Waffe in der Hand, schoss blindlings auf das Boot. Ruckartig duckte sie sich. Sebastian hatte schon Höchstgeschwindigkeit eingestellt, schneller fuhr der Kahn nicht. Mila betete, weitere Schüsse fielen, peitschten auf das Wasser, zwei Kugeln schlugen ganz nah hinter ihnen ein. Wieder Schüsse, diesmal zu weit entfernt, sie waren außer Reichweite.

# Kapitel 23

„Erik, was machst du da? Lass mich sofort los!“, kreischte Jana und ließ vor Schreck die Edelstahlschale fallen. Mit lauten Getöse schepperte das Metall über den Fußboden. Sie versuchte, die Hände des Mannes zu fassen, der immer fester an ihren Haaren riss und unverständliche Laute ausstieß.

„Erik, lass mich los!“, heulte sie und trat nach dem Mann.

Milena stürmte aus dem Waschraum, noch barfuß und ohne Pullover. Sie hatte geduscht und war gerade dabei gewesen, sich umzuziehen, als sie Janas Schrei gehört hatte. Mit einem Blick erfasste sie die Situation. Sie rannte auf ihre Kollegin zu und nahm sie in den Arm.

„Sch, sch“, machte sie. „Reg den nicht auf, der kommt sonst nicht runter.“

Jana heulte. „Der Typ ist doch vollkommen irre. Der soll mich loslassen.“

„Jana, versuch ruhig zu werden, sag’ nichts und beweg dich nicht. Ruhig. Ganz ruhig.“ Sie ging um Erik herum und näherte sich ihm von der anderen Seite. Ganz sachte legte sie ihm wieder die Hand auf die Schulter und begann wieder ihren Kindergesang, der ihn offenbar beruhigte. Erik schloss die Augen. Jana weinte unhörbar. Sie stand gebückt neben dem Mann, der in seinem Sessel saß und noch immer seine Hände in ihrem Kopf verkrallt hatte.

„Erik, du bist jetzt auch ganz ruhig. Lass die Haare los. Du musst keine Angst haben.“ Ganz vorsichtig begann Milena, die einzelnen Finger des Mannes umzubiegen, der jetzt keinen Widerstand mehr leistete.

Es dauerte nur eine Minute, bis Jana endlich aus dem Griff des Mannes befreit war. Sie rannte quer durch den Raum und ließ sich auf einen Stuhl fallen. Sie weinte. Es war noch nie passiert, dass einer der Menschen, die sie hier betreuten, handgreiflich geworden war. Bisher hatten sie immer darauf geachtet, dass zwei Betreuer im Raum waren. Sie schüttelte den Kopf und schwor sich, nie wieder allein an einem Menschen zu arbeiten. Das war ihr eine Lehre. Dabei hatte Erik immer harmlos gewirkt. Dass er Psychosen hatte, hatte sie schon vermutet. Aber seine Anfälle hatten sich noch nie gegen andere gerichtet. Allmählich kam sie zur Ruhe.

„Danke Milena. Wenn du nicht dagewesen wärst, ich weiß gar nicht, was ich dann gemacht hätte.“

„Ich war aber da. Ich bin immer da, das weißt du doch.“ Die ältere Frau streichelte immer noch Eriks Schulter, der wieder ganz apathisch in seinem Sessel saß. „Aber jetzt ist die Sache zu weit gegangen. Wir rufen den psychiatrischen Notdienst. Erik muss in eine Behandlung. Vorhin hat er schon einen schlimmen Anfall gehabt, da hätte er genauso gut einen Unfall verursachen können. Und wenn er nun anfängt, handgreiflich zu werden …“

Sie schüttelte den Kopf und wollte zum Tresen gehen, um die Nummer des Notdienstes herauszusuchen.

Jana lachte schon wieder. „Vielleicht solltest du dich vorher zu Ende anziehen. In BH und Hemdchen siehst du zwar allerliebst aus, aber vielleicht möchtest du den Anblick nicht jedem gönnen."

Milena schaute erschrocken an sich herunter und eilte mit einem kleinen Entsetzensschrei in den Waschraum.

Dr. Marx vom psychiatrischen Notdienst traf in weniger als einer halben Stunde ein. Er untersuchte Erik, der immer noch Symptome von Panikattacken zeigte und sich zunächst heftig gegen den Arzt wehrte. Der Arzt sprach sehr ruhig auf den Patienten ein und beobachtete ihn dabei sorgfältig. Es dauerte ziemlich lange, bis es dem Arzt gelang, dem Patienten ein Beruhigungsmittel zu verabreichen. Eriks Körper entspannte sich sofort merklich und seine Krampfanfälle ließen nach.

„Es ist gut, dass Sie mich geholt haben", sagte der Arzt. „Ich denke, der Patient hat Angstpsychosen. Allerdings ein ziemlich schwerer Verlauf, nach dem, was Sie berichtet haben. Und er war bis jetzt eher unauffällig?"

„Er kommt eigentlich regelmäßig hier vorbei. Er holt sich etwas zu essen und bleibt manchmal auch ein paar Stunden hier sitzen. Er ist immer ganz in sich gekehrt, spricht mit niemandem und schaut keine anderen Menschen an. Und er vertraut meiner Kollegin Frau Gadebusch sehr. Sie hat ihn jetzt auch zur Ruhe gebracht", sagte Jana.

„Ja, vielleicht sind Sie seine einzige Vertraute. Es ist wichtig für Patienten mit Angstpsychosen, wenn sie vertraute Personen um sich haben. Er ist obdachlos, sagen Sie?"

Milena nickte. „Er scheint irgendwo eine feste Bleibe zu haben, aber wo, wissen wir nicht. Er trinkt auch nicht. Und er isst nur Milram Schmelzkäse, Champignon. Das müssen Sie noch wissen, sonst wird er Ihnen in der Klinik verhungern."

„So, Herr Hallauer, Sie sind also wählerisch beim Essen. Das ist ja gut zu wissen. Aber wir müssen mal schauen, dass Sie auch noch andere Nährstoffe bekommen, sonst fallen Sie uns noch ganz vom Fleisch."

Der Arzt legte dem Patienten fürsorglich eine Hand auf die Schulter. Erik schaute zu ihm hoch und zeigte so etwas wie ein Lächeln.

„Na, da sehen wir doch schon, dass es Ihnen besser geht, wenn Sie nicht diese schrecklichen Ängste aushalten müssen." Dr. Marx wandte sich den Frauen zu. „Wissen Sie, was bei ihm besonders angstauslösend ist?"

„Ungeziefer, Spinnen, so was. Da beginnt er zu schreien, wenn so ein kleines Vieh hier über den Boden läuft."

Der Arzt nickte. „Gut. Wir bestellen jetzt einen Krankentransport. Ich werde Herrn Hallauer stationär aufnehmen. Wollen wir mal schauen, ob wir ihn medikamentös auf die Beine bringen. Aber es wird schwer für ihn, wenn er obdachlos ist und niemanden hat, der ihm hilft."

Er machte eine bedauernde Geste und zog sein Mobiltelefon aus der Tasche.

„Es dauert nicht lang, bis der Wagen kommt. Passen Sie doch bitte kurz auf meinen Patienten auf. Er wird jetzt ruhig bleiben. Ich gehe nur mal eben vor die Tür, meinem Laster frönen", sagte er mit einem gespielt bedauernden Schulterzucken und beförderte er seine Schachtel Marlboro aus seiner Brusttasche. Er schnippte eine Zigarette aus der Pappverpackung und ging damit vor die Tür.

# Kapitel 24

Kommissar Thiede saß an seinem Computer und schrieb den Bericht über das Telefoninterview zu Ende. Er hatte in der Zwischenzeit eine Reihe von Nachforschungen angestellt, ohne jedoch entscheidend weiterzukommen. Aus einer plötzlichen Eingebung heraus rief er bei Emilia Markberg an. Er gestand sich ein, dass er nur nach einem Anlass gesucht hatte, sie anzurufen. Der Ruf ging durch, ohne dass jemand abhob. Er hinterließ eine Nachricht auf der Mailbox und ärgerte sich im gleichen Augenblick, denn seine Begründung war fadenscheinig. Na gut, immerhin konnte er ihr mitteilen, dass Feller lebte und es deshalb nicht möglich war, dass sie ihn im Wald gesehen hatte. Er stellte sich schon vor, wie er ihr diese Nachricht in einem netten Café überbringen und sie anschließend fragen würde, ob sie nicht Lust hätte, ihn abends auf einen Drink zu treffen. Vielleicht wäre sie gleich damit einverstanden, er würde sie schick einladen und nach Hause fahren. Wer weiß, vielleicht konnte er sie sogar dazu bringen, dass sie ihn noch zu einem Absacker in ihre Wohnung einlud. Sehr verlockend. Aber die falschen Gedanken zu dieser Tageszeit.

Plötzlich ging die Tür mit einem Schleifen auf, Sondermann stand im Türrahmen.

„Hier ist gerade eine Meldung hereingekommen."

Seine Stimme war gespannt. Thiede zuckte ertappt zusammen, eine unangenehme Hitze breitete sich auf seinem Hals aus.

„Sebastian Gordon wurde in der Nacht im Krankenhaus Waldfriede mit einer Schussverletzung in der Notaufnahme behandelt. Er war in Begleitung einer dunkelhaarigen Frau. Er sollte stationär aufgenommen werden, doch sie sind einfach abgehauen. Sie waren vollkommen verdreckt und sehr verstört, hieß es. Wahrscheinlich standen sie unter Schock. Die Frau mit den dunklen Haaren kann doch nur die Markberg gewesen sein."

Thiede pfiff durch die Zähne. „Eine Schussverletzung! Hab ich dir nicht gesagt, dass an dem Fall was faul ist?"

Sondermann hob nicht einmal die Augenbrauen. „Besserwisser. Wir ermitteln ja schon. Der Mann hatte einen Streifschuss am Oberarm, da ist er noch einmal glimpflich davon gekommen. Ruf mal bei der Frau an."

„Schon erledigt. Habe vorhin Frau Markberg und Herrn Gordon routinemäßig angerufen, es war aber nur die Mailbox dran."

„Du hast die Zeugin angerufen, bevor du diese Meldung hattest?" Er grinste seinen Kollegen anzüglich an. „Einfach so? Um mal zu hören, wie es der Kleinen geht? Oder hast du dich verknallt?"

Thiede holte tief Atem. Sondermann konnte einem ganz schön auf den Wecker gehen. Er klappte sein Notizbuch auf und blätterte.

„Ich glaube ebenfalls, dass es sich bei der Frau in Gordons Begleitung um Frau Markberg handelt“, sagte er förmlich und ließ sich nicht anmerken, dass sein Kollege ins Schwarze getroffen hatte.

„Ich habe bei ihrer Arbeitsstelle nachgefragt. Da ist sie heute ohne Abmeldung nicht erschienen, was normalerweise nicht vorkommt. Ihr Chef hat ausgesagt, dass sie sehr zuverlässig sei. Sie kann ihre Arbeitszeit zwar frei einteilen, hält sich aber normalerweise an die Kernzeiten. Sie hat auch nicht auf Büromails reagiert. Die Kollegen fanden das ungewöhnlich. Eine Freundin von ihr, Andrea Dumler, macht sich Sorgen, die beiden scheinen ein enges Verhältnis zu haben. Markberg hat sich auch bei ihr nicht mehr gemeldet. Und jetzt kommt's: Frau Dumler wusste von der Leiche, sie hat ausgesagt, dass sie auf eigene Faust Nachforschungen angestellt hätten. Sie haben bei der Reto angerufen und sich nach dem Verbleib Fellers erkundigt.“ Er ließ das Notizbuch sinken und schaute seinen Kollegen bedeutungsvoll an.

„Oh Mann, wie blöd sind die Leute eigentlich?“, schnaubte Sondermann. „Lass uns Markbergs Wohnung inspizieren, vielleicht finden wir dort irgendeinen Hinweis.“ Schon im Gehen sprach er weiter. „Okay, dann ist die Frau also mit Gordon untergetaucht. Wir müssen uns beeilen, irgendjemand ist hinter denen her, der um sich ballert. Ich verstehe nur nicht, warum sie sich hier nicht melden. Hat die Handyortung was ergeben?“ Thiede schüttelte den Kopf.

Die Kommissare fuhren zu Milas Wohnung und trafen dort den Eigentümer an. Ein älterer Herr, elegant mit einem dunkelblauen Jackett und einem weißen Einstecktuch. Ein sehr zierlicher Mann, wie eingeschrumpft. Früher war er Galerist, weshalb auch im Treppenhaus einige Originalgemälde hingen. Der Mann war sehr aufgeregt, dass die Polizei bei ihm auftauchte. Auf ihr Bitten hin war er bereit, die Wohnung seiner Mieterin zu öffnen, für den Notfall besaß er einen Zweitschlüssel. Die Eingangstür zeigte keine Spuren eines Einbruchs. Die Wohnung machte einen aufgeräumten, geordneten Eindruck, auch hier gab es keine Spuren von Gewalt oder Flucht.

Routinemäßig schaute Thiede in den Abfalleimer und stellte fest, dass die Zeugin Kopien der Fotos von Thilo Feller besaß. Die musste sie von ihrem Schreibtisch im LKA mitgenommen haben. Mit einem unwilligen Schnauben zeigte er die Blätter Sondermann und verstaute seinen Fund in einer Plastiktüte. Plötzlich fiel ihm auf, dass Netzkabel auf dem Schreibtisch lagen, aber kein Computer oder Laptop zu sehen war.

„Wissen Sie, ob die Frau normalerweise einen Laptop benutzt? Oder ob hier sonst ein Computer steht?“, fragte Thiede den Galeristen.

„Wissen Sie, so oft war ich ja hier oben nicht. Also, wenn sie es genau wissen wollen, sie hat eine Putzhilfe, die weiß das bestimmt. Aber im Grunde, also ja, da steht sonst ein Laptop. Jetzt wo sie es sagen, bin ich mir recht sicher.“ Der kleine Mann hatte eine fahrige Stimme, als spreche er nicht oft.

„Kann es sein, dass jemand hier in der Wohnung war und das Gerät mitgenommen hat?“

Erschrocken blickte sie der alte Mann an. „Aber nein, das ist unmöglich, denn ich habe doch eine ausgezeichnete Alarmanlage, wissen Sie, ich besitze schließlich eine Kunstsammlung. Es kann doch niemand hier hereingekommen sein."

Dem Mann war anzusehen, dass er in diesem Moment schon selbst zweifelte. Kleinlaut ergänzte er, dass die Alarmanlage mit einem Sicherheitsschlüssel ein- und ausgeschaltet wurde. Jeder, der den Schlüssel hatte, konnte somit in das Gebäude gelangen. Er sah plötzlich erschüttert und noch kleiner aus. Sondermann versuchte, den alten Herrn wieder zu beruhigen. Es ging hier nicht um ihn oder seine Kollektion.

„Möglicherweise hatte Frau Markberg Kontakt mit gefährlichen Personen. Es ist leider denkbar, dass diese Personen hier in der Wohnung waren. Machen Sie sich aber keine unnötigen Sorgen, die sind nicht an Ihnen interessiert. Wir werden verstärkt Streifen vorbeischicken, die werden die Gegend überprüfen. Haben Sie hier irgendetwas bemerkt, vielleicht auffällige Personen, die sich in den letzten Tagen hier in der Umgebung aufgehalten haben?"

Der Galerist blickte entsetzt auf die Beamten und ließ sich in einen der Sessel fallen. „Ein Einbruch? Und Frau Markberg ist verschwunden? Oh, mein Gott. Wollen die denn Lösegeld?"

„Wie kommen sie denn auf Lösegeld?", fragte der Hauptkommissar.

„Na, Frau Markberg ist wohlhabend, also ich meine, nicht sehr wohlhabend, aber doch begütert. Die Familie Markberg hat die Markberg AG gegründet, der Name muss Ihnen doch etwas sagen. Ich kannte ihren Vater. Das heißt, genau genommen kannte ich einen guten

Freund ihres Vaters. Sie ist ja eine sehr nette Person, sehr kultiviert und so zurückhaltend. Sie hat nie Herrenbesuch. Ich meine, es geht mich ja auch nichts an. Die Eltern sind ja vor einem Jahr ums Leben gekommen, sehr tragisch. An der Amalfiküste. Mit dem Auto. Tragisch, tragisch. Ja, und da fragte mich mein Bekannter, ob Frau Markberg nicht bei mir wohnen könnte, wissen Sie, eigentlich vermiete ich nicht. Ich möchte mich nicht mehr ärgern und ich wohne doch auch selbst hier im Haus. Und dann ist sie eingezogen. Wie gesagt, eine sehr unauffällige Dame. Und was passiert denn jetzt? Ich meine, meine Kunstsammlung. Bin ich denn jetzt auch in Gefahr?"

Mit einem hilflosen Blick sah er abwechselnd die beiden Polizisten an.

Die Kommissare waren überrascht. Sie hatten bisher nicht in Erwägung gezogen, dass der Fall etwas mit Emilia Markberg selbst zu tun haben könnte.

„Was ist denn an der Amalfiküste geschehen?", fragte Thiede.

Der Galerist berichtete von dem Unfall. Damals habe das in den Zeitungen gestanden. Die Tochter habe sich von heute auf morgen in das Unternehmen einfinden müssen, denn der Vater war dort immer noch mehrheitsbeteiligt. Was er so gehört habe, habe sie das wohl sehr gut gelöst. Das sei doch für eine so junge Frau wirklich ganz erstaunlich. Irgendwie habe es aber doch Gerede gegeben. Der alte Markberg habe angeblich keinen Alkohol getrunken und wenn auch die Straßen dort eng seien, gebe es nur selten solche Unfälle. Einige hätten von Selbstmord gesprochen. Er habe sogar gehört, dass der Vater an Demenz litt, aber das wisse er nicht genau. Er erwähne das jetzt nur, weil es ja vielleicht für eine Entführung irgendwie wichtig sein könnte. Sondermann ermunterte den alten Mann, der betroffen und etwas ängstlich im Sessel saß.

„Ich habe mit Frau Markberg nie darüber gesprochen. Schließlich stand ich ihr nicht so nahe. Sie hat davon auch nie etwas erwähnt. Die Eltern sind dort bestattet. Also, ich meine in Italien. An der Amalfiküste. Die Mutter war Italienerin. Tja, nun, hoffentlich finden Sie sie bald wieder. Wollen Sie sich hier umschauen? Auch wenn das vielleicht nicht erlaubt ist, ich meine, wenn es ihr hilft, sollten Sie ja jede Spur prüfen."

Der Mann saß in dem Sessel mit überkreuzten Füßen und nestelte an seinen Manschetten. Sie fanden weder Handtasche noch Hauschlüssel oder ein Mobiltelefon. Es war anzunehmen, dass die Frau diese Dinge bei sich hatte, als sie die Wohnung verlassen hatte. Anscheinend hatten die Täter nur den Laptop mitgenommen, Wertgegenstände waren noch da, Bargeld und einige Silbergegenstände, die recht wertvoll aussahen. Thiede rief die Spurensicherung an, vielleicht hatten sie Glück und fanden etwas. Sie verabschiedeten sich freundlich von dem alten Herrn, der bang hinter seinem Gartenzaun stand und dessen traute, gesicherte Idylle plötzlich einen herben Riss bekommen hatte. Irgendwie tat er ihnen leid.

Von der Wohnung fuhren sie zum Krankenhaus Waldfriede, wo Sondermann und Thiede das Personal befragten. Es war sofort klar, dass die beiden nur mit dem Taxi geflüchtet sein konnten. Eine umständliche

Recherche bei den Berliner Taxiunternehmen ergab tatsächlich eine wichtige Spur. Nachdem sie lange hin und her telefoniert und etwas massiver geworden waren, erinnerte sich endlich ein Fahrer, dass er ein Pärchen am Vorabend spät noch nach Krampnitz gefahren hatte, und konnte ihnen die Straße nennen. Er erinnerte sich auch, dass die Personen zu seiner Überraschung mitten im Naturschutzgebiet abgesetzt werden wollten. Er hatte noch eine Weile hinter ihnen her gesehen und beobachtet, dass sie im Wald verschwunden waren, mitten in der Nacht.

Vor allem aber erfuhren sie, dass er das alles schon einmal berichtet hatte, schließlich hätte sich vor ihnen schon eine andere Polizeidienststelle nach den Flüchtigen erkundigt. Er habe denen schon alles gesagt und sie sogar nach Krampnitz geführt. Als sie ihn fragten, ob diese Beamten einen Ausweis gezeigt hatten, wurde der Mann verlegen. Er habe sich auch gewundert, weil die nicht wie Polizisten gewirkt hätten, ein bisschen zu aufgeregt, nicht so ruhig und abgeklärt wie Beamte. Naja, aber sie hatten die Fahrt anständig bezahlt. Die Männer seien in einem weißen Golf unterwegs, an das Kennzeichen könne er sich nicht erinnern. Nur, dass es aus Düren war.

Also vielleicht ein Leihwagen. Immerhin etwas. Der Taxifahrer konnte die Männer einigermaßen gut beschreiben, die Kommissare schickten ihn ins LKA, um ein Phantombild anzufertigen, zuvor musste er aber noch mit ihnen nach Krampnitz fahren und ihnen die Stelle zeigen, wo er abends die beiden Personen abgesetzt hatte. Parallel beauftragte Thiede einen Kollegen, bei der Leihwagenfirma das Kennzeichen in Erfahrung zu bringen und herauszufinden, wer es angemietet hatte.

Der Taxifahrer fuhr in den Potsdamer Norden voraus. Allmählich nahm die Besiedlung ab, die Gegend wurde waldreich und sie fuhren auf einer eichenbestandenen Allee, von der aus man immer wieder auf das Wasser der Havel sehen konnte. Endlich erreichten sie die Straße vor dem Vogelschutzgebiet, an der der Taxifahrer seine Passagiere abgesetzt hatte. Die Gegend war tatsächlich einsam. Sondermann fuhr langsam am Waldrand entlang und suchte nach einem Weg. Das Gebiet erwies sich als extrem weitläufig, sie hatten wenig Hoffnung, hier etwas schnell zu entdecken und waren umso überraschter, als sie schon nach wenigen Metern einen Weg sahen, auf dem frische Fahrzeugspuren zu sehen waren. Rasch lenkte Sondermann den Wagen in die Richtung und folgte den Spuren. Bald sahen sie eine Forsthütte durch die Bäume schimmern.

„Bingo“, sagte Sondermann. „Sieht ganz nach einer Datsche aus, die haben sich sicher hier versteckt.“ Sie zückten ihre Waffen und eilten auf die Hütte zu. Der Wildzaun stand offen. Davor hatte ein Fahrzeug gewendet, schwere Reifenspuren zeichneten sich im feuchten Waldboden ab. Vorsichtig schlichen sie zur Hütte, die idyllisch und friedlich auf der Wiese lag. Die entsicherten Pistolen im Anschlag, traten sie an die Tür heran, sicherten den Eingang und öffneten mit einem energischen Ruck die Tür. Sie war nicht verschlossen. In der Hütte befand sich niemand. Zwei Personen hatten hier übernachtet und gefrühstückt, aber es war nichts durcheinandergebracht, wahrscheinlich hatten die Täter ihre Opfer nicht mehr angetroffen. Auf dem Grundstück selbst konnten sie keine Spuren eines Kampfes entdecken. Mehrere Personen waren durch das hohe Gras zum See hinuntergelaufen, ansonsten stand das Gras unberührt hoch und wiegte sich sanft im lauen Wind. Am Ufer deutete das Loch im Schilfgrasgürtel darauf hin, dass dort ein kleines Boot gelegen hatte. Es schien, als hätten die beiden Personen es noch geschafft, zu flüchten. Kaum wahrscheinlich, dass sie immer noch damit herumtuckerten.

Thiede stocherte derweil im Gras herum und entdeckte einige Patronenhülsen. Er steckte sie für die Ballistik in eine Plastiktüte und hielt sie hoch wie eine Trophäe, damit sein Kollege sie sehen konnte.

„Wir müssen eine Fahndung einleiten", rief er zu Sondermann herüber, der an der Hütte nach Spuren suchte. „Patronenhülsen! Die werden von Killern verfolgt!"

# Kapitel 25

Der rothaarige Drubek saß in dem weißen Golf und lenkte das Fahrzeug Richtung Potsdam. Miller regte sich ungeheuer auf. Gordon und die Schlampe hatten doch schon in der Falle gesessen. Unerklärlich, wie sie es schaffen konnten, mit dem Boot zu flüchten. Hätten sie bloß nicht den hellen Wagen genommen, den hatten die im Wald garantiert gesehen. Sie hätten schneller laufen sollen. Drubek hörte nicht hin. Die waren eben getürmt. Er war zuversichtlich. Er besaß die Handydaten der Frau. Er hatte alle Kontakte, die sie in ihrer Datenbank verwaltete. Es war ein Kinderspiel. Nichts davon war abgesichert, kein Passwort, keine Sicherungssoftware. Sie hatten den Laptop, waren noch in der Nacht in der Wohnung gewesen. Da kauften die Leute sich unendlich teure Alarmanlagen und dann waren die einfach mit einem simplen Sicherheitsschlüssel gesteuert. Man brauchte ja nur einer Frau die Handtasche zu klauen und schon konnte man überall rein, wie dumm. Er hatte ihre Daten bereits in sein Ortungssystem eingebunden; wann immer die Frau nun eine der Nummer anrufen würde, konnte er sie zurückverfolgen. Das ging ganz schnell. Und dann konnten sie sie schnappen. Besonders die Banken hatte er im Blick. Früher oder später würden sie Geld brauchen.

Miller neben ihm schwieg ungut. Drubek zuckte innerlich die Schultern. Er hatte schließlich nicht danebengeschossen. Miller war viel zu aufgeregt gewesen, er war sowieso ein miserabler Schütze.

„Miller“, sagte er beruhigend. „Mach dir keine Sorgen. Wir finden die Zecken. Und dann kommen die weg.“

Er wandte sein rotfleckiges unbewegtes Gesicht Miller zu. Der zeigte keinerlei Reaktion und blickte starr geradeaus.

In Millers Innerem brodelte es. Die Lage schien miserabel zu sein. Er konnte sich nicht erinnern, dass der leblose Drubek jemals versucht hatte, ihn zu trösten.

# Kapitel 26

Das kleine graue Boot war mit höchster Geschwindigkeit Richtung Süden weitergetuckert. Sofort nach ihrer überstürzten Flucht waren sie hinter der Halbinsel verschwunden, außer Sichtweite der Killer. Sebastian hatte das Boot Richtung Wannsee gelenkt, wo sie zwischen all den Seglern, Motoryachten und Berufsschiffen nicht weiter auffielen. An einem Steg in Kladow legten sie an und liefen über einen schmalen Weg an einer Ausflugsgaststätte vorbei zur Bundesstraße, dort verkehrte eine Busverbindung nach Berlin. Sie sahen aus wie Landstreicher, Mila barfuß, Sebastians Hose war nass und hing schlotternd an ihm herunter. Endlich hielt ein Bus, der kaum besetzt war. Sebastian dirigierte sie zu einer freien Bank, auf die sie sich erschöpft fallen ließen. Blicklos schauten sie aus dem Fenster. Er legte seinen unverletzten Arm um Mila und zog sie tröstend zu sich heran. Ihnen gegenüber saß eine ältere Frau, die verstohlen und irritiert zu ihnen hinüber schaute. Fragend blickte sie auf Milas nackte, schmutzige Füße und zog ihre Einkaufstasche, die sie auf dem Schoß balancierte, dichter an ihren fülligen Busen.

Sie fuhren zur Kantstraße, einer stark bebauten, sehr belebten Straße in der Westberliner Mitte. An der Ecke Wilmersdorfer Straße stiegen sie aus, einer kleinen Fußgängerzone mit Kaufhäusern. Mila kaufte von Sebastians Geld billige Turnschuhe und Socken für sich und für

Sebastian eine Jeans. Anschließend gingen sie in ein Eiscafé, setzten sich in die letzte Ecke des kleinen Lokals und bestellten etwas zu trinken. Zuerst sprach keiner von beiden. Zu viel war geschehen. Mila hatte für sich noch nicht geklärt, wie sie die Information zu der Chiptechnologie bewerten sollte. Natürlich wusste sie, dass diese Technologie bereits angewendet wurde. Man las davon in der Zeitung, einige Menschen hatten solche Chips implantiert, weil das Gehör damit verbessert oder die Sehkraft gestärkt wurde. Im Grunde hatte Sebastian recht. Jede Technologie war Segen und Fluch zugleich. Es kam darauf an, wie man die Dinge einsetzte.

„Vielleicht ist es gut, dass du an solchen Technologie forschst. Mein Vater hatte Demenz. Vielleicht könnte man auch solchen Patienten in Zukunft helfen. Für mich war es ganz schlimm, dass ich das erst nach seinem Tod erfahren habe. Genauer gesagt, nach dem Tod meiner Eltern, denn sie sind durch einen Unfall beide ums Leben gekommen."

Mit abgewandtem Gesicht hatte sie gesprochen. Sebastian legte eine Hand auf ihre.

„Ich glaube, meine Mutter hat diese Krankheit vor mir verborgen, denn mein Vater war immer unser strahlender Held, wir haben ihn sehr geliebt. Im Jahr vor ihrem Tod hat meine Mutter mich ferngehalten. Damals habe ich das nicht bemerkt, ich sehe das erst jetzt, in der Rückschau. Wenn ich sie besuchen wollte, hatten sie was vor, sie selbst sagten Besuche in München bei mir kurzfristig ab, sie seien krank, irgendwelche Ausreden. Wie es so ist. Ich hatte viel zu tun, wollte meinem Vater beweisen, dass ich seine Tochter bin, dass ich alles kann, was er sich vorstellt. Die tolle Projektleiterin, die Riesenprojekte wuppte. Und dann denkt man natürlich, es hat alles noch Zeit. Dann sehen wir uns halt Weihnachten, und wenn es dann nicht klappt, ist es Ostern, und plötzlich ist das Jahr um. Und dann waren meine Eltern tot."

„Wann ist das passiert?", fragte er anteilnehmend.

Sie blickte hoch und sah ihm direkt in die Augen. „Im letzten Sommer. In Italien. Manchmal frage ich mich, ob meine Eltern womöglich Selbstmord begangen haben. Meine Mutter war eine ausgezeichnete Autofahrerin. Aber das Auto ist von der Straße abgekommen und einen Abhang hinuntergestürzt. Ich bin sicher, dass sie nicht wollte, dass das Bild von meinem Vater einen Riss bekam. Und alles nur wegen dieser Krankheit." Sie lachte bitter. „Sie war 62."

„Wie hast du denn dann überhaupt von der Krankheit erfahren?"

„In der Firma wurde darüber getuschelt. Niemand wollte es mir direkt sagen. Es wusste auch niemand etwas Genaues. Die italienischen Behörden haben Selbstmord oder Fremdverschulden recht schnell ausgeschlossen und damit war das Gerede auch beendet. Wahrscheinlich hätte ich konkreter nachfragen müssen." Sie zuckte mit den Schultern. Eine Weile schwiegen beide.

Er nickte. „Es tut mir leid, was deinen Eltern widerfahren ist. Es wird aber noch lange dauern, bis man wirklich etwas gegen diese Krankheit tun kann. Mit dem Chip können wir Alzheimer oder Demenz derzeit auch nicht behandeln. Es gibt zwar erste Ansätze, dass wir die degenerativen Prozesse im Gehirn verlangsamen können. Aber mehr nicht."

„Und jetzt? Jetzt sitzen wir hier und werden von Mördern verfolgt. Gehen wir zur Polizei oder was machen wir jetzt?“

Sie schaffte es, ihre Stimme sachlich klingen zu lassen, als ginge es um eines ihrer früheren Großprojekte. Auf einmal spürte sie eine lange vermisste Energie in sich aufwallen. Wahrscheinlich hatte sie sich jetzt lange genug in Berlin in ihrem Job versteckt. Ihr Vater hätte sie sowieso ausgelacht, das kleine Büro, in dem sie arbeitete, die harmlosen Aufgaben. Aber ihr Vater war nicht da. Er würde nie wieder da sein. Es wurde absolut Zeit, dass sie ihren eigenen Maßstab fand, nicht immer darüber nachdachte, was ihr Vater zu ihren Entscheidungen denken oder sagen würde. Mit einer Klarheit, die sie bisher nie hatte, wusste sie auf einmal, was sie eigentlich wollte. Ohne Angst wollte sie ihr Haus bewohnen, nach Krampnitz fahren, im Grunewald laufen oder mit diesem Mann ausgehen, wenn ihr der Sinn danach stand. Sie wollte diesen Roten und den Mann mit der Hornbrille hinter Schloss und Riegel wissen.

Sebastian schaute sie an und nickte leise mit dem Kopf.

„Es sieht ganz so aus, als hättest du einen Entschluss gefasst. Tapferes Mädchen.“ Er grinste sie an. „Ich habe mir was überlegt. Aber du musst sorgfältig darüber nachdenken, bevor du dich entscheidest.“

Sie hatte nicht bemerkt, dass sie eine ganze Weile geschwiegen hatte und offenkundig waren ihre Gedanken an ihrem Gesicht abzulesen.

„Du kennst meine Meinung. Die Polizei kann uns kaum helfen, ich habe jedenfalls zu denen kein Vertrauen.

Ich glaube vor allem nicht, dass sie uns wirksam schützen können. Die Mörder haben sogar dein Ferienhaus gefunden, darauf muss man erst mal kommen", sagte Sebastian.

Mila nickte. „Und die Adresse steht nicht einmal in meinem E-Mail Account, ich habe keine Ahnung, wie sie darauf gekommen sind."

Bei der Erinnerung daran, dass die Kerle in ihrem Haus waren, wurde sie aggressiv. Alles fühlte sich beschmutzt an. Die Täter hatten auf allem herumgetrampelt, was ihr heilig war.

„Wir haben jetzt zwei Möglichkeiten", fuhr Sebastian fort. Entweder wir gehen zur Polizei, die bestenfalls gerade beginnt, nach den Mördern zu suchen. Wir können uns unter Polizeischutz stellen lassen und irgendwie hoffen, dass man uns nicht abknallt wie Kaninchen. Oder wir versuchen selbst herauszufinden, wer hinter der Sache steckt. Das ist gefährlich. Aber wir haben eine Chance: Die Typen werden nie im Leben glauben, dass wir den Spieß umdrehen und nach ihnen suchen! Und ich weiß immerhin, wo wir anfangen können – bei der Reto AG selbst. Ich bin mir ziemlich sicher, dass wir auf dem Server der Reto Hinweise auf die Täter finden."

Mit seiner gesunden Hand schlug er leise auf die Tischplatte.

„Ich will dich nicht überreden, da mitzumachen. Ich möchte vor allem nicht, dass dir etwas passiert. Gerade deshalb will ich, dass du mitkommst. Ich möchte auf dich aufpassen."

Die letzten Worte sagte er leise. Sie antwortete nicht. Eine Weile lehnte sie sich zurück und sah dem Treiben auf der Straße zu. Jugendliche mit Skateboards, die mit ratschendem Getöse über eine kleine Mauer schlitterten, Männer mit Bierdosen, die rauchend am U- Bahn-Eingang standen und wohl nicht mehr zu tun hatten, als sich gegenseitig die Welt zu erklären. Frauen mit Töchtern, die vor den Auslagen von H+M und Zara stritten. Der Platz war ebenso groß wie schmuddelig, die Warenhäuser hatten ihre Werbung in großen Lettern auf die Scheiben geklebt, überall Sonderangebote. Spätestens jetzt sah man, dass der Sommer endgültig vorüber war.

Was für eine Entscheidung. Sebastian saß ihr gegenüber, der kleine Tisch trennte sie kaum. Sie spürte seine beruhigende Gegenwart, er vermittelte eine Sicherheit, die durch nichts zu begründen war. Er war schließlich nur ein IT-Tüftler und kein Geheimagent.

„Und wie stellst du dir das vor? Wonach suchen wir denn?“, fragte sie sachlich.

„Wir müssen untertauchen. Wir dürfen kein Lebenszeichen von uns geben. Keine Bekannten, keine Freunde kontaktieren. Nicht nach Hause. Das einzige Risiko, das wir nicht vermeiden können, ist, dass sie uns per Zufall irgendwo sehen und das ist nahezu ausgeschlossen in einer Stadt wie Berlin. Wir benutzen keine Kreditkarten, keine Handys, keine Datenkommunikation. Aber wir brauchen Geld. Wir müssen alles bar zahlen. Es wäre gut, wenn wir anders aussehen würden, vermutlich laufen wir den Tätern früher oder später über den Weg, da möchte ich nicht, dass sie uns sofort erkennen. Was hält du davon?“

„Ich will mein Leben wiederhaben“, sagte sie fest. „Bist du wirklich sicher, dass wir bei der Reto die Lösung finden?“

Er nickte und griff über den Tisch nach ihrer Hand. „Die Lösung kann nur dort liegen. Ich passe schon auf uns beide auf. Das verspreche ich dir."

„Gut. Und was machen wir jetzt?" Kurz erwiderte sie den Druck seiner Finger und löste sachte ihre Hand.

„Als Erstes müssen wir uns Bargeld besorgen. Ich habe ein Konto bei einer Internetbank, da kann ich nur an Automaten Geld abheben. Das ist zu gefährlich. Kannst du an Bargeld kommen? Wir brauchen außerdem eine größere Summe, mindestens 10.000 Euro. Hast du so viel flüssig?" Sie nickte.

Mit der U-Bahn fuhren sie nach Mitte, wo Mila ihr Konto bei der Deutschen Bank hatte. Zum Glück war ihr zuständiger Bankberater anwesend, sodass sie das Geld auch ohne Karte und Personalausweis ausgehändigt bekam. Sie hatten einen kleinen Rucksack gekauft, in den sie das Geld stopfte. Als Nächstes kauften sie in den Einkaufspassagen am Potsdamer Platz ein, dort gab es alle Geschäfte, die sie brauchten. Sie warf Haarfärbemittel in Kastanienrot für sich und Mittelblond für Sebastian in den Einkaufswagen, Hygieneartikel, Make-up in einer dunkleren Farbe, das stark abdeckte, eine Schere und eine Reisetasche. Sie zogen durch die Galerie und kleideten sich von Kopf bis Fuß ein, durchstreiften alle Geschäfte auf der Suche nach einer neuen Identität. Anschließend suchten sie eine Unterkunft und wurden schließlich bei einer Ferienwohnung fündig, deren Besitzer keinen Personalausweis und keine Kreditkarte sehen wollte, sondern Bargeld akzeptierte. Gut, dass sie sich auch einen kleinen Koffer gekauft hatten.

Sie sahen damit wirklich wie zwei Touristen aus, die mit schmalem Geldbeutel auf Berlineroberung waren.

Mila hatte einige Scheine in ihr neues Portemonnaie gesteckt, Sebastian einen größeren Betrag gegeben und den Rest in einem Beutel verstaut. Die Wohnung war wirklich hübsch, alles neu, sie verfügte zwar nur über ein Schlafzimmer, aber im Wohnzimmer stand noch eine Bettcouch, auf der Sebastian schlafen konnte.

Im italienischen Feinkostladen an der Ecke besorgten sie ein paar Lebensmittel und sogar eine Flasche Wein. Fast fühlte es sich wie ein Urlaub an. Touristen in der eigenen Stadt. Dann begannen sie, sich völlig neu zu erfinden. Mila färbte Sebastians Haare heller und schnitt sie kurz, was ihm ein überraschend seriöses Aussehen verlieh. Probehalber deckte sie mit dem Make-up das Augenhämatom ab, allerdings war das Ergebnis künstlich und würde nur auf größere Entfernung durchgehen. Ihr eigenes schönes Haar färbte sie in ein scheußliches Kastanienrot. Geschockt starrte sie im Spiegel das Ergebnis an. Sie schminkte sich stark und setzte sich eine dunkle Hornbrille mit Fensterglas auf. Sie sah vollkommen verändert aus. Die Haare hatte sie zu einem strengen Knoten aufgesteckt, die dunklen Augen, die sie mit einem dicken Lidstrich betont hatte, die Hornbrille und das Make-up machten sie sicher zehn Jahre älter. In einem Warenhaus hatte sie sich Kleidung in gedeckten Farben gekauft, die eher zu einer älteren Frau gepasst hätte und ihr außerdem zu groß war. Sie hatte sich noch Schulterpolster besorgt, weshalb ihre Figur gänzlich anders wirkte. Das Ergebnis war frappierend. Sie sah aus wie eine mittelalte Frau, unauffällig und unsichtbar.

Sebastian lachte, als sie aus dem Bad kam. „Du siehst toll aus, völlig verändert! In dem Aufzug könnten wir nicht mal Italienisch essen gehen, das sieht eher nach Schnitzel mit Bratkartoffeln aus!“

Mit gespielter Beleidigung knuffte sie ihn auf den gesunden Arm. Für Sebastian hatten sie einen grau-beigen, altmodisch geschnittenen Polyesteranzug gekauft, dazu ein hellkariertes Hemd. Die Hose mit dem weiten Beinschnitt schlotterte um seine muskulösen Oberschenkel. Dazu trug er beige Schuhe mit einer hellen Sohle. Seine Haare hatten durch das Färben einen Allerweltsfarbton angenommen, sandfarben, zusammen mit dem Anzug wirkte auch er vollkommen unauffällig. Man würde sie auf der Straße sehen und sofort wieder vergessen. Perfekt.

„Und jetzt?“, fragte Mila.

„Jetzt holen wir meine Festplatte vom Bahnhof Zoo. Und schleppen die Sachen hierher in unsere Höhle. Und dann machen wir uns was zu essen und verbringen einen netten Abend.“ Er lächelte sie jungenhaft an.

# Kapitel 27

Thiede setzte alle Hebel in Bewegung, um die Vermissten zu finden. Der Fall war noch immer nebulös und strotzte nur so vor Ungereimtheiten: Wer war der Tote im Wald, wenn es ihn tatsächlich gab? Wenn es sich um Thilo Feller handelte, wen hatten sie dann in der Videoschaltung gesehen? Die Ähnlichkeit war nicht zu bestreiten, trotz der schlechten Leitung. Wieso machten Killer Jagd auf Markberg und Gordon? War die Zeugin mit in die Angelegenheit verstrickt? Auf die Idee, dass auch Emilia Markberg etwas mit der Sache zu tun haben könnte, war er bis jetzt noch gar nicht gekommen. In jedem Fall musste er klären, ob es sich bei dem Mann in Asien wirklich um Thilo Feller handelte. Er würde jetzt in den USA Amtshilfe erbitten. Die Einwanderungsbehörde auf dem Flughafen in San Francisco würde den Mann mit Leichtigkeit herausfischen. Sie hatten schon mehrfach mit den Amerikanern zusammengearbeitet.

Er rief Katja Burmester an und ließ sich die Flugnummer sowie Fellers Ankunftszeit in San Francisco geben. Feller reiste erst am Sonntag weiter, er musste sich also gedulden. Er beantragte einen richterlichen Beschluss für die Einsichtnahme in die Passagierlisten der Airline. Er wollte sichergehen, dass dieser Feller auch tatsächlich nach Asien gereist war. Eine Kollegin war abgestellt worden, sich intensiv um das Umfeld der

Vermissten zu kümmern, Kollegen am Arbeitsplatz, Freunde und Bekannte zu befragen, aber weder Emilia Markberg noch der IT-Chef hatten ein Lebenszeichen von sich gegeben. Markbergs Freundin Andrea Dumler war mittlerweile aufs Äußerste besorgt. Sie hatte nicht einmal eine SMS oder eine WhatsApp-Mitteilung erhalten, obwohl sich ihre Freundin sonst mehrmals täglich bei ihr meldete. Im schlimmsten Fall waren Markberg und Gordon bereits tot.

Mittlerweile hatten sie das Kennzeichen des weißen Golfs ermitteln können, der zu ihrer Überraschung von Sebastian Gordon angemietet worden war. Da aber offenkundig die Täter nun das Auto fuhren, konnte das nur bedeuten, dass sie mit den Vermissten zusammengetroffen waren und die Täter das Auto an sich gebracht hatten. Wahrscheinlich in der Nacht, als Gordon angeschossen worden war. Mit der Spurensicherung in Markbergs Wohnung war man kaum weitergekommen: Massenhaft Fingerabdrücke unterschiedlichster Art, aber keine, die aktenkundig waren. Außer Gordons. Auch das Phantombild des Taxifahrers hatte keinen Treffer in ihrer Datenbank gebracht. Sie könnten das Bild veröffentlichen und auf Hinweise aus der Bevölkerung hoffen, aber das war wenig erfolgversprechend und würde eher dazu führen, dass die Täter untertauchten.

Er überlegte, ob die Sache doch irgendwas mit den verunglückten Eltern der Frau zu tun haben könnte – möglicherweise suchten sie an der völlig falschen Stelle. Mehr aus einem Instinkt heraus und weil seine Gedanken sich im Kreis drehten, öffnete er die Internetsuchmaschine und tippte den Namen Markberg ein. Die

Ergebnisliste war überraschend lang. Die Firma schien recht erfolgreich gewesen zu sein. Demnach musste die Zeugin Markberg eine vermögende Erbin sein. Ihre zurückhaltende Art nötigte ihm im Nachhinein Respekt ab, sie hatte das gar nicht heraushängen lassen. Endlich fand er auch Berichte über den tragischen Unglücksfall, Bilder von der Beerdigung, die die trauernde Tochter zeigten. Sie stand vor einer Kirche, die beeindruckend auf einem steilen Berg aufragte und von einer imposanten Treppenanlage erschlossen wurde. Letztlich erfuhr man daraus nichts Neues. Einige Berichterstatter stellten einen Unglücksfall infrage, ernsthafte Hinweise für einen Selbstmord oder für Fremdverschulden gab es aber wohl nicht. Natürlich ereigneten sich immer und überall tragische Unfälle, aber auf einer Landstraße an der Amalfiküste, an der man gar nicht schnell fahren konnte?

Er betrachtete die Bilder der Eltern. Georg Markberg war kein vergreister Mann, der ein Fahrzeug nicht mehr beherrschen konnte. In einem Zeitungsbericht war zu lesen, dass Markberg sehr familiär gewesen sei. Damit war es wohl wenig wahrscheinlich, dass die Ehepartner vielleicht in Streit geraten waren und die Frau ihm ins Steuer gegriffen hatte. Das Unglück hatte sich am frühen Abend ereignet, eine Sonnenblendung konnte also nicht ausgeschlossen werden. Andererseits fuhr niemand an einer scharfen Kurve einfach so geradeaus, vor allem dann nicht, wenn er ortskundig war. Womöglich ein Herzanfall? Das schien ihm am wahrscheinlichsten. Damals hatte keine Obduktion stattgefunden.

Mehr um diese Lösung auszuschließen, suchte er die Kontaktdaten der Markberg AG heraus und rief im

Vorstandssekretariat an. Er wurde mit der ehemaligen Sekretärin Markbergs verbunden, die lange für ihn gearbeitet hatte und ihm immer noch sehr verbunden war, das hörte man sofort heraus. Zu seiner Überraschung bestand sie darauf, mit ihm persönlich zu sprechen, und Thiede machte sich auf den Weg zur Firmenzentrale der Markberg AG am Hardenbergplatz. Eine gepflegte Dame mittleren Alters nahm ihn schon in der Eingangshalle in Empfang und schleuste ihn in einen der Besprechungsräume im Erdgeschoss, dessen Tür sie sorgfältig hinter sich schloss. Kaum dass er sich vorgestellt hatte und kurz berichtet hatte, dass er einen Fall untersuche, der möglicherweise mit dem Ehepaar Markberg in Beziehung stehe, überfiel ihn die Assistentin geradezu.

„Ich muss Ihnen sagen, dass ich froh bin, dass Sie gekommen sind. Mein Name ist Melitta Bernhard." Sie setzte sich, ohne ihm etwas zu trinken anzubieten. „Endlich jemand, der sich mit dem schrecklichen Unfall beschäftigt. Ich habe mich schon immer gewundert, warum niemand der Sache eingehender nachgegangen ist."

„Ich dachte, die italienischen Behörden hätten den Vorgang vollständig untersucht?"

Sie zuckte die Schultern. „Ich habe nicht den Eindruck. Vielleicht ist es ja auch egal. Aber ich glaube nicht an den Unfall. Ich bin sicher, dass es Selbstmord war. Oder vielleicht sogar Mord, wenn man ein Medikament als Mörder bezeichnen kann." Sie schnaubte durch die Nase.

„Was meinen Sie damit? Wie kommen Sie auf Mord?"

„Na, Sie sind doch auch nicht vom Straßenverkehrsamt. Sie haben ja einen Grund, hierher zu kommen.

Sie scheinen doch zu ermitteln, oder habe ich das falsch verstanden?"

Thiede zuckte mit den Schultern ohne zu antworten. Irritiert schaute die ältere Frau ihn an.

„Herr Markberg war in Therapie. Ermitteln Sie nicht gegen den Studienbetreiber? Durch die Therapie hat sich doch dieses Unglück ereignet. Ich bin mir sicher, dass diese Studie verantwortlich war für diesen Unfall."

„Erzählen Sie mir bitte der Reihe nach, was geschehen ist." Thiede setzte sich hin und zog einen Block aus seiner Tasche.

„Ich habe bald 30 Jahre für Herrn Markberg gearbeitet, damit gehöre ich eigentlich zum Inventar. Selbstverständlich kenne ich die Familie genau, die verstorbene Frau Markberg, sie war sehr warmherzig, sehr angenehm, liebte ihren Mann und ihre Tochter über alles. Emilia, die Tochter, kenne ich fast seit ihrer Geburt, ein prächtiges Mädchen oder besser gesagt eine prächtige junge Dame. So stolz und unabhängig."

Das hörte sich nach einer langen Geschichte an. Hoffentlich hatte sie am Ende wirklich etwas zu erzählen. Thiede schlug die Beine übereinander und warf demonstrativ einen Blick auf seine Uhr.

„Seit einiger Zeit hatte Herr Markberg leider Probleme. Er war nicht gesund. Eigentlich ein sehr feiner Mann, sehr kultiviert. Kritik und Missfallen hat er immer sehr moderat und in ruhigem Ton geäußert. Man hat ihm normalerweise nicht einmal angemerkt, wenn er verärgert war. Deshalb haben wir auch alle sehr gerne mit ihm gearbeitet, solche Chefs gibt es heutzutage gar nicht mehr. Aber ungefähr ein Jahr vor seinem

Tod hat er sich stark verändert. Unübersehbar. Er war plötzlich misstrauisch, ständig unterstellte er, dass Dinge nicht erledigt waren, obwohl das gar nicht stimmte. Man versuchte ihn dann zu beruhigen, ihm alles zu zeigen, aber nicht einmal das half, er zweifelte alles an. Ein Arbeitskollege hatte es besonders schwer – der Versuchsleiter für die Zahnfüllungsreihe. Er musste sogar entlassen werden, weil Herr Markberg nicht davon abzubringen war, dass der Kollege absichtlich falsche Stoffe untergemischt habe, um der Firma zu schaden."

Thiede nickte. „Ich habe im Internet gelesen, dass eine Zahnfüllung Unverträglichkeiten bei Patienten hervorgerufen hat."

In einem Interview hatte sich Markberg ausführlich zu diesem Vorfall geäußert. Die Patienten litten plötzlich unter Migräne. Nachdem die Zahnfüllungen entfernt waren, ließen die Beschwerden nach.

„Ja, der Vorgang ist mir bekannt und hat, wie Sie sich vorstellen können, auch einige Wellen im Vorstand geschlagen. Aber solche Probleme gibt es immer wieder einmal. Zahnfüllungen müssen nach dem deutschen Arzneimittelgesetz zugelassen werden und werden ausgiebig getestet. Trotzdem kann es in Einzelfällen Nebenwirkungen geben, das kennen Sie bestimmt. Die Presse hat das damals aufgebauscht. Wir nehmen so etwas ernst, aber wir analysieren das sachlich. Herr Markbergs Reaktion war völlig übertrieben."

Sie schlug die Augen nieder und betrachtete für einen Moment ihre sauber manikürten Hände. Auf dem Handrücken zeigten sich einige Altersflecke, sonst war die Haut noch ganz glatt.

„Wissen Sie, ich sage das alles nicht gerne und jeder hat auch mal eine schwere Zeit, aber Herr Markberg war plötzlich ziemlich vergesslich. Außerdem machte er einen sehr traurigen, geradezu depressiven Eindruck. Es ging so weit, dass sich sein Gesicht verändert hatte, die ganze Mimik war ein Ausdruck der Niedergeschlagenheit. Wir haben uns Sorgen gemacht, und eines Tages hat mich Frau Markberg ins Vertrauen gezogen. Sie hatte einen Psychiater eingeschaltet, aber ich musste ihr versprechen, der Tochter ja nichts zu sagen. Obwohl Herr Markberg noch relativ jung war, hat der Psychiater eine beginnende Demenz diagnostiziert. Deshalb hatte er wahrscheinlich diesen Kontrollzwang entwickelt. Ein enormer Schock, das können Sie sich vorstellen. Im Nachhinein könnte ich mich ohrfeigen, denn ich gebe mir eine Mitschuld an ihrem Tod. Ich hätte Emilia unbedingt einweihen müssen."

„Das könnte durchaus ein Motiv für einen Selbstmord sein", ergänzte Thiede.

„Ich bin hin und her gerissen. Er war doch in ärztlicher Behandlung! Und eigentlich kann ich mir nicht vorstellen, dass sie freiwillig aus dem Leben scheiden wollte. Sie liebte Emilia doch so sehr."

„Aber Fakt ist, dass beide tot sind."

„Ja. Aber vielleicht war es doch ein Unfall. Ich wünsche mir das so sehr." Sie sah auf einmal sehr traurig aus.

„Und was bringt Sie nun zu der Überzeugung, dass es sich nicht um einen Unfall handelte?"

„Das Seltsame war, dass die Behandlung ihn vollkommen veränderte. Ich habe das erst im Nachhinein richtig begriffen, es ist ja nicht so, dass man von heute auf morgen eine Veränderung bemerkt. Herr Markberg begann plötzlich mit Kraftausdrücken um sich zu werfen. Sie wissen sicher, was ich meine. Das hatte ich bis dahin noch nie von ihm gehört. Manchmal wurde er persönlich und hat mich beschimpft. Es ging so weit, dass er mich sogar einmal geohrfeigt hat."

Thiede zog die Augenbrauen hoch.

„Er hat sich nicht einmal entschuldigt. Eigentlich hätten da schon alle Alarmglocken schellen müssen."

„Welche Medikamente hat Herr Markberg denn genommen?"

„Ich weiß es nicht. Manchmal habe ich gedacht, ich kenne ihn gar nicht wieder. Er war auf einmal so arrogant, unnahbar. Er guckte einen an, als sei man gar nicht da. Ich kann das schwer beschreiben. Er interessierte sich für nichts und niemanden. Es ging nur noch um ihn."

„Vielleicht ist die Therapie nicht sofort angeschlagen, ich denke, das dauert doch eine Weile."

Sie wackelte unschlüssig mit dem Kopf, es war ihr sichtlich unangenehm, diese Details auszuplaudern.

„Herr Markberg hatte begonnen, tagsüber an seinem Arbeitsplatz schmutzige, Sie wissen schon, pornografische Filme zu konsumieren. Und er hat sich dabei selbst befriedigt. Dabei war es ihm sogar gleichgültig, ob jemand den Raum betrat", sagte sie leise.

Der junge Beamte pfiff leise durch die Zähne. „Ist das häufiger vorgekommen?"

Sie schüttelte den Kopf. „Vielleicht drei-, viermal. Das reicht ja."

„Und das hat er erst gemacht, nachdem er in der Behandlung war? Das kam also vorher nie vor, da sind Sie sicher?“

„Ja, sicher bin ich sicher.“ Sie machte ein bekümmertes Gesicht und zog die schmalen Schultern hoch. „Es gab aber auch die guten Tage. Er war ja nicht jeden Tag so. Ich habe ihn angesprochen und wenn er, wie gesagt, seine guten Tage hatte, war er verzweifelt. Er sagte, er könne das nicht kontrollieren, es sei eine Macht in ihm, die ihn vollkommen willenlos mache, wie ein Dämon. Ich habe mit seiner Frau darüber gesprochen, die glaubte fest daran, dass die Therapie helfen würde, und da habe ich es auch angenommen. Sie sind dann nach Italien gefahren, weil sie dachte, dass er einfach zu viel Stress habe, etwas Erholung brauche. Ich konnte doch nicht ahnen, dass so etwas passieren würde.“

Thiede sah, dass die Sekretärin am liebsten von ihm hören wollte, dass sie keine Schuld an den weiteren Geschehnissen traf. Aber wahrscheinlich hätte sie tatsächlich besser die Tochter informieren sollen. „Und Sie meinen, dass Herr Markberg den Freitod gewählt hat? Immerhin saß seine Frau mit im Wagen.“

„Aber Frau Markberg hat doch den Wagen gesteuert! Ich dachte, das wüssten Sie! Sind Sie nicht deswegen hier?“

„Nein, das wusste ich nicht. Dann meinen Sie also, dass Frau Markberg sich selbst und ihren Mann getötet hat?“

Melitta Bernhard wandte den Blick ab. Mit einem Finger malte sie die Maserung des Eichentisches nach. „So habe ich das noch nie gesehen. Aber im Grunde.

Ja. Sie haben recht. Ich bin überzeugt, dass sie sich und ihren Mann absichtlich in den Tod gerissen hat. Wie schrecklich! Frau Markberg war erst 62."

Die letzten Worte waren kaum noch zu verstehen.

„Es war richtig, dass Sie mir das erzählt haben", erwiderte Thiede. „Ich glaube nicht, dass Sie eine Schuld trifft. Und Sie meinen, dass dieses Medikament für die Veränderung verantwortlich war?"

„Ja genau. Das muss irgendein Teufelszeug gewesen sein, denn es hat seinen Charakter vollkommen verändert. Vorher war er durch die Krankheit ein depressiver, verwirrter, misstrauischer Mensch, er konnte einem leidtun. Aber durch die Behandlung wurde er eine brutale, seelenlose Maschine."

Thiede notierte ihre Aussage nachdenklich. „Wissen Sie, ob Herr Markberg oder die Firma Markberg etwas mit der Reto AG zu tun hat? Oder mit einem Herrn Thilo Feller?"

Die Assistentin dachte einen Moment nach und schüttelte den Kopf.

„Ich schaue gleich gerne noch mal in unsere Adressdatenbank, aber mir sagen die Namen gar nichts."

„Können Sie mir die Kontaktdaten von dem behandelnden Arzt geben?"

„Ja, sicher. Ich hoffe, dass der Ihnen weiterhelfen wird."

Thiede verabschiedete sich. Er wusste nicht genau, wohin ihn diese Ermittlungen führen würden, aber in jedem Fall würde er sich einen richterlichen Beschluss holen und mit dem Arzt ein ausführliches Gespräch führen.

# Kapitel 28

Der Mann Anfang 60 saß in einem fensterlosen Raum vor einer Kamera. Er wirkte vital, seine Gesichtshaut gebräunt, das Gesicht schmal, offenbar achtete er auf seine Ernährung. Vor ihm auf dem Schreibtisch stand ein Glas Wasser, das nur halb gefüllt war. Daneben stand eine Flasche Mineralwasser ohne Kohlensäure. Er war gut gekleidet, trug einen hellen Anzug, es war wohl warm draußen, was man in dem grau gestrichenen Büro nicht spürte. Sein weißes Hemd trug er ohne Krawatte, den obersten Knopf hatte er offen gelassen. Darunter sah man ein weißes Unterhemd mit rundem Ausschnitt. Der Mann schwitzte. Aus seiner Hosentasche förderte er ein blütenweißes Bauwolltaschentuch zutage, mit dem er sich die Stirn abwischte. Das Tuch legte er vor sich auf den Tisch und strich es glatt. Dann beugte er sich nach vorn und nahm einen Schluck Wasser.

„Ist die Kamera an?", fragte er in den leeren Raum. „Läuft die schon?"

Er zeigte mit dem Finger auf das Gerät und wandte sich um, aber er war allein. Mit dem Kopf näherte er sich der Kamera, konnte aber nicht feststellen, ob sie bereits lief. Er lehnte sich zurück, zog seinen Hemdkragen gerade und rollte die Schultern nach unten, als plage ihn ein Nackenschmerz. Seine Finger lagen ordentlich auf der Tischkante, eine Weile starrte er auf seine sauberen Nägel. Dann stand er auf, zog sein Baumwolljackett aus und hängte es um die Stuhllehne. Anschließend krempelte er seine Ärmel auf und steckte die Hände in die Hosentaschen. Langsam ging er in dem Raum herum, der bis auf den Schreibtisch, zwei Stühle und die Kamera leer war. An der Decke hingen zwei Rasterleuchten, die den Raum taghell ausleuchteten. Die Lampen verbreiteten ein relativ warmes Licht.

Georg Markberg blinzelte in das Licht und dachte fieberhaft darüber nach, wie man diese Dinger an der Decke nannte, aus denen das Licht herausströmte. Er wusste es natürlich, konnte es aber nicht aussprechen. Er hatte das oft in letzter Zeit, die Worte fielen ihm nicht ein. Ganz alltägliche Worte, die er jahrelang beiläufig gebraucht hatte. Und jetzt das. Das Wort war weg. Aber gleich würde er sich wieder erinnern. Es lag ihm auf der Zunge. Er musste es nur herausbringen. Er schloss die Augen. Da war eine Barriere in seinem Kopf, über die das Wort nicht springen wollte. Was war nochmal das Wort? Er blinzelte und blieb stehen. Und wonach suchte er überhaupt? Auf einmal war ihm der Anlass aus dem Blick geraten, er wusste aber, dass er etwas erinnern wollte, aber was war es?

Seine Schritte beschleunigten sich. Alles war von dieser Frage erfüllt, er musste unbedingt die Antwort finden. Diese Barriere, sie hielt alles auf, dahinter staute es sich in seinem Kopf, lauter Wörter, die den Ausgang nicht fanden und ihn jetzt verwirrten. Was genau war die Frage? Wie man die Lampen nannte? Hatte er nach dem Wort gesucht? Oder war es eine andere Frage gewesen?

Wie ein Rauschen und Summen lief es zwischen seinen Ohren hin und her. Der Gedanke, wo die Antwort zu finden war, war übermächtig, er hatte das Gefühl, dass seine Augen in sein Gehirn wanderten, dort alles absuchten, in jeden Winkel leuchteten, schauten, blickten, suchten, er spürte, wie das Blut in seinem Gehirn aufgewühlt wurde, wie alles rauschte – aber der verdammte Begriff war nicht zu finden. „Kerze" fiel ihm plötzlich ein, aber das war es nicht. Er wusste nicht, warum, aber das war nicht die Antwort. Lampe, Kronleuchter, Glühbirne, Laterne, Fackel, Strahler, Feuer, Sonne, Mikroskop, Elektronen, Licht. Warum dachte er über so etwas nach? Hatte der Arzt ihm eine Frage aufgegeben? War das schon ein Teil des Tests?

Schnell setzte er sich wieder auf den Stuhl. Seine Füße waren unruhig. Er sollte lieber aufstehen und sich bewegen. Leise scharrten die Schuhe auf dem Boden. Da gab es diesen Drang in seinen Beinen, wieder aufzustehen und herumzugehen. Dieses Sitzen war unerträglich. Er schnellte auf. Durch die heftige Bewegung musste er sich an der Tischplatte abstützen. Seine Beine waren etwas unsicher, er war ja auch schon 64. Oder war er nicht 72? Nein, 66, sicher.

In einer Wand war ein Fenster eingelassen. Dahinter war alles dunkel. Es waren nur ein paar Schritte bis zur Eingangstür, ein paar Schritte bis zum Schreibtisch. Der Raum war wohl recht klein. Er erinnerte ihn an etwas. Etwas, das lange her war. Dann fiel es ihm wieder ein und er lächelte.

Sein Gedächtnis funktionierte ganz ausgezeichnet, es war also alles in Ordnung mit ihm. Er musste sich gar keine Sorgen machen. Seine Frau hatte unrecht. Ganz genau konnte er sich plötzlich erinnern, wie das gewesen war damals, als er gerade zehn Jahre alt gewesen war. In der Schule hatte er nachsitzen müssen. Der Lehrer hatte ihm Kopfnüsse gegeben, weil er abgeschrieben hatte. Und dann hatte er in das Kartenzimmer gemusst, das war auch so grau gewesen, ohne Fenster. Georg Markberg lächelte weiter. Das Kartenzimmer. Welche Angst er damals gehabt hatte. Der Lehrer hatte nur Kopfnüsse verteilt, Schlagen war an der Schule verboten, die Eltern hatten es ihm eingeschärft, er sollte nicht geschlagen werden. Die Eltern waren stets gut zu ihm gewesen.

Das Kartenzimmer war nicht schlimm. Man musste nur darin sitzen und eine Aufgabe schreiben. Er hatte einen Text abschreiben sollen. Die Tür wurde abgeschlossen. Er durfte nicht gegen die Tür bollern. Er hatte zu warten, bis er wieder abgeholt werde. Der Lehrer hatte ihn streng ermahnt. Also hatte er alles abgeschrieben und dann noch einmal abgeschrieben. Er war längst fertig. Weil sich aber nichts tat, dachte er, es wäre besser, die Aufgabe noch einmal abzuschreiben. Und noch einmal. Auf sein vorsichtiges Klopfen hin hatte niemand die Tür geöffnet. Wie lange war er dort schon? Den Text hatte er dann wieder abgeschrieben. Niemand kam. Also hatte er beschlossen, noch einmal von vorn anzufangen und diesmal wollte er ganz sorgfältig schreiben, in seiner besten Schrift. Dann musste der Lehrer doch kommen. Er sprang auf und klopfte wieder gegen die Tür, diesmal rief er auch. Sein Bauch tat so schrecklich weh vom Einhalten. Niemand kam. Die beschämende Erleichterung, als er den Papierkorb entdeckte.

Die Tür ging auf. Er wandte sich um.

„Herr Markberg“, rief eine Stimme ihm besorgt zu. „Beruhigen Sie sich doch bitte, ich bin doch jetzt da!“

Der Arzt zog ihn vom Boden hoch. Er musste gestolpert und hingefallen sein, das hatte er gar nicht bemerkt.

„Sie müssen doch nicht gegen die Tür schlagen. Ich habe Ihnen doch gesagt, dass ich noch ein paar Minuten brauche.“

# Kapitel 29

Vom Hardenbergplatz fuhr Thiede nach Mitte, in die Schumannstraße zu einem historischen Backsteinfabrikgebäude aus dem 19. Jahrhundert, das bestens saniert war. Die Praxis befand sich im zweiten Obergeschoss. Nachdem er der Sprechstundenhilfe seinen Ausweis gezeigt hatte, musste er nicht lange warten, bis Prof. Dr. Hanebüchen für ihn Zeit hatte. Hanebüchen war Neurobiologe und Neuropsychiater, doppelt promoviert, etwa Mitte 50, ein jovialer Typ mit deutlich grauem, gewelltem und eher zu langem Haar, einer eckigen, recht großen Hornbrille und gebräunter Haut. Offenbar fand er neben seiner Arbeit ausreichend Zeit zum Golf spielen, wie man aus der in einer Ecke des Büros abgestellten Tasche schließen konnte.

„Was führt Sie zu mir, Herr Thiede?", fragte Dr. Hanebüchen mit einem Blick auf die Karte. „Möchten Sie etwas trinken?"

Er saß hinter einem weißen, tadellos aufgeräumten Schreibtisch, auf dem lediglich ein schmaler Computerbildschirm stand. Auf einem kleinen Schränkchen hinter ihm reihten sich Fotos in silbernen Rahmen, die seine Familie und ihn auf Reisen zeigten. An der Wand hingen Diplome und Zertifikate. Anscheinend hatte der Arzt auch in den USA studiert. Thiede ließ seinen Blick durchs Zimmer schweifen: Der Raum war groß und angenehm eingerichtet, der Boden bestand aus mattgrau geöltem Industrieparkett, unter einer zweiten Fensterfront befand sich eine Sitzgruppe für vier Personen, darunter ein heller dicker Teppich.

„Sie kommen vom Landeskriminalamt. Welches Dezernat?", fragte Hanebüchen aufgeräumt und ein wenig neugierig. Er spielte mit Thiedes Visitenkarte und legte sie dann ordentlich vor sich auf den Tisch.

„Dezernat 11. Ich ermittle im Fall einer vermissten Person. In dem Zusammenhang bin ich auf Herrn Georg Markberg aufmerksam geworden. Soweit ich weiß, war er Ihr Patient."

„Dezernat 11 ist die Mordkommission", stellte Hanebüchen trocken fest. Er wandte sich dem Computer zu und tippte den Namen ein. Prüfend schaute er am Bildschirm vorbei auf den Kommissar, als er die Krankenakte gefunden hatte.

„Georg Markberg ist tot. Er ist vor etwa einem Jahr bei einem Unfall ums Leben gekommen. Das werden Sie sicher wissen. Wurde Markberg denn ermordet?"

„Nein, wie gesagt ermitteln wir wegen einer vermissten Person. War Herr Markberg Ihr Patient?", wiederholte Thiede seine Frage.

Hanebüchen lehnte sich in seinem Sessel zurück, nahm die Brille ab, die er vor sich auf den Schreibtisch legte und faltete bedächtig seine Hände über dem nicht vorhandenen Bauch. Er war gertenschlank.

„Kommissar Thiede. Sie kennen doch die Spielregeln. Ich bekomme häufiger Besuch von der Polizei. Ich betreue viele Patienten, vor allem viele Patienten mit Persönlichkeitsstörungen. Sie wissen, dass ich Ihnen ohne richterliche Anordnung nichts sagen darf – auch nicht über Verstorbene. Haben Sie die dabei?"

Er schob die Brille in einen rechten Winkel zum Bildschirm.

„Dr. Hanebüchen, wenn ich eine Anordnung hätte, läge sie längst hier auf dem Tisch. Der Beschluss ist beantragt, und Sie wissen genauso gut wie ich, dass ich ihn bekommen werde. Wollen wir beide uns nicht etwas Zeit ersparen, und Sie sagen mir einfach, was ich wissen will? Es muss ja niemand erfahren, wann wir gesprochen haben", erwiderte er leichthin.

Hanebüchen hob die Augenbrauen und wackelte spitzbübisch mit dem Kopf.

„Das sind ja Sachen, tss, tss. Sie scheinen es ja wirklich eilig zu haben. Sagen wir es mal so: Ich erzähle Ihnen ein paar Geschichten aus meinem Leben, ganz allgemein natürlich. Wenn Ihnen das nicht reicht, müssen Sie wiederkommen, mit Ihrem Papierchen, ist das okay?"

Thiede nickte.

„In letzter Zeit kommen häufiger Patienten zu mir, die Demenz haben. Das ist eine sehr unschöne Diagnose. Unheilbar. Die Betroffenen enden als schwere Pflegefälle in geistiger Umnachtung. Eine große Herausforderung für die Patienten, aber auch für die Familien. Oft sind die Betroffenen in ihrer Lebensführung schon deutlich beeinträchtigt, wenn die Erstdiagnose gestellt wird. Dann ist es aber leider schon zu spät."

„Wieso zu spät? Ich dachte, dass man gegen die Krankheit sowieso nichts machen kann", erwiderte Thiede.

Hanebüchen neigte den Kopf. „Das stimmt nicht ganz. Mit den neuesten Medikamenten kann man zumindest den Prozess verlangsamen, was den Patienten einen Aufschub von mehreren Jahren bringen kann. Leider ist das Gehirn meist schon zu 50 Prozent geschädigt, wenn man die Erkrankung feststellt."

„50 Prozent!", rief Thiede überrascht. „Wieso merkt man das dann erst so spät?"

„Das Gehirn besitzt riesige Kapazitäten. Man schätzt, dass wir etwa 100 Milliarden Nervenzellen im Kopf haben, das sind enorme Reserven", fuhr Hanebüchen fort. „Alzheimer befällt zuerst die Großhirnrinde, die Oberfläche, die aussieht wie eine Walnuss. Zunächst werden die Bereiche geschädigt, die für abstraktes Denken zuständig sind, und dann befällt die Krankheit fast spiralförmig auch die anderen Areale. Das bedeutet aber auch, dass die nicht betroffenen Bereiche noch lange recht gut funktionieren können. Wir gehen davon aus, dass die degenerativen Prozesse bis zu 20 Jahre vor einer Erstdiagnose begonnen haben können und erst so spät diagnostiziert werden, weil sich die Ausfallerscheinungen erst dann zeigen."

„20 Jahre!" Beeindruckt schwieg Thiede einige Sekunden. „Und dann vergessen die Patienten alles Mögliche."

Der Arzt nickte. „Das ist am Anfang die auffälligste Veränderung. Man vergisst etwas, verlegt etwas, naja, da denkt man sich nichts dabei. Aber je nachdem, welche Region des Gehirns als nächstes betroffen ist, stürzen die Patienten in Depressionen, manche haben sogar Wahnvorstellungen, fühlen sich verfolgt, glauben, jemand wolle sie vergiften. Das liegt daran, dass es zu Fehlschaltungen im Gehirn kommt. Wenn ein Reiz das

Gehirn erreicht, wird nicht mehr die dazugehörige passende Synapse angesprochen, sondern irgendeine ganz andere. Das führt zu falschen Schussfolgerungen.

Zum Beispiel riecht der Patient etwas Süßes, denkt aber nicht an einen Apfel, sondern an verwesendes Fleisch. Und da das Gehirn darauf getrimmt ist, allem Erleben eine Logik zuzuordnen, entwickelt es sofort eine passende Geschichte dazu, nämlich dass die Haushälterin den Hund vergiftet hat und der verwesend im Kühlschrank liegt. So in etwa muss man sich das vorstellen.

Aus Sicht des Patienten ist das eine Realität, an die er felsenfest glaubt. Wenn dann der Hund mopsfidel wieder auftaucht, verwirrt das den Patienten natürlich zutiefst. Ich sage Ihnen, das ist ein ziemlicher Albtraum, nur dass man daraus nicht mehr aufwacht."

„Hört sich ziemlich spooky an. Sind Depressionen und Wahnvorstellungen typisch?"

Hanebüchen überlegte, bevor er zu einer Antwort ansetzte. „Depressionen ja, Wahnvorstellungen nicht unbedingt. Das Tückische an der Krankheit ist, dass viele Alltagsverrichtungen noch lange gut funktionieren, jemanden erkennen, sich ankleiden, essen, ein Gespräch führen. Allerdings registriert die Umgebung meist nicht, dass sie es schon mit einem sehr kranken Menschen zu tun hat, dessen Wahrnehmung stark gestört ist. Das führt dazu, dass Konflikte ausbrechen können, weil man irrationale oder aggressive Antworten vom Patienten erhält und die für bare Münze nimmt. Mit Fortschreiten der Krankheit verlieren die Betroffenen leider vollkommen die Orientierung und können kein selbstbestimmtes Leben mehr führen. Sie sind dann Pflegefälle."

„Und wodurch wird diese Krankheit ausgelöst?"

„Daran wird weltweit intensiv geforscht, doch bisher versteht man noch nicht, was genau die Krankheit auslöst. Man weiß lediglich, dass es zu Eiweißverklumpungen im Gehirn kommt, den sogenannten Prionen. Diese Verklumpungen zerstören die neuronalen Verbindungen und es kommt zu diesen Fehlschaltungen."

„Und es gibt nur diesen einen Verlauf? Die Krankheit lässt sich nicht stoppen?"

Der Arzt schüttelte den Kopf. „Da lässt sich nichts stoppen. Wenn Sie Glück haben, sterben Sie vorher an irgendetwas anderem – einem Herzinfarkt vielleicht, das ist vergleichsweise gnädig. Interessanterweise erkranken Demenzpatienten in aller Regel nicht an Krebs und umgekehrt. Ist ja auch mal ein Lichtblick, oder?"

Mit einem ironischen Lächeln spielte er mit der Brille auf seinem Schreibtisch. Er beugte sich nach vorn und sah Thiede direkt in die Augen.

„Demenz zerstört Sie. Es gibt keinen schlimmeren Feind als das eigene Gehirn, wenn es sich gegen Sie wendet. Unser Kopf spielt mit unseren tiefsten Ängsten, mit unseren Abgründen. Ich sage Ihnen, das hält niemand aus. Diese Krankheit nimmt Ihnen alles."

Er lehnte sich wieder lässig zurück und faltete die Hände über dem Bauch.

„Wie gesagt, ich habe kein Wörtchen über Herrn Markberg gesagt, alles ganz allgemein."

Zufrieden guckte er in die Luft, als habe er ein Kunststück vollbracht.

„Und wie weit war das nun bei Herrn Markberg fortgeschritten?", fragte Thiede ungerührt.

„Ich verletze die ärztliche Schweigepflicht wohl nur ein bisschen, wenn ich Ihnen verrate, dass Herr Markberg nur zweimal hier war. Zu Beratungsgesprächen. Begleitet von seiner Frau. Ich erinnere mich an den Mann, weil seine Firma ziemlich bekannt ist für Zahnarztzubehör. Die beiden waren sehr sympathisch, und ohne dass ich es geprüft hatte, war mein Eindruck, dass es noch ein leichterer Fall war. Etwas im ersten Drittel." Er studierte die Aufzeichnungen in der Krankenakte.

„Allerdings habe ich notiert, dass seine Frau von einer raschen Entwicklung gesprochen hat. Es gibt Formen, die sehr schnell voranschreiten. Die beiden sind leider nie wieder gekommen." Er hob bedauernd die Schultern und hob die Hände.

„Vielleicht habe ich sie mit der Diagnose zu sehr erschreckt. Demenz ist immer ein Schock für die Betroffenen."

„Woher wussten Sie dann so prompt, dass der Mann einen Unfall hatte?", fragte Thiede misstrauisch.

„Steht hier in meinen Unterlagen. Stand ja auch in allen Zeitungen. Immerhin war er mal mein Patient, wenn auch nur kurz. Schlimme Sache, dass er seine Frau da hineingezogen hat. Demenzkranke Personen können nicht mehr Auto fahren, aber dummerweise müssen sie ihre Krankheit erst einmal akzeptieren, wie gesagt, sie halten ihr Erleben ja für real."

„Der Mann ist nicht gefahren, sondern die Frau. Halten Sie einen Suizid für denkbar?"

Dr. Hanebüchen rollte sich mit seinem Stuhl zurück und schaute den Kommissar überrascht an.

„Sie meinen, die Frau hat beide in den Tod gefahren?"

Thiede nickte.

„Die Frage kann ich Ihnen nicht seriös beantworten. Demenz und Alzheimer sind verstörende Krankheitsbilder, und es ist zweifellos ein Prozess, bis die Angehörigen erkennen, dass der geliebte Mensch geistig krank ist und für seine Äußerungen keine Verantwortung mehr trägt. Aber dass man sich und den Partner umbringt?" Er schürzte zweifelnd die Lippen.

„Haben Sie eine Idee, ob der Mann anderswo in Behandlung gegangen sein könnte? Ich habe eine Aussage, dass er therapiert worden ist."

„Aha? Das ist interessant."

Er rollte seinen Stuhl wieder an den Schreibtisch heran und tippte etwas auf der Tastatur ein.

„Wann genau ist er gestorben?" Thiede nannte ihm das Datum.

„Dann war er etwa ein halbes Jahr vor seinem Tod bei mir. Wenn er danach sofort zu einem Kollegen gegangen ist und anständig behandelt wurde, müsste er eigentlich noch eine Weile einigermaßen stabil gewesen sein." Er rieb sich die Augen.

„Eine Zeugin berichtete, dass Herr Markberg infolge der Therapie extrem aggressiv und emotional kalt geworden sein soll, zuweilen sexuell ungehemmt. Er habe sogar seine Sekretärin geschlagen. Ist das typisch für die Krankheit oder eine mögliche Behandlungsfolge der medikamentösen Therapie?"

„Weder noch. Das habe ich noch nie gehört. Normalerweise werden die emotionalen Spitzen durch die Medikamente eher gedämpft. Es geht ja gerade darum, Depressionen und Aggressionen zu unterdrücken. Wissen Sie den Namen des behandelnden Arztes?“

„Deshalb sitze ich ja hier. Meines Wissens haben Sie die Behandlung geleitet.“

Dr. Hanebüchen schüttelte den Kopf, plötzlich zurückhaltend.

„Hören Sie, ich habe ihn nicht behandelt. Ich habe ihn nicht einmal ausführlich untersucht. Was Sie da schildern, ist äußerst ungewöhnlich. Und als Behandlungsfolge? Halte ich für ausgeschlossen. Was Sie beschreiben, ist eher typisch für einen Psychopathen. Wir sprechen allerdings lieber von einer Persönlichkeitsstörung, jedenfalls ist ein Psychopath emotional kalt, kann kaum Zuneigung empfinden, Liebe schon gar nicht, außer zu sich selbst. Dabei gibt es sanfte und harte Formen, leichte und schwere Fälle. Den Eindruck hat Herr Markberg aber in keiner Weise gemacht.“

Er überlegte. „Die Sache fängt jetzt an, mich ernsthaft zu interessieren. Glauben Sie, ich könnte mit der Person sprechen, die Herrn Markberg so erlebt hat?“

„Ich denke schon“, nickte Thiede.

„Dann sollten wir einen Termin machen. Der Fall ist merkwürdig, äußerst merkwürdig. Ich kann mir nicht vorstellen, dass ich mit meiner Diagnose so danebengelegen haben soll.“

# Kapitel 30

Nachdem Sebastian und Mila ihre Verkleidung angezogen hatten, stritten sie kurz darüber, wer von ihnen das Schließfach im Bahnhof Zoo ausräumen sollte. Schließlich bestand die Gefahr, dass die Mörder ihnen dort auflauern. Besonders originell war es nicht, etwas am Bahnhof zu deponieren. Am Ende setzte sich Mila durch, sie war unauffälliger als Sebastian, der trotz seiner Verkleidung leichter wiederzuerkennen war. Zu ihrer Überraschung lief alles völlig glatt. Sie betrat den überfüllten Bahnhof, marschierte zügig zum Schließfach, holte den Inhalt heraus, stopfte ihn in eine Plastiktüte und sah zu, dass sie schnellstens wieder verschwand. Der Bahnhof war riesig, überall gab es Bauarbeiten, es war ein beständiges Kommen und Gehen, selbst wenn die Killer hier gewesen wären, wäre es nicht leicht gewesen, sie abzupassen. Erleichtert trat sie auf den Vorplatz hinaus, Sebastian saß im Taxi und wartete auf sie. Sie hatten jetzt die Festplatte, die Sebastian in seiner Wohnung versteckt hatte.

Sie fuhren zum Theodor-Heuss-Platz, wo es ein großes Computerfachgeschäft gab. Dort kaufte Sebastian zwei neue Laptops und etliche Prepaid-UMTS-Karten, einen kleinen Drucker und diverses Zubehör wie Datensticks, einen CD-Brenner, außerdem weitere Prepaid-Handys. Der Verkäufer wurde von Minute zu Minute freundlicher. Sebastian hatte sich schon zuvor im Kopf eine Liste zurechtgelegt, was er alles brauchte. Mit etlichen Tüten bepackt traten sie aus dem Laden und ließen einen beglückten Fachhändler zurück, der sich über das merkwürdig aussehende Pärchen gewundert hatte, dessen männliche Hälfte sich aber in der IT-Welt besser ausgekannt hatte als er selbst.

Dann fuhren sie nach Mitte in ihr Appartement in der Brunnenstraße. Geschäftig baute Sebastian in der Wohnung alles zusammen, schob die leeren Verpackungen von einer Ecke in die andere und fluchte leise vor sich hin, weil ihm doch immer wieder etwas fehlte und er improvisieren musste. Mila machte sich derweil in der Küche zu schaffen und suchte in den Schränken nach Geschirr. Zwischendurch verschwand sie im Badezimmer. Das beruhigende Geräusch der Dusche vermischte sich mit dem klackernden Geräusch seiner Tastatur.

Erst als plötzlich leise klassische Musik aufklang, merkte er, dass sie wieder im Raum war. Sie hatte einen Kultursender eingestellt, auf einem schmalen Regal über der Anrichte thronte ein kleines Radio, das ihm gar nicht aufgefallen war. Überrascht blickte er auf und sah ihr zu, wie sie gut gelaunt die Leckereien, die sie in dem italienischen Feinkostenladen gekauft hatten, auf einer Platte anrichtete, das Weißbrot in den Ofen steckte und mit zwei Gläsern und der Flasche Rotwein zum Tisch zurückkam.

„Hast du Hunger?“, fragte sie und präsentierte die Flasche in ihrer Hand. Das feuerrote Haar verwirrte ihn, die Brille hatte sie in die Haare zurückgeschoben. Ihr herzförmiger Haaransatz in der Stirn war ihm bisher nicht aufgefallen. Sie sah merkwürdig fremd aus, sehr erwachsen. Ihre schmal geschnittene Jean saß ihr locker auf den Hüften und betonte ihre schlanken Beine. Ein weißes langes T-Shirt hing lose darüber und zeichnete so ungenau ihre Figur nach, dass man eine verlockende Vorstellung von dem schlanken, muskulösen Körper gewann und gleichzeitig nichts Genaues sah. Wie hatte sie es nur geschafft, innerhalb weniger Minuten in einem vollkommen unspektakulären Geschäft solche Klamotten auszusuchen? Ganz sanft duftete sie nach Zitronen.

Verwirrt lächelnd stand Sebastian auf.

„Ich lade dich gerne ein, Bella, wenn du vielleicht hier Platz nehmen willst." Er rückte ihr einladend einen Stuhl vom Tisch ab. Mit einer Hand griff er sacht nach ihrer Taille, die sich warm und straff anfühlte und schob sie auf den Stuhl zu.

„Ich bin ein geübter Kellner, setz dich einfach hin und entspann dich. Ich komme sofort, subito", strahlte er sie an.

Von der Küchenzeile holte er die appetitlich angerichtete Platte, Teller für sie beide, sogar an Servietten dachte er. Er stellte alles auf den Tisch, brachte Wasser und weitere Gläser, einen Korkenzieher. Mila hatte eine Kerze auf den Tisch gestellt, die er anzündete. Er goss Wein ein. Mit den Servietten und dem Porzellan schien es fast, als hätten sie etwas zu feiern. Mila häufte eingelegtes Gemüse und Vitello Tonnato auf ihren Teller. Mit einem Stück Weißbrot fuhr sie in der cremigen Soße herum, die sich als Spiegel auf ihrem Teller gebildet hatte. Gleichzeitig plauderte sie über Nebensächlichkeiten, das Essen, ihre Reisen nach Italien. Sie kannte sich in dem Land sehr gut aus. Sebastian spürte, wie er sich in ihrer Gegenwart entspannte, zum ersten Mal seit Tagen. Ihr Gesicht war heiter und gelöst, ein inneres Strahlen ging von ihr aus, das den ganzen Raum erfüllte.

„Du scheinst richtig Hunger zu haben“, bemerkte er, während er beobachtete, wie die tropfenden Delikatessen in ihrem Mund verschwanden.

Kauend lachte sie und nickte. Sie leckte ihren mit Thunfischsoße bekleckerten Finger ab. Plötzlich richtete sie ihre lavendelblauen Augen direkt auf ihn, und da erst merkte er, dass er sie angestarrt hatte. Er nahm seinen Wein hoch und prostete ihr zu. Langsam stand Mila auf, holte noch etwas Wasser von der Anrichte und löschte im Vorbeigehen sanft die Kerze. Sie schaltete das Radio aus. Mit einem Mal war die Ausgelassenheit einer Ernüchterung gewichen, als habe plötzlich jemand kaltes Neonlicht eingeschaltet.

Im Grunde war Sebastian dafür sogar fast dankbar. Sie mussten konzentriert bei der Sache bleiben. Unbedingt. Leider. Aber er hatte eine Idee davon, wie es hätte sein können. Mit leisem Stöhnen trug er sein halbvolles Weinglas zur Spüle, schüttete es in den Abfluss und stellte die Laptops auf den Tisch. Sofort sah das Zimmer wie ein Büro aus. Mila holte sich einen Pullover und setzte sich neben ihn. Konzentriert blickten beide auf den Bildschirm.

„Was suchen wir denn jetzt?“, fragte sie.

„Das ist ein Teil der Festplattenkopie aus dem Rechenzentrum. Darauf befindet sich der gesamte E-Mail-Verkehr der letzten vier Wochen. Für den Zeitraum kann ich sehen, was, wer, wann, an wen geschrieben hat.“

„Und du glaubst, dass da irgendwas wichtiges dabei ist?"

„Was Thilo entdeckt hat, muss auf dem Unternehmensserver zu finden sein, denn er hatte keinen Zugang zum Lab. Ich kann nur hoffen, dass er seine Entdeckung erst in den letzten vier Wochen gemacht hat oder zumindest in der Zeit Datenspuren hinterlassen hat. Es muss hier Hinweise geben, es kann nicht anders sein."

Er öffnete die Kopie des E-Mail-Servers, in der eine unüberschaubare Anzahl von Nachrichten abgelegt war. Konzentriert begann er zu suchen, gab Schlagworte ein, fahndete nach Kennwörtern, saß angespannt über den Laptop gebeugt und machte sich parallel dazu Notizen auf einem Block. Er war so versunken, dass er nicht einmal wahrnahm, dass sie nach einer Weile gähnend aufstand und ins Schlafzimmer verschwand.

Ab und zu stand Sebastian auf und holte sich etwas zu trinken aus dem Kühlschrank. Zum Arbeiten mochte er extrem kalte Cola, das hielt ihn wach. Er versuchte vorsichtig seinen mittlerweile schmerzenden Nacken zu dehnen, allerdings ohne nennenswerten Erfolg. Er kannte das. Spätestens morgen würde er den Nacken kaum bewegen können. Alte Programmiererkrankheit.

Draußen war es jetzt dunkel. Er zog die Vorhänge zu und schaltete alle Lampen ein. Spät in der Nacht ging er auf die Straße und kaufte sich an einem 24- Stunden-Späti Nüsse, Chips, Cola, lauter Junkfood – etwas, das er schon seit Studententagen nicht mehr getan hatte. Um die aufkommende Müdigkeit abzuschütteln, lief er ein paarmal um den Häuserblock.

Am nächsten Morgen lag Sebastian angezogen auf dem Sofa, auf dem Tisch angebrochene Tüten und Packungen, aus denen einiges fehlte. Er schnarchte leise. Der Computer blinkte noch immer, er hatte ihn nicht abgeschaltet. Der Schreibblock war vollgekritzelt, in der Spüle standen gebrauchte Espressotassen und der Vorrat an Kaffeekapseln war sichtbar geschrumpft. Durch ein leises Geräusch geweckt, drehte er sich abrupt um, blickte kurz auf und sah eine schlanke Frau im Türrahmen stehen, die ihm ironisch zulächelte.

Er brauchte eine Sekunde, um sich zu erinnern, dass das Mila war, mit gefärbten Haaren.

„Sieht nach einer langen Nacht aus. Hast du überhaupt geschlafen? Ich hoffe, es hat sich gelohnt", sagte sie munter und räumte Tassen und Teller in die Spülmaschine.

Schlaftrunken nickte er, dehnte sich kräftig und ging ins Bad. Durch die dünne Tür hörte er, wie sie ein Frühstück zusammenstellte. Sein Rücken tat weh. Das Sofa war ziemlich unbequem gewesen. Schnell duschte er und zog wieder die Polyesterhose mit dem karierten Hemd an. Die Sachen waren ziemlich verknittert, er hätte sich gestern Nacht ausziehen sollen. Barfuß kam er ins Zimmer, seine Socken schienen sich selbständig gemacht zu haben, jedenfalls hatte er sie nicht im Bad gefunden. Es entging ihm nicht, dass Mila ihn lächelnd musterte. Er tat, als bemerke er das nicht und setzte sich an den Tisch.

„Du musst dich rasieren", sagte sie und grinste ihn an. „Zu dem Aufzug passt kein Dreitagebart."

„Oh Mann, lass mich erst mal Kaffee trinken. Ich muss wach werden." Ungerührt stützte er seine Ellbogen auf den Tisch und blies in die dampfende Tasse, die Mila auf den Tisch gestellt hatte. Die Rechner hatte sie beiseitegeschoben, um Platz für die Frühstücksteller zu machen. Er griff nach der Zuckerdose, rührte zwei Löffel Zucker in seine Tasse und schwieg. Ihren gespannten Blick ignorierte er. Mit einer Hand angelte er sich eine Scheibe Weißbrot aus dem Körbchen und griff nach dem Marmeladenglas. Geruhsam begann er, die Scheibe mit dem roten Gelee zu bestreichen.

„Sebastian, spann mich nicht so auf die Folter! Was hast du herausgefunden?“, platzte sie heraus.

Das rechte Auge war wieder leicht der Nasenspitze zugewandt. Er zog die Mundwinkel herunter.

„Im Grunde nichts Konkretes“, knurrte er. „Hinweise, dass Thilo etwas von der Sabotage im Lab wusste, habe ich nicht gefunden. Davon hat er wohl erst durch mich erfahren. Ich würde ausschließen, dass er damit etwas zu tun hatte. Aber er hat mit jemandem in merkwürdigem Kontakt gestanden; die Nachrichten und Daten, die er mit diesem Adressaten ausgetauscht hat, wurden nahezu vollständig gelöscht.“

„Konntest du herausfinden, was für Daten das waren?“

„Nein. Ich kann nur sehen, dass es ziemlich große Datenmengen waren. Nach der Größe zu urteilen, würde ich auf Bilder oder Filme tippen. Und ich kann sehen, wann alles gelöscht wurde. Thilo hat die Informationen irgendwoher bekommen, sie abgespeichert und die Quelle sofort vernichtet. Übrigens sehr professionell. Auch die Protokolle, die auf dem Server mitgeschrieben werden und solche Vorgänge erfassen, wurden gelöscht. Thilo war aber gar kein IT-Nerd. Jemand muss ihm das konkret gezeigt haben. Aber das ist jetzt Spekulation. Diese ganze Sache läuft seit mindestens einen Jahr."

Mila nickte nachdenklich mit dem Kopf. Sebastian trank einen Schluck Kaffee und schaute suchend über den Tisch. Wortlos stand Mila auf, ging an den Kühlschrank und kam mit einer kalten Coke zurück. Dankbar und überrascht lächelte er sie an.

„Ich kenne das", sagte sie. „Kalte Cola hilft gegen Stress. Wenn man keine Schokolade hat."

Sie lehnte sich an die Anrichte und schlug die Beine übereinander. Sebastian trank die Cola direkt aus der Flasche.

„Wenn er mich doch damals nur ins Vertrauen gezogen hätte, würde er vielleicht noch leben", sagte er dann. Der Satz hing im Raum wie ein schlechter Geruch.

„Ehrlich gesagt scheint mir dein Freund nicht ganz sauber gewesen zu sein", sagte sie leise und blickte Sebastian fest an. „Es tut mir leid, dass ich das sagen muss, denn du scheinst sehr an deinem Freund zu hängen. Auch wenn wir nicht genau wissen, was vorgefallen ist, ist doch der Umstand, dass er Daten über den Firmenrechner bekommen hat, die er anschließend löscht, sehr merkwürdig. Vielleicht ging es um Industriespionage. Vielleicht hat er heimlich deine Entwicklung verkauft." Sie setzte sich zu ihm und legte eine Hand auf seinen Arm.

Sebastian presste seine Lippen zusammen. Er zog die Schultern hoch.

„Zumindest passt dazu, dass jemand in der letzten Zeit unser Programm manipuliert hat."

Mila nickte. Er trank den letzten Schluck Cola aus und zog einen Laptop heran.

„Was hast du vor?"

„Ich gehe jetzt online auf den Zentralrechner der Reto!"

Sie zuckte zusammen. „Spinnst du? Wenn du auf dem Rechner online suchst, kann man doch unseren Computer orten oder etwa nicht?"

„Yep. Du hast gut aufgepasst", sagte er mit ironischem Seitenblick auf Mila. „Unser Zugriff wird registriert. Ich kann mich aufgrund der Sicherheitsstruktur der Reto nur mit einem bekannten Passwort anmelden. Und da die Täter garantiert jede Registrierung kontrollieren, werden die mich ziemlich schnell bemerken. Dann stehen wir digital gesehen auf dem Präsentierteller. Man kann unseren Rechner zurückverfolgen und uns orten. Aber das dauert natürlich, ich kann nur nicht genau sagen, wie lange."

„Sebastian, ich finde, du musst das mit mir besprechen! Wir sollten uns nicht von der Wohnung aus einloggen."

„Der Ort ist egal. Wir müssen nur die Wohnung nach einer bestimmten Zeit sofort verlassen und dürfen hier nicht mehr aufkreuzen. Ich brauche aber dieses ganze technische Equipment für den Zugriff. Und ganz so schnell werden die nicht kommen. Die müssen uns bemerken und dann hierherfahren, ich meine, durch den ganzen Verkehr hier in Mitte. Das dauert ohnehin am längsten."

„Woher willst du das denn wissen? Wir haben doch keine Ahnung, wo die sind. Was ist, wenn die sich zufällig hier in der Nähe aufhalten?"

Die Zentrale der Reto AG war zwar mindestens 30 Autominuten entfernt, aber es bedeutete keineswegs, dass die Täter dort saßen.

Zerstreut nahm er die Finger von der Tastatur und dreht sich ihr zu.

„Mila, es gibt ein Risiko, das stimmt. Aber was sollen wir sonst tun? Die haben angefangen, den Server zu säubern. Bald wird man ihnen gar nichts mehr nachweisen können. Wer weiß, ob ich überhaupt noch was finde."

Er sprach langsam und ganz geduldig zu ihr und guckte sie dabei nachsichtig an. Das machte sie wütend.

„Ich glaube, du hast keinen Grund, mich wie ein dummes Kind zu behandeln. Ich verstehe sehr gut die Situation. Allerdings habe ich den Eindruck, dass du nicht ganz den Ernst der Lage überblickst. Vielleicht solltest du zunächst einmal Socken anziehen, damit du nachher nicht barfuß hier herausrennen musst."

Er schaute an sich herunter und lachte. „Okay. Du hast recht. Wir machen einen Plan. Ich werde maximal eine Stunde im System bleiben, mehr nicht. Du musst dir aber keine Sorgen machen, unser Rechner ist neu, wir greifen über das Mobilfunknetz zu, unsere Handys sind nicht persönlich angemeldet, wir sind also ziemlich anonym. Als erstes packen wir jetzt unsere Klamotten, damit wir nach dem Zugriff sofort verschwinden können."

Mila überlegte. Sie waren schon sehr weit gegangen. Vielleicht hatte Sebastian recht und es war richtig, die Flucht nach vorn anzutreten. Sie würden aus diesem Albtraum sonst womöglich nie mehr herauskommen.

„Aber dann mach dich erst fertig. Ich will wirklich so schnell wie möglich von hier verschwinden können", sagte sie. Zackig stand Sebastian auf, schlug seine nackten Fersen zusammen und legte die Hand an die Stirn, dabei ziemlich unverschämt grinsend. Er verschwand im Bad, Mila räumte die Reste des Frühstücks ab und ging anschließend ins Schlafzimmer, um ihre Sachen zu packen. Als sie wenige Minuten später zurückkam, saß Sebastian schon wieder am Computer und wirkte vollkommen unansprechbar. Seine Fähigkeit zur Konzentration war bemerkenswert. Sie ging ins Bad und zog ihre Verkleidung an.

Er schaltete den Computer ein, steckte eine Prepaid-UMTS-Karte hinein, aktivierte das System und schaute auf die Uhr. Vorsichtshalber schrieb er sich die Zeit auf. Mit Thilos Kennwort, das er vor einigen Tagen aus dem System mithilfe seiner Spähsoftware ausgelesen hatte, loggte er sich am Reto-Server ein. Er ging in den Datensätzen zurück zum letzten Wochenende, an dem Thilo ermordet worden war. Dort fand er nichts Auffälliges. Anschließend verließ er das Mailprogramm und ging wieder in das Datenverzeichnis der Reto AG. Jeder Mitarbeiter verfügte über einen zugewiesenen Speicherplatz, auf dem er persönliche Daten ablegen konnte. Zwar waren diese Bereiche mit Kennworten geschützt, aber die Administratoren konnten ohne größere Schwierigkeiten darauf zugreifen. Thilo war sicher nicht so dumm, dort etwas unverschlüsselt zu verstecken. Hier würde jeder sofort suchen. Sebastian dachte nach. Wie würde Thilo brisante Informationen ablegen? Vielleicht hatte sein Freund eine Spur gelegt, die nur er finden konnte. Aber wo? Hastig scrollte er herunter. In Thilos persönlichem Verzeichnis waren so viele Dateien, dass er sie unmöglich alle öffnen konnte. Es war denkbar, dass die gesuchte Datei einen vollkommen unverfänglichen Namen hatte. Sogar sehr wahrscheinlich.

Er erinnerte sich, wie sie früher als Studenten gealbert hatten, sie hatten hübsche Mädchen taxiert, vollkommen harmlos und kindisch. Aber damit niemand merkte, dass sie über Mädchen sprachen, hatten sie einen Code entwickelt, bei dem es für andere immer um Rom ging, die ewige Stadt. Sie hatten ein Bewertungssystem aufgestellt, das sie in Röm maßen. Kam eine langbeinige Schönheit vorbei, gaben sie ihr vielleicht 8 oder 9 Röm, mehr war so gut wie unmöglich. Im Beisein anderer sprachen sie dann über römische Architektur, ausladende Balkone, schlanke Säulen, jugendlicher Blödsinn eben.

Er tippte „10 Röm" ein. Das war es. Bingo. Thilo hatte ihm tatsächlich so etwas Ähnliches wie eine persönliche Nachricht hinterlassen. Es war wie ein schmerzlicher Gruß, den sein Freund ihm sandte. Vielleicht hatte er geahnt, dass ihm etwas passieren würde. Thilo hatte diese Daten für ihn versteckt. Sebastian fühlte sich auf einmal schrecklich einsam. Er fand etliche Bilddateien, wie er es schon vermutet hatte, außerdem zwei Videos und eine Audiodatei. Schnell zog er alles auf Datensticks, prüfte, dass er die Kopien auch tatsächlich öffnen konnte und löschte die Daten auf dem Server unwiderruflich. Er blickte

Mila an, die wieder neben ihm am Tisch saß und ihm wortlos zugeschaut hatte. Seine Stimme war gepresst, die Erregung über den Fund war ihm deutlich anzumerken. „Ich habe sie gefunden. Für diese Dateien ist Thilo ermordet worden."

# Kapitel 31

In dem großen Büroraum surrte die Klimaanlage leise und hielt den Raum konstant auf 16 Grad. An zwei Wänden standen mehrere große Datenschränke, vollgestopft mit Patchfeldern, Speicherplatten, Routern und Sicherheitselementen, die aufgeständert auf einem Doppelboden mit kühler Luft umspült wurden. Die einzelnen Komponenten waren sorgfältig und peinlich genau geordnet und mit Unmengen von Kabeln verbunden. In die Datenschränke liefen dicke Kabelbündel, die wie Luftwurzeln eines tropischen Baumes gewunden auf dem Boden lungerten. In der Mitte des Raumes standen einfache Tische, die mit Bildschirmen so vollgepackt waren, dass sich die Monitore gegenseitig im Weg standen.

Auf dem Boden stapelten sich leere Verpackungen von elektronischen Bauteilen, gleichgültig zusammengedrückt. In den Kisten türmten sich alte Werbeinformationen, Bedienungsanleitungen, Plastikverpackungen, Styroporchips, benutzte Papiertücher, Sandwichtüten, Kaffeebecher und zerknüllte Zeitungen. Unter einem kleinen zugehängten Fenster balancierte ein Tischchen, darauf eine nagelneue Kaffeemaschine, daneben eine Plastikdose mit feuchtem Kaffeesatz, der begann, Schimmel anzusetzen. Leere Wasser- und Colaflaschen standen und lagen rund um die Arbeitstische verstreut, achtlos beiseite geworfen. Alle Bildschirme waren eingeschaltet, zeigten unterschiedlichste Bilder, Dateien, Programme, Nachrichtensender, Außenbilder von Gebäuden, Innenraumaufnahmen, zumeist jedoch Datenbankausschnitte.

Ein Mann saß mit einer warmen Daunenjacke und einer Wollmütze bekleidet vor diesen Bildschirmen, schaltete mit mehreren Tastaturen permanent zwischen den Bildschirmen hin und her, wischte über Tablets, rief immer wieder neue Dateninhalte auf. Auf dem Tisch lagen eng bekritzelte Papiere, auf denen er von Zeit zu Zeit etwas notierte. Neben den Bildschirmen häuften sich aufgerissene Schokoladeverpackungen, Reste von Schokoriegeln klebten auf der Tastatur. Eine gebrauchte Kaffeetasse drohte ihren abgestandenen Inhalt auf Notizen und technische Geräte auszugießen. Unter dem Schreibtischstuhl welkten leere Pappschachteln vor sich hin, die einst asiatisches Fastfood beinhaltet hatten. Der fettige Geruch hing noch immer in der Luft.

Vollkommen unbewegt saß Drubek vor dem Bildschirmwald und nahm mit der Präzision einer Maschine die Inhalte in sich auf, kaum dass seine Augenlider blinzelten. Auf einem Monitor wurde Millers Aufenthaltsort eingeblendet, der sein Mobiltelefon zur Ortung freigeschaltet hatte.

Ein Schlüssel wurde in der Eingangstür herumgedreht. Mit einem entnervten Grunzen blickte er sich um und räumte die größten Abfallhaufen in den Papierkorb. Seine schwarz geränderte Kaffeetasse stellte er auf den wackeligen Tisch.

„Mann, das sieht ja hier aus wie im Schweinestall. Hast du hier die letzten Tage geaast? Es stinkt wie im Pumakäfig.“ Der Besucher ging zum Fenster und wollte es öffnen.

„Lass das. Sonst geht die Klimaanlage aus“, knurrte der Rothaarige mit tonloser Stimme. Genervt hob der Mann einige Verpackungen vom Boden auf und warf sie auf den Kistenstapel. Dann hielt er inne, die Müllansammlung war zu umfangreich. Kurz überlegte er, ob er wenigstens eine Tüte Abfall heruntertragen sollte, damit dieser Gestank nachließ. Aber ein Blick auf Drubek genügte, um ihm die vollkommene Abwegigkeit dieses Gedankens vor Augen zu führen. Der Rote glotzte schon wieder auf seine Bildschirme und wandte ihm ungeniert den Rücken zu. Das kannte er schon, in dem Zustand war der nicht ansprechbar. Der Gast schaufelte sich den zweiten Stuhl frei, versuchte die Papierstapel ordentlich auf einen nahe stehenden Schrank umzulagern. Die schnarrende Stimme unterband auch das sofort.

„Lass das, brauch ich noch. Such dir einen anderen Stuhl.“

Er hielt kurz inne, atmete hörbar aus und zog sich einen Stuhl aus dem Nebenzimmer heran.

„Hast du was gefunden?“ Auf kurze Fragen erhielt man noch am ehesten eine Antwort.

„Noch nichts.“ Offenbar hatte er sehr schlechte Laune. Plötzlich drehte sich der Rothaarige zu seinem Besucher um. Die wasserblauen Augen fixierten sein Gegenüber. „Was willst du hier?“

Der große hagere Mann stand auf und ging im Raum auf und ab. Die wasserblauen Augen folgten ihm unerbittlich, forschend. Endlich blieb er stehen und drehte sich zu dem Rothaarigen um.

„Hast du Gordon und diese Frau ausfindig gemacht? Es wird langsam Zeit, dass ihr diese Sache zu Ende bringt."

Drubek zuckte gleichgültig seine Schultern und beobachtete wieder stoisch seine Monitore. Bremer ärgerte sich. Bisher hatte alles reibungslos funktioniert, wenn man davon absah, dass diese beiden Idioten Gordon und die Frau noch nicht aufgetrieben hatten. Kalt schaute er Drubek an, der sich nie eine Gefühlsregung anmerken ließ. Wieso hatte er am Anfang bloß gedacht, dass diese Trottel wirklich Profis waren. Elende Stümper. Ärgerlich nur, dass er zu diesem Psychopathen Drubek immer noch freundlich sein musste. Bis jetzt hatten sie nichts geliefert. Außer dem toten Feller. Aber dass sie Gordon und die Frau noch nicht geschnappt hatten, war vollkommen inakzeptabel. Und die ganze Sache hatte Dimensionen angenommen, die sie nie hätte haben sollen. Von wegen Selbstmord. Die beiden hatten alles versaut. Bremers Mund nahm einen verächtlichen Zug an.

Es war kalt, er klappte seine Jackett Aufschläge über das Hemd. Er spürte das kalte Metall der Waffe an seiner Brust und zuckte kurz zusammen. Die Waffe steckte in der Innentasche. Es war das erste Mal, dass er eine Pistole mit sich führte. Der Geruch im Raum ekelte ihn immer noch an.

„Wo stecken denn Gordon und diese Markberg?", fragte er ohne besondere Betonung. Der Rothaarige drehte sich nicht einmal um.

„Was für ein Mist, dass sich die beiden immer noch irgendwo da herumtreiben. Ich bin wirklich sehr verärgert. Und die Daten? Hast du die Kopien gefunden? Sieh mal zu, dass du wenigstens hier etwas zustande bringst."

Drubek zeigte weiterhin keine Reaktion, was Bremer noch mehr aufregte. Aber er musste sich beherrschen. Er hätte sich bessere Partner aussuchen sollen. Keine Hinterhofganoven, die Spuren hinterließen wie Autobahnen. Auch wenn sie Fellers Stick schon übergeben hatten, änderte das nichts an der Tatsache, dass der irgendwo garantiert eine Kopie hatte. In der Wohnung war angeblich nichts zu finden gewesen. Hoffentlich hatten sie nicht auch da irgendetwas übersehen. Daten konnte man ja buchstäblich auf einem Fingernagel wegschleppen.

Seine Hauptsorge war im Moment eher der amerikanische Konzernchef, den er natürlich hatte informieren müssen, dass der Vorstandsvorsitzende vermisst wurde. Der Amerikaner hatte angekündigt, dass er Kollegen schicken wolle, offiziell zur Unterstützung der deutschen Niederlassung, aber in Wahrheit würden die hier jeden Stein umdrehen. Die Sache eilte jetzt also. Die Hauptversammlung stand in drei Tagen an, da konnte man solche Nachrichten nicht brauchen. Auch dass der Entwicklungschef verschwunden war, hatte die Firmenzentrale nicht gerade amüsiert. Dazu Gerüchte über die gescheiterte Chipproduktion – Bremer wusste, dass er keine Zeit mehr hatte. In ein paar Tagen würde es von Controllern aus dem Headquarter nur so wimmeln. Er musste Zeit gewinnen. Zwei, drei Tage.

Die Verkaufsverhandlungen mit den Chinesen über die Chipentwicklungen standen unmittelbar vor dem Abschluss. Danach würde er sich mit Riesengeld zur

Ruhe setzen, noch ein paar Monate arbeiten – vielleicht würde er sich krankschreiben lassen, vorsichtshalber hatte er schon seit einiger Zeit über unbestimmte Beklemmungen in der Brustgegend geklagt. Dass er immer überarbeitet war, wusste ohnehin jeder.

Auf dem Firmenrechner der Reto würde man jedenfalls Beweise finden, dass die Schuld allein beim ehemaligen Vorstandsvorsitzenden Thilo Feller lag. Dessen Tod deshalb wie Selbstmord hatte aussehen sollen. Beim Gedanken daran rollte wieder die Wut in ihm hoch. Das hatten diese Idioten jedenfalls 100-prozentig versaut. Um seinen Ärger zu beherrschen, stand er auf und ging ein paar Schritte in dem kalten Büroraum herum. Jetzt sah er nur noch die Chance, Gordon mit dem Mord zu belasten. Es musste so aussehen, als ob Gordon mit Feller unter einer Decke gestanden hatte und sich die beiden dann zerstritten hatten.

„Ich habe hier Daten", sagte er zu Drubek. „Spiel die mal auf das Reto Netz ein". Wenn diese Datei auf dem Server landete, würde sein netter Arbeitskollege Sebastian Gordon schwer belastet. Er selbst, Bremer würde später zu Protokoll geben, dass er so etwas eigentlich schon immer geahnt hatte, dass Thilos alter Freund nicht vertrauenswürdig gewesen sei. Und dann würde es die ganze Welt wissen. Feller und Gordon. Industriespione und Diebe. Man würde alle Beweise finden, dass sie das Chipprojekt sabotiert hatten. Außerdem hatte er Beweise auf den Stick gespielt, dass Gordon für den Mord an Feller verantwortlich war.

Er atmete tief ein. Gordon würde auch als Mörder dieser Frau gelten. Miller und Drubek waren seine Helfer, mit denen er sich ebenfalls zerstritten hatte. Die Sache wurde langsam ziemlich unschön, aber er musste es knallhart durchziehen.

Falls jemand in der Company nachforschen sollte, was genau die Ursache für die Chipstörung war, würde es so aussehen, als habe Gordon das programmiert. Er würde jetzt die Datei in Umlauf bringen und Gordon würde sich niemals reinwaschen können. Nach und nach würden die Beweise ins Netz gespült, nur allmählich wären sie aufzuspüren, nicht auffällig, man musste schon danach suchen. Aber wer einmal den Anfang hatte, würde die Spur sauber verfolgen können, an deren Ende die kriminelle Widerwärtigkeit seines Arbeitskollegen offenbar würde.

Wenn all das herauskam, was auf diesem kleinen Stick schlummerte, würde sicher jeder verstehen, warum Gordon sich umgebracht hatte. Vielleicht erhängt? Oder doch mit dem Auto vor einen Baum gerast? Die Sache hatte nur den einen Haken: Dazu mussten sie ihn erst einmal finden. Lebend. Es war ihm mittlerweile alles egal, notfalls würde die Geschichte auch noch funktionieren, wenn man auch Gordon nicht mehr fand. Dann galt er eben als untergetaucht. Die Fahndung würde keinen Erfolg haben und irgendwann kam die Sache zu den Akten. Aber er musste Gordon jetzt finden!

Die Polizei hatte er mit Sicherheit schon überzeugt. Die Show mit der Telefonkonferenz war wirklich super gewesen. Drubek hatte sich selbst übertroffen. Was man nicht alles aus alten digitalen Bildmitschnitten rekonstruieren konnte! Und die Hotels sahen ja nun weltweit alle gleich aus. Er war fast ein wenig stolz, als er daran dachte, wie bedeutungsvoll er eine ellenlange Nummer gewählt hatte, obwohl er nur nach Berlin verbunden wurde. Drubek hatte auch die Telefonschaltung umgeleitet. Und wie leicht sich die Polizei hatte hinters Licht führen lassen! Ein paar Orchideen und ein dunkelhäutiger Typ in einem Anzug hatten gereicht. Fast hatte er selbst geglaubt, mit Thilo zu telefonieren. Ein Glück, dass er geradezu manisch alle Daten archivierte – sogar alte Telefonkonferenzen mit Thilo. Drubek hatte das meisterhaft zusammengeschnitten, das musste man ihm lassen. Hatte immer wieder Störungen darüber laufen lassen, sodass Mimik und die Sprache nicht simultan waren. Ein echtes Bild von einem Toten. Da er allein mit den Kommissaren im Raum gewesen war, hatte auch niemand merken können, dass es nicht Thilos Stimme war. Miller war so nett gewesen, mit ihnen zu telefonieren. Es hatte ihn einige Mühe gekostet, Katja außen vor zu halten, sie hatte unbedingt dabei sein wollen.

Seine Gedanken wurden jäh durch Drubek unterbrochen, der einen weiteren Schokoriegel aufnestelte und geräuschvoll schmatzend eine Ecke abbiss. Krümel fielen auf seine Weste und Hose, schmolzen dort langsam zu hässlichen braunen Flecken. Er stand auf, schüttete sprudelndes Wasser aus der Mineralwasserflasche in den Tank der kleinen Kaffeemaschine, drückte auf den Knopf und ließ einen Espresso in die große schmutzige Tasse laufen, nachdem er den abgestandenen Rest einfach in einen Papierkorb gekippt hatte. Aus einer Tüte goss er kalte Milch darauf. Bremer wandte sich angewidert ab. Der Rothaarige trank in gierigen Schlucken und stellte die Tasse wieder an seinem Schreibtisch ab, wo sie zwischen den Notizzetteln herumkippelte.

Mit einem energischen Griff packte Bremer die Tasse und räumte sie auf den Kaffeetisch, außer Reichweite.

„Reg dich bloß ab. Gib die Tasse her."

Die monotone Stimme schnarrte, der Mann starrte auf die Bildschirme. „Sofort."

Gehorsam stellte Bremer die Tasse zurück, setzte sich wieder auf den Stuhl und schaute stumpf auf die Monitore. Auf einmal war Drubek angespannt, sein Oberkörper straffte sich, er fixierte einen Bildschirm. Dann begann er, in atemberaubender Geschwindigkeit nahezu gleichzeitig auf verschiedenen Tastaturen einzuhämmern. Auf dem Bildschirm erschienen Datensätze, Zahlenkolonnen, die nur Sekundenbruchteile aufblitzten und danach sofort wieder verschwanden, augenscheinlich wurden sie gelöscht oder zugleich anderswohin kopiert.

„Jemand saugt Daten ab. Das ist Gordon." Drubek hackte immer schneller auf die Tastatur ein, um den Standort des Eindringlings festzustellen.

Alarmiert sprang Bremer auf.

„Aber wir haben die Daten doch gar nicht auf dem Server! Wie kann er denn da die Daten absaugen?" Er hatte selbst gesehen, um welche Dateien es sich handelte.

„Das sind Fellers Kopien. War zu erwarten. Jetzt wissen wir wenigstens, wo sie stecken." Drubek hatte die Speicherorte markiert, die Feller genutzt hatte, und war dabei, diese Bereiche großräumig zu sichern, um wenigstens einen Teil der Kopien vor dem Zugriff zu retten.

„Wir brauchen die Daten nicht, verdammt noch mal! Die haben wir doch, das sind doch bloß Kopien!" Bremer schrie jetzt fast. „Versuch lieber, Gordon zu orten! Wir müssen den Kerl kriegen!"

Er riss sich zusammen, um nicht komplett auszurasten.

Der Rothaarige nahm die Finger von der Tastatur, kurz davor, ganz in sich zusammenzusinken. In einer Gemütsruhe, die Bremer fast um den Verstand brachte, drehte er sich um, stand von seinem Stuhl auf und ging langsam zur Kaffeemaschine, drückte wieder auf den Espressoknopf, griff nach der Milchpackung. Die Milch war leer. Langsam wandte er sich in Richtung Küche, um neue zu holen.

Bremer biss sich auf die Lippen und schloss für einen Moment die Augen. Mit gefasster und fast freundlicher Stimme wandte er sich Drubek zu.

„Warte, ich hole dir Milch. Bleib sitzen."

Zügig ging er in die Küche, holte eine Packung Milch, trug sie zu dem Kaffeetischchen, goss einen Schluck ein und brachte die speckige Tasse zu Drubek an den Tisch.

„Du wolltest doch die Kopien. Ich hab sie jetzt." Tonlos.

Bremer riss die Augen auf und holte tief Luft.

„Ja, großartig. Die Kopien. Gut, dass wir das jetzt haben. Ich bin etwas nervös, das verstehst du doch sicher. Wir müssen aber immer noch Gordon und die Frau finden, daran hat sich nichts geändert. Das weißt du doch noch? Wenn die gerade auf den Rechner zugreifen, kannst du doch sicher ihren Standort feststellen, oder?" Bremer hasste sich selbst für seinen fast servilen Ton.

„Hab' ich längst. Ich weiß, wo der Rechner ist, jedenfalls in etwa."

Der Manager zwang sich zur Ruhe. Mit einer Hand fuhr er sich durch das Gesicht.

„Oh, toll. Du hast also den Standort. Prima. Wo? Wo also steht der verdammte Scheißrechner?" Mit einer Hand zog er das Handy aus seiner Tasche und tippte Millers Nummer ein.

„Der Rechner steht in Mitte, irgendwo in der Nähe der Oranienburger Straße. Kann den Ort auf 300 Meter genau sagen."

„Gut, prima, das ist toll. Pack bitte ein, was du brauchst, um den Rechner zu finden und lass uns fahren. Wir haben es eilig." Mit wachsender Empörung blickte er auf das Handy, das vergeblich eine Verbindung zu Millers Telefonnummer suchte. Wo war dieser Idiot? Er sollte sich doch bereithalten.

„Ich fahr nicht. Hat keinen Sinn. Die haben den Rechner schon abgeschaltet, die sind so nicht zu finden."

Bremer glaubte nicht recht zu hören. In einem Anfall von Jähzorn, der plötzlich über ihm zusammenschwappte wie eine Welle, feuerte er sein Handy an die Wand und brüllte vor Wut unverständliches Zeug, hochrot im Gesicht stampfte er mit den Füßen auf und gestikulierte wild. Drubek saß vollkommen regungslos vor seinen Rechnern und beachtete ihn nicht. Ungerührt biss er in seinen Schokoriegel und memorierte, was er auf den Bildschirmen sah. Gelegentlich griff er mit schnellem Tippen auf der Tastatur ein. Wahrscheinlich hörte er ihn nicht einmal. Erst nach etlichen Sekunden gewann Bremer seine Selbstbeherrschung einigermaßen zurück, auch weil Drubek nicht den kleinsten Emotionsfetzen angeboten hatte, an dem sich seine Wut weiter hätte aufbäumen können. Wieder kam er zurück zu dem Stuhl und setzte sich neben den IT-Autisten. Auf einmal fühlte er sich deprimiert und hilflos.

„Kannst du genauer eingrenzen, wo die sind? Vielleicht ist es möglich, dass wir dort ein paar Straßen kontrollieren? Oder per Zufall über die Typen stolpern? Gibt es dort vielleicht Hotels, in denen die abgestiegen sein können? Haben die dort in der Nähe Freunde, Bekannte, irgendwas?"

„Alles schon gecheckt. Hotels gibt's, aber unwahrscheinlich, dass die da angemeldet sind. Hotels wollen Personalausweise oder Kreditkarten sehen, haben die aber nicht. Freunde: Fehlanzeige. Hab die privaten Adressdatenbanken von Gordon und Markberg gecheckt und mit dem Einwohnermeldeverzeichnis abgeglichen, die kennen da niemanden. Bleiben Cafés, Restaurants und so. Kommen einige infrage, haben aber nicht alle morgens auf. Miller checkt das gerade. Hab ihn da hingelotst. Bleiben noch Ferienwohnungen. Hab' ich aus allen Internetportalen zusammengestellt, leere Wohnungen weggelassen. Die neu vermieteten checkt Miller auch, hab ihm die Liste gegeben. Nur bei illegal betriebenen Wohnungen stochern wir im Dunkeln."

Schnarrend und monoton hatte Drubek die Ergebnisse zusammengefasst. Für seine Verhältnisse eine lange Rede. Sprachlos saß Bremer neben ihm. Er wusste, dass es vollkommen zwecklos war, zu fragen, warum er das nicht gleich gesagt hatte.

„Toll. Das ist doch schon was. Klingt, als würden wir da wirklich weiterkommen. Fahren wir jetzt? Oder wartest du noch auf etwas?"

„Ne, wir fahren nicht, ist zwecklos, hab ich doch gesagt. Die sind da nicht mehr."

„Woher willst du das denn wissen? Nur weil die ihren Rechner abgemeldet haben? Das heißt doch nichts."

„Ne. Nicht deswegen. Miller ist schon da."

# Kapitel 32

Mit einem schnellen Blick auf die Uhr stellte Sebastian fest, dass sie maximal noch 20 Minuten hatten, bevor sie verschwinden mussten. Er konnte es sich nicht verkneifen, doch noch schnell einen Blick in eine der beiden Dateien zu werfen, die er vom Server der Reto heruntergezogen hatte. Die Dateien waren nicht fortlaufend nummeriert, es sah so aus, als ob die Kopien nicht vollständig waren. Er öffnete das erste Verzeichnis. Es enthielt persönliche Daten eines gewissen Erik Hallauer. Ausgewiesen waren Name, Alter, Adresse, Beruf, teilweise gab es Fotos. Die Informationen waren systematisch und übersichtlich aufbereitet, jemand hatte sehr ordentlich gearbeitet. Zu dem Mann waren medizinische Berichte abgespeichert, Auswertungen von Blutuntersuchungen, detaillierte endokrinologische Befunde, Bilder eines Gehirn-MRT; die Daten waren über einen Zeitraum von etwa einem Jahr erfasst worden. Außerdem gab es Gesprächsprotokolle von Hallauer. Die Daten ähnelten auffallend den Informationen, die er am Dienstag in Thilos Mailpostfach gefunden hatte. Da hatte er noch geglaubt, dass es Daten von Thilos Mutter waren.

„Ist das ein Mitarbeiter von euch?“, fragte Mila.

„Woher soll ich das wissen? Wir sind in Deutschland über 5.000 Angestellte“, antwortete er unwillig. „Aber ich glaube nicht. Ich weiß nicht, was das für Daten sind! Das dürfte es so gar nicht geben. Es ist zwar bei der

Reto AG üblich, dass man zur Einstellung von einem Vertrauensarzt untersucht wird. Soweit ich weiß, gibt es dann aber nur einen zusammenfassenden Bericht, der in der Personalabteilung hinterlegt wird. Das hier unterliegt aber doch in jedem Fall dem Arztgeheimnis."

Die aufgezeichneten medizinischen Befundwerte waren alle zwei Wochen aktualisiert worden. Vor allem gab es jede Menge digitale Scans von MRT-Untersuchungen, überraschenderweise ausschließlich Gehirnscans, dazu Messreihen, die in langen Kolonnen erfasst waren.

„Das sieht aus wie eine Versuchsreihe für Medikamente", warf Mila ein.

„Ja, aber man kann nicht erkennen, wer die Daten aufgezeichnet hat. Ich finde weder die Angabe eines Labors noch die eines behandelnden Arztes."

Sebastian scrollte schnell herunter und suchte nach einem Versuchsleiter. Nichts. Er überlegte, ob er irgendjemanden im Bekanntenkreis hatte, der sich mit solchen Daten auskannte, aber spontan fiel ihm niemand ein. Als nächstes öffnete er eine Datei, die Gesprächsprotokolle des Patienten enthielt. Der Mann berichtete von Angstzuständen, Phobien, er hatte Probleme, sich im Dunkeln aufzuhalten, fürchtete sich vor kleinen Tieren und Insekten; er litt unter Phasen der Traurigkeit und Depression, die auch den Wunsch nach Tod und Untergang beinhalteten. In den jüngeren Berichten gab es dann einen überraschenden Wandel, der Mann sprach von einer geradezu euphorischen Stimmungslage, seine Situation beschrieb er als vielversprechend, er fühlte sich voller Elan und Tatendrang.

Was waren das für Daten, die Thilo gespeichert hatte? Er massierte seinen schmerzenden Nacken, stand auf und ging zum Fenster. Allmählich kam ihm der Verdacht, dass jemand seinen Chip an Menschen ausprobiert hatte. Und womöglich war Thilo daran beteiligt gewesen. Nachdenklich schob er den Vorhang einen Spaltbreit beiseite.

Draußen war noch alles leer. Auf den Straßen dümpelten die geparkten Autos herum. Vor den Restaurants stellten Kellner Tische auf die Straße und platzierten große Schiefertafeln auf dem Gehweg, auf denen das Speiseangebot aufgeschrieben war. Auf den Tischen standen liebevoll arrangierte Blumensträuße. Ein großes gelbes Reinigungsfahrzeug der Stadtreinigung fuhr langsam um die Ecke und polierte die Straßen. Alles normal, alles friedlich. Er öffnete ein Fenster, um frische Luft hereinzulassen. Plötzlich stand Mila hinter ihm, legte ihm eine Hand auf die Schulter. Er drehte sich um und sah ihren prüfenden Blick, der mehr zu wissen schien, als er sagen konnte.

„Ist schon gut“, murmelte er verzweifelt. „Man denkt doch, dass man einen Freund durch und durch kennt.“

Mila nickte und stellte sich auf die Zehenspitzen. Ohne ein Wort umarmte sie ihn. „Komm lass uns hier verschwinden“, sagte sie leise.

Vorsichtig löste er sich aus der Umarmung. Er spürte noch ihre Wärme, war jetzt aber wieder gefasst.

„Warte noch. Ich will das jetzt wissen.“ Entschlossen trat er an den Tisch.

„Lass uns noch kurz die zweite Datei ansehen. Vielleicht finden wir da einen Hinweis, wer dahintersteckt.“

„Aber wir sind schon zu lange hier, du hast gesagt, maximal eine Stunde! Das können wir doch auch sonst wo auswerten!“, insistierte sie. Die Sorge in ihrer Stimme war unüberhörbar.

„Diese eine Datei noch! Zwei Minuten, dann komme ich. Hol schon mal die Tasche.“

Sebastian klapperte wieder auf der Tastatur herum, während Mila genervt ihre Jacke anzog. Die Tasche stand schon neben ihr. Sie war bereit.

„Sebastian, wir müssen jetzt abhauen. Wir können nicht mehr warten!“

Sie hatte ihre allerbeste ‚Ich-bin-die-Projektleiterin-Stimme‘ herausgeholt, reflektiert, überlegen und sehr bestimmt. Aber es half nichts. Er reagierte nicht einmal. Sie tippte mit dem Fuß auf.

„Ich verschwinde jetzt. Das ist mir zu blöd!“

Ohne noch länger zu warten, schnappte sie die Tasche, setzte sich die Brille mit dem Fensterglas auf und rauschte aus der Wohnung. Vielleicht merkte der Mann jetzt endlich, dass er sich bewegen musste. Hastig eilte sie die Treppe hinunter, als eine alte Frau aus der Wohnung darunter das Treppenhaus betrat, die sichtlich Mühe hatte, sich auf den Beinen zu halten. Spontan hielt sie der Mieterin ihren Arm hin, die sich dankbar darauf stützte und langsam mit ihr die Treppen hinunterkletterte. Mit zunehmender Nervosität begleitete sie die Frau ein Stück die Straße hinunter, sich innerlich verfluchend, dass sie überhaupt ihre Hilfe angeboten hatte. Sie sah sich um. Sebastian kam nicht. Verärgert und trotzig zog sie an der kleinen Reisetasche, die ratternd hinter ihr her über das Kopfsteinpflaster zuckelte. Am anderen Arm hing die Frau, die ihr fortwährend von ihrer Dankbarkeit vorschwatzte, so nette junge Leute gab es ja eigentlich gar nicht mehr und so weiter. Mila hörte nicht hin.

Sie musste ihn anrufen. Der Idiot war noch immer in der Wohnung. Wahrscheinlich hatte er wieder alles um sich herum vergessen.

Ein weißer Golf kam in mäßigem Tempo herangefahren, dessen Fahrer achtlos einen Blick auf sie und die alte Frau warf und langsam die Straße weiter herunterfuhr.

Die alte Frau ging sehr langsam, was Mila immer nervöser werden ließ. Endlich blieben die beiden stehen und Mila verabschiedete sich kurzangebunden und fast unhöflich von der Greisin, die erschrocken zusammenzuckte.

In einer Garageneinfahrt zog sie ihr Handy heraus. Während sie noch nach Sebastians Handynummer suchte, hielt der Golf neben dem Haus, in dem sich die Ferienwohnung befand. Ein Mann stieg aus, mit einer dunklen Hornbrille, der sich ruhig umschaute.

# Kapitel 33

Milas überstürzten Aufbruch hatte Sebastian nicht einmal wahrgenommen. Fahrig surfte er weiter durch die Dateien, öffnete Personenverzeichnisse, um die Namen zu checken, als er plötzlich wie gestochen innehielt. Ein Name stand da, der da nichts zu suchen hatte, der kurz aufgeschienen und sofort wieder im Wust der Datenmenge untergetaucht war. Erschrocken hielt er inne und nahm die Hände von der Tastatur. In seinem Gehirn arbeitete es. Wieder tippte er in die Suchzeile den Namen ein, den er gesehen hatte und tatsächlich, er hatte sich nicht geirrt. Markberg. Georg Markberg. Hastig drehte er sich nach Mila um. Sie war nicht mehr da. Mit einem raschen Blick auf seine Uhr entschied er, sich diesen Fund noch anzusehen und dann zu verschwinden. Ein unangenehmes Kribbeln machte sich auf seinem Rücken bemerkbar, seine Kopfhaut schmerzte.

Er öffnete die kleinere von zwei Videodateien. Der Film hatte keine schlechte Qualität, obwohl er anscheinend nur mit einem Smartphone gedreht worden war. Markberg saß in einem nüchternen hellgrau gestrichenen Raum, nur von einer Rasterleuchte erhellt. Fenster konnte man nicht sehen. Er trug einen dunkelblauen Anzug aus Baumwolle mit weißem Hemd, der oberste Knopf stand offen. Er sah sportlich aus. Ein gesunder, kräftiger Mittsechziger. Noch immer ein attraktiver Mann, doch sein Aussehen hatte etwas Gehetztes, das Gesicht feucht vom Schweiß, als sei er in großer Eile. Das Hemd hatte einen bräunlichen Fleck auf der Brust. Unruhig saß er auf seinem Stuhl und blickte sich im Raum um, musterte angelegentlich die Tischplatte vor sich, hob das Wasserglas hoch, als sei die durchsichtige Flüssigkeit etwas, das einer genaueren Untersuchung bedürfe.

Im Hintergrund betrat offenbar eine Person den Raum, die man auf dem Videomitschnitt nicht sehen konnte. Die Person hielt sich hinter der Kamera auf, vielleicht hatte sie sich an die andere Tischseite gesetzt. Eine männliche, angenehme Stimme begrüßte Markberg. Vor Markberg auf dem Tisch standen eine Wasserkaraffe, das Glas und ein Aufnahmegerät, ansonsten war der Raum leer.

„Ich weiß gar nicht, warum ich hier sitzen soll. Ich war nie krank. Ich bin auch heute nicht krank. Ich mache diesen Test hier nur meiner Frau zuliebe. Also gut. Fangen Sie an. Bringen wir es hinter uns."

Unwillig blickte er sein unsichtbares Gegenüber an, das ihm nun eine Frage stellte. Er fuhr sich mit einem Finger in den weit geöffneten Hemdkragen, als sei er ihm noch zu eng.

„Ja, es geht mir gut. Wir können anfangen. Ich bin völlig entspannt."

Die Stimme dankte und fasste kurz die Ergebnisse eines offenbar vorangegangenen Treffens zusammen. Der Interviewer konfrontierte ihn mit der Erinnerung daran, dass Markberg beim letzten Mal gegen die Tür geschlagen hatte. Er fragte, ob er sich heute besser fühle. Während der Fragen, die teilweise nur schlecht zu verstehen waren, rutschte Markberg auf seinem Stuhl unruhig hin und her, nestelte an seinem Hemdkragen, als schnüre ihn etwas ein, griff zum Glas, stellte es wieder hin, schnellte dann manchmal vor, um das Aufnahmegerät genauer unter die Lupe zu nehmen.

„Sind Sie konzentriert, Georg?“, fragte die sanfte Stimme.

„Natürlich bin ich kooperativ!“, schnarrte er zurück.

„Konzentriert, Georg. ‚Konzentriert‘ ist etwas anderes als ‚kooperativ‘. Kennen Sie den Unterschied?“, insistierte die säuselnde Stimme.

Markberg sah den Interviewer eine Weile mit gerunzelter Stirn an und schüttelte den Kopf. „Natürlich, Sie Idiot. Was denken Sie denn. Kooperativ, konzentriert, konzentrisch, koordiniert, konfrontativ, konföderiert.“ Er spuckte die Begriffe so mechanisch aus, als sei er ein Lexikon.

„Danke, Georg, ich verstehe, dass Sie alle Begriffe genau kennen. Das war sehr beeindruckend. Haben Sie bemerkt, dass Sie mich Idiot genannt haben. Ist Ihnen das Wort Idiot bekannt?“

Markberg antwortete nicht und blinzelte desinteressiert an der Kamera vorbei.

„Georg, was empfinden Sie, wenn Sie jemanden mit einem beleidigenden Wort ansprechen? Löst das etwas in Ihnen aus?“ Keine Reaktion. „Ich habe gehört, dass Sie auch Ihre Frau manchmal mit solchen Worten ansprechen. Möchten Sie mir dazu vielleicht etwas sagen, Georg?“

„Ich breche das jetzt ab. Ist doch alles Blödsinn. Sie sollen mich untersuchen. Deshalb sitze ich hier. Fangen

Sie also endlich an. Muss ich hier irgendwelche Blätter ausfüllen oder sowas?"

Ein kaum zu überhörender aggressiver Unterton schwang in seiner Antwort mit. Wieder wurde ihm eine Frage gestellt, Sebastian vernahm Fetzen der männlichen Stimme, es wurde ein Ereignis angesprochen, das eine bestimmte Reaktion in Markberg ausgelöst hatte. Der Patient schwieg, um seinen Mund erschien ein verächtlicher Zug. Er kreuzte die Arme vor der Brust und schaute demonstrativ auf seine Armbanduhr. Die Stimme schwieg eine Weile, dann meldete sie sich wieder, leise und eindringlich. Es schien, als sei die Frage wiederholt worden.

„Darauf habe ich schon gewartet, dass Sie das hier zur Sprache bringen. Ich wusste es ja. Wir brechen das hier jetzt ab. Sie stecken ja unter einer Decke mit denen. Ich brauche hier gar nicht zu sitzen."

Drohend funkelte Markberg sein Gegenüber an, blieb aber dennoch sitzen. Er nahm die Arme herunter und legte sie auf seinen Schoß. Die Stimme schwieg. Markberg nahm einen Schluck Wasser und starrte auf den Tisch. Wieder meldete sich die beruhigende Stimme, einfühlsam schnurrte sie etwas.

„Aber so war das gar nicht. Sie stehen ja sowieso auf der anderen Seite, das weiß ich genau. Ich habe einen Fehler gemacht. Ich habe diesen Reichert eingestellt und seitdem ist alles anders. Er hintertreibt systematisch alle meine Geschäfte. Er war es garantiert, der die Proben für die Zahnfüllungen gepantscht hat. Das hat die Menschen krank gemacht und jetzt schieben es alle mir in die Schuhe. Wir machen seit Jahrzehnten Zahnfüllungen und immer war alles perfekt. Und jetzt kommt dieser Reichert und schon haben wir diese Probleme. Ich weiß es. Egal, was die Idioten in meinem Büro sagen. Die sind alle weichgespült. Keiner von denen hat Format, glauben Sie mir. Alles Hornochsen. Kein Format."

Verächtlich machte er mit der Hand eine wegwerfende Bewegung. Er schob den Stuhl zurück, sodass er schräg zum Tisch saß und legte ein Bein über das andere. In entspannter Haltung saß er dort, eine Hand zwischen die Oberschenkel geklemmt, die andere Hand spielte mit dem Wasserglas auf dem Tisch.

„Passen Sie mal auf, ich will es Ihnen erklären. Es geht mir auf den Wecker, ich habe es schon so oft erklärt, nicht mal meine Frau kann richtig zuhören. Aber Ihnen zahle ich ja einen Haufen Geld. Sie werden mir also zuhören, denn dafür bekommen Sie was. Seien Sie also schön brav und lesen Sie mir jedes Wort von den Lippen ab, in Ordnung?", er grinste unangenehm und entblößte dabei eine Reihe perfekt gepflegter heller Schneidezähne.

„Reichert vögelt meine Frau", flüsterte er. „Ich habe sie erwischt. Und das ist erst der Anfang. Sie leugnet alles. Ich würde mir das alles einbilden. Und dann wäre der auch viel zu jung. Was soll das denn heißen? Dass sie es jedenfalls täte, wenn er älter wäre? Was für ein Bullshit. Ich weiß es. Wenn ich weg bin. Sofort. Kann es gar nicht abwarten. Setzt sich sofort in ihren Porsche, zieht ihre engen Höschen an und dann ab zu Reichert und dann geht's los. Die Schlampe hat gar keine Scham mehr, diese widerliche Bockerei, wenn ich schon dran denke, könnte ich kotzen."

Er saß jetzt frontal zum Tisch und schaute seinem Gegenüber direkt in die Augen. Die Hände hatte er auf die Tischplatte gestemmt, bereit, jederzeit hochzuschnellen und dem Therapeuten an die Gurgel zu gehen.

„Diese Sau steckt unter einer Decke mit meiner Frau. Sie wollen mir alles wegnehmen. Mit den beschissenen Zahnfüllungen hat es angefangen. Und dann hat er meine Frau gefickt. Und dann, was kommt dann? Meine Tochter. Wissen Sie, ich habe so eine Tochter. Die ist nie da, in den USA, in München, hat da auch so einen Hornochsen, so ein Weichei. Der bringt gar nichts, nichts, nichts. Die steckt auch mit da drin. Meine Frau hat alles mit ihr abgekartet, ich weiß es. Und deswegen sitze ich jetzt hier. Die wollen mich entmündigen, damit sie mit diesem Reichert durchbrennen kann. Dabei hat sie doch alles. Immer hat sie alles bekommen. Ich habe dieses Schwein rausgeschmissen, an seiner schmierigen Scheiß-Krawatte habe ich ihn hinter seinem Schreibtisch hervorgezogen, er hat geröchelt, das Schwein, hab ihn hinter mir hergezogen bis zur Tür. Und dann wollte sich meine Sekretärin auch noch einmischen, diese vertrocknete alte Jungfer; all die Jahre hat sie mich angegeiert, Melitta Bernhard, genau der richtige Name für eine alte Schachtel, aber der hab ich's gezeigt, was denkt die sich denn. Ich bezahl die doch, da kann sie sich so was nicht erlauben …"

Die Stimme intervenierte, doch die Schimpftirade wurde noch exzessiver, Markberg redete sich in Rage, die Adern auf der Stirn schwollen an, das Gesicht zu einer hässlichen Fratze verzogen. Die Kamera zoomte auf Markbergs Gesicht, verschwommen sah Sebastian den aufgerissenen Mund, die feuchten Zähne, an denen ein Speichelfaden hing, und dann sah er zwei Hämatome in den Augenhöhlen, geschwollen und blutunterlaufen wie von Stichen.

Plötzlich hörte er ein Geräusch hinter sich.

Im gleichen Sekundenbruchteil wurde die Tür aufgestoßen, der Hornbrillenträger sprang mit einer Waffe im Anschlag breitbeinig in den Türrahmen, mit geübten Armbewegungen den Raum abzirkelnd. Sebastian saß auf seinem Stuhl, im Dämmerlicht nur spärlich vom Monitor erhellt. Aufgeschreckt fuhr er hoch, schnellte herum, hechtete in derselben Sekunde mit einem Aufschrei des Entsetzens in die Ecke auf das Sofa zu, als der Mann schon seine Waffe abfeuerte. Mit einem dumpfen Knall schlug das Projektil in den Bildschirm ein. Der Raum wurde noch dunkler. Mit einem Sprung setzte der Angreifer seinem Opfer nach. Sebastian hatte sich hinter das Sofa geworfen, wissend, dass es keinen wirklichen Schutz bot, außer dass er für einen Moment außer Sicht war. Der Kerl kam drohend zwei Schritte auf das Sofa zu, der Raum war klein. Polternd stieß Sebastian ihm mit aller Kraft das Möbel entgegen, es kratzte über das fein gewachste Parkett. Der Angreifer, der nicht darauf vorbereitet war, verlor das Gleichgewicht. Wieder löste sich ein Schuss, traf aber nur die Wand oberhalb eines Bildes, das harmlos von Birkenwäldern erzählte.

Sebastian sprang hinter dem Sofa hervor, hechtete seitlich an dem Angreifer vorbei, versuchte an der Wand entlang die Tür zu erreichen. Der Mann hatte sich wieder aufgerichtet, sein Oberkörper war vornübergebeugt, in

Angriffshaltung. Blitzschnell drehte er sich, um ihm nachzusetzen, als Sebastian ihn mit geballter Faust mitten ins Gesicht schlug, das Nasenbein krachte hörbar. Mit einem wütenden Aufschrei schoss er abermals blindlings in Sebastians Richtung, doch wie durch ein Wunder jagte die Kugel direkt an seinem Oberkörper vorbei und schlug in den Türrahmen ein. Jetzt ging er mit blutüberströmtem Gesicht auf ihn los. Sebastian hatte sich bei dem Schlag fast den Mittelfinger gebrochen, seine Hand schmerzte höllisch. Dann hieb er mit der Handkante auf den Hals des Angreifers ein, traf ihn aber nicht richtig. Die Faust, die mit voller Wucht seinen Kieferknochen traf, sah er nicht einmal heranschnellen. Er strauchelte. Seine Zähne knirschten übereinander, irgendwo war etwas abgeplatzt, ein höllischer Schmerz breitete sich über seine rechte Kopfhälfte aus, der wie ein wütendes Pulsieren war. In seinem Mund schmeckte er Blut. Er spuckte, der Angreifer hob erneut die Waffe, wollte gerade auf ihn zielen, als Sebastian mit einem Ruck sein Knie hochriss und den Kerl so empfindlich in die Weichteile traf, dass dieser mit einem Wimmern zusammenbrach. Schnell beugte er sich von oben über den Zusammengesunkenen und zog ihm mit einem Ruck die Jacke über die Schultern nach unten, sodass sie die Oberarme einschnürte und der Kerl mit seiner eigenen Kleidung gefesselt war.

Aus der Jacke fiel ein Schlüssel zu Boden. Der Angreifer trat nach ihm und erwischte seinen linken Oberarm. Mit einem heißen Schwall spürte er, dass die Wundnaht aufplatzte. Sein Arm begann zu brennen. Erbittert trat er auf den auf dem Boden Liegenden ein, der zusammengekrümmt und wimmernd seine Geschlechtsteile hielt, kickte ihn brutal in den Rücken, wo sich seine Nieren befanden.

Irgendwo hatte Sebastian gelesen, dass man damit einen Mann töten konnte, aber das war ihm jetzt gleich. Blind vor Wut und Schmerz trat er wieder und wieder auf den Mann ein, bis er sich nicht mehr rührte. Die Pistole blitzte noch in der kraftlosen Faust. Schnell trat er darauf, brutal die Finger quetschend, beugte sich herunter und entwand ihm die Waffe. Mechanisch steckte er auch den Schlüsselbund ein, der auf dem Boden lag.

Der ganze Kampf hatte nicht einmal zwei Minuten gedauert. Der Schmerz in seinem Oberarm ließ nach, aber der Kieferknochen schien angebrochen zu sein. Er konnte spüren, wie sein Gesicht anschwoll. Schnell steckte er die Pistole in die Hosentasche, sprang zum Tisch, griff den unbeschädigten Laptop, die Datensticks und sein Handy. Er knallte die Tür zu und schloss die Wohnungstür geistesgegenwärtig von außen ab.

Im Treppenhaus stand ein Mann, der offenbar alles gehört hatte. Ängstlich versteckte er sich hinter seiner Wohnungstür.

„Ich bin überfallen worden. Da drin ist ein gefährlicher Einbrecher. Der Mann ist bewaffnet! Rufen Sie sofort die Polizei!“, rief Sebastian dem erschrockenen Mann zu, der sich sofort umdrehte und seine Tür ins Schloss knallen ließ.

So schnell er konnte, rannte Sebastian die Treppe hinunter und riss die Haustür auf. Vor dem Haus stand der weiße Golf. Wenn er sich nicht sehr täuschte, war das der Leihwagen, den er gemietet hatte und den die

Killer ihm vor der Pizzeria abgenommen hatten. Sein Handy schellte plötzlich. Mila war dran. Er fingerte nach dem Schlüssel, den er dem Killer abgenommen hatte. Tatsächlich, es war sein Golf, er funkte den Wagen auf.

„Komm schnell!“, brüllte er ins Telefon. „Wir müssen abhauen.“

Ausnahmsweise sagte sie nichts weiter. Keine Minute später sah er sie. Sie musste keine 100 Meter von ihm entfernt gewartet haben. Er ließ den Wagen an. Sie warf sich neben ihn auf den Beifahrersitz und er fuhr los.

„Du brauchst gar nichts zu sagen. Ich weiß, dass du es mir gleich gesagt hast. Du hast recht und ich will in Zukunft immer auf dich hören“, nahm er ihr den Wind aus den Segeln.

Es hörte sich so an, als hätte er Kieselsteine im Mund. Sie schüttelte den Kopf und schwieg. Prüfend sah sie ihn von der Seite an. Sebastian fädelte sich in den Verkehr ein.

„Du blutest wieder. Und deine Wange ist dick“, stellte sie nüchtern fest und zückte ihr Handy.

„Was hast du vor?“

„Die Polizei anrufen. Was denkst du denn?“

Er nahm eine Hand vom Steuer und drückte ihre Verbindung weg.

„Spinnst du jetzt vollkommen? Was machst du denn?“ Sie schlug nach seiner Hand. „Ich glaube, du drehst jetzt langsam durch. Was ist da oben überhaupt passiert? Waren die Killer da?“

„Ja, der mit der Brille. Den du nicht gesehen hast, obwohl er direkt vor deiner Nase vorbeigegangen sein muss. Den hättest du sehen müssen. Du hast doch direkt vor dem Haus gestanden. Wenn du vernünftig aufgepasst hättest, hättest du mich warnen können!", blaffte er zurück.

Empört sog sie die Luft ein, sagte aber nichts. Sie starrte auf die Straße. Eine Straßenbahn fuhr vor ihnen her, deren Scheiben innen mit Feuchtigkeit beschlagen waren. Gesichter sah man nur schemenhaft. Ab und zu ein bunter Parka, der gegen die Scheibe lehnte.

„Du hältst jetzt bitte sofort an", sagte sie leise und sehr bestimmt. „So geht das nicht." Sie war stinksauer.

In Sebastians Gesicht arbeitete es. Nach ein paar Sekunden drosselte er die Geschwindigkeit. Er sah eine Garageneinfahrt und parkte dort den Wagen. Mila drehte sich ihm zu. Auch ihr Gesicht war angespannt. Sie nahm die Brille herunter und warf sie auf den Rücksitz.

„Ich habe niemanden gesehen, das mag ein Fehler gewesen sein, aber ich hatte keinen Auftrag, dich zu bewachen. Ich akzeptiere nicht, dass du mir das zum Vorwurf machst. Du bist überfallen worden, weil du gegen meinen Rat zu lange in der Wohnung geblieben bist. Du trägst selbst die Verantwortung für dein unüberlegtes und dummes Handeln, um es mal deutlich zu sagen."

Jemand schlug mit der flachen Hand auf das Autodach. Mila zuckte zusammen, aber es war nur ein Fahrradfahrer, der sich darüber aufregte, dass sie mit dem Wagen den Radfahrstreifen blockierten.

„Ich glaube, du hältst dich für Supermann. Und ich habe langsam die Nase voll von deinen Heldentaten. Wir rufen jetzt sofort die Polizei an und sorgen dafür, dass diese Killer hinter Schloss und Riegel kommen. Immerhin haben wir die Daten, das sind Beweismittel. Damit wird man diese Kerle dingfest machen können. Und die Hintermänner garantiert auch. Diese Ermittlungen muss die Polizei durchführen. Nicht ein Herr Sebastian Gordon und auch nicht eine Emilia Markberg. Verstehst du? Du könntest jetzt tot sein! Und das nur, weil du nicht auf mich gehört hast. Du bist unverantwortlich leichtsinnig! Und was ist das überhaupt für eine Verletzung? Bist du wieder angeschossen worden?"

Je länger sie sprach, desto besorgter wurde ihre Stimme. Und versöhnlicher. Zerknirscht schüttelte Sebastian den Kopf. Er hob sein Hinterteil vorsichtig an und zog die Waffe aus der Gesäßtasche. Mila zog scharf die Luft ein.

„Ich habe dem Mann die Waffe abgenommen. Die Polizei ist schon verständigt. Ein Mann aus dem Haus hat das gemacht. Ich habe den Killer eingeschlossen. Der andere war nicht da. Mila, du hast mit allem recht, wirklich. Es war zu leichtsinnig und ich habe tatsächlich ein Riesenglück gehabt, dass ich noch hier neben dir sitze. Aber so einfach ist es nicht. Ich habe doch die Daten auf dem Server gelöscht, das war wahrscheinlich ein Fehler. Die sind jetzt nur noch bei uns.

Sie rollte die Augen zum Himmel. „Dann hast du also die Beweismittel am Tatort vernichtet. Na toll."

„Das ist sowieso nur ein kleiner Teil. Ich weiß jetzt, dass es sehr viel mehr geben muss, das habe ich aber so schnell nicht finden können. Wir dürfen keine Zeit verlieren. Die haben Zugriff auf das Rechenzentrum der Reto und sind gerade dabei, die Festplatten zu bereinigen. Wenn wir jetzt noch auf die Polizei warten, werden alle Beweismittel vernichtet sein."

Er biss die Zähne zusammen und spürte sofort einen rasenden Schmerz im Kiefer. Vorsichtig entspannte er seine Muskulatur wieder. Er tastete seine Wange ab, es schien zumindest nichts gebrochen zu sein. Besorgt überlegte er, wie er Mila erklären sollte, was er in dieser Datei gesehen hatte. Dabei konnte er nicht einmal sicher sein, dass es sich wirklich um ihren Vater handelte. Vielleicht gab es eine zufällige Namensgleichheit. Er schaltete das Navigationssystem ein.

„Was machst du da?", fragte sie.

„Ich schaue, ob dieser Hornbrillenträger gerne mit Navi fährt. Vielleicht hat er sein letztes Ziel eingespeichert und wir wissen, woher er gekommen ist."

„Ich glaube, du hast mir nicht richtig zugehört. Wir fahren nicht zu irgendeinem Rechenzentrum. Oder direkt zu diesem Rothaarigen. Wir fahren zur Polizei. Muss ich es buchstabieren? P.O.L.I.Z.E.I." Sie war jetzt wirklich sauer.

„Mila. Wir müssen da hin. Ich habe dir noch nicht alles gesagt. Glaub mir einfach."

„Was meinst du denn damit?", fragte sie, plötzlich durch seinen Ton erschreckt. Unwillkürlich legte sie eine Hand an ihren Hals.

Er druckste herum. „Ich weiß es nicht. Da war so eine Datei. Vielleicht ist alles auch nur eine Verwechselung. Hieß dein Vater mit Vornamen Georg?"

An ihrem schmerzlichen Gesichtsausdruck konnte er die Antwort sehen, sie musste gar nichts sagen. Er wandte den Blick ab und nickte sachte mit dem Kopf.

„Dein Vater war auch in der Datenbank. Es gibt zwei Videos von ihm", sagte er leise.

Mila starrte ihn an. „Aber wieso denn?“, stammelte sie.

Sebastian schwieg und zuckte mit den Schultern.

„Es sieht so aus, als hätte er sich einer Behandlung unterzogen.“

Er scheute davor zurück, ihr von den Entgleisungen zu berichten.

„Ich verstehe das nicht. Mein Vater war doch gar nicht krank, vielleicht überarbeitet, aber …“ Sie brachte ihren Satz nicht zu Ende und starrte fassungslos auf den Boden. Nach einer Weile fragte sie leise, was er auf dem Video gesehen hatte. Sebastian holte tief Atem und versuchte ihr so schonend wie möglich zu berichten, was er wusste. Markbergs Verdächtigungen seiner Familie gegenüber ließ er weg, er wusste, dass Mila unendlich verletzt wäre. Trotzdem war sie auf dem Beifahrersitz in sich zusammengesunken. Sie tat ihm leid. Vorsichtig strich er über ihr Haar, aber sie schien es nicht zu bemerken.

„Die rechnen nicht damit, dass wir kommen“, flüsterte er. „Ich fahre allein. Es ist vielleicht sowieso besser, wenn du hier bleibst.“

Er wies auf die gegenüberliegende Straßenseite. „Da drüben ist ein Bäcker. Du kannst da auf mich warten. Einen Tee trinken, vielleicht.“

Aufmunternd lächelte er in ihre Richtung, aber sie hob nicht den Kopf.

„Lass uns das nicht tun“, sagte sie und sah auf ihren Schoß. „Was auch immer in dieser verdammten Datei war, meine Eltern sind tot. Es macht nichts besser, wenn wir beide auch noch verletzt oder getötet werden.“ Sie streichelte über seine geschwollene Wange.

Er nahm ihre Hand und schaute sie lange an. Dann schüttelte er den Kopf. Mittlerweile hatte er die Adresse im Navigationssystem gefunden.

„Der Mann kam aus der Helmholtzstraße 176. Moabit. Wir brauchen keine 20 Minuten dahin. Steig aus."

„Nein. Mach ich nicht. Ich will nicht aussteigen. Aber erstmal verbinde ich deinen Arm. Zieh dein Hemd aus."

Mit zusammengezogenen Augenbrauen öffnete sie das Handschuhfach und holte den Verbandskasten heraus. Er zog das Hemd aus. Die genähte Wunde war an zwei Stellen wieder aufgeplatzt, aber es sah nicht besonders schlimm aus. Sie wischte Blutreste oberflächlich mit einen Taschentuch ab, sprühte Desinfektionsmittel darüber und legte einen Mullverband an. Er zog das Hemd wieder an.

„Und in jedem Fall rufe ich zur Vorsicht auch noch einmal die Polizei an. Wer weiß, ob dieser Hausbewohner wirklich angerufen hat." Sie zückte ihr Gerät und Sebastian nickte ergeben.

# Kapitel 34

Nach dem Anruf war sofort ein Streifenwagen in die Wohnung gefahren. Da sich die Brunnenstraße in der Nähe der jüdischen Synagoge befindet, war die Polizeidichte in der Gegend immens. Der Verletzte leistete keine Gegenwehr, er war sichtlich angeschlagen, sodass die Beamten ihn zunächst ins Hedwig-Krankenhaus brachten. Sondermann hatte zwei Beamte abgestellt, um den Unbekannten zu überwachen. Man wusste noch nicht, wie der Mann hieß, er hatte keine Papiere bei sich und schwieg beharrlich. Sein Foto war nicht in ihrer Datenbank, auch nicht seine Fingerabdrücke. Allerdings stimmte sein Gesicht mit dem Phantombild des Taxifahrers überein. Sie hatten gleich eine Speichelprobe genommen, aber die DNA-Analyse dauerte ein paar Tage. Kurz überlegte Sondermann, ob er direkt ins Hedwig-Krankenhaus fahren oder warten sollte, bis der Verdächtige zu ihm überstellt wurde. Wegen des tätlichen Angriffs auf Sebastian Gordon konnte er ihn ohne weiteres einbuchten.

Er rief den Haftrichter an. Der hatte wie immer Bedenken – es gäbe nicht einmal die Anzeige eines Geschädigten, die Beweislage sei zu dünn. Keine Leiche, nach wie vor. Der Mann hatte keine Waffe bei sich. Der Haftrichter sah es zunächst so, dass sie einen bisher unbescholtenen, verletzten Mann aufgelesen hatten. Es gab lediglich die Aussage des Nachbarn, dass es sich um einen gefährlichen Einbrecher handeln solle, die Aussage beruhte auf Hörensagen – wertlos.

Die Anruferin Emilia Markberg, die den Hauptkommissar verständigt hatte, war nicht auffindbar. Ihre Aussage war damit nicht viel mehr als ein anonymer Hinweis, es konnte genauso gut üble Nachrede oder in Anbetracht der Sachlage Verdunkelung einer eigenen Straftat sein. Sondermann konnte nur den Kopf schütteln. Der Fall war zweifelsohne kompliziert, und er musste eine Menge Erklärungen abgeben, aber endlich bekam er den Haftbefehl. Der Haftrichter verpflichtete Sondermann, in ein paar Tagen Ergebnisse zu liefern. 48 Stunden. Ansonsten war der Mann auf freien Fuß zu setzen.

Obwohl der Kerl garantiert ein dicker Brocken war, würde er etwas aus ihm herausholen. Er war ein erfahrener Ermittler, er wusste, dass früher oder später alle Kandidaten irgendetwas sagten: Die Unsicherheit, dass andere Komplizen gefunden würden und vor ihnen auspackten, war ein zu großes Risiko.

Mitten in seine Überlegungen platzte Thiede in den Raum. „Ich komme gerade von Markbergs Arzt“, sagte er. Er sah aus, als hätte er im Lotto gewonnen.

„Ja und?“, fragte Sondermann missmutig. „Was hat das denn mit unserem Fall zu tun? Ich weiß nicht, weshalb du dich an diesen Markbergs festgebissen hast.“ Er hatte seine kleine Brille auf die Nasenspitze geschoben und starrte angestrengt mit zurückgelegtem Kopf auf seinen Bildschirm.

„Mann, du hast ja eine großartige Laune. Ich war bei diesem Dr. Hanebüchen“, er zog eine kleine Karte aus seiner Tasche und las den Namen ab. „Dr. Dr. habil. Philipp Hanebüchen, um genau zu sein, Privatdozent. Hört sich nach einer Koryphäe an. Markberg war dort in Behandlung, bevor er den Unfall hatte. Er litt unter Depressionen.“ Aus seiner anderen Hosentasche zog er sein Notizbuch und blätterte eine Seite auf. „Beginnende Demenz, um es genau zu sagen, gepaart mit manisch-depressiven Schüben. Wohl ein frischer Fall.“

„Okay, Demenz, da ist er ja nicht der Einzige. Und weiter?“ Sondermann wandte endlich seinen Blick vom Computer ab und schaute seinen Kollegen abwartend an. Müde nahm er einen Schluck aus seiner Kaffeetasse.

„Vor allem plagten ihn die manisch-depressiven Verstimmungen. Hanebüchen hat mir das erklärt. Demenz kommt in vielen Varianten vor, es ist nicht so, dass der Patient einfach nur sein Gedächtnis verliert. Zu Beginn ist die Krankheit mit Angstschüben verbunden, mit Depressionen, manche Patienten haben Wahnvorstellungen oder hören Stimmen. Dazu extreme Stimmungsschwankungen – Euphorie wechselt sich unvorhersehbar mit tief depressiven Phasen ab.“

„Ja, und?“, schnarrte Sondermann und legte seine Hände auf die Tastatur.

„Markberg hat den Arzt nur zweimal konsultiert und ist dann nicht mehr dort aufgetaucht.“

„Michael! Warum erzählst du mir diesen ganzen Quatsch! Was hat das alles mit unserem Fall zu tun?“ Sondermann war jetzt wirklich verärgert.

„Georg Markberg hat sich danach anderswo behandeln lassen. Und zwar bei der Firma BioTech Brain-Lab. Soweit ich es bisher überblicke, war er dort etwa sechs bis acht Monate in Behandlung. Und weißt du, wer bei dieser netten kleinen Firma einer der Gesellschafter ist?" Thiede feixte und grinste über das ganze Gesicht. Sondermann rollte die Augen. Der jüngere Kollege ging zur Kaffeemaschine und schenkte sich langsam eine Tasse Kaffee ein. Sondermann schüttelte den Kopf und wandte sich stoisch seinem Computer zu. Er hatte nicht die geringste Absicht, sich von seinem Kollegen anstacheln zu lassen.

„Mensch Kollege", rief Thiede, ein bißchen mehr Interesse könntest du schon haben!"

„Okay", sagte Sondermann. Er rollte seinen Stuhl zurück, nahm die Brille ab und schaute seinen Kollegen gespielt erwartungsvoll an.

„Sag schon. Ich bin jetzt ganz Ohr für den jungen ehrgeizigen Kommissar."

„Der Vorstandsvorsitzende der Reto AG, Herr Thilo Feller", blökte Thiede, nahm einen Schluck aus der Tasse und hob sie hoch, als wolle er damit seinem Kollegen zuprosten.

Sprachlos lehnte sich Sondermann in seinem Sessel zurück. Hinter seiner Stirn arbeitete es. Anerkennend pfiff er durch die Zähne.

„Okay. Da glauben wir nicht an einen Zufall, nicht wahr? Und was macht diese Firma so?"

„Die entwickeln medizintechnische Produkte oder eher die Vorstufe dazu. Soweit ich verstanden habe, ist das Grundlagenforschung, es geht noch gar nicht um kommerzielle Nutzungen."

„Und wieso ist Markberg dann da behandelt worden? Woher weißt du das überhaupt?"

„Ich bin noch mal zu Markbergs Sekretärin gefahren. Sie hatte ausgesagt, dass Markberg sich nach seiner Behandlung charakterlich stark verändert habe, er war aggressiv, sexuell ausfällig, hat in der Firma Pornos geguckt und so. Auf meine Bitte hat sie Markbergs Kalender und E-Mails durchforstet. Da kam dann diese Firma ans Tageslicht. Dr. Hanebüchen fand es komisch, dass der Mann so aggressiv wurde und sexuelle Ausraster hatte. Die Psychopharmaka machen einen eher la, la, la. Und da habe ich gedacht, wenn er das unnormal findet, dann finde ich das auch unnormal."

Sondermann hob seine Augenbrauen kommentarlos in die Höhe und stand auf. „Na, dann komm, du Meisterdetektiv, lass uns gehen." Er steckte seine Brille ein und fummelte seine Jacke vom Stuhlrücken.

„Wohin denn?", fragte Thiede etwas begriffsstutzig.

„Na, wir fahren jetzt zu deiner Brain-Lab-Company oder wie der Schuppen heißt. Unterwegs erzählst du mir alles der Reihe nach, und wenn du lieb bist, erzähle ich dir auch was Schönes."

# Kapitel 35

Das Ziel befand sich ein paar Kilometer von der Zentrale der Reto AG entfernt, mitten im Gewerbegebiet im Norden Berlins, in dem in zahlreichen tiefgefächerten Hinterhöfen eine unüberschaubare Anzahl von kleinen und größeren Firmen, Verwaltungen und Handwerksbetrieben angesiedelt waren, direkt am Westhafen, gleich neben dem Berliner Großmarkt. Die Hinterhöfe waren teilweise endlos miteinander verbunden, sieben oder acht Höfe waren keine Seltenheit. Von einem Hof gelangte man direkt in den nächsten – ein Labyrinth aus teilweise schick sanierten Industrielofts zu Hauptstadtpreisen, die vor allem Intellektuelle und Künstler anzogen, und zutiefst verwahrlosten Ecken, die auch ein Vierteljahrhundert nach der Wiedervereinigung noch hoffnungslos wirkten.

Sebastian hatte zwar die Hausnummer, aber was nützte das, wenn sich dahinter fünf bis sechs Hinterhäuser verbargen, mit etlichen Geschossen und Seitenflügeln. Es war reine Glückssache, die Täter dort schnell zu finden. Er hielt den Wagen vor einem großen Backsteingebäude, das sicher unter Denkmalschutz stand. Eine Weile musste er nach einem Parkplatz suchen, aber in der Nähe gab es einige Autohäuser, wo er den Wagen auf einem Werkstatthof abstellte. Mila hatte wieder ihre Brille aufgesetzt. Sie gingen die Straße zurück zur Hausnummer 176. Das Vorderhaus war schön saniert, zum

Glück war es komplett mit einem Möbelhaus belegt. Das konnten sie ausschließen. Also die Hinterhäuser. Rasch liefen sie durch die Einfahrt in den ersten Hof, der den Durchblick auf einen weiteren freigab. Ziemlich unübersichtlich, der Hof war eng. Es parkten einige Autos dort, man konnte mehrere ordentlich mit Firmenschildern beschriftete Aufgänge zu den Seitenflügeln sehen. Es sah nicht so aus, als käme eines der Büros dort infrage. Touristik, Heimpflege, ein Immobilienmakler, in dessen Erdgeschossbüro eine Sekretärin saß und telefonierte. Eher nicht.

Sie gingen zum nächsten Hinterhof, als Sebastian plötzlich innehielt. Der Seitenflügel machte einen heruntergekommenen Eindruck. Im Erdgeschoss war die Bürofläche nicht vermietet, durch die schmuddeligen Scheiben konnte man die leeren Räume sehen. Sämtliche Fenster im ersten Obergeschoss waren mit einer metallischen Folie abgeklebt, die die Wärme aussperren sollte.

„Das ist es", flüsterte Sebastian. „Solche Folien verwendet man bei klimatisierten Räumen, dahinter muss es sein."

An der Hauswand waren keine Firmenschilder angebracht. Schnell rannten sie zur Eingangstür, die sich einfach aufdrücken ließ. Einen Aufzug gab es nicht. Die abgetretenen Betonstufen des Treppenhauses waren zwar vor langer Zeit mit grauer Farbe gestrichen worden, sahen aber aus, als hätten sie das selbst schon vergessen. Die Wände waren unfreundlich grauweiß gekalkt, an vielen Stellen wiesen gelbliche Verfärbungen auf Wasserschäden hin, die nie jemand repariert hatte. Durch die

Fenster pfiff sicher der Wind, allerdings nicht heute, das Wetter war schön, ruhig und sonnig.

Behutsam schlichen sie die Treppe hoch, bemüht, möglichst kein Geräusch zu machen. Im ersten Obergeschoss gingen zwei Büroeinheiten ab, auf der linken Seite waren die verklebten Fenster gewesen. Neutrale Tür, abgegriffen und billig. In Augenhöhe nachträglich angebrachte Sicherheitsschlösser. Sebastian zögerte. Sie warf ihm einen Blick zu. Was jetzt? Sebastian hatte sich nicht überlegt, wie er die Tür aufbekommen sollte.

„Wir sind absolute Idioten. Geradezu lächerlich, wie wir hier stehen“, schimpfte Mila flüsternd. „Hast du einen Draht?“

Überrascht schaute Sebastian auf Mila herunter, die einen sehr entschlossenen Eindruck machte. Er schüttelte den Kopf. Mila griff sich unter ihren Pullover auf den Rücken, öffnete ihren BH und bedeutete ihm gleichzeitig, ein Stockwerk höher zu steigen. Leise brachten sie sich außer Sichtweite. Sie verrenkte ein wenig ihre Arme unter dem Pullover und zog zu Sebastians Überraschung ihren BH aus dem Ärmel hervor. Er riss seine Augen auf. Die Körbchen wurden unterseitig mit dünnen Metalldrähten gestützt, die Mila herausfriemelte.

„Was machst du da?“, flüsterte er neugierig.

„Na einer muss doch einen Dietrich haben. Sonst kommen wir da nicht rein, oder willst du klingeln?“, fragte sie grinsend.

Mit geübten Griffen bog sie den dünnen Draht zurecht. Sie hatte als Kind viel Zeit in Ferienlagern verbracht, da lernte man eine Menge brauchbarer Dinge. Leise schlichen sie die Treppe wieder herunter.

„Das funktioniert sowieso nur, wenn die Tür nicht abgeschlossen ist“, flüsterte sie.

Entschlossen steckte sie zwei dünne Drähte in das Schloss und fuhrwerkte einen Moment darin herum. Mit einem Schnappen löste sich die Falle und die Tür öffnete sich. Unbeholfen zog Sebastian die Waffe, die er sich in die Hosentasche gesteckt hatte, entsicherte sie und hob sie schussbereit in die Höhe.

Obwohl er noch nie auf Menschen gezielt hatte, wusste er, dass er einen Angreifer töten würde, ohne Zögern. Jetzt war er vollkommen ruhig. Entschlossen und kalt. Seine Atmung flach. Kalter Schweiß rann aus seinen Achseln. Kurz steckte er die Pistole noch einmal in die Hosentasche und wischte seine feuchte Hand ab. Mila stand hinter ihm und legte beruhigend eine Hand auf seinen Rücken. Er griff wieder die Pistole und hielt sie in Augenhöhe. Vorsichtig lugte er in den Flur. Es gab nur auf einer Seite Zimmer, auf der linken Wand zählte er drei Türen. Ein Zimmer lag vor Kopf, wahrscheinlich das WC. Niemand zu sehen. Leise betraten sie den Flur. Mit erhobener Waffe näherte sich Sebastian der ersten Tür. Er stoppte daneben, lauschte. Nichts zu hören. Mila hielt den Atem an. Mit einem Nicken deutete er ihr, auf die andere Türseite zu wechseln. Vollkommen lautlos machte sie einen großen Schritt. Die Tür war nur angelehnt. Sie sahen sich kurz an, mit einem Ruck stieß sie die Tür auf, im selben Augenblick stand Sebastian im Türrahmen und fuchtelte mit der Waffe herum. Nichts.

Das Zimmer war leer, eine liederlich eingerichtete kleine Küche, in der sich Müllberge häuften. Sofort steuerten sie auf den nächsten Raum zu. Lautlos glitten ihre Füße über den schadhaften PVC-Belag, der schon etliche Generationen von Mietern überlebt hatte. Es sah nicht so aus, als hätte irgendjemand hier viel Geld investiert. Die zweite Tür war neuer, sie hatte eine glatte Oberfläche, sah sehr dick aus. Einbruchsicher, das sah man selbst von außen. Sebastian machte wieder ein Zeichen. Das musste der Raum sein. Mila nickte konzentriert. Sie roch ihren Körper. Auch von Sebastian ging ein strenger Geruch nach Blut und Schweiß aus. Vorsichtig tastete sie nach dem Türgriff. Die Tür war ins Schloss gezogen. Langsam senkte sich ihre Hand auf die Klinke, vorsichtig, mit Gefühl, auf keinen Fall ein Geräusch machen. Wie geölt ließ sich das Edelstahlkugellager bewegen. Mit einem energischen Ruck stieß sie die Tür auf. Sebastian sprang sofort in die Türöffnung, auf einmal den ganzen Raum erfassend, bereit, jede Sekunde auf einen Menschen zu feuern, egal, wen er traf. Sein Kopf war leer, kein Gedanke trennte ihn mehr von dem Schuss. Er dachte nur an die Macht, die ihm der kalte Stahl verlieh, der sich fast zärtlich in seine Hand schmiegte, fast, als wäre er schon immer da gewesen.

Das Büro war schlecht beleuchtet, nur von den vielen Computern ging ein diffuses blaues Licht aus. Das Zimmer war nicht groß, in der Mitte stand ein riesiger Schreibtisch, auf dem umfangreiches Equipment stand; ein Drucker, zahlreiche Bildschirme, die unterschiedliche Bilder zeigten, mehr oder weniger verschwommen, außerdem Notebooks, Tablets, Tastaturen, verdreckte Müllberge, Kleinzeugs. Und ein toter Mann.

Niemand sonst war zu sehen – nur dieser Mann, der mit dem Rücken zu ihnen über der Tastatur zusammengebrochen lag, in seinem Hinterkopf klaffte ein daumengroßes Loch, Gehirnmasse und Knochenstücke klebten vor ihm auf den Bildschirmen und an der Wand. Kalt registrierte Sebastian, dass dieser Mensch für ihn im Moment nicht mehr darstellte als ein Stück Fleisch, ein Problem weniger. Überall war Blut, vor allem eine riesige Lache direkt unter dem Opfer, die sich zäh und klebrig um den Leichnam ergossen hatte, dunkel und stinkend wie bei einer Schlachtung.

„Oh, Gott", flüsterte Mila angeekelt und hielt sich die Hand vor den Mund. Sebastian bewegte sich noch immer wie eine Maschine, drehte sich rasch um, trat auf den Flur hinaus und öffnete ohne zu Zögern die anderen Räume. Wieder mit der Waffe im Anschlag, diesmal allerdings ohne Rücksicht auf die Lautstärke. In den Zimmern war niemand. Er ging zurück in das auf Eiseskälte herabgekühlte Rechenzentrum. Mila stand reglos dort, das Gesicht kalkweiß. Er sah sie kurz an und schickte sie aus dem Zimmer.

Wie in Trance und ohne ein Wort des Widerspruchs marschierte sie in den Flur, hockte sich auf den Boden mit dem Rücken zur Wand und legte ihren Kopf auf die Knie, die Arme darum geschlungen. Der Tote wirkte jämmerlich auf der Tastatur, ebenso hilflos wie überrascht. Das Blut war noch frisch, die Gerinnung hatte noch nicht eingesetzt. Der Körper fühlte sich warm an, der Mann trug zudem eine Daunenjacke, offenbar war er gewohnt, viele Stunden im Rechenzentrum zuzubringen. Obwohl Sebastians Pathologiekenntnisse nur aus Krimis stammten, war selbst ihm klar, dass der Mord erste kurze Zeit zurücklag. Er versuchte, den Leichnam umzudrehen, obwohl er bereits wusste, dass es dieser merkwürdige rothaarige Typ war – der Mann, der gemeinsam mit dem anderen Jagd auf sie gemacht hatte, der besonders erbarmungslos und gefühlskalt gewirkt hatte, irgendwie unerreichbar. Jemand machte jetzt Jagd auf die Jäger. Aber wer war das? Mit beiden Armen zog er den Toten von der Tastatur zurück in den Stuhl, dabei taumelten Kopf und Oberkörper unkontrolliert, sodass der ganze Körper fast vom Stuhl rutschte. Er fluchte und stemmte den Drehstuhl mit aller Kraft vom Schreibtisch weg.

Die Rechner waren noch immer online. Er konnte sehen, dass der Rothaarige nach ihnen gesucht hatte, die Ferienwohnung hatte er ausfindig gemacht und den Mann mit der Hornbrille auf sie gehetzt. Der Mörder hatte die Rechner nicht zerstört, er hatte nicht einmal die Datenfenster geschlossen. So hatte Sebastian vollen Zugriff auf alles, was der Rothaarige zuvor bearbeitet hatte. In einer Ecke lag eine Kleenex-Rolle, mit der er notdürftig das Blut von der Tastatur wischte. Zum Glück funktionierte sie noch. Er zog sich einen freien Stuhl heran und verschaffte sich einen oberflächlichen Überblick über die Rechnerstruktur, die Daten waren vorbildlich geordnet, ganz im Gegensatz zu dem verkommenen Bild, dass der Raum geboten hatte. Auf dem Schreibtisch lagen Datensticks herum, auf denen er eine Kopie der Rechnerstruktur speicherte, den umfangreichen Datenbestand konnte er ohnehin nicht kopieren, dafür waren die Sticks zu klein. Zumindest hatte er damit ein Beweismittel, falls irgendjemand den Computer zerstören würde. Er klickte weiter herum und konnte sehen, dass der Tote auf einem externen Server angemeldet war. Probehalber versuchte er sich dort einzuloggen. Sofort wurden Sicherheitskennwörter abgefragt.

Bedächtig nickte er mit dem Kopf. Er hatte es gewusst: der Reto-Server. Er vermochte jedoch nicht, den Pfad des Toten nachzuverfolgen. Die Kennwörter hatten eine Zeitsperre und das System erwartete zur Freischaltung eine erneute Eingabe. Das hatte so keinen Sinn. Er würde nach wenigen Fehlversuchen gesperrt. Außerdem war es besser, dem externen Server nicht zu signalisieren, dass sich doch noch jemand in diesem Büro befand, der gerade versuchte, in das System einzubrechen. Wer weiß, wer das System gerade überwachte.

„Sebastian! Das ist ja ekelhaft! Was machst du da?“ Mila kam herein. Ihr Gesicht hatte wieder eine normale Farbe angenommen. Der Angesprochene saß mit blutbeschmierten Fingern auf dem Stuhl und tippte auf der Tastatur herum, als sei das hier ein ganz normaler Arbeitsplatz. Er schien sie nicht zu hören. Der Raum war erfüllt von dem widerlichen Geruch, der schwer in jede Ritze drang. Diesen Geruch würde sie nie wieder vergessen. Mit schnellen Schritten war sie bei ihm und fasste ihn an. Erschrocken sprang er auf, als käme er jetzt erst wieder zur Besinnung. Angeekelt blickte er auf seine Hände. Er stapfte ins Bad, wo er sich notdürftig das Blut abwusch, das in dunklem Kreiseln im Abfluss versank. Als er zurückkam, stand Mila immer noch mitten im Raum und starrte auf den Toten.

# Kapitel 36

Hastig rannten die beiden durch die Hofdurchfahrt zum Parkplatz zurück. Der weiße Golf kam ihnen in diesem Moment geradezu irreal vor, so viel Normalität konnte man nicht mit dem Bild in Übereinstimmung bringen, das sie gerade gesehen hatten. Sie stiegen ein und Sebastian startete den Wagen.

„Wir müssen die Polizei anrufen", sagte Sebastian jetzt und Mila holte ihr Mobiltelefon aus der Tasche. Sie wählte Thiedes Nummer. Er meldete sich nicht. Sie sprach ihm auf den Anrufbeantworter. Danach wählte sie die Notrufnummer. Eine routinierte Stimme meldete sich. Ohne ihren Namen zu nennen, berichtete sie dem Beamten in dürren Worten von dem Leichenfund und drückte das Gespräch weg. Allein beim Gedanken an eine Vernehmung wurde ihr schlecht.

„Ich muss was trinken", sagte sie. Sie hielten an einem Kiosk. Mila stieg aus und ging zu dem kleinen Laden hinüber. Innen roch es nach abgestandenem Zigarettenqualm. Der Tresen war mit halbgefüllten Schokoriegelkartons übersät, daneben stand ein Zeitungsständer mit jeder Menge bunter Hefte. Stars lachten von den Titelseiten herunter, Ernährungshefte warben für die neuesten Diätkuren, Comichefte warteten auf klebrig-feuchte Kinderhände. Sie kaufte zwei Flaschen Wasser, eine Schachtel Nil für sich und eine Dose Kaugummi. Eigentlich rauchte sie nur auf Partys, aber im Augenblick brauchten ihre überreizten Nerven ein Gegengift.

Als sie sich wieder in den Golf setzte, merkte sie erst, wie sehr der Wagen stank. Nach Schweiß, nach Dreck, nach Blut. Angewidert verzog sie den Mund. Sie warf Sebastian eine Flasche Wasser in den Schoß, ließ das Fenster herunter und nahm einen großen Schluck aus ihrer Flasche. Dann zündete sie sich eine Zigarette an. Sebastian hob zwar die Augenbrauen, sagte aber nichts.

„Warum ist mein Vater in dieser Datenbank?", fragte sie tonlos. Die Frage hatte die ganze Zeit in ihr gelauert. Sie zog an der Zigarette, inhalierte den Rauch tief und schnippte Asche aus dem Wagen. Sebastian antwortete nicht. Sie zog wieder an der Zigarette und sah ihn fragend an.

Er zog die Schultern hoch. „Ich weiß es nicht." Er schwieg weiter. „Du kannst es dir ansehen", sagte er dann. „Aber ich halte das nicht für eine gute Idee. Nicht jetzt."

Unentschlossen schaute sie aus dem Fenster und nagte an ihrem Fingerknöchel. Die Sonne schien draußen, wie zum Hohn. Sie schüttelte den Kopf und nahm einen Zug. Es war so ruhig, dass man das Knistern des glimmenden Papiers hören konnte. Der Rauch schmerzte in ihrer Lunge, aber gerade das tat ihr gut. Langsam öffnete sie den Mund und ließ den Qualm entweichen, der sich in dünnen Schleiern sofort in der Luft auflöste, als sei er nie da gewesen. Achtlos warf sie die Zigarette aus dem Fenster, nahm den Laptop von der Rückbank und klappte den Bildschirm auf.

„Okay. Welche Datei ist es?" Sie sah ihn an.

„Es gab zwei Dateien, ich habe aber nur eine geöffnet. Ich schlage vor, dass wir die zweite Datei angucken. Wenn du willst, kann ich zuerst allein einen Blick hineinwerfen. Vielleicht gibt es für alles eine ganz harmlose Erklärung", sagte er.

Sie schüttelte den Kopf. Die Datei war im letzten Sommer angelegt worden, ein paar Tage vor Markbergs Tod. Man sah eine kurze Sequenz, den grauen Raum, Markberg, der am Tisch saß, aber plötzlich brach das Bild ab, die Datei war beschädigt, das Video ließ sich nicht abspielen. Erleichtert schnaufte Mila. Sanft griff er nach ihrer Hand, die leblos auf ihrem Schoß lag. Sie schien seine Berührung nicht einmal zu bemerken. Starr blickte sie wieder aus dem Fenster. Draußen strömten Menschen aus den Büros, es war mittlerweile Feierabendzeit. Sie unterhielten sich, lachten, telefonierten oder nuckelten an großen Trinkbechern. Sebastian dachte, dass es vielleicht ein Zeichen war, dass Markbergs zweite Datei beschädigt war. Und nach allem, was er bisher über Emilia wusste, war es keinesfalls sinnvoll, ihr jetzt das Bild ihres verstörten Vaters zu zeigen.

„Mach die da auf", sagte sie plötzlich in seine Gedanken hinein und zeigte mit einem Finger auf den Monitor. Es war ein Video über diesen Erik Hallauer.

„Mila, das bringt doch nichts. Wir müssen uns doch jetzt nicht diese Dateien angucken", wehrte Sebastian leise ab.

Wütend zog sie eine zweite Zigarette aus der Verpackung und schüttelte heftig den Kopf. Mit gerunzelter Stirn drückte er auf die Entertaste. Wieder erschien dieser Büroraum. Er war leer. Nach einem kurzen

Moment ging die Tür auf und ein mittelgroßer Mann trat ein, der einfache Kleidung trug, die fremd an ihm aussah, vielleicht hatte sie ihm jemand zur Verfügung gestellt. Sein Haar war ungleichmäßig geschnitten und feucht. Obwohl er sauber war, sah man ihm an, dass er lange auf der Straße gelebt hatte; das Gesicht war sonnenverbrannt und narbig, trotz seiner neuen Kleidung wirkte er ungepflegt und unbeholfen, als sei es lange her, dass er einen Raum betreten hatte, in dem sich andere Personen aufhielten. Linkisch näherte er sich dem Stuhl und nahm vorsichtig Platz, für einen Moment in die Kamera schauend. Die Hände lagen mit eingedrehten Daumen zu kleinen Fäusten geballt in seinem Schoß. Seine Augen fixierten das Wasserglas, das vor ihm stand.

Die Stimme begrüßte ihn freundlich und bat ihn, für das Protokoll seinen Namen zu nennen. Der Mann hieß Erik Hallauer.

„Haben Sie gut geschlafen, Erik? Es ist schön, dass Sie hier bei uns sind, es geht Ihnen schon viel besser, wie ich sehe", begann die Stimme.

Hallauer hob zwar sein Gesicht zum Sprecher, hielt aber die Augen weiterhin auf das Wasserglas fixiert. Eine Sehne am Hals spannte sich an. Er antwortete nicht.

„Sie haben echte Fortschritte gemacht, das wissen Sie doch, oder? Früher hatten Sie große Angst, erinnern Sie sich daran, Erik? Vor allem vor Insekten und vor der Dunkelheit. Wollen Sie mir von Ihren Erfahrungen berichten?", säuselte die Stimme. Hallauers Zähne mahlten, er schwieg weiter, aber am Ende trat ein säuerliches Lächeln in sein Gesicht.

„Erinnern Sie sich, dass Sie gestern in einem dunklen Raum waren, Erik, ganz allein. Können Sie mir sagen, was sie dort gesehen haben?"

Endlich schaute Erik den Sprecher an, er hatte noch immer sein merkwürdiges Lächeln im Gesicht, obwohl seine Augen den Sprecher gleichgültig musterten.

„Insekten. Spinnen. Kakerlaken", sagte er und schaute gelangweilt zur Seite.

„Richtig, Sie haben Spinnen gesehen, große Spinnen. Sie waren mit den Spinnen zusammen in dem dunklen Raum. Und mit Kakerlaken, brasilianischen Kakerlaken. Haben Sie gemerkt, dass Sie gar keine Angst hatten? Wollen Sie Ihre Gefühle mit mir teilen?"

„Egal. War mir egal. Mag sie nicht, war mir aber egal", zuckte Hallauer mit den Schultern. Er verschränkte seine Beine ineinander.

„Erinnern Sie sich, dass Sie früher im Dunkeln schreckliche Angst hatten?"

Der Angesprochene runzelte die Stirn. „Sie müssen mich verwechseln. Ich hatte nie Angst vor so etwas. Wieso sollte ich?"

„Das ist wunderbar, Erik. Unsere Therapie schlägt an, das sehen Sie doch. Lassen Sie uns heute einen Schritt weitergehen. Es gibt ein Problem, das nur Sie lösen können. Wollen Sie uns helfen?"

Unschlüssig saß der Mann weiter auf seinem Stuhl und sog sein Wangenfleisch ein. Er kaute darauf herum, als habe er Kaugummi im Mund. Plötzlich forderte die Stimme Hallauer auf, aufzustehen und zu der Seitenwand zu gehen, in der ein Fenster eingelassen war. Er blickte gleichgültig auf das Fenster, stand aber auf. Die

Kamera kam hinter ihm her und stellte sich neben ihn. Kurz schwenkte sie auf das Fenster, doch der Raum dahinter blieb dunkel.

„Erik, Sie hatten sich bereit erklärt, mir bei einem Problem zu helfen, Sie erinnern sich doch noch, nicht wahr?"

Keine Reaktion. Die Stimme sprach weiter.

„Wissen Sie noch, dass ich Ihnen erklärt hatte, dass wir in Berlin im Moment bedroht sind von einer Seuche, von einer Pandemie? Es sind gefährliche Viren eingeschleppt worden, gegen die wir kein Gegenmittel haben. Wenn sich die Viren vermehren, werden wir alle sterben. Ich auch, Erik. Glauben Sie mir das?", fragte die Stimme freundlich.

Hallauer blickte kurz in die Kamera und musterte den Sprecher, noch immer ohne jede Gefühlsregung. Nur ein undeutbares Runzeln der Oberlippe war auszumachen.

„Wir haben eine wichtige Aufgabe für Sie, Erik, die nur Sie lösen können. Sie haben einen natürlichen Antikörper, sie können dieses Virus nicht bekommen. Das ist etwas ganz Seltenes, deshalb brauchen wir Sie. Das Einzige, was Sie dafür tun müssen, ist, in den Raum da zu gehen und dafür zu sorgen, dass das Virus nicht den Raum verlassen kann. Werden Sie das tun, Erik? Es ist eine gute Tat, das wissen Sie doch." Die Stimme lullte herum wie in einem schlechten Film.

Erik zog die Oberlippe hoch und entblößte seine schadhaften Zähne. „Das ist ein Test, oder? Ich weiß schon, Sie wollen mich testen. Es gibt kein Virus." Mit schlauem Blick schaute Erik in die Kamera, man sah, wie es hinter seiner Stirn arbeitete.

„Doch, Erik, leider gibt es das Virus. Es ist eine neue Form eines hämorrhagischen Fiebers, es wurde aus Afrika eingeschleppt, eine höchst aggressive Variante. Wir haben keine Zeit mehr. Wollen Sie uns helfen? Sie müssen in den Raum gehen, dann können wir auch Ihre Behandlung fortsetzen, sonst nicht, das wissen Sie doch", insistierte der Sprecher.

Die Kamera zoomte auf Hallauer, der unentschlossen vor dem Fenster stand und augenscheinlich an nichts dachte.

„Erik, haben Sie Angst?", wiederholte der Sprecher seine Frage.

Eine Großaufnahme von Eriks Augen füllte den Bildschirm, sie waren unnatürlich gerötet. Der Mann hatte in beiden Augenhöhlen geschwollene Einstichstellen, darum hatten sich schorfige Hämatome gebildet.

„Ich hab' keine Angst. Wieso sollte ich? Das ist garantiert nur ein Test. Ich weiß es."

Halb hatte er die Augen geschlossen und blinzelte sein Gegenüber verschlagen an. Er grinste hämisch. Man konnte seine gelben Zähne sehen, er reckte seinen Hals vor, der blau und faltig war wie ein Truhahnhautlappen.

„Aber ich will was dafür. Virus. Bullshit. Sie wollen ja nur wissen, wie weit ich gehen werde. Mir ist egal, was ich da drin finde." Er lächelte. „Sieht nach einem Scheißjob aus, so freundlich waren Sie ja noch nie."

„Erik. Die Zeit drängt. Ist das okay für Sie?"

Einen Moment überlegte er. „Was soll ich denn da machen?

„Sie müssen den Patienten eine Spritze geben, das geht ganz einfach, sie muss nicht intravenös verabreicht werden, sie brauchen sie nur in den Bauch oder den Arm zu stechen."

Hallauer zuckte die Schultern. „Ich will was dafür haben."

„Sie bekommen wieder einen Job und eine feste Wohnung. Außerdem weiterhin die Behandlung. Das ist doch genug, oder?"

Hallauer schwankte für einen Moment. „Und noch 10.000 Euro. Von irgendwas muss ich ja leben."

„Gehen Sie jetzt da rein, Erik, die Zeit drängt." Offenbar hatte der Sprecher genickt.

Der Mann spähte durch die Fensterscheibe in den angrenzenden Raum und legte dazu beide Hände um die Augen, schien aber nichts erkennen zu können.

„Haben Sie nicht Angst, dass die Viren aus diesem Raum rüberkommen, wenn ich die Tür aufmache?", fragte er misstrauisch. „Schließlich will ich meine Kohle noch ausgeben."

„Da besteht keine Gefahr. Das da ist eine Unterdruckschleuse."

„Aber atmen kann ich da schon? Ist ja kein Vakuum oder so?", brummte Erik.

„Ja, das wird kein Problem. Machen Sie sich keine Sorgen. Es ist alles okay."

Er nickte mit dem Kopf und öffnete die Schleusentür, die sich mit einem scharfen Zischlaut hinter ihm in die Edelstahlzarge zog. Das Bild schaltete um und kam nicht mehr von der Handkamera des Sprechers, sondern direkt aus der Kabine. Erik wurde von einem fahlen Licht von oben angestrahlt. Sein Haar begann, schütter zu werden, am Hinterkopf entwickelte sich allmählich eine lichte Stelle. Probehalber drückte er den Griff der ersten Tür herunter, aber der ließ sich nicht mehr betätigen. Eine rote Lampe neben der Tür leuchtete auf. Vor ihm befand sich die zweite Schleusentür, neben der eine grüne Lampe leuchtete. Kaum dass er seine Hand darauf gelegt hatte, öffnete sich die Tür mit einem satten Schmatzen. Erik war in dem Raum verschwunden und für einen Moment sah man nur die leere Unterdruckschleuse. Das Bild schaltete erneut um, offenbar wurde nun der Raum gefilmt. Man sah nichts, alles war stockdunkel. Hallauers gleichmäßiges Atmen war zu hören, außerdem unbestimmte Geräusche, leises Stöhnen.

„Ich sehe hier gar nichts. Wenn ich was tun soll, müssen Sie schon das Licht anmachen. Außerdem stinkt es wie auf einer Müllhalde."

„Ich schalte jetzt das Licht ein. Es sieht nicht gut aus, aber Sie müssen sich keine Sorgen machen."

Mit einem Schlag war der Raum gleißend hell ausgeleuchtet, Laborleuchten hingen karg und metallen von der Decke und verbreiteten ihr kaltes blaues Licht. Hallauer stand in der Nähe der Unterdruckschleuse, unschlüssig, mit hängenden Armen. Er blinzelte. Im gleichen Augenblick sah man vier Metallbetten, auf denen Decken lagen. Ein Stöhnen und Greinen ging durch den Raum, aus dem ersten Bett rappelte sich mühsam ein Mann hoch, versuchte sich aufzusetzen. Er trug einen Krankenhauskittel, der auf dem Rücken zusammengebunden war. Erst auf den zweiten Blick sah man, dass der Kittel mit Blutflecken übersät war. Als der Mann sich aufgerichtet hatte, blutete er aus der Nase, ein schmales Rinnsal lief ihm aus dem Mund.

Die Augen waren rot unterlaufen, auch aus den Lidfalten schien Blut herauszutröpfeln.

„Haben Sie die Medizin dabei?", rief der Mann weinerlich. „Ich habe solche Schmerzen." Schon hörte man auch aus den anderen Betten, wie sich die Gestalten hochrappelten, ihn flehend anriefen.

„Und ich habe den Antikörper, ja?", bellte Hallauer in den Raum. Es knackte aus dem Lautsprecher.

„Alles in Ordnung, Erik, Sie müssen den Patienten nur die Spritzen geben. Sie liegen in der Unterdruckkabine. Sie müssen sie holen."

Erik drehte sich um und öffnete wieder die Tür der Kabine und holte die vier Spritzen, die er dort zunächst nicht gesehen hatte. Zügig ging er wieder zurück in den Raum und trat an das erste Bett. Der Patient war mager bis auf die Knochen, auf der Haut hatten sich kreisrunde bläuliche und schwarze Verfärbungen gebildet. Aus allen Köperöffnungen sickerte stetig etwas Blut. Der Mann schniefte und zog seinen widerlichen Schleim ein. Er versuchte, Hallauers Hand an sich zu ziehen, aber Hallauer stieß den Mann grob zurück.

„Ist es egal, wohin ich die Spritze setze?", fragte er in den Raum. Der Anblick des Patienten war ihm offenbar völlig gleichgültig.

„Ja, einfach in den Arm, am besten weit oben, da ist die Haut nicht so dünn", ordnete die Stimme an.

Hallauer öffnete die sterile Verpackung und entnahm eine Spritze, drückte einen Tropfen des Wirkstoffs hervor, um keine Luft zu injizieren, und ging zu dem ersten Mann. Ohne viel Federlesens injizierte er dem Patienten das Medikament, der kurz vor Schmerz aufheulte. Sofort danach beruhigte er sich aber und fiel entspannt in die schmutzigen Laken zurück. Sofort ging Hallauer zum zweiten Bett und gab auch diesem Mann die Spritze, wonach auch er ins Bett zurücksank. Plötzlich schrie der dritte Patient panisch auf.

„Was machen Sie denn da? Der Mann ist ja tot! Sie haben ihn umgebracht! Ich will keine Spritze, nein, bitte nicht!“

Der Rest ging in einem hilflosen Wimmern unter. Erik ging zu den Betten zurück und beugte sich über die Kranken. Die Männer waren zwar nicht tot, atmeten aber nur noch sehr schwach.

„Was soll ich jetzt machen?“, fragte er die Stimme irritiert. „Die kacken hier ab, Alter. Scheint ja ein tolles Mittel zu sein, was ich hier spritzen soll.“ Er grinste wieder hämisch.

„Nein, das ist alles okay. Die Dosierung ist genau richtig. Machen Sie weiter“, sagte die Stimme freundlich.

Hallauer ging zum dritten Bett herüber, in dem der weinende Mann lag, der hilflos und geschwächt versuchte, sich gegen ihn zu wehren. Er trat mit den Beinen, hob die Hände gegen ihn, jaulte und stieß um sich. Doch Hallauer war in besserer körperlicher Verfassung. Der Mann hatte nicht die geringste Chance. Angestachelt durch den Widerstand des Mannes schlug er wütend Beine und Arme beiseite, die Spritze hatte er schon vorher ausgepackt und suchte nach der Oberarmkugel, um ihm das Medikament in den Arm zu jagen. Unter seinen Schlägen platzte dem Mann die Lippe auf und ein Schwall Blut ergoss sich über den Krankenhauskittel. Der Mann heulte auf, aber Hallauer schnaubte nur. Endlich erreichte er eine Stelle und drückte dem Mann das Medikament in den Arm, der wie die anderen sofort in einen komatösen Zustand verfiel. Bevor er zum letzten Bett ging, in dem der Mann ebenfalls weinte und bettelte, sah er zur Schleuse zurück.

„Der Typ hier sieht übel aus. Könnte tot sein. Macht keinen Muckser mehr. Ist das Medikament wirklich in Ordnung? Ist mir ja egal, ich will nur nicht ins Gefängnis." Er hob den Arm des Mannes an und ließ ihn fallen. Er fiel schwer wie ein nasser Sandsack auf das Bett.

„Natürlich nicht, Erik, es ist alles in Ordnung, genauso muss es sein. Das Medikament wirkt. Bitte behandeln Sie auch den vierten Mann", beruhigte ihn die sanfte Stimme.

Am vierten Bett das gleiche Spiel, wieder ein Patient, der aus allen Poren blutete, sich mit aller Kraft gegen die Spritze wehrte, aber auch hier gelang es Hallauer, irgendwann den Wirkstoff in die Armkugel zu drücken.

„Fertig", sagte er mit einer gewissen Genugtuung in der Stimme. Er sah grässlich aus, war von dem Handgemenge blutig und völlig verschwitzt.

„Kann ich jetzt hier raus, oder soll ich mich hier irgendwo waschen?", fragte er die Stimme.

„Prüfen Sie bitte noch einmal die Patienten, ob alles in Ordnung ist", ordnete die Stimme an. Hallauer ging noch einmal die Betten ab, aber die Männer lagen leblos in ihren Kojen.

„Kommen Sie jetzt heraus, Erik, Sie haben das großartig gemacht. Ich bin sehr zufrieden."

Hallauer ging wieder zu der Schleuse zurück und verließ den Raum.

Die Kamera verweilte jedoch im Raum und folgte Hallauer nicht mehr hinaus. Das Licht blieb an. In den Betten regte sich nichts. Eine lastende Stille bereitete sich aus, das kalte Licht lag schwer auf den zerwühlten Bettlaken, unter denen sich die stillen, ausgemergelten Körper abzeichneten.

Plötzlich ertönte aus dem Lautsprecher wieder die Stimme, sachlich und routiniert:

„Proband Erik Hallauer. Abschluss des Experiments 9. September, 17.35 Uhr. Vier Todesopfer. Der Proband zeigt keine Reflektion, ebenso keine Hemmungen, die ihm aufgegebenen Aufgaben nach den Vorgaben zu erfüllen. Aufkommende Bedenken des Probanden im Testverlauf konzentrieren sich ausschließlich auf die Bedeutungsebene des Probanden. Im Experiment wurde Folgendes festgestellt: Obwohl der Proband darüber aufgeklärt wurde, dass es gegen Viren kein wirksames Medikament gebe, das durch eine einmalige Injektion helfen könne, hat er das Mittel verabreicht. Der Proband wurde weiterhin darüber aufgeklärt, dass es bisher kein Gegenmittel gebe, sodass seine Mission von vornherein sinnlos war. Dennoch hat der Proband ohne Rückfrage und Klärung eine nicht näher definierte und von ihm nicht infrage gestellte Menge eines ihm nicht bekannten Wirkstoffes verabreicht. Der Proband musste dabei den Patienten den Wirkstoff subkutan mittels einer Spritze ins Fettgewebe verabreichen, obwohl der Proband hierzu nicht über ausreichende medizinische Kenntnisse verfügte. Die erheblichen Nebenwirkungen, die unübersehbar unmittelbar zu einer komatösen Lethargie der

Patienten geführt hat, haben den Probanden nicht an der Verabreichung des Medikaments gehindert. Hierbei wandte er Gewalt an, um den Widerstand der noch nicht behandelten Patienten zu brechen.

Die offenkundig negative Reaktion auf das Medikament sowie die bereits fortgeschrittenen Krankheitssymptome der Patienten führte weder zu einer Ablehnungsreaktion des Probanden noch zur Besorgnis, selbst von einer solchen Krankheit infiziert zu werden. Der Widerstand gegen den Versuchsleiter war äußerst gering, sodass von einer grundsätzlichen Willfährigkeit ausgegangen werden kann. Nach Abschluss der Behandlung zeigte der Proband keinerlei kognitive Beeinträchtigungen, der weitere Gesundheitszustand der von ihm behandelten Patienten wurde nicht von ihm hinterfragt. Der Versuch wurde erfolgreich beendet. Ich danke Ihnen für Ihre Mitwirkung."

Als die Stimme schwieg, zeigte sich in dem stillen Raum plötzlich eine Regung. Die Decken wurden schwungvoll zurückgeworfen und die vier Patienten sprangen händeabklatschend aus ihren Betten. Sie gingen zu einem Tisch mit Spüle an der Wand und begannen, sich gut gelaunt die rote Farbe aus dem Gesicht zu waschen.

Entsetzt klappte Sebastian den Deckel des Laptops herunter und starrte Mila an, die unbeweglich und fassungslos neben ihm saß. Niemand sprach. Am Ende war kein Wort.

# Kapitel 37

Während Sondermann den Wagen steuerte, berichtete er kurz über die Ermittlungslage. Sie hatten eine richterliche Anordnung erhalten und hatten die Passagierlisten der Maschine nach Bangkok geprüft. Ein Thilo Feller war nicht unter den Reisenden gewesen – also war er auch nie in Myanmar angekommen.

„Wow. Stellt sich die Frage, wen wir bei Herrn Bremer gesehen haben. Stellt sich sowieso die Frage, was dieser Bremer mit der Sache zu tun hat", sagte Thiede mit einem triumphierenden Seitenblick auf seinen Kollegen.

Sondermann verzog seinen Mund. „Jaja, ich weiß ja, du hast es gleich gesagt, deine Lieblingszeugin hat recht gehabt. Aber noch haben wir keine Leiche. Es kann immer noch sein, dass dieser Feller in der Sache drinsteckt und bald wieder auftaucht."

Thiede runzelte die Stirn. „Und was sollte dieses ganze Asien-Theater? Irgendwann hätte Feller doch wieder auftauchen müssen."

„Ich vermute, dass der Täter Zeit gewinnen musste. Durch dieses gefakte Alibi waren Bremer und Feller erst einmal beide aus dem Schneider. Aber Bremer muss definitiv in der Sache drinstecken. Er musste doch einkalkulieren, dass die gefälschte Video-Übertragung auffliegt. Ich bin sicher, dass er jetzt untertauchen will. Wir müssen nach ihm fahnden. Wenn Feller wirklich tot ist, was ich jetzt glaube, hat er womöglich geplant, dass er aus Asien nie zurückkommen sollte, vielleicht hätte es dort einen fingierten Unfall gegeben. Bremer müssen wir heute noch auf den Zahn fühlen."

„Ich frage mich, ob Gordon nicht ebenfalls in der Sache mit drin steckt. Immerhin ist er auf der Flucht."

„Ich halte es für wahrscheinlicher, dass Feller irgendetwas aufgedeckt und seinen Freund Gordon ins Vertrauen gezogen hat. Dadurch ist er selbst in Gefahr geraten und untergetaucht. Immerhin, einen der Täter haben wir erwischt. Der liegt gerade im Hedwigskrankenhaus und wird heute Abend zu uns ins Dezernat überstellt!", trumpfte Sondermann auf.

Er schilderte kurz den Anruf der Zeugin und die Ergreifung des Verdächtigen.

„Mit einiger Wahrscheinlichkeit ist das Fellers Mörder. Er schweigt noch, aber wir werden schon aus ihm herausholen, was wir wissen wollen."

„Mann, Kollege, du bist ja doch noch zu was zu gebrauchen auf deine alten Tage!", entgegnete Thiede und schlug dem älteren Kollegen auf die Schulter.

Sondermann schüttelte sich unwirsch. „Jetzt sag mir lieber, wo wir diese merkwürdige Brain-Lab-Firma finden. Oder sollen wir zuerst zur Reto AG fahren?"

Thiede schüttelte den Kopf. „Mein Bauchgefühl sagt mir, dass wir das Labor suchen müssen. Feller war Gesellschafter in der Firma. Ich weiß gar nicht, ob ein Vorstandsvorsitzender einer so großen Company wie der Reto noch solche Nebentätigkeiten ausüben darf. Und irgendwie klingeln bei mir schon die Alarmglocken, wenn ich höre, dass die Medikamente entwickeln und alles so geheim ist. Vielleicht hat er sich mit einem Partner über irgendwas zerstritten. Wäre doch denkbar."

„Ok. Dann schicke ich ein Team in die Reto AG."

Sondermann beschleunigte den Wagen und schaltete einen Gang höher. Das Gebäude stand in Berlin-Mitte, ganz in der Nähe des Campus Charité. Es dauerte nur 20 Minuten, bis sie endlich an dem neutralen Altbau angekommen waren. Die Fassade war nichtssagend, ein abgestuckter Altbau der Jahrhundertwende, jemand hatte ein Wärmedämmsystem angebracht, die alten Holzfenster waren durch Kunststofffenster ersetzt worden.

Sie stellten den Wagen ab und gingen hinein. Im Empfangsbereich saß eine Frau mittleren Alters mit unterschiedlich lackierten Gelnägeln, die zusätzlich mit bunten Strass-Steinchen geschmückt waren. Sie zeigten ihre Ausweise und baten darum, den Geschäftsführer, einen Herrn Dr. Marx, zu sprechen.

„Dr. Marx ist in einer Besprechung, ich weiß nicht, ob ich ihn stören kann", sagte die Empfangsdame.

„Sie werden jetzt Herrn Dr. Marx herholen, er kann seine Besprechung anschließend fortsetzen. Rufen Sie ihn bitte an." Sondermann hatte keine Zeit, lange um den heißen Brei herumzureden.

Verunsichert wählte sie eine Nummer und sprach leise etwas in den Hörer. „Er kommt sofort. Bitte nehmen Sie einen Augenblick Platz."

Sie wies auf eine kleine Sitzgruppe gegenüber dem Tresen. Daneben stand ein Ständer mit Werbebroschüren. Thiede griff ein paar Unterlagen und steckte sie ein. Nach wenigen Minuten kam ein Mann Anfang 40 auf sie zu. Intelligente Augen leuchteten aus einem faltigen

Gesicht, das bemerkenswert gräulich wirkte. Er trug einen weißen Kittel mit eingesticktem Namenszug, aus der Brusttasche lugte eine angebrochene Packung Marlboro.

„Unsere Assistentin sagt, Sie wären von der Polizei? Was kann ich für Sie tun?" Er schaute sie freundlich an und vergrub seine Hände in den Kitteltaschen, dann setzte er sich zu ihnen in die Besprechungsecke.

„Kennen Sie den Gesellschafter Ihrer Firma, Herrn Thilo Feller?", fragte Thiede ein wenig lauernd. Irritiert schaute ihn Marx an.

„Ja selbstverständlich. Herr Feller ist Miteigentümer und im Beirat der Firma."

„Hatten Sie in den letzten Tagen Kontakt zu ihm?"

Dr. Marx runzelte die Stirn und dachte einen Moment nach.

„Nein, jedenfalls nicht persönlich. Herr Feller hat sich operativ hier nicht sehr stark engagiert. Er war Vorstandsvorsitzender der Reto AG, das hat ihn ziemlich ausgelastet. Warum fragen Sie mich das?"

„Können Sie mir sagen, was Ihre Firma herstellt?", fragte Thiede ohne auf dessen Frage einzugehen.

„Wir stellen nichts her. Wir forschen an Wirkstoffzusammenhängen, hauptsächlich biochemische Prozesse. Wir sind ein Forschungslabor. Wir betreuen verschiedene Projekte, aber im Grunde ist es immer Grundlagenforschung. Mit unseren Ergebnissen gehen wir dann an die Pharmaindustrie, die daraus Medikamente entwickelt, wir verkaufen sozusagen die Grundidee. Sehr spannend, manchmal sehr lukrativ, meistens aber leider ein Brotgeschäft. Man sucht immer die Nadel im

Heuhaufen und außerdem muss man schneller sein als die Konkurrenz." Er lächelte unbestimmt.

„Ist das nicht ungewöhnlich? Normalerweise wird Grundlagenforschung doch an den Universitäten betrieben oder an den bekannten Forschungsgesellschaften, Max-Planck-Institut oder so etwas. Ich dachte immer, dass man mit diesem Bereich kein Geld verdienen kann, oder liege ich da falsch? ", fragte Sondermann.

Dr. Marx schüttelte den Kopf. „Wir werben Drittmittel ein. Das bedeutet, dass wir schon konkrete Dinge untersuchen, wir beschäftigen uns also nicht mit der Frage, ob im All Leben existiert. Man könnte sagen, wir betreiben anwendungsnahe Grundlagenforschung. Aber wie kann ich Ihnen weiterhelfen? Ich will nicht unhöflich sein, aber ich habe noch einiges zu tun."

„Forschen Sie auch über Demenzerkrankungen?", erkundigte sich Thiede.

Der Arzt schlug ein Bein über das andere und lehnte sich zurück. Mit einer Hand griff er in die Brusttasche und förderte die Packung Marlboro zutage.

„Stört sie das?", fragte er kurz, nestelte eine Zigarette aus der Packung und zündete sie an.

„Zu Ihrer Frage. Ja, wir haben auch Projekte für degenerative Gehirnerkrankungen, Demenz ist da nur ein Beispiel. Der Gehirnforschung gehört die Zukunft, wissen Sie? Allein in Deutschland werden in den nächsten Jahren etwa drei Millionen zusätzliche Demenzfälle erwartet, da ist Hilfe vonnöten."

„Ein Riesenmarkt, nicht wahr? Und was genau machen Sie da? Haben Sie eine Therapie entwickelt?", fragte Thiede nochmals nach.

Marx runzelte die Stirn. „Ich dachte, ich hätte das gerade klargestellt. Wir entwickeln keine Medikamente. Wir analysieren die biochemischen Prozesse des Gehirns, die Funktionsweise, damit sich irgendwann ein Ansatz für mögliche Therapien ergibt. Wir wissen noch viel zu wenig über das Gehirn."

„Gehörte auch Herr Georg Markberg zu Ihren Patienten?", schoss Sondermann dazwischen.

Marx schwieg und zog an seiner Zigarette. Von einem nahe gelegenen Tisch fischte er sich einen Aschenbecher und streifte die Asche ab. „Hm. Ich kann mich nur wiederholen: Wir entwickeln keine Arzneien und wir haben auch keine Patienten."

„Aber Sie haben doch sicher Probanden? Das Gehirn lässt sich ja schlecht erforschen, wenn man keine Menschen untersucht." Thiede ließ nicht locker.

„Darf ich fragen, weshalb Sie eigentlich hier sind? Unser Unternehmen besitzt alle notwendigen Genehmigungen."

„Dr. Marx, bitte beantworten Sie meine Frage. Haben Sie Probanden, und war Georg Markberg einer davon? Und kennen Sie einen Herrn Dr. Hanebüchen?"

Dr. Marx stand auf und ging zum Tresen vor. „Tina, schau doch bitte mal, ob du diesen Namen findest." Er drehte sich um. „Ich möchte schließlich auf keinen Fall Ihre Ermittlungen sabotieren – was immer Sie hier auch untersuchen."

Der Sarkasmus in seiner Stimme war kaum zu überhören. Die Sekretärin suchte in einer Datei und schüttelte den Kopf.

„Sehen Sie, da sind Sie leider vergeblich gekommen. Wenn ich sonst noch etwas für Sie tun kann? Ansonsten …"

Er ließ den Satz unbeendet im Raum stehen und hob eine Hand in Richtung Ausgangstür. „Ich stehe Ihnen gerne für weitere Fragen zur Verfügung. Sie sollten sich dann aber bitte anmelden."

Die Beamten standen ebenfalls auf. „Gehört die Reto AG zu Ihren Auftraggebern?", hakte Thiede im Herausgehen abermals nach.

„Nein, die Reto ist nicht unser Auftraggeber. Wieso sollte sie?"

„Ist der Reto AG bekannt, dass Herr Feller an diesem Unternehmen beteiligt ist?"

„Woher soll ich das wissen. Herr Feller ist mein Chef, wenn Sie so wollen. Ehrlich gesagt, interessiert es mich überhaupt nicht, was Herr Feller mit der Reto vereinbart hat oder nicht. Mit der Reto AG haben wir nichts zu tun, wenn Sie das meinen. Ich darf mich jetzt verabschieden?" Er öffnete die Tür. Sondermann und Thiede gingen hindurch und liefen zum Auto.

„Mensch, der Kerl ist doch nicht koscher. Er hat keine Patienten, aber Probanden. Er konnte uns nicht schnell genug wieder aus seinem Büro herausbekommen. Und hast du diese Tina gesehen? Die hat die ganze Zeit nervös hin und her geguckt. Wer weiß, was die in ihrer Datei alles hat. Lass uns den Laden hier mal genauer unter die Lupe nehmen", sagte Thiede zu seinem Kollegen. „Vielleicht hätten wir ihm sagen sollen, dass Feller ermordet wurde."

Sondermann schüttelte den Kopf. „Das machen wir erst, wenn wir genauer wissen, was es mit diesem Labor hier auf sich hat." Sie setzten sich ins Auto.

„Bremer ist nicht in der Reto angetroffen worden, niemand weiß, wo er steckt und zu Hause ist er auch nicht", sagte Thiede, der seine Mails gecheckt hatte.

„Hab ich mir gedacht", brummte Sondermann. „Der ist untergetaucht. Darum kümmern wir uns später. Fahndung. Übliches Procedere, alle Flughäfen kontrollieren und so weiter."

Thiede nickte und tippte eine Mail an die Kollegen. Sie fuhren ein paar Meter um die Ecke. Im Rückspiegel sah Sondermann, dass Marx noch eine Weile an der Tür stehen geblieben war, um ihr Wegfahren zu beobachten. Nach ein paar 100 Metern stellten sie den Wagen im Halteverbot ab und liefen zu Fuß zum Gebäude zurück. Wie immer gab es keinen Parkplatz weit und breit. Neben dem Haus verlief auf der linken Seite eine Einfahrt, in die sie rasch einbogen. Der alte Bau hatte eine erstaunliche Ausdehnung in die Tiefe. Von den auf die Einfahrt gehenden Fenstern waren viele innen mit Blendläden verschlossen. Kein Lichtschein drang nach außen.

„Sieht aus, als ob die dort Tiere halten würden", bemerkte Thiede mit leiser Stimme.

„Wie kommst du darauf?"

„Habe ich mal gelesen. Viele Versuchstiere müssen genaue Umgebungskonditionen haben, kein zu helles Tageslicht und so. Ratten zum Beispiel sind nachtaktive Tiere, wenn man die tagsüber wachhält, werden die krank."

Sondermann sah seinen Kollegen überrascht an. Offenbar las er in seiner Freizeit sinnvolle Zeitschriften.

„Na jedenfalls hat das den Vorteil, dass die uns von innen nicht sehen können."

Rasch schlichen sie zur Rückseite des Gebäudes, die auf eine kleine Straße hinausging – die Anlieferung, verschlossen mit einem großen Rolltor. Alles wirkte aufgeräumt und ordentlich. Das Tor schien unüberwindbar, daneben befand sich jedoch ein schmales Fenster, das auf Kipp gestellt war. Thiede trat ans Fenster und fingerte in dem Spalt herum. Er griff in seine Tasche und holte seinen Leatherman heraus, mit dem er an dem Öffnungsbegrenzer herumhantierte. Thiede fand es schon immer hilfreich, Türen öffnen zu können und hatte sich von seinen einschlägigen Kunden den einen oder anderen Trick zeigen lassen. Nach wenigen Minuten sprang das Scharnier aus seiner Verankerung.

„Wusste ick doch, Plastikfensta, keen Einbruchschutz, ga nüscht", berlinerte er.

Sondermann sah stoisch in die Zufahrtsstraße und ließ sich nichts anmerken. Geschickt stemmte sich der jüngere Kollege an der Fensterbank hoch und stieg vorsichtig in das Gebäude. Sondermann kletterte ihm hinterher, sichtlich mit mehr Mühe. Seine alten Knochen waren für so was nicht mehr gemacht. Er zückte seine Pistole und hielt sie im Anschlag. Der Flur war lang und gerade, das Licht dämmrig abgedimmt, trotzdem reichte es aus, um alles gut sehen zu können. Rechts und links gingen Türen ab, die in der Mitte ein kreisrundes Durchblickfenster hatten. Schnell hasteten sie an den Räumen vorbei. Es war, wie Thiede vermutet hatte: In den Räumen stapelten sich Edelstahlkäfige, darin jede Menge Versuchstiere, offenbar nur Kleinnager, Ratten und Mäuse. Es roch nach Tierkot, Desinfektionsmitteln und Käfigeinstreu.

Am Ende des Flurs lag ein Treppenhaus, kurz verständigten sie sich mit den Augen und liefen die Treppe in den Keller hinunter. Auch dort das gleiche Bild: langer Flur, Räume rechts und links davon, jedoch keine Tiere. Stattdessen sahen sie Labor- und Lagerräume, in denen verwaiste Werkbänke standen. Es war niemand zu sehen. Sie waren den Flur in umgekehrter Richtung gelaufen und standen jetzt unterhalb der Anfahrtsrampe, über die sie das Gebäude betreten hatten. Plötzlich entdeckten sie in der Außenwand zur Rampe eine schmale, aber mannshohe Revisionstür. Sie war verschlossen.

„Hier ist was. Wieso gibt es hier eine Tür? Das ist doch die Außenwand, dahinter müsste eigentlich Erdreich sein", flüsterte Sondermann.

Sein Kollege nickte. Wieder zückte Thiede den Leatherman und wählte zwei kleine Widerhaken, mit denen er im Schloss herumfuhr, bis es mit einem leisen Klicken aufsprang. Vor ihnen lag eine Treppe, die weiter in einen Tiefkeller führte. Fragend blickte er seinen älteren Kollegen an, der den Daumen hob.

Vorsichtig stiegen sie die stockdunkle Treppe hinunter. Thiede zog eine kleine starke Taschenlampe aus der Tasche und leuchtete damit auf die Stufen. Kühle Luft schlug ihnen entgegen, die einen leicht unangenehmen Beigeruch mit sich führte. Der Keller war nicht sehr tief ausgehoben, in dem anschließenden Flur konnte eine große Person gerade aufrecht stehen. Kurz drehte sich Thiede mit der Taschenlampe im Kreis und entdeckte drei Türen, die alle vom Treppenraum abgingen. Es war so dunkel, dass die Wände auf sie zuzukommen schienen. Ein durchdringender Geruch nach Desinfektionsmitteln stach ihnen in die Nase. Daneben spürte man einen anderen Geruch, modrig und feucht. Außerdem lag etwas Süßliches in der Luft, das es schwer machte, zu atmen.

Auch Thiede zog jetzt seine Waffe und entsicherte sie leise. Sie nickten sich zu. Sondermann schlich vorsichtig zur ersten Tür. Er lauschte. Nichts zu hören. Mit einem Ruck öffnete Thiede die Tür. Sondermann richtete seine Waffe in den Raum. Ihre Augen brauchten einige Sekunden, um sich an die Finsternis zu gewöhnen. Über einen schmalen Lichtschacht sickerte nur wenig Tageslicht herein. Thiede leuchtete den Raum aus, der peinlich sauber, aufgeräumt und leer war, von der Decke baumelte eine Rasterleuchte, die Wände waren grau gestrichen. Es stand ein Tisch mit einem Stuhl darin, an einer Seitenwand war außerdem ein Fenster eingelassen, das auf den Nachbarraum ging. Sie drehten sich um und liefen zügig zum zweiten Raum, aus dem der stechende Desinfektionsmittelgeruch kam. Er war ebenfalls aufgeräumt und sauber, die Wände anscheinend frisch gestrichen. Auch der Boden wirkte neu. Sonst war alles leer. Hastig marschierten sie zum dritten Zimmer. Sondermann drückte die Klinke herab. Thiede hatte seine Waffe im Anschlag und beide sprangen, sich gegenseitig Feuerschutz gebend, hinein.

# Kapitel 38

Sebastian stieg aus dem Wagen. Er brauchte jetzt dringend frische Luft.

„Was war das?", fragte Mila und quälte sich ebenfalls aus dem Auto. Mit zitternden Händen zündete sie sich wieder eine Zigarette an. Von der ungewohnten Nikotindosis wurde ihr schwindlig und sie musste sich festhalten.

„Alles okay?", fragte er leise und musterte sie prüfend.

Sie reagierte nicht. „Was war das, Sebastian? Was war das für ein Versuch?" Er zuckte mit den Schultern und nahm sie bei der Hand.

„Das da drüben ist das Headquarter der Reto AG."

Er wies mit der Hand auf einen großen messingfarbenen Bürokomplex. Das Gebäude hatte zwölf Geschosse und war in den 80er Jahren errichtet worden. Von der obersten Etage aus konnte man über die Stadtmitte blicken; damals hatte man den Bau direkt an der Mauer errichtet – ein kapitalistisches Mahnmal gegen den sozialistischen Klassenfeind. Als die Reto das Gebäude gekauft hatte, war es vollkommen entkernt und saniert worden. Die alte Fassade hatte man erhalten, weil das Haus im Stadtbild bekannt war. Von innen sah es ganz passabel aus, aber die Fassade war trotz aller Sanierungsbemühungen unattraktiv. Vor dem Bürokomplex war ein großer Parkplatz, dahinter sah man Bäume. Dort war ein kleiner Park, der in der Mittagspause gern von den Angestellten genutzt wurde. Sebastian nahm den Laptop von der Rückbank und zog Mila hinter sich her.

„Wieso Headquarter der Reto AG?", fragte sie. „Was wollen wir hier?"

„Komm schon", raunzte er. „Die Videos liegen auf dem Hauptrechner. Du hast den Film gesehen. Es gibt garantiert noch viel mehr von diesen Filmen. Ich verstehe zwar nicht, was man mit den Menschen gemacht hat, aber Fakt ist, dass für diese Videos Thilo ermordet worden ist. Und der Täter will keine Mitwisser, also bringt er jetzt sogar seine Killer um. Der Täter wird alles daran setzen, die Daten auf dem Server zu zerstören, er muss alle Beweise vernichten. Wir müssen uns beeilen."

Mechanisch nickte sie mit dem Kopf. „Ich frage mich, was mein Vater in diesem Labor gemacht hat."

Obwohl es keiner von ihnen aussprach, wussten beide, dass auch mit Georg Markberg ähnliche Versuche gemacht worden waren.

„Er war ganz anders. Er hätte niemals Menschen etwas zuleide getan."

Sie standen jetzt in dem kleinen Park und beobachteten den Haupteingang, aus dem die Mitarbeiter strömten. Es war späte Feierabendzeit. Er nickte tröstend.

„Vielleicht hat man den Probanden Drogen verabreicht. Hallauer hatte Hämatome auf den Augenlidern, ich weiß nicht, ob du das gesehen hast. Die müssen ihm irgendetwas injiziert haben. Irgendwas, das ihn vollkommen irre gemacht hat."

Sie ballte die Fäuste. „Die haben meine Eltern auf dem Gewissen. Niemand kann mir mehr erzählen, dass das in Italien ein Unfall war. Mein Vater hatte auch solche Hämatome!“ Sie schlug mit der flachen Hand auf eine Parkbank.

„Deshalb sind wir hier. Ich kann das nicht online machen, ich kann von außen nicht auf alle geschützten Bereiche zugreifen. Du hast ja gesehen, dass ich nur ein paar Dateien vom Rechner herunterziehen konnte. Ich muss da rein.“

Mit dem Kinn wies er zu dem dunklen Koloss.

„Aber ich kann da nicht alleine rein, ohne dass du Wache stehst.“ Mit zusammengekniffenem Mund starrte sie auf den Boden.

„Bist du dabei?“, fragte er.

Sie nickte, er konnte die Entschlossenheit in ihren Augen sehen. „Wir müssen die Schweine zur Strecke bringen!“

„Gut, dann ziehen wir das jetzt durch. Ich maile dem Kommissar noch rasch die Dateien, dann haben wir zumindest schon ein paar Beweismittel geliefert. Wir müssen uns beeilen.“

Sebastian steckte die UMTS-Karte in den Rechner und aktivierte das Netz. Nachdem er die Mails verschickt hatte, wählte er Katjas Nummer, die sich sofort meldete. Nach einigem nichtssagenden Geplänkel fragte er nach Bremer. Katja wusste nicht, wo er war.

„Hier geht alles drunter und drüber. Wann kommst du endlich wieder ins Büro? Die Polizei hat nach dir gefragt. Du sollst dich sofort melden. Sebastian, bist du in Gefahr?“

Er beruhigte seine Kollegin mit nichtssagenden Floskeln. Es war wichtig, dass sie keinen Verdacht schöpfte, am besten, sie berichtete niemandem, dass er mit ihr gesprochen hatte. Je weniger Leute wussten, dass er ins Büro kam, desto besser.

„Alles okay, mach dir keine Sorgen. Mit der Polizei habe ich schon gesprochen“, log er. „Das war alles ein Missverständnis.“ Er versuchte, harmlos zu klingen. „Wissen denn viele davon, dass die Polizei mich gesucht hat?“

„Nein, Bremer hat angeordnet, dass wir das total vertraulich behandeln. Und außerdem drehen hier alle gerade wegen Thilo durch.“ Sie machte eine kleine Pause, ihre Stimme klang belegt.

„Wieso wegen Thilo?“

„Na, er wird vermisst. Und eigentlich sollte er doch in Myanmar sein, und jetzt hat sich herausgestellt, dass er womöglich die Reise gar nicht angetreten hat. Ich habe gehört, dass er sich nach Bangkok gar nicht eingecheckt hat.“

„Ach, dann ist ihm sicher etwas dazwischen gekommen, du weißt ja, er nimmt auch manchmal eine andere Maschine. Ich habe jedenfalls Mails von ihm bekommen. Mach dir mal keine Sorgen.“

Ein erleichterter Redeschwall folgte. Immerhin wusste er jetzt, dass die leitenden Mitarbeiter nicht im Büro waren. Dann würde er in der Technikzentrale niemanden antreffen. Mit ein paar freundlichen, nichtssagenden Worten beendete er das Gespräch. Mit angespanntem Gesicht steckte er den Rechner in seine Tasche und schaute auf die Uhr. Es war spät geworden, die meisten Mitarbeiter hatten das Gebäude schon verlassen. Das passte.

Sie stellten sich gegenüber dem Haupteingang in eine Hofeinfahrt und beobachteten, wie die letzten Angestellten aus dem Gebäude tröpfelten. In Sebastians Kopf arbeitete es fieberhaft. Er würde in jedem Fall Kollegen begegnen, in seinem Aufzug würde er natürlich auffallen. Er musste sich ein paar Ausreden einfallen lassen.

„Wenn ich drin bin, rufe ich dich an. Auf der Rückseite des Gebäudes werde ich im Erdgeschoss ein Fenster für dich öffnen, geh schon mal außen herum und pass auf, dass man dich nicht sieht. Es wird eine Weile dauern, ich muss vorher noch eine Hauptzugangskarte holen. Mach jetzt dein Handy an."

Entschlossen überquerte er die Straße und verschwand im Windfang des großen Bürogebäudes. Mila sah ihm beklommen hinterher. Sie konnte nicht erkennen, was sich im Inneren des Hauses vollzog. Langsam schlich sie um das Gebäude und stellte sich auf der anderen Straßenseite hinter einen Baum. Von dort konnte sie das ganze Gebäude überblicken. Nervosität und aufsteigende Angst machten sich in ihrer Magengrube breit. Sie zündete sich wieder eine Zigarette an, aber davon wurde ihr noch unwohler. Sie trat den halbangerauchten Stummel aus. Das hier war kein Spiel. Sie schaute auf die Uhr.

Erleichtert nahm Sebastian zur Kenntnis, dass er die Sicherheitsschleuse mit seiner Karte passieren konnte. Man hatte wohl vergessen, seine Karte zu sperren. Den Mann vom Sicherheitsdienst kannte er. Er wollte ihm Fragen zu seinem Aussehen stellen, aber er winkte lächelnd ab, als wäre es das Normalste auf der Welt, in diesem abgerissenen Zustand in der Firma zu erscheinen. Sofort fuhr er in die Vorstandsetage hinauf und hastete in sein Büro hinüber. Er hatte Glück, dass ihm niemand über den Weg lief. In dieser Etage arbeiteten nicht viele Personen, Thilo fehlte natürlich, die Tür zu Bremers Büro war verschlossen und Katja schien Feierabend gemacht zu haben. Im Schreibtisch hatte er noch eine weitere Chipkarte, eine Masterkarte, die ihm zu allen Räumen im Gebäude Zugang verschaffte. Er sah rasch auf die Uhr. In etwa zwei Stunden würde der Sicherheitsdienst seine Runden machen. Verdammt wenig Zeit. Sebastian prüfte, ob jemand den Flur betrat und rannte zum Nottreppenhaus, über das er zurück ins Erdgeschoss gelangte. Mit seiner Karte schloss er die Tür zu einem Lagerraum für Büromaterialien auf und öffnete das Fenster. Mila stand auf der anderen Straßenseite, sichtlich aufgeregt. Tadelnd schüttelte er leise den Kopf, unauffällig benahm sie sich wahrlich nicht. Er winkte ihr und sofort lief sie über die Straße. Behände kletterte sie über die Fensterbrüstung ins Zimmer.

„Wir gehen jetzt nach oben ins Rechenzentrum. Du wartest in einem angrenzenden Büro. Von da aus beobachtest du den Zugang. Innerhalb des Rechenzentrums habe ich kein Funknetz und kein Telefon. Die Handys funktionieren hier oben nicht, du kannst mich also nicht anrufen. Warte ab, bis ich mich melde, sobald ich wieder draußen bin. Wenn sich irgendjemand dem Raum nähert, musst du Feueralarm auslösen und sofort fliehen. Warte nicht auf mich, hörst du, hau sofort ab! Versprichst du mir das?“

Er gab ihr die zweite Karte.

„Mit der Karte hast du Zugang zu allen Türen. Verlier sie nicht. Du kommst sonst nur noch über die Fluchtwege aus dem Gebäude. Da kann man dir auflauern."

Seine Worte waren präzise und bestimmt. Sie nickte und steckte die Karte in die Gesäßtasche ihrer Hose.

„Ich gehe da jetzt rein, hole die Daten und komme wieder raus. Ich bleibe maximal 35 Minuten. Danach haben wir die Beweise, die wir brauchen. Mach dir also keine Sorgen."

Aufmunternd lächelte er ihr zu. Die letzten Worte sprach er schon im Gehen. Sie erklommen das Nottreppenhaus bis zur obersten Etage, in der das Rechenzentrum lag. Mila lief ihm voraus, sie war erstaunlich fit. Vorsichtig öffnete er die Tür und lugte in den Flur. Auch hier war schon alles fast ausgestorben, in einigen Büros arbeitete zwar noch jemand, aber bevor sie gesehen werden konnten, öffnete Sebastian mit seiner Masterkarte das Büro eines Kollegen, der gerade im Urlaub war. Es lag direkt gegenüber dem Rechenzentrum. Leise schloss er die Tür bis auf einen schmalen Spalt.

„Du bleibst hier. Siehst du die Tür da?"

Sebastian wies auf eine schwere Stahltür, die den Flur vor dem Zugang zum Rechenzentrum unterteilte. Die Flügel der Tür waren offen und wurden durch Magnetkontakte an der Wand gehalten.

„Die Tür fällt bei Feueralarm automatisch zu. Das heißt, dass ein Angreifer auf der anderen Seite steht und nicht in deinen Bereich hereinkommen kann. Sobald die Tür geschlossen ist, rennst du durch das Treppenhaus eine Etage tiefer, dort gibt es einen Fluchtbalkon, der von der Feuerwehr angeleitert wird. Ich möchte nicht, dass du das ganze

Treppenhaus herunterläufst, das ist zu gefährlich. Du musst dich dort verstecken, bis die Feuerwehr da ist, das wird ungefähr zehn Minuten dauern, schau also auf deine Uhr."

„Ist das ein stiller Alarm oder geht hier eine Sirene los?"

„Kein stiller Alarm. Wenn du jemanden hier hereinkommen siehst, löst du sofort Alarm aus und verschwindest unverzüglich! Der Alarm wird auch im Rechenzentrum angezeigt, ich bin dann gewarnt. Mila, hast du das genau verstanden?"

Er fasste ihren Oberarm. Sie nickte abermals.

„Du wirst nicht auf mich warten, hörst du?"

Ein wenig unwillig schüttelte sie seine Hand ab. „Jaja, ich hab's schon kapiert. Wir ziehen das jetzt durch. Wenn ich draußen bin, ruf ich sofort die Polizei – wir haben doch sowieso nichts zu verlieren."

Ihre Entschlossenheit machte sie schroff, doch dann schaute sie hoch. Kurz legte sie ihre Hand an seine Wange, er zog sie an sich und legte den Arm um sie. Ihr Kopf lehnte sanft an seiner Schulter, sie war kleiner als er, ihre Schultern passten genau unter seine Arme. Ihr Körper fühlte sich fest an und weich zugleich. Widerstrebend schob er sie von sich und wandte sich jäh um.

Besorgt sah sie ihm hinterher, als er im Rechenzentrum verschwand. Sie blickte auf ihr Handy. Kein Empfang. Sebastian hatte recht, hier oben war man vollständig abgeschnitten. Alles war still. Sie war allein. Aufmerksam beobachtete sie den Flur, den sie von dem Büro aus gut einsehen konnte. Es gab den Fahrstuhl, das Nottreppenhaus und die Brandschutztür. Über einen dieser drei Zugänge konnte jemand kommen.

# Kapitel 39

An der Wand in dem Kellerloch standen vier Metallbetten, in Zweierreihen aufgereiht. Eine Deckenlampe verbreitete ein angenehmes Dämmerlicht. Zwei Tische waren an der Wand zusammen geschoben worden, Stühle standen herum, außerdem gab es ein Regal, in dem achtlos Kleidungsstücke eingeräumt waren. Auf dem Tisch standen Flaschen mit Mineralwasser und eine Obstschale, es lagen mehrere Tafeln Schokolade herum. Alles aufgeräumt und sauber. Es roch nach abgestandener Atemluft und Männerschweiß. In einem der Betten regte sich etwas.

„Dr. Marx?“, lallte eine verschlafene Männerstimme. „Ist es soweit?“

Thiede griff zum Lichtschalter und regelte die Beleuchtung hoch. Auch in den anderen Betten rumorte es.

„Hey, mach das Licht aus, das ist zu hell!“, protestierte jemand.

Die Männer in den Betten schlugen ihre Decken zurück und blinzelten ihre Besucher überrascht und entgeistert an. Alle waren kahlköpfig und sahen in dem künstlichen Licht blass aus. Ansonsten schien ihnen aber nichts zu fehlen.

„Kriminalpolizei“, schnarrte Sondermann und hob seinen Ausweis. „Keine Angst. Es wird Ihnen nichts geschehen.“

Thiede versuchte vergeblich die Dienststelle anzurufen. Hier unten hatte er keine Funkverbindung.

„Mach das Licht aus, du Pisser. Ich sag's nicht noch mal", knurrte es aus einem Bett.

„Wir sind gekommen, um Sie hier herauszuholen. Können Sie laufen?", fragte Sondermann.

Aus einem Bett erschallte ein hämisches Lachen.

„Du hast sie ja nicht alle. Hier geht keiner raus ohne meine Erlaubnis. Oder wenn Marx sagt, dass wir gehen dürfen. Aber du hast hier gar nichts zu sagen. Am besten du machst mal 'ne Fliege. Ich rufe jetzt Dr. Marx an."

Zustimmendes aggressives Gemurmel aus den anderen Betten.

Sondermann schaute verwundert drein. Wieso wollten die Männer hier bleiben? Zum ersten Mal in seiner Karriere war er einigermaßen sprachlos. Genau genommen wusste er nicht einmal, ob hier überhaupt eine Straftat vorlag. Er drehte sich zu Thiede um. Zu seiner Überraschung war der schon an das Bett geeilt, hatte den Anführer am Arm gefasst und ihn rüde aus dem Bett gezogen.

„Dr. Marx kommt nicht", raunte er ihm zu. „Und du bist hier nicht der Chef. Die Chefs sind wir. Und wir sagen jetzt: raus hier, an die Sonne. Frische Luft tanken. Ist schön draußen. Also los, anziehen!"

Bei jedem der Worte rüttelte Thiede am Arm des Mannes. Der Mann knurrte, war aber sichtlich beeindruckt.

„Und ihr anderen steht jetzt auch mal schön auf. Schluss mit dem Urlaub, war sicher nett, aber jetzt ist es vorbei. Also los. Anziehen."

Thiede trat an das Regal und warf Kleidung auf die Betten. Die Männer begannen, sich anzuziehen, es gab ein wenig Geschrei, weil jeder seine Sachen suchte, aber irgendwann waren sie fertig. Thiede griff sich den Anführer.

„Komm, wir beide gehen jetzt mal schön voraus, dann kommen alle hinterher. Ganz sauber. Könnt ihr alle laufen?", fragte er nach hinten.

Die Männer schlichen der Reihe nach aus dem Raum, sie konnten kaum die Füße heben. Ihre Augen waren merkwürdig verdreht auf den Boden gerichtet, ihre Köpfe lagen in einer unnatürlich leichten Schiefstellung schräg zur Schulter. Obwohl die Männer körperlich unversehrt wirkten, schienen sie unter immensem emotionalen Druck zu stehen. Sondermann hörte, wie einer lautstark mit den Zähnen knirschte, ein anderer schimpfte die ganze Zeit unflätig vor sich hin.

Der Rädelsführer sah böse um sich, Thiede hielt seinen Arm umfasst, als führe er ihn ab. Mit bösartigem Starren fixierte der Mann Thiedes Umklammerung auf seinem Oberarm, schleuderte dann plötzlich seinen Kopf nach vorn und schlug seine Zähne in Thiedes Hand. Der Polizist schrie vor Schmerzen auf, unfähig, die Hand aus dem Mund des Angreifers zu befreien.

Mit einem Sprung war Sondermann bei seinem Kollegen und versuchte, den Angreifer fortzureißen, aber vergeblich, die Zähne drangen immer tiefer ein, das Blut lief dem Mann das Kinn herunter und Thiede brüllte wie am Spieß. Sondermann hieb mit seiner Waffe auf den Kopf des Mannes, der kurz von Thiede abließ und sich sofort umwandte, das Maul aufgerissen, die Zähne blutig, die Pupillen rund und groß. Mit Grauen sah er dem Kerl mitten ins Gesicht, sah seine blutunterlaufenen, glotzenden Augen, die Einstichstellen auf den Lidern und die Hämatome in den Augenhöhlen.

# Kapitel 40

Als er den Technikraum betrat, musste Sebastian wieder an den Toten denken. Es waren die Monitore gewesen, die diesen Erinnerungsschock auslösten, wahrscheinlich würde er nie mehr einen solchen Raum betreten können, ohne das Bild der Leiche vor Augen zu haben. Fast gewaltsam löste er sich von den Gedanken, schob sie von sich weg. Es hatte nichts mit ihm zu tun. Dies hier war sein Rechenzentrum, es war alles sauber, es roch neutral, die Maschinen arbeiteten leise schnarrend, Lichter blinkten regelmäßig; er kannte hier jeden Winkel und jede Schraube, hatte unendlich viel Zeit hier zugebracht. Das hier war sein zweites Zuhause.

Er setzte sich an den Rechner. Das blaugraue Licht des Bildschirms beleuchtete ihn. Mit seinem Administratorenpasswort griff er auf Thilos Datenbanken zu, gab das Stichwort „10 Röm“ ein und eine ganze Reihe von Datensätzen leuchtete auf, alle datiert und sorgfältig beschriftet. Soweit er auf einen Blick sehen konnte, waren nur Männer in der Datenbank. In die schmale Suchmaske tippte er „Georg Markberg“ ein und erhielt etliche Treffer. Stichprobenartig öffnete er die eine oder andere Datei, es waren Interviewmitschnitte wie die, die er schon gesehen hatte, Textdokumente, Tabellen mit Gesundheitswerten und ein Video, das Markberg in dem grauen Raum stehend zeigte, wie er gerade die Schleuse betrat. Betroffen schloss er die Datei. Den Rest konnte er sich schenken. Mit einem Griff kopierte er alles auf seinen Stick.

Zu seiner Überraschung gab es auch noch eine Audiodatei, die wenige Tage vor dem Tod des Ehepaares aufgenommen worden sein musste, darauf der Vermerk „Anna Markberg". Emilias Mutter. Neugierig drückte er den Startknopf und vernahm eine angenehme Frauenstimme, die Milas verblüffend ähnelte. Es berührte ihn, diese Stimme zu hören, die Stimme einer Toten.

„Dies ist eine Nachricht für dich, Emilia. Ich spreche sie auf und weiß gar nicht, ob du das hier jemals hören wirst. Ich weiß nicht einmal, ob ich das überhaupt tun sollte. Wie kann ich es dir nur sagen? Ich habe einen schrecklichen Fehler gemacht."

Eine Pause, dann das Rascheln von Papier. Es hörte sich an, als nestele sie ein Taschentuch aus einer Verpackung.

„Ich fühle mich so schrecklich durcheinander. Vater ist sehr schwer krank. Er hat Alzheimer bekommen, schon jetzt, in so frühen Jahren. Er hat einen Gentest machen lassen und daher wissen wir, dass es eine aggressive Form ist, die schnell zur völligen geistigen Umnachtung führt. Niemand konnte uns helfen. Vater wollte nicht, dass du es erfährst. Deshalb wollten wir auch nie, dass du zurückkommst. Verstehst du das? Verstehst du, was es bedeutet, wenn du bei klarem Verstand bist und dein Gehirn nach und nach abstirbt? Es ist nicht so, wie man sich das vorstellt, es ist nicht harmlos, kein sanfter Ritt in den Sonnenuntergang."

Wieder eine Pause. Sie räusperte sich. „Vater hatte Wahnvorstellungen. Wir waren darauf gar nicht vorbereitet, es dauerte eine ganze Weile, bis wir das ernst genommen haben, man denkt zunächst ja, er hat nur mal eine schwierige Phase. Midlife-Crisis. Aber dann bekamen wir die Diagnose. Es war schrecklich."

Sie stockte wieder und man hörte sie leise weinen. „Wir hatten das Ende vor Augen, die völlige Apathie, die Zerstörung der Persönlichkeit, die Isolation, es ist wie ein dunkles Gefängnis. Wir sind von Arzt zu Arzt gelaufen und niemand konnte uns helfen, bis ich eines Tages Dr. Marx kennengelernt habe, einen herausragenden Forscher, wie ich dachte, der Alzheimer untersucht. Er hat Vater in eine Versuchsgruppe aufgenommen, wir haben so sehr gehofft, dass es ihm hilft, ihm zumindest einen Aufschub gewährt. Es begann vielversprechend, Vater hatte neuen Mut gefasst, ließ sich nicht mehr so hängen."

Die Frau schluckte und man hörte sie wieder weinen. Als sie fortfuhr, hatte ihre Stimme einen anklagenden Ton angenommen.

„Was dann passierte, war unbeschreiblich. Es hat alles zerstört. Marx hat ihm alles genommen, seine Würde, seinen Anstand. Ich kann es dir nicht beschreiben, aber alles, was Georg an Liebe, Zuneigung, Kultur und Charakter je besessen hat, war mit einem Mal verschwunden. Ich habe ihn nicht mehr wiedererkannt, es gab Tage, da saß ich einem wilden Tier gegenüber, einer Kreatur, die krankhaft nur an sich dachte, alles in den Dreck zog, was uns je etwas bedeutet hat. Anfangs kam das selten vor, ich dachte, es hat mit der Krankheit zu tun. Aber es wurde immer schlimmer. Vater hat das selbst erkannt, er war so schrecklich verzweifelt. Wir konnten nirgends mehr hin. Wir waren ja gar nicht mehr bei dem Arzt, trotzdem hörte es nicht auf. Was hätte ich denn machen sollen? Er hat sogar Frau Bernhard geschlagen."

Sie schwieg einen Moment. „Du solltest Vater so nicht sehen, das hätte er niemals gewollt. Mila, das musst du verstehen. Ich musste eine Entscheidung treffen. Ich habe jetzt den Flug gebucht. An die Amalfiküste. Du weißt, wie sehr wir diese Gegend lieben. Und ich habe das Auto gemietet. Ich werde einen Tag mit einem schönen Sonnenuntergang auswählen. Hoffentlich wird es ein Tag sein, an dem dein Vater mit Liebe an uns denkt."

Erstickt hatte sie die letzten Worte auf das Band gesprochen. In der kurzen Pause, die folgte, war zu hören, dass sie aus einem Glas etwas trank.

„Mein Kind, ich liebe dich und ich bete darum, dass du diese Worte nie hörst. Oder vielleicht doch. Ich weiß es nicht. Es ist so schwer."

Sie machte wieder eine Pause und die Stille auf dem Band lastete schwer. Dann plötzlich begann sie wieder zu sprechen, wie von fern.

„Geh deinen Weg, mein Kind, du wunderbare Frau. Schenke jemandem deine Liebe, bekomme die Kinder, die ich gern kennengelernt hätte. Du wirst glücklich sein, ich weiß es. Das wünsche ich mir mehr als alles andere. Du bist jetzt erwachsen. Du brauchst uns nicht mehr. Ich wäre so gern bei dir geblieben, aber es geht nicht. Ich kann deinen Vater nicht allein lassen."

Es knackte und die Stimme schwieg.

Sebastian musste schlucken. Er brauchte einige Sekunden, bis er seine Aufmerksamkeit wieder auf den Bildschirm richten konnte, der ihn unbarmherzig und kühl anleuchtete. Weshalb hatte Milas Mutter die Datei ausgerechnet an Thilo geschickt? Nachdenklich speicherte er eine Kopie auf dem Datenstick. Dr. Marx. Er tippte den Namen in Thilos Account ein und eine lange Liste von Dateien blendete auf. Firma BioTech Brain-Lab. Dr. Marx war dort Geschäftsführer. Hastig überflog er seine Funde und war zunehmend irritiert, es ging um medizinische Grundlagenforschung, Chiptechnologie; Thilo hatte mit Marx in engem Kontakt gestanden, sie hatten zahlreiche Mails ausgetauscht. Offenbar steckte Thilo selbst hinter der ganzen Sache, er hatte ihm seine Chiptechnologie gestohlen. Konnte das wirklich sein? Hatte er sich in seinem Freund so sehr getäuscht?

Das Blut rauschte ihm in den Ohren und er spürte einen heißen, drückenden Schwall in seinem Kopf. Irritiert schaute er sich um. Er dachte, ein Knacken gehört zu haben. Aber alles war ruhig. Mit einem Blick auf die Uhr sah er, dass er Schluss machen musste, die Zeit war abgelaufen.

Dr. Marx hatte Versuchsreihen durchgeführt. Patienten mit unterschiedlichen psychischen Problemen waren vom Brain-Lab angeworben worden. Eine hochinnovative Behandlungsmethode mit womöglich sensationellen Erfolge hatte man ihnen versprochen: Es ging um implantierte Mikrochips. Sebastians Mikrochips! Dabei war seine Technologie noch gar nicht ausgereift genug, um an Menschen getestet zu werden! Alles war in den vorklinischen Studien. Es gab jede Menge Detailprobleme. Dr. Marx hatte zweifellos in enger Beziehung zu Thilo gestanden, die Mails waren ständig hin und her gegangen. Er konnte es nicht fassen, fieberhaft suchte nach einer anderen Erklärung – aber da war keine. Thilo kannte diesen Marx, arbeitete mit ihm, kannte das Chipprojekt, war daran beteiligt!

Einem Impuls folgend überprüfte er die Firma Bio-Tech im Bundesanzeiger. Es dauerte nur ein paar Sekunden, da hatte er das Ergebnis: Der Gesellschafter und damit Miteigentümer dieser Firma war niemand anders als sein bester Freund, sein langjähriger Sportkamerad, sein Kollege und Chef: Thilo Feller.

Plötzlich ließ ihn ein Geräusch aufhorchen. Er zuckte zusammen und schoss herum. Das Rechenzentrum lag still da, nur die Computer gaben ihr schnurrendes Geräusch von sich. Sicherheitshalber steckte er die Pistole seitlich in den Hosenbund und zog das Jackett darüber. Es beruhigte ihn, nicht vollkommen wehrlos zu sein. Dann schritt er das ganze Rechenzentrum ab. Der Raum war dicht bestückt mit Datenschränken, die in Reihen hintereinander standen, Glasschränke, die so voll gepackt waren, dass man kaum hindurchsehen konnte. Dicke Kabelstränge verbanden die Schränke, die wiederum in Patchfelder eingeführt waren, ein undurchdringliches Kabelgewirr, das in einem doppelten Boden verschwand. Der Raum war groß und unübersichtlich, aber es war niemand zu sehen. An der gegenüberliegenden Seite standen Schreibtische, darauf jede Menge Rechner und Bildschirme. Auch da rührte sich nichts. In einer Ecke des großen Raumes stapelten sich ungeordnet Pappkisten, eigentlich streng verboten, weil diese Brandlast in dem hochinstallierten Raum gefährlich werden konnte. Jemand hatte neue Rechner ausgepackt und nicht aufgeräumt. Sebastian wandte sich wieder dem Hauptrechner zu.

Erstarrt zuckte er zusammen, als er in die offene Mündung einer Pistole blickte.

„Setz dich. Ich glaube, wir haben einiges miteinander zu besprechen. Schade, dass du unbedingt herkommen musstest." Mit einem unbewegten Gesichtsausdruck, der eine tiefe Entschlossenheit verriet, stand Bremer vor ihm. Er trug einen seiner üblichen grauen Büroanzüge, dazu allerdings Sportschuhe, mit denen er sich geräuschlos bewegen konnte. In seiner Hand hielt er eine entsicherte Pistole, deren Lauf er unverwandt auf Sebastian richtete.

„Andreas!" Fassungslos starrte Sebastian ihn an und ließ sich auf den Stuhl fallen. „Was machst du hier?", fragte er lahm.

Bremer schnaubte. „Du hältst dich wohl für superschlau. Kommst hier herein und glaubst, es würde keinem auffallen, wenn du auf dem Rechner herumdaddelst. Du bist und bleibst ein Stümper. Das wollte ich dir schon immer sagen."

Bremers Gesicht war zur Fratze verzogen. Sebastian hatte nie erwogen, dass Bremer irgendetwas mit der ganzen Sache zu tun haben könnte. Der Mann war ihm immer wie ein blasser Manager vorgekommen – zwar schlau und überheblich, insgesamt aber eher unauffällig. Ein Technokrat. Er zwang sich zur Ruhe und vermied es, Bremer direkt in die Augen zu blicken. Bremer hatte sich offenbart, damit war klar, dass er ihn hier nicht lebend herauslassen würde. Andererseits hatte Bremer jetzt schon so viele Spuren hinterlassen, dass er unmöglich glauben konnte, aus der Sache noch heil herauszukommen.

Sebastian konnte nicht verhindern, dass eine lähmende Angst in ihm aufstieg. Sein Gehirn war auf einmal wie ausgelöscht. Das einzige, was er wusste, war, dass er Zeit gewinnen musste.

„Da bist du überrascht, nicht wahr? Das hättest du mir nicht zugetraut." Bremer starrte ihn mit einem merkwürdigen Glimmen in den Augen an. „Aber du hast schon einige Kostproben meiner Arbeit gesehen. Du solltest das alles hier besser ernst nehmen. Wie sagt man so schön, tödlich ernst nehmen."

Er grinste und fuchtelte mit der Waffe herum.

Auf Sebastians Stirn sammelte sich Schweiß, der in schmalen Rinnsalen langsam herunterlief. Er riss sich zusammen.

„Woher weißt du, dass ich hier im Rechenzentrum bin?"

Ihm fiel keine bessere Frage ein. Er wollte die Situation auf keinen Fall weiter eskalieren lassen, es war gut, wenn Bremer redete. Damit würde er Zeit gewinnen.

Bremer feixte. „Du kennst doch das Sicherheitssystem. Hier kommt niemand rein, ohne dass er autorisiert ist. Warst du es nicht sogar, der das erfunden hat? Aber leider, leider, lieber Sebastian, bist du ein wenig schlampig gewesen. Hast dir heimlich ein paar Sicherheitskarten gezogen und dummerweise auf dem Schreibtisch liegen lassen … Geradezu eine Einladung! Eine Einladung erster Klasse!"

Die höhnische Stimme hatte einen triumphierenden Klang angenommen. Er setzte nach:

„Und du hattest auch noch die Frechheit, dein tolles Sicherheitssystem in den Boardmeetings in den Himmel zu loben – wie innovativ, wie bombensicher. Wie du geglänzt hast, wie alle an deinen Lippen hingen. Und ich durfte nicht sagen, dass du sie alle angelogen, nicht das Geringste geleistet hast … Alles kompletter Bullshit."

Bremer hatte sich in Rage geredet, seine Wut schlug hoch wie eine Welle.

Mit gesenktem Kopf ließ Sebastian die Tirade über sich ergehen.

„Das tut mir leid. Ich wusste nicht, dass ich dich damit gekränkt habe."

„Gekränkt!" Die Stimme schnappte jetzt fast über. „Wie kommst du denn darauf?! Du kannst mich gar nicht kränken! Aber genug jetzt. Kommen wir zur Sache."

Er verlagerte sein Gewicht auf ein Bein, die Hüfte leicht vorgereckt. Die Haltung hatte etwas betont Lässiges. Standbein, Spielbein. Sebastian sah das Bild wie in einem Film. Ein Western? Mit überheblichem Lächeln saß Bremer ihm gegenüber rittlings auf einem Stuhl, in gebührender Entfernung, stützte die Arme auf die Rückenlehne, die Waffe immer noch auf ihn gerichtet. Gönnerhaft schaute er auf ihn herab.

„Warum hast du mich denn bis hierher kommen lassen? Du hättest mich doch schon vom Sicherheitsdienst stoppen lassen können", fragte Sebastian.

„Vielleicht wollte ich sehen, wie weit du gehst. Und ich wollte wissen, was du weißt." Er feixte wieder. „Aber das Schöne ist: Du weißt gar nichts. Nichts, nichts, nichts!" Es hörte sich an wie ein Jodeln.

„Immerhin weiß ich, dass Thilo ermordet wurde. Und dass du zwei Killer angeheuert hast, um Emilia Markberg und mich zu töten."

Bremer grinste schmierig. „Genau, mein lieber Sebastian, genau. Weiter, nur weiter! Was hast du noch gefunden? Du bist doch so schlau ..."

Mit einer Hand lockte er Sebastian, als könne er die Worte aus seinem Mund ziehen.

„Thilo hat das Chipprojekt manipuliert, er ist an einer Firma beteiligt, die Experimente an Menschen durchführt. Ich habe allerdings noch nicht herausgefunden, was du damit zu tun hast." Er fühlte, dass Bremer unbedingt Bewunderung brauchte.

Bremer sprang auf, tänzelte geradezu vor seinem Stuhl, strahlte über das ganze verknöcherte Gesicht.

„Und du hast wirklich keine Ahnung? Basti, Basti, hast du absolut keine Fantasie?"

Er setzte sich wieder auf den Stuhl, die Lehne vor dem Bauch und fixierte Sebastian mit überheblichem Grinsen. Sebastian runzelte die Augenbrauen. Abrupt senkte sich Bremers Stimme zu einem Flüstern.

„Du hast doch diesen Chip entwickelt. Dein kleines Superprojekt. Nur ihr habt daran gearbeitet, die nächste Heldentat des glorreichen Sebastian Gordon, die er auf der Hauptversammlung als Weltinnovation vorführt – der Mikrochip mit der unglaublichen Funkreichweite. Nun, etwas zu weit vielleicht. Und mit einigen kleinen Veränderungen kann man die Reichweite sogar erhöhen. Und von jedem Smartphone aus ansteuern, ganz wunderbar! Von überall auf der Welt! Eine echte Innovation!"

Bremers Gesicht wurde mit einem Schlag todernst, die Augen zu schmalen Schlitzen zusammengezogen.

„Ich dachte, es wäre an der Zeit, einmal auszuprobieren, ob deine miese kleine Technik funktioniert."

Eine Weile herrschte Schweigen in dem Raum, nur die Maschinen surrten unbeirrt weiter. Sebastians Mund war trocken und in seinem Magen spürte er ein unangenehmes Stampfen und Zerren.

„Und Dr. Marx? Was hast du damit zu tun?"

Bremers Miene hatte etwas Überlegenes, als müsse er Sebastian die Welt erklären. Seine Stimme war plötzlich wieder völlig normal, als ginge es um normale geschäftliche Vorgänge.

„Die Chips sind die Zukunft, das waren deine Worte. Vergiss nicht, du hast sie erfunden. Vielleicht bekommst du sogar irgendwann dafür den Nobelpreis."

Er lachte und zog die Mundwinkel herunter.

„Du willst mir doch nicht weismachen, dass du nie daran gedacht hast, diese Chips auch ins Gehirn einzusetzen. Das Gehirn ist doch bloß ein Organ, ein gigantischer Zellhaufen. Dr. Marx ist ein Genie. Es gibt niemanden, der sich so auskennt wie er."

In Sebastians Kopf breitete sich eine gähnende Leere aus, er hatte Schwierigkeiten, den Sinn der Worte zu erfassen, die ihm entgegenbrandeten. Die Töne rauschten an ihm vorbei, ohne dass er den Sinn erfassen konnte.

„Lobotomie. Schon mal gehört? Ein kleiner Eingriff im Gehirn, hat man in den 60er Jahren landauf landab gemacht, vor allem in den USA. Aber das war primitiv. Man hat den Menschen mit einer langen Nadel über die Schläfe ins Gehirn gestochen und es dabei teilweise zerstört. Manche haben das überlebt und hatten nicht mal dramatische Ausfälle, andere waren anschließend für immer gaga. Dank deiner Entwicklung kann man jetzt viel exakter arbeiten, absolut schonend. Man platziert deinen kleinen Chip präzise hinter der Stirn und weil er so winzig ist, braucht man dazu nur ein hauchfeines Stahlrohr. Geht ganz schnell. Tut nicht mal weh. Man hebt das Augenlid an, führt ein dünnes Stahlrohr an die Augenhöhle, da dort der Schädel besonders dünn ist, dann ein kleiner Schlag und – zack – schon ist man senkrecht in der Stirnhöhle. Und da liegt sie dann, die Amygdala, unser wunderbares kleines Moralzentrum, unser Gewissen, das uns zu Menschen macht, uns unterscheidet von den Tieren, weißt du. Das ist wirklich ein Wunder. So ein kleiner Zellhaufen, nicht mal größer als eine Walnuss. Aber ohne diese Walnuss können wir Gut und Böse nicht mehr unterscheiden, oder nein, falsch gesagt: Ohne diese Walnuss können wir sehr wohl noch Gut und Böse unterscheiden – aber es ist uns scheißegal." Er lachte.

„Du weißt ganz genau, dass die Chips dafür nicht entwickelt wurden. Und warum sollte man das überhaupt tun?", brauste Sebastian auf.

„Habe ich doch gerade gesagt. Wenn man die Amygdala lahmlegt, hast du keine Angst. Vor gar nichts. Und Gefühle hat man auch keine mehr. Man denkt an sich, an seinen Vorteil, eine glasklare Sache. Der Chip wird mit ein bisschen Strom angesteuert und die Amygdala funktioniert nicht mehr. Man kann sie ein- und ausschalten. Ziemlich simpel. Mit einem Knopfdruck hast du einen Mann, der jeden Job macht. Glaub mir, solche Leute sind echt gefragt. Wir sind gerade dabei, die ersten Prototypen im Markt zu testen. Das Militär interessiert sich brennend dafür. Es gibt schließlich eine Menge unangenehmer Jobs. Mullahs abknallen, Attentate begehen, um Länder zu destabilisieren, sowas in der Art. Ich glaube, wir werden sehr erfolgreich sein."

Er stand auf, gähnte und reckte sich.

„Ach ja, das habe ich vergessen, wenn die menschlichen Prototypen dann überflüssig sind, gibt man einfach etwas zu viel Strom auf den Chip und Peng! Gehirnschlag. Wie schade. So ein natürlicher Tod in so jungen Jahren. Der arme Verblichene. Ich könnte fast weinen vor Mitleid, wenn ich daran denke." Er zog eine Grimasse, dass Sebastian schlecht wurde.

„Da verstehst du sicher, dass du bei dieser ganzen Sache störst. Du hast einen guten Job gemacht, das muss ich dir lassen. Der Chip ist wirklich brillant. Tut mir leid, dass du keine Tantiemen abbekommen wirst."

„Was ist mit Thilo? Er war doch in dieser Firma. Brain-Lab. Was hat er damit zu tun?"

„Na was wohl? Er war Mitgesellschafter. Das Ganze war sogar seine Idee. Du hattest schon immer merkwürdige Freunde", sagte er kalt.

Sebastian schwieg. Bremer blickte ihn eine ganze Weile stumm an, ein ironisches Lächeln im Gesicht. Endlich schüttelte er leise seinen Kopf und schnalzte missbilligend mit der Zunge.

„Bastilein, du lässt dir wirklich jeden Bären aufbinden. Das hätte ich aber gar nicht von dir gedacht!"

Seine Stimme hatte einen verschwörerischen Ton angenommen, als vertraue er ihm ein Geheimnis an. Er schob den Stuhl beiseite.

„Glaubst du wirklich, dass Thilo so viel Mumm hatte? Dieser Gutmensch? Ein bisschen mitmachen wollte er schon, vor allem am Anfang. Du hast es ihm selbst ins Ohr gesetzt, den Menschen helfen, medizinische Innovation, all dieser Blödsinn. Blinde sehend machen, Lahme gehend. Wie Jesus. Ich könnte kotzen."

Bremer schaute ihn mitleidig an, fast wirkte er gelangweilt. Sebastian spürte, dass er zum Ende kam, seine Zeit lief ab. Es musste ihm sofort etwas einfallen, Bremer würde ihn gleich abknallen.

„Als es dann aber ans Eingemachte ging und wir endlich mal was testen mussten, ist Thilo ausgestiegen. Es gab Streit und wir haben das Projekt offiziell beerdigt. Zu dumm, dass er Wind davon bekommen hat, dass wir ohne ihn weitergemacht haben. Er wollte alles zerstören, hat Probanden aufgesucht, wollte sie aufklären, sie entschädigen. Ich weiß nicht, was das sollte, Wiedergutmachung, irgend so ein Quatsch. Nur weil ein paar Irre, die es nicht richtig verkraftet hatten, sich umgebracht haben. Marx hatte das am Anfang noch nicht voll im Griff. Ist ganz normal, wenn man neue Produkte testet. Kollateralschäden. Damit muss man leben. Aber der feine Herr Feller wollte nicht mehr."

„Markberg. War das auch so ein Kollateralschaden?" fragte Sebastian aggressiv dazwischen.

Bremer zog die Augenbrauen hoch. „Das Ehepaar Markberg!", genüsslich ließ er den Namen auf der Zunge zergehen. „Du weißt ja eine Menge. Ja, stimmt. Mit den Idioten hat es angefangen, irgendwie hat er von ihrem Selbstmord erfahren, da ist er ausgerastet. Wollte dich einweihen, zur Polizei rennen. Also mussten wir handeln."

Sebastian hockte wie festgewachsen auf dem Stuhl. Mit zunehmender Furcht nahm er wahr, dass Bremer allmählich ruhiger wurde, sich seine Emotionen abkühlten. Das war kein beruhigendes Zeichen. Jetzt würde es nicht mehr lange dauern, bis Bremer etwas unternehmen würde. Auf diesem Stuhl war er nur noch eine Zielscheibe. Er musste da weg.

„Und warum hast du deinen eigenen Killer umgebracht, diesen Rothaarigen?"

Bremer zog die Mundwinkel herunter, er wurde ungeduldig.

„Mein lieber Sebastian, ich glaube, unsere Unterhaltung ist jetzt beendet. Am besten denkst du noch eine Weile über deine Fragen nach, du wirst sozusagen ewig darüber nachdenken können. Aber du sollst wenigstens noch wissen, dass die Welt dich in keinem guten Andenken halten wird. Jeder wird Verständnis haben, es geradezu für folgerichtig halten, dass du es in Anbetracht der Schwere deiner Verbrechen vorgezogen hast, freiwillig aus dem Leben zu scheiden."

Wie eine Felsnadel stand er plötzlich vor Sebastian, hochaufragend und hager. Aus seiner Hosentasche zog er einen weißen Datenstick.

„Wenn ich nachher wieder an meinem Platz bin, werde ich diese kleine Datei ins Netz stellen. Nach und nach wird man dann sehen, was für ein erbärmliches Schwein du bist, wie du diese armen Kerle fertiggemacht hast, was du alles getan hast, nur um deine Technologie zu forcieren. Man wird sehen, dass du der

Auftraggeber von den Killern warst; übrigens Drubek und Miller, so heißen die Idioten. Ich war an der Sache natürlich gänzlich unbeteiligt. Ist doch klar. "

Sebastian gelang es, einen gefassten Eindruck zu machen. Er ließ seinen Arm in den Schoß sinken. Vorsichtig wanderten seine Finger unter das Jackett, während er antwortete.

„Da hast du aber noch eine Menge Arbeit vor dir, alle Hinweise und Spuren zu vernichten. Soweit ich sehe, hat Thilo überall Dateien versteckt, die kannst du nicht im Handstreich beseitigen. Und ich habe übrigens auch noch etliche Kopien. Das reicht in jedem Fall, um dich fertigzumachen, glaub mir."

Er fixierte Bremers Gesicht, um dessen Lippen immer noch ein überhebliches Lächeln spielte.

„Und die wirklich spannende Frage ist: Was wird dein feiner Komplize erzählen, den ich niedergeschlagen habe? Im Augenblick sitzt der bei der Polizei, und ich bin gespannt, was er sagen wird, wenn er erfährt, dass der Rothaarige tot ist, von dir erschossen. Ich habe sein Gehirn gerochen, es hat an den Bildschirmen geklebt. Ich glaube nicht, dass ihm das gefallen wird."

Sebastian beugte sich mit gerunzelter Nase vor und ließ Bremer keine Sekunde aus den Augen. Es war ein Tanz auf dünnem Eis, er spürte es. Während er sah, dass er einen Treffer gelandet hatte und Bremer tatsächlich nachdenklich wurde, tastete er vorsichtig mit der gesunden Hand nach seiner Pistole, so langsam, dass Bremer es unmöglich bemerken konnte.

Bremer machte drohend einen Schritt auf ihn zu, riss die Waffe hoch und wurde plötzlich tödlich ruhig, so abrupt, dass Sebastian erschrak. Wie in Zeitlupe führte Bremer seine andere Hand an die Pistole. Er richtete die Waffe auf Sebastian, zielte. Nichts im Raum bot Deckung. Sebastian sah genau, wie er ihn ins Visier nahm und ein Auge zukniff. Seine Beine stemmte er gespreizt gegen den Boden, die Knie leicht angewinkelt, der Stand fest und federnd. Weshalb sah Sebastian alle diese unwichtigen Details? War es das Vorspiel zu seinem Tod? Er wusste schon, wie sich der Aufschlag anfühlen würde, es war die zweite Kugel in wenigen Tagen, es würde die tödliche sein, die, die seine Aorta zerfetzen würde, sodass er innerlich an seinem Blut ertrinken würde. Er sah, dass sich der Finger leise krümmte und Bremer auf sein Herz zielte.

Im Bruchteil einer Sekunde riss er jäh seine Waffe aus dem Hosenbund, ließ sich im selben Augenblick auf die Knie fallen und feuerte ziellos in Richtung des Mündungsfeuers, das er noch sah, bevor der Schmerz im Knie sein Gehirn erreichte. Sofort rollt er sich auf die Seite, quälte sich auf die Füße und rannte in gebückter Haltung so schnell er konnte hinter den Datenschrank und auf die Gaslöschanlage zu. Damit wurde im Brandfall Novec freigesetzt, ein Schweizer Löschgas, das den Brand sofort herunterkühlt und den Sauerstoff im Raum verdrängt. Direkt neben dem Hebel zur Handauslösung befand sich die vorgeschriebene Gasmaske, die er zu sich heranzog und übers Gesicht stülpte. Er riss den Hebel herunter. Mit lautem Zischen strömte das Gas aus großen Ventilen in den Raum. Schlagartig kühlte sich der Raum ab, eisige weißliche Gasschleier umwaberten ihn. Mit seiner unverletzten Hand griff er nach der zweiten Atemschutzmaske und schaute hinter dem Schrank hervor, um zu sehen, ob Bremer noch immer dastand.

Er hatte ihn ins Bein getroffen, hinkend war er zur Eingangstür gelaufen und versuchte, die blockierte Tür zu öffnen. Offenbar wusste er nicht, dass er hier nicht herauskam, bei Brandalarm ließ sich die Tür nicht mehr öffnen. Nur mit dem Evakuierungsknopf konnte man den Kontakt überbrücken, fieberhaft überlegte Sebastian, wo der sich befand, aber er konnte sich nicht erinnern. Er sah, wie Bremer ohnmächtig an der Tür zusammenbrach. Wenn er ihm nicht sofort die Maske gab, würde er ersticken. Schnell rannte er zur Tür, entwand dem Ohnmächtigen die Pistole und zog Bremer die Maske über das Gesicht. Dann hastete er zurück und suchte den Evakuierungsknopf. Gerade als er endlich die kleine rote Box entdeckt hatte und im Begriff war, die Glasscheibe einzuschlagen, registrierte er im Augenwinkel eine Bewegung.

Geschockt riss er den Oberkörper herum, trat einen Schritt auf den Gang und sah, dass Bremer nicht mehr auf dem Boden lag. Er war weg. Voller Panik zuckte Sebastian hinter den Datenschrank zurück, aber von dort konnte er den Haupteingang nicht sehen. Er hatte die Pistole nicht mehr, wo um Himmels Willen hatte er die abgelegt? Fieberhaft dachte er nach.

Dann plötzlich erinnerte er sich: Er musste sie neben dem ohnmächtigen Bremer vergessen haben, als er ihm die Maske übergestreift hatte. Er musste sich zusammenreißen. Durch die Gasmaske konnte er nur schlecht sehen, die Gläser beschlugen von innen und das Atmen fiel ihm schwer. Immerhin würde Bremers Sicht ebenso eingeschränkt sein. Hilflos schlich Sebastian hinter die benachbarte Datenschrankreihe. Seine einzige Chance war, dass der Brandalarm direkt die Feuerwehr alarmierte, das dauerte fünf Minuten, vielleicht zehn. Zu lange. Bis dahin war er ein toter Mann. Er hörte ein Schlurfen, mit einem schnellen Blick sah er, dass Bremer schon in der Mitte des Raumes war, das verletzte Bein hinter sich herziehend, die Waffe im Anschlag, systematisch jeden Winkel des Raumes absuchend.

Noch ein, zwei Schritte, dann würde er auf der Höhe des Schaltschrankes sein und ihn sehen. Schweiß rann seinen Körper hinab. Todesangst schnürte ihm die Luft ab. Hinter ihm an der Wand hing die Branddecke. Könnte die ihm helfen? Bremer würde sich davon gerade mal eine Millisekunde ablenken lassen. Und dann? Verzweifelt spürte er, dass dies das Ende war.

# Kapitel 41

Angespannt hatte Mila in ihrem Büro ausgeharrt und gewacht, aber alles blieb ruhig. Sebastian war schon endlos lange im Rechenzentrum. Allmählich wurde sie nervös. Die vereinbarte Zeit war abgelaufen. Unschlüssig überlegte sie, ob sie ihren Posten verlassen sollte, als plötzlich der Alarm losging. Etwas war schiefgelaufen. Sebastian war in Gefahr. Panisch rannte sie zur Tür und drückte vergeblich die Klinke herunter, aber es war ein elektronisches Schloss, Sebastian hatte es ihr bereits gesagt, das Rechenzentrum war verschlossen. Sie zog ihre Codekarte und zog sie über das Lesegerät. Sie hatte Glück. Ein grünes Lämpchen blinkte und der Türgriff ließ sich samtweich bedienen. Erleichtert zog sie die schwere Tür auf. Mit einem Schock atmete sie die eiskalte, weißliche Luft ein, die scharf und bitter in den Lungen stach.

Sie sah einen Mann mit einer Gasmaske auf dem Boden kauern, sah, dass er ins Bein geschossen war, er war gerade dabei, sich langsam aufzurappeln. Reflexartig ließ sie die Tür los, die langsam in den Rahmen zurückschwang. In letzter Sekunde kam sie zu sich, stemmte einen Fuß in den Spalt und zog ihren eingeklemmten Schuh aus. So schnell sie konnte, rannte sie zurück und suchte in dem einzigen für sie zugängigen Büro nach einer Waffe. Eine Waffe! Da lag keine Waffe, kein Brieföffner, keine Schere, nichts. Das Einzige, was dort herumstand, war ein Feuerlöscher. Sie griff den schweren Ballon und rannte zurück zum Rechenzentrum, öffnete die Tür, holte tief Luft und hielt den Atem an. Der Mann stand nun mit erhobener Pistole in der Mitte des Raumes, er trug eine Gasmaske, was ihn aussehen ließ wie eine Ameise; sie ahnte, dass er seine Waffe auf Sebastian richtete, der hinter der Schrankreihe stehen musste. Plötzlich flog dem Bewaffneten eine Decke entgegen. Woher kam die denn? Egal, ohne eine Sekunde nachzudenken, jagte sie hinter ihm her, hob den Feuerlöscher und schlug mit aller Kraft zu. Der Mann brach zusammen, Mila fiel auf die Knie, Übelkeit überfiel sie mit einer Wucht, die sie halb ohnmächtig werden ließ. Wie durch einen Schleier sah sie Sebastian, der eine graue Gummimaske vom Gesicht zog und sich zu ihr hinunterbeugte. Sprach er mit ihr? Keine Ahnung. Es wurde dunkel um sie.

Plötzlich waren jede Menge Feuerwehrleute um sie herum und auch Kommissar Sondermann. Woher waren die plötzlich alle gekommen? Sie hörte, dass jemand weinte, Arme hoben sie vom Boden auf, jemand legte ihr eine Decke um die Schultern. Fror sie denn? Wie ein kleines Kind tapste sie hinter einem Mann in roter Kleidung her, spürte kaum, dass sie halb getragen wurde, rechts und links stützten sie zwei Feuerwehrleute. Auf einer Trage, die zwei Sanitäter an ihr vorübertrugen, lag ein Mann in seinem Blut. Irgendwo schluchzte jemand. Sie vernahm das Geräusch zusammenschlagender Zähne. Klappern nannte man das wohl. Zähneklappern. War sie das? Dann wieder diese beruhigende Stimme. Jemand drückte sie auf einen Stuhl, nestelte an der Decke herum, wickelte sie ein. Sie sah Sebastian, er lebte. Er war weit weg, saß ganz woanders. Sie waren nicht mehr im Obergeschoss, sie befanden sich jetzt alle in der Eingangshalle. Feuerwehr, Sanitäter. Jemand krempelte ihren Ärmel hoch, dann ein Stechen. Man verabreichte ihr eine Spritze. Sie spürte Entspannung in sich aufwallen. Allmählich hörte das Jammern und Zähneklappern auf. Wie angenehm. Wo war Sebastian? Hatte sie einen Menschen getötet?

# Kapitel 42

Nach ihrem Einsatz im Rechenzentrum der Reto AG bestellten die Polizisten den Neurologen Dr. Hanebüchen in die Dienststelle. Nur mit Mühe war es ihnen gelungen, die psychisch gestörten Patienten in den Griff zu bekommen. Thiede war durch den Biss des Mannes so ernstlich verletzt worden, dass er ärztlich versorgt werden musste. Die Männer wurden auf die umliegenden psychiatrischen Kliniken verteilt.

Dr. Hanebüchen kam zu spät und die Beamten saßen auf heißen Kohlen. Sondermann ärgerte sich. Sie hatten wirklich Besseres zu tun, als auf den Arzt zu warten. Endlich trat er ein, mit seinem sandfarbenen Baumwollanzug und dem gebräunten Gesicht wirkte er, als käme er gerade vom Golfen.

„Dr. Hanebüchen, wie nett, dass Sie uns bei der Aufklärung dieser Angelegenheit behilflich sein wollen. Sie stehen ja diesmal nicht unter Schweigepflicht", führte Sondermann ein.

Der Psychiater setzte sich. „Ich habe so etwas ehrlich gesagt noch nie gesehen", platzte er heraus. „Ganz abgesehen von der menschenunwürdigen Unterbringung, die Sie mir gezeigt haben. Das war ein Verlies und keine Klinik. Man kann nur hoffen, dass die armen Kerle dort nicht allzu lange hausen mussten." Er war ehrlich empört. „Bisher konnte ich mit den Patienten noch nicht ausführlich sprechen, aber es ist sicher auch Ihnen nicht entgangen, dass die Männer ausgesprochen verroht waren. Auch was ihre Sprache betraf."

„Ich habe es sogar am eigenen Leib gespürt, wie verroht die waren", rief Thiede dazwischen und hob seine bandagierte Hand.

Dr. Hanebüchen nickte. „Ich tippe hier auf eine Persönlichkeitsstörung, zumindest vorläufig. Aber dazu müsste ich die Männer erst ausführlich untersuchen."

„Persönlichkeitsstörung? Meiner Meinung nach wusste der Typ ganz genau, was er mit meiner Hand gemacht hat. Das waren Psychopathen!", rief Thiede empört. Er hatte sich immer noch nicht von diesem Angriff erholt. Es hatte ihn getroffen, wie verwundbar er in seinem Job war. Bisher hatte er nur Pistolenschüsse gefürchtet, deshalb achtete er immer darauf, dass er eine sichere Weste dabei hatte. Schließlich war er nicht lebensmüde.

Der Arzt strich sich die vollen Haare aus der Stirn. Er zog an seinen Hemdmanschetten, die unter dem Jackett hervorlugten und rollte dabei die Schultern nach hinten.

„Haben Sie etwas dagegen, wenn ich das Fenster öffne?"

Noch bevor jemand antworten konnten, stand er auf und brachte das Fenster in Kippstellung. Von der Straße brandete sofort das monotone Geräusch des Autoverkehrs herauf. Dr. Hanebüchen lehnte sich mit dem Gesäß an die Fensterbank und verschränkte die Arme über dem Bauch. Thiede und Sondermann mussten gegen das Licht schauen.

„Wir verwenden den Begriff Psychopath nicht gerne. Er ist veraltet. Für die Patienten ist er diskriminierend.

Wir unterscheiden lieber unterschiedliche Auffälligkeitsmuster, die wir unter dem Begriff der Persönlichkeitsstörung erfassen, und auch das Krankheitsbild der dissozialen Persönlichkeitsstörung ist hier zu subsumieren, das wäre dann der Psychopath, wenn sie den Begriff unbedingt wollen", dozierte er.

„Von einem Psychopathen sprechen wir allenfalls, wenn die Person grundsätzlich gefährlich ist. Das heißt nicht, dass jeder Psychopath gewalttätig werden muss, aber eine latente Bereitschaft, alle Ziele, die die Person hat, auch unter Einsatz von Gewalt zu erreichen, darf man durchaus unterstellen. Die Gewalt kann auch darin bestehen, dass man keinerlei – und das meine ich wörtlich –, keinerlei Rücksicht auf seine Umgebung nimmt. Tatsächlich sind sehr viele Gewaltverbrecher Psychopathen. Übrigens, einige hochbezahlte Manager, die bedenkenlos hohe Risiken für ihr Unternehmen und die Gesellschaft eingehen, sind es ebenfalls. Auch im Bereich des Investmentbankings tummeln sich welche, auch wenn das dort nicht gern gehört wird. Wir bezeichnen sie als sogenannte erfolgreiche Psychopathen."

Er funkelte sie an, ihm schien dieser Aspekt besonders wichtig zu sein.

„Ich meine das übrigens als medizinisch-pathologischen Befund, nicht metaphorisch, verstehen Sie? Haben Sie vielleicht einen Schluck Wasser oder so was?", unterbrach er sich.

Thiede stand auf, holte aus dem Nachbarraum ein Glas und eine Flasche Mineralwasser, die er auf den Tisch stellte. Hanebüchen füllte sein Glas, lehnte sich wieder an die Fensterbank und stand so lässig da, als befände er sich auf einer Cocktailparty.

„Menschen mit dissozialer Persönlichkeitsstörung kommt es nur auf sich selbst an, ob andere Nachteile durch sie erleiden, ist ihnen egal. Sie empfinden weder Angst noch moralische Bedenken. Im schlimmsten Fall sind sie Killer."

Der letzte Satz stand einen Augenblick schwer im Raum, bevor Thiede ergänzte: „Die dann hoffentlich in der geschlossenen Forensik sitzen, oder?"

„Ja, das kann so sein, muss aber nicht. Es gibt auch viele, die im Gefängnis sitzen, aber keinen medizinischen Befund haben. Übrigens gibt es derzeit eine sehr interessante Diskussion über die Schuldfähigkeit von Psychopathen, denn man hat im Bereich der Biochemie des Gehirns festgestellt, dass das Gehirn der Betroffenen grundsätzlich anders beschaffen ist, es gibt also möglicherweise physische Grundlagen für Gewalttätigkeit."

„Können wir jetzt bitte zu den Männern im Labor zurückkommen?", unterbrach Sondermann.

„Ja, natürlich. Ich habe mit einigen einführende Interviews geführt, außerdem waren manche bereit, einen Gehirn-MRT machen zu lassen. Da kann man das ganz gut sehen." Er streckte seine Beine gerade aus, sodass die Fußknöchel übereinanderlagen. Er trug keine Socken.

„Was kann man sehen? Ob jemand ein Psychopath ist?", fragte Sondermann ungeduldig.

Dr. Hanebüchen ließ sich mit der Antwort Zeit, stieß sich von der Fensterbank ab und setzte sich wieder an den Tisch.

„So eindeutig ist es nicht, aber ja, man kann die Grundanlage tatsächlich im Gehirn sehen. Möglich wurde das durch neue medizintechnische Geräte, mit denen wir die Prozesse des Gehirns durchleuchten können. Es gibt einen Bereich im Gehirn, den man als moralisches Zentrum bezeichnen kann. Die Amygdala, auch Mandelkern genannt, ein Teil des limbischen Systems. Im Grunde ist das schlicht eine Nervenzellenhäufung, die sich hinter der Stirn befindet, direkt oberhalb der Augen."

Er tippte sich mit zwei Fingern auf eine Stelle oberhalb der Augenbrauen.

„Hier wird die Bewertung über Gut und Böse getroffen, gleichzeitig ist die Stelle verantwortlich dafür, dass wir Mitleid mit anderen empfinden können, Empathie, Scham und Hemmung. Menschen, bei denen diese Bereiche gestört sind, oft auch als Folge eines Unfalls, können das nicht mehr empfinden. Zwar sind sie weiterhin in der Lage, abstrakt zwischen Gut und Böse zu unterscheiden, im Grunde ist es ihnen aber egal, weil es für sie keine Bedeutung mehr hat. Interessanterweise befindet sich dort auch die Angststeuerung: Schäden in der Amygdala führen zu vollkommener Angstfreiheit. Gewiss, Ängste können belastend sein, aber grundsätzlich sind sie wichtig, um Menschen vor Schaden zu bewahren. Ohne Empathie- und Angstempfinden handeln diese Personen nur noch egoistisch, mitleidslos und kalt. Sie sind leicht zu manipulieren. Wie gesagt, solche Menschen können sehr gefährlich werden."

„Und diese Amygdala kann man mit einem MRT sehen? Fehlt sie bei solchen Personen?", fragte Thiede erstaunt.

Der Arzt schüttelte den Kopf. „Es kann sein, dass sie kleiner ist und vor allem, dass sie nicht richtig funktioniert. Das heißt, wenn Sie solchen Personen schreckliche Bilder zeigen, hungernde Kinder, Unfallopfer, sterbende Vögel in einer Ölpest, so etwas zum Beispiel, dann ist in dieser Region keine Aktivität sichtbar. Kein Mitleid. Die Amygdala bleibt dunkel. Im Gehirn verlaufen elektrische Impulse von etwa 20 Watt, mit deren Hilfe Informationen verarbeitet werden, doch bei den Betroffenen erreichen diese Ströme die Amygdala nicht. Im wahrsten Sinne zeigt der Mensch dort keine Regung, es kommt zu keinerlei Reaktion."

„Hieße das auch, dass sich psychopathische Straftäter therapieren ließen, wenn es gelänge, die Amygdala wieder zu aktivieren?", fragte Sondermann.

Der renommierte Neuropsychiater nickte. „Es gibt Versuche, die in diese Richtung weisen. Aber praktisch sind wir davon noch weit entfernt. Allerdings gehe ich davon aus, dass man in nicht allzu ferner Zukunft entsprechende Medikamente entwickeln wird, die die Ausschüttung von Transmitterstoffen steuern, um die Amygdala wieder in Gang zu bringen."

Sondermann brach die Diskussion ab, sie hatten schließlich einen Fall zu lösen. „Vermutlich haben die Herren im Keller schon erste Erfahrungen mit den Segnungen des medizinischen Fortschritts gesammelt. Waren die Opfer eines solchen Versuchsprojekts?", schnarrte er misslaunig.

Dr. Hanebüchen nickte. „Aber es ging leider nicht um einen therapeutischen Ansatz, wenn Sie mich fragen. Eher das Gegenteil."

Mit einem Mal machte er einen angespannten Eindruck. Er lehnte sich vor und sah Sondermann direkt in die Augen.

„Bei den Männern wurde die Amygdala künstlich gestört. Mein werter Kollege Dr. Marx hat den armen Kerlen einen Mikrochip hinter den Stirnknochen appliziert, einfach durch die Augenhöhlen – dort ist der Knochen besonders dünn und man erreicht den orbitofrontalen Cortex ganz leicht. Diesen Chip hat man elektrisch angesteuert. Das heißt mithilfe des Stroms wurde das Empfindungszentrum einfach ein- oder ausgeknipst. Das funktionierte offenbar sogar auf größere Entfernungen. Damit macht man die Männer zu eiskalten Vollstreckern, die jeden Job annehmen, wenn sie für sich einen Vorteil darin sehen. Eine Art Fernsteuerung."

„Das ist einfach so möglich?"

Hanebüchen zuckte mit den Schultern. „Einfach so nicht. Marx hat sich Patienten gesucht, die zuvor schwere Angstzustände hatten, Menschen, die dringend Hilfe benötigten. Diese Angst ist für die Betroffenen furchtbar, sie nimmt ihnen jegliche Lebensgrundlage und führt zu völliger Isolation. Man kann es auch so sagen: Er hat sich die schlimmsten Fälle herausgesucht – Menschen, die am Ende waren – und sie dann schonungslos ausgebeutet. Der Fall Markberg war wahrscheinlich mehr oder weniger ein Unfall, der Mann war meines Erachtens gar nicht geeignet.

Wir müssen nun sehen, ob man den Männern helfen kann und wie weit die Amygdala unwiderruflich geschädigt ist. Ich kann nur hoffen, dass sie diesem Kurpfuscher das Handwerk legen."

# Kapitel 43

Die Sonne stieg mit gleichmäßiger Eile über das Gebirgsmassiv, das jäh und resch auf der Ostseite aufragte. Die Spitze des schmalen Berges aus weißem Granit wurde rotgolden überschüttet mit frühem Licht. Die schroffen Abhänge sahen aus wie mit Samt umhüllt. In den Gebirgstälern sammelte sich das Licht zu purpurfarbenen Seen. Schwebender Nebel stieg auf, von der ansteigenden Wärme heraufgetrieben wie eine Schafherde, pulsierend und aufschwellend legte er sich hierhin und dorthin, hüllte in der Tiefe Bäume und Häuser in dichte Schleier. Das Schauspiel währte nur einen kurzen Moment, bis der Nebelschleier lautlos zerriss.

Tief unten lag glasig das Meer, im zarten Licht sich endlos ausbreitend – ein helles Aquamarin auf der spiegelnden, unbewegten Oberfläche, die ausgegossen dalag wie flüssiges Glas. In einem Berggarten schwamm eine Frau im Pool ruhig ihre Bahnen. Der Garten lag ausgestreckt zu den Füßen des Gebirgsmassivs, weiße und grüne Hortensien standen darin, Rosen zeigten sich in verblühender Pracht, alles in Weiß und Schattierungen von Weiß, Blüten, die betörenden Duft verströmten. Darunter saftiges Gras, dicht und weich wie ein Mohair-Teppich. Alles schien noch zu schlafen. Nur die ruhigen Schwimmbewegungen der jungen Frau störten die Morgenruhe ein wenig.

Mila schwamm an den Beckenrand des Infinity Pools, dessen Kante direkt mit der Gebirgsklamm abschloss.

Senkrecht schoss der Berg in die Tiefe, von hier hatte man einen mindestens 200 Meter tief fallenden Blick auf das Meer. Am Fuße ragte eine Kaskade von Klippen hervor, vom Meer umspielt. Wie ein Adlerhorst thronte der Pool hier oben, die Schwimmer gleichzeitig beglückend wie in verstörenden Schwindel stürzend. Die Arme auf den Beckenrand gestützt, genoss sie den Blick auf das Wasser und in die Berge, das Schauspiel des Sonnenaufgangs in dieser mediterranen Landschaft und den Garten, der weithin berühmt war. Sie wandte sich um, senkte den Kopf unter Wasser und stieß sich kräftig vom Beckenrand ab, mit einem langen Tauchzug erreichte sie die Stufenanlage und stieg aus dem Wasser, fröstelnd an der noch kühlen Morgenluft. In einen dicken, weißen Morgenmantel gehüllt, setzte sie sich auf eine Liege und trocknete ihre Beine ab, rubbelte an den wieder in ihrer Naturfarbe glänzenden, dunklen Haaren. Still legte sie sich zurück, den Blick auf die Berge gerichtet.

Als es hell war, stand sie endlich auf und ging zurück in ihr Zimmer, das einen Blick auf den Garten und das Meer freigab. Sie war oft mit ihren Eltern hier gewesen, ein wenig war es für sie, wie zu Hause zu sein. Nach einer kurzen Dusche trocknete sie ihre Haare und band sie mit einem Gummi zusammen. Aus den wenigen Sachen, die sie in den Kleiderschrank gehängt hatte, wählte sie eine weiße, nicht ganz blütensaubere Baumwollhose und eine langärmlige helle Leinenbluse, die sie über den Kopf zog. Ihre Wildleder-Mokassins waren so weich, dass sie darin wie barfuß ging, sie nahm den kleinen Taschenbeutel von der Kommode, in den sie noch den Zimmerschlüssel stopfte und machte sich auf zur Frühstücksterrasse. Sicher war sie die Erste, womöglich würde sie den Service erst noch wecken müssen. Sie mochte diese frühen Stunden, die ihr allein gehörten. Nach dem Frühstück würde sie nach Tramonti fahren, das Grab ihrer Eltern besuchen. Das war der eigentliche Grund ihrer Reise, die sie so überstürzt angetreten hatte wie eine Flucht. Es war nicht zu verhindern, dass die Bilder und Ereignisse der letzten Tage sie selbst im Swimmingpool heimgesucht hatten, immer wieder drangen sie in ihr Bewusstsein.

Unvorstellbar, was sich in nur einer Woche zugetragen hatte, seit sie an einem Sonntag durch den Wald gelaufen war und diese Leiche gefunden hatte. Eine Woche, die ihr ganzes Leben verändert hatte. Es dauerte eine Weile, bis sie mit ihren Gedanken wieder zurück war auf dieser Terrasse, sie die Wärme des Morgens auf ihrem Gesicht spürte. Sie sah die Berge und das Meer, die schönen Blumen. Wie tief sie doch hineingeraten war in diese Sache – Todesangst, Ohnmacht, Angst um Sebastian, den sie eigentlich nicht kannte und der ihr dennoch so nahe gekommen war.

Sie nippte an ihrem Kaffee, nahm aus einem gut sortierten Korb ein helles Brötchen. Nachlässig riss sie mit den Fingern kleine Stücke heraus, die sie mit Kastanienhonig bestrich und sich in den Mund schob. Hier hatte sich nichts verändert. Man hatte noch immer das gelbblaue Frühstücksgeschirr, landestypische Keramik, die vor Ort überall angeboten wurde. Es erinnerte sie an ihre Mutter, die beschlossen hatte, dieses Geschirr unbedingt zu kaufen und mitzunehmen, zum Glück war sie am Ende des Urlaubs darüber hinweggegangen. In Deutschland fehlte das Licht, die Farben hätten nicht geleuchtet, es wäre eine herbe Enttäuschung gewesen. Jetzt war sie es, die solche Wünsche hegen musste, es gab niemanden mehr, der fröhlich derart unsinnige und überflüssige Ideen hatte. Ihr Vater und sie selbst waren immer über die Mutter hergefallen, viel zu sentimental, nicht modern genug, all so was. Sie hätte einiges dafür gegeben, wenn sie ihrer Mutter das Geschirr nun noch hätte schenken können. Mit einem Handstrich wischte sie die aufkommende Melancholie beiseite.

Gestern war sie aus Deutschland regelrecht geflohen, hatte ein paar Sachen in die Reisetasche geworfen, war sogar extra über München geflogen, weil es von Berlin aus keinen passenden Flug nach Neapel gab. Der Flug war teuer gewesen, aber egal, sie hatte unbedingt Luft gebraucht. Die Polizei wollte sie sprechen, aber das war ihr gleich. Beklommen dachte Mila an Sebastian, auch vor ihm war sie geflohen. Sie hatte kein persönliches Wort mit ihm gefunden, immerhin hatte sie ihm das Leben gerettet. Und er ihr ebenso. Sie hatten sich nach den Ereignissen im Rechenzentrum nicht mehr gesehen, waren auseinandergegangen wie Fremde. Es bohrte in ihr, denn sie spürte, wie falsch das war. Nachdenklich beendete sie das Frühstück und verließ das Hotel.

Ihr Roller parkte gegenüber dem Haupteingang. Das Bergdorf war so eng, dass Autos nirgendwo parken konnten, außer zu sündhaften Preisen. Mila mietete deshalb immer eine Vespa, sie genoss das gemächliche Rollen, auch wenn es ihr manchmal etwas gefährlich schien in den schmalen und verstopften Gassen. Es war

Nachsaison, die Straßen waren leerer als sonst. Rasch fand sie einen kleinen Stellplatz auf der Anhöhe von Tramonti. Das Dorf lag malerisch auf einer Felskuppe direkt über dem Meer, die Gischt der aufbrausenden Wellen spritzte in die Höhe, Tropfen glitzerten im Licht. Die Luft roch sauber und salzig. Über ihre Bluse hatte sie eine helle Leinenjacke geworfen und sah damit aus wie eine Italienerin – mit ihrem dunklen Haar und ihrer schmalen Figur. Sie war ja nicht besonders groß.

Auf dem kleinen Platz unterhalb der Kirche war ein Markt, Händler boten ihre Ware feil, Fische, Gemüse, Obst, aber auch Süßigkeiten, kleinere Textilien, Kinderspielzeug. Mila hatte heute keinen Blick für die mediterrane Idylle, schnell lief sie zu einem Stand und kaufte einen Strauß Rosen. Dann stieg sie die Stufenanlage bis zu der Kirche hoch, die über einen mit einem Baldachin überdachten Vorplatz verfügte. Hinter der Kirche lag der kleine Friedhof, in dessen Mauer sich auch die Urnengräber ihrer Eltern befanden. Die Grabplatten waren mit einer Vorrichtung für eine Vase versehen, in der schon frische Blumen steckten. Zufrieden sah sie, dass immerhin ihr Dauerauftrag für den kleinen Grabschmuck ausgeführt wurde. Sie stellte ihre Blumen dazu und stand ein paar Minuten still da.

Was war in den Dateien, die Sebastian im Rechenzentrum gefunden hatte? Sie hatte es zunächst nicht wissen wollen, musste sich erst sammeln, eine Haltung finden. Denn sie wusste, dass es wehtun würde. Weshalb hatte ihr Vater sie nicht ins Vertrauen gezogen? Wusste ihre Mutter, dass sie an dem Tag an der Amalfiküste sterben würde? Sie würde die Antworten erfahren. Und sie wusste auch, wen sie fragen konnte. Langsam drehte sie sich um und ging nachdenklich zurück zu ihrer Vespa.

Als sie auf den Vorplatz heraustrat, stand da ein großer Mann – attraktiv, mit merkwürdig mittelblonden Haaren, die irgendjemand unbeholfen mit einer Schere traktiert hatte. Er hatte sie noch nicht gesehen. Ein beinahe schmerzhaftes Ziehen machte sich in ihrer Magengrube breit. Die Sonne fiel ihr ins Gesicht. Tränen stiegen ihr in die Augen, vielleicht von der Sonne.

# Danksagung

Dieses Buch hat viele Wandlungen durchlaufen, unter anderem, weil die Ideen nur so gesprudelt sind und es notwendig war, Handlungsstränge zu straffen und Nebengeschichten für eine spätere Verwendung herauszuschneiden. Bei dieser manchmal anstrengenden und schmerzlichen, aber in jedem Fall kreativen Arbeit haben mir zahlreiche Freunde geholfen.

Mein ganz besonderer Dank geht an Sibylle Zehle, ohne die dieses Buch nicht geschrieben worden wäre. Großer Dank gilt Karin Graf, die mir mit Ermunterung und Strenge gleichermaßen zur Seite stand. Danken möchte ich meinen Freunden, die mir wertvolle Eindrücke mitgeteilt haben und die dadurch einen wichtigen Anteil an diesem Buch haben. Sabine Haack, Stefanie Harig, Luise und Oliver Hasenkamp, Katja Marjan, Bärbel Menz, Gabriela Schipper, Friederike Sehmsdorf, Melanie Weikart, Cathrin Wilhelm –, ihr wart großartig und eure kritischen Hinweise, aber auch Ermutigungen haben mir sehr geholfen. Herrn Dr. Eppinger danke ich für die medizinisch-technische Einschätzung – auch wenn die Geschichte zugespitzt ist, unrealistisch ist das Szenario nicht. Ganz besonderer Dank gebührt darüber hinaus Dr. Michael Reiche, der in intensiven Sitzungen gemeinsam mit mir an der letzten Fassung gefeilt und dabei ganz wesentliche Impulse gegeben hat.

Dank an den Verlag, an Frau Schneck und Frau Schmitt; Dank auch an die Lektorinnen Meike Kleihauer und Klaudia Keplinger.

Stefan hat Mila, Sebastian und den toten Thilo, die jeden Tag mit uns am Tisch saßen und einen übergroßen Anteil an unserem Familienleben beanspruchten, über Monate ertragen. Mit großer Geduld hast du auch noch die zehnte Idee aufmerksam angehört und mir deinen klugen und wichtigen Rat dazu gegeben. Ich danke dir für alles.

# Die Autorin

Marianne Ludes, geboren in Dortmund, studierte in Bochum und Köln Germanistik, Geschichte und Wirtschaftswissenschaften. Nach dem Examen wurde sie Unternehmerin und Geschäftsführerin in einem großen Architekturbüro in Berlin und München. Als Expertin für Bauten des Gesundheitswesens hat sie viele Projekte im Bereich Psychiatrie und Laborbau betreut. Gemeinsam mit Freunden organisiert sie das alljährliche Literaturfestival Potsdam. Neben der Literatur gehört ihr Interesse der Musik. Marianne Ludes lebt mit ihrem Mann und Hund in Potsdam.
„Das kalte Auge" ist der erste Roman der Autorin, worin sie eindrucksvoll von den kriminellen und skrupellosen Machenschaften eines internationalen Technologiekonzerns erzählt.
Weitere Informationen: villa-jacobs.de, Facebook, Instagram.